Mercedes Gallego

En tus manos

~·~

A orillas del Ness

Tiffany™

Editado por Harlequin Ibérica.
Una división de HarperCollins Ibérica, S.A.
Avenida de Burgos, 8B - Planta 18
28036 Madrid
www.harlequiniberica.com

© 2025 Harlequin Ibérica, una división de HarperCollins Ibérica, S.A.
N.º 178 - 7.5.25

© 2021 Mercedes Pérez Gallego
En tus manos

© 2024 Mercedes Pérez Gallego
A orillas del Ness
Publicados originalmente por Harlequin Enterprises, Ltd.
Estos títulos fueron publicados originalmente en español en 2021 y 2024

I.S.B.N.: 979-13-7000-550-4
Depósito legal: M-4254-2025
Impreso en España por: BLACK PRINT
Fecha impresión Argentina: 3.11.25
Distribuidores para Argentina: Interior, DGP, S.A. Alvarado 2118. Cap. Fed./Buenos Aires y Gran Buenos Aires, VACCARO HNOS.

ÍNDICE

EN TUS MANOS

MERCEDES GALLEGO

Esta novela va dedicada a los maravillosos fisiotera-peutas que pasaron por mi vida y me tuvieron «en sus manos». En especial, a Bárbara Antón Santos, verdadera inspiradora de esta historia, pero también a Antonio Moro, David Pajares, Marta Tapia, Cristina Barrigam, Sara Romerales y los que me resten por conocer.

Gracias por dedicaros a una profesión tan efectiva.

La vida es 10% lo que experimentas y 90% cómo res-
pondes a ello.

Irving Berlin

La mejor y más eficiente farmacia está dentro de tu
propio sistema.

Robert C. Peale

1

JACOBO

Detengo mi amada Harley Wide Glide negra frente a un edificio en cuyos bajos puede leerse el letrero *Clínica Jana González. Fisioterapia/osteopatía*. Me quito el casco y me alboroto el pelo, añorando los tiempos en que lo llevaba tan corto que no necesitaba dedicarle atención. Escondo con férreo control mis emociones y llamo al timbre. Tardan en abrir y estoy a punto de dar media vuelta. Solo la promesa que le he hecho a mi madre y el recuerdo de las interminables noches que llevo sufriendo desde que abandoné Afganistán me retienen en el recuadro de baldosas grises.

Procuro que la sorpresa no se refleje en mi rostro cuando la persona de dentro me abre con decisión y una increíble sonrisa. Parece una cría, con el cabello recogido en una coleta alta, los ojos de color miel y una boca sensual que refleja un encantador gesto de disculpa.

—¿Jacobo Montalván? Perdona el retraso. Estoy con un paciente. ¿Esperas por aquí? Será solo un momento. Asiento, conmocionado, mientras ella desaparece tras otra puerta. Evocar su apariencia me arranca una mueca jocosa, de las que hace años que no me salen. ¡Viste un pantalón amarillo y una camiseta decorada con muñequitos! La sala de espera ocupa el mismo espacio que el vestíbulo. Tiene varias sillas de color naranja eléctrico, una mesita de Ikea con folletos y revistas de salud y una planta que cuelga del techo. Me quito la cazadora de cuero y estiro las piernas tras acomodarme en una de las sillas, que resulta cómoda. De un vistazo repaso los títulos que ocupan buena parte del muro: *Osteopatía, Fisioterapia, Fisioterapia pediátrica, Terapia cráneo-sacra, Acupuntura...*

El llanto de un crío me distrae justo a tiempo de ver a una mujer con un bebé en brazos y a la rubia detrás, con su sempiterna sonrisa. Le escucho dar un par de consejos a la madre y cerrar la puerta. Después me mira y creo percibir cierta vacilación, pero tampoco soy demasiado bueno haciendo conjeturas. Prefiero creer que no. La guerra me ha vuelto paranoico y he decidido no dejarme llevar por mis impresiones.

—Adelante, Jacobo, ya puede pasar. Reitero mi disculpa, pero el niño se ha puesto malito de golpe y le hice un hueco. Siento la demora.

Me encojo de hombros. Hay que ser muy capullo para no aceptar la explicación y, encima, yo me he retrasado también.

—No tiene importancia. ¿Trata a bebés?

La sonrisa femenina se amplía, rejuveneciéndola más, por si no bastaban los pocos años que debe de tener.

—Sí, me encanta trabajar con ellos.

Frunzo el ceño, fascinado. ¡Yo entro en pánico cuando mi sobrino se pone a berrear! No hay modo de conocer los motivos de su llanto y la frustración de no comunicarnos me hace considerarme un inútil.

–¿Por eso lleva ese pijama? ¿Porque trata a niños?

Su risa reverbera en el pequeño despacho, decorado con motivos zen, algunas plantas y velas. De fondo suena música relajante.

–Utilizo el blanco con mis pacientes adultos, pero estos colores distraen a los críos, y como he estado con Aitor... ¿Prefiere que me cambie?

Me siento como un imbécil. ¡Le debo de estar causando una impresión penosa, maldita sea!

–¡Por supuesto que no!

Los ojos, de esa extraña tonalidad castaña, más clara debido a la luz del sol que entra por el ventanal, me barren de arriba abajo en un análisis tan rápido que temo escuchar de sus labios que estoy demasiado jodido para que me arreglen y que ya puedo marcharme. Sin embargo, esboza una sonrisa amable y noto un chispazo de energía que conecta su mente a la mía. Sobresaltado, me rehago de la impresión para no soltar una inconveniencia que me haga quedar como un chalado.

–Si le parece, empecemos por su cuadro clínico. Cuando me pidió cita comentó que padece insomnio y jaquecas.

Adopta una postura profesional, de espalda recta y manos entrelazadas sobre la mesa. Una carpeta con mi nombre y unos folios en blanco presiden el tablero, al lado del ordenador.

–Así es. –Me enderezo en la silla, molesto por hallarme en posición de debilidad.

–¿Hace mucho que le ocurre? ¿Cree conocer los motivos que los provocan? Por cierto, ¿a qué se dedica?

Mantengo el gesto pétreo, la mandíbula apretada. Finalmente lanzo un suspiro, consciente de que debo confesarle cosas que no me apetecen.

–He pasado los últimos años en Líbano y Afganistán. Hace unos meses que regresé de Kabul.

Ella entorna los ojos, con interés.

–¿Se ha tratado con anterioridad esos síntomas?

Niego, bajando la mirada. Me incomoda exponer mis debilidades delante de una chiquilla que no puede entender las chaladuras de mi cabeza. ¡Es imposible! ¡Por más ganas que ponga! Lo que he visto y vivido solo puede entenderlo gente que ha pasado por trances semejantes. No obstante, ella da muestras de paciencia. Retira la postura rígida y se arrellana en el respaldo. Su mirada sigue siendo penetrante.

–¿Por qué ha acudido a mi consulta? ¿Me recomendó alguien?

Esa es fácil. Puedo responderla de frente.

–Sí, el médico de cabecera de mi familia. El doctor Gil Sanabria.

A su semblante asoma un gesto de reconocimiento, sumado a una agradable sonrisa y, sin lógica, me repatea su gesto.

–¡Tomás! Sí, suele derivarme pacientes con los que no quiere utilizar la medicina convencional.

–¿Son amigos?

Me siento bastante majadero al indagar; no por hacerlo, estoy acostumbrado a averiguarlo todo sobre la gente que me rodeaba (no en vano mi especialidad es sonsacar información). Lo que me molesta es experimentar un conato de... ¿celos?

–Conocidos –responde ella, ajena a mis neuras–. Coincidimos en los Congresos de Nutrición. Es una persona de mente abierta y prefiere prescindir de los fármacos siempre que resulte factible.

–Esos títulos de ahí fuera... Parece usted una persona poco convencional.

El semblante de mi oponente se ilumina.

–Lo soy. Me especializo en rearmonizar los tres planos fundamentales: el físico, el emocional y el energético. –Su voz se torna profesional de nuevo–. Sus problemas podrían curarse temporalmente con analgésicos, pero eso no resolvería qué los provoca. Con las técnicas que uso puedo intentar desterrarlos.

–¿Eso no sería más propio de una *loquera*? Y disculpe el término...

Ella ríe, chispeantes los ojos.

–No sé si necesita usted un psiquiatra, pero, desde luego, si padece insomnio y cefaleas ha venido al sitio adecuado.

–¿Cómo piensa lograrlo?

–Aplicando técnicas de liberación miofascial y cráneo-sacra. ¿Quiere que le explique cómo funcionan?

Me parece que me provoca, con un deje travieso. Me relajo. Será una cría de aspecto, pero sus palabras y su seguridad me transmiten confianza.

–No, me pongo en sus manos.

Sus labios se curvan, ahora sí, con descarada diversión.

–¿Ha decidido que soy merecedora de su confianza?

–Sí; parece cualificada.

Una breve carcajada reverbera de nuevo.

–Gracias. Pecaré de inmodesta, pero lo soy. Llevo años preparándome en este campo. –Sin transición, retoma la seriedad–: Hábleme sobre las jaquecas. ¿Las tiene desde hace tiempo o son recientes? ¿Le afectan al oído o la mandíbula? ¿Padece dolores musculares?

–Hago ejercicio físico de modo habitual. Soy militar. Los dolores musculares no me afectan –replico, suspicaz.

–Puede que usted no los note, pero su organismo sí. Es posible que padezca contracturas y tensiones posturales. ¿Se ha roto algo en su... trabajo? ¿Huesos, tendones...?

–Heridas de bala. Tres.

Ella contiene la respiración. Lo noto. Pero reacciona pronto.

–No me ha respondido sobre las jaquecas.

–En mis misiones las tenía, pero tomaba fármacos y las controlaba. Al llegar a España han continuado y he preferido buscar un remedio que no perfore mi estómago. Me duele la mandíbula; de los oídos no soy consciente.

–¿Las sufría antes de las misiones?

–No.

Sueno antipático, pero hay intimidades que no compartiré con nadie; menos con una desconocida.

–Entiendo.

–No, no creo que entienda; pero es toda la información que puedo darle.

Sé que estoy siendo un cretino, pero llevo mal lo de la inferioridad y, en este momento, tengo clara la desigualdad entre ambos.

–No necesito conocer secretos de su trabajo para tratarle. No se preocupe. ¿Le parece que empecemos la sesión y así se hace una idea de mis técnicas?

–Creí que ya estábamos en la sesión –admito, sorprendido.

Ella se incorpora sin apartar la mirada de la mía. No me parece que me juzgue ni que muestre prepotencia, así que vuelvo a relajarme.

–Las preguntas son el paso previo para averiguar

qué debo tratar –informa en tono neutro–. Vamos a la otra sala, por favor.

La sigo, consciente de cada uno de sus movimientos al adelantarme. Pese a su delgadez, posee una constitución atlética. La vista se me va a sus caderas y me encuentro, como un tarado, preguntándome si será del tipo de mujer que usa ropa interior sexi o la preferirá cómoda.

Pasamos a una sala más pequeña, con la misma música ambiental y el mismo estilo decorativo; pero en esta ocasión presidida por una camilla. Un pequeño cartel solicita al paciente que se descalce.

–Quítese la camiseta y siéntese en el centro, por favor.

Obedezco con presteza, acostumbrado al ritual de desnudarme para revisiones médicas. Lo que me provoca un leve escalofrío es la calidez de su aliento en mi nuca y su voz, que percibo con un matiz de nerviosismo. ¡Regresan mis paranoias! Esta muchacha debe de haber visto cuerpos como el mío a patadas. Seguramente hasta se habrá deleitado con más de uno. Es demasiado sexi para no tener experiencia en esas lides.

–Voy a estudiar su columna.

Tardo en sentir sus manos sobre mí y me vuelvo a mirarla. Para mi sorpresa, la pillo mordiéndose el labio inferior de un modo tan atractivo que me tensa la ingle de un tirón. Crecido, de ánimo y ego, retorno mi rostro a la pared y espero a que ella se acerque. ¡He ido a la clínica en busca de ayuda, no a ligar!

–Cuando guste.

No obstante, respiro hondo cuando posa sus manos en mis hombros. Comienza a manipularme, me cruza los brazos, sus pechos pegados a mi costado o mi espalda, y presiona los dedos a lo largo de la columna con una fuerza inesperada para alguien tan delgado. Me pide que me doble y palpa mis vertebras, concentrándose como si pudiera oírlas. Después me pide que me tumbe boca arriba y ella se posiciona a la cabecera sobre un liviano taburete, coloca las manos bajo mi cabeza y me provoca, con el simple contacto, un dolor agudo del que tengo que reprimir un respingo. Ella está tan absorta que solo susurra: «El mentón sobre el pecho; respira con suavidad», sin darse cuenta de que acababa de tutearme. Oculto una sonrisa y obedezco cada orden. Introduce sus manos bajo mis trapecios y me insta a dejarme caer. Dudo, temiendo pesar demasiado y hacerle daño, pero ella musita el mandato con tanta decisión que lo acato. Permanece con los ojos cerrados, flexionando los dedos cada poco. Ignoro en qué contribuirá a mejorar mis migrañas, pero el contacto me resulta relajante. Después se aparta y sus dedos me palpan cada musculo del tórax con el gesto concentrado. Me dice, simplemente, que está estirando y reequilibrando.

Incómodo al principio, por tener su rostro a escasos centímetros, me cuesta distenderme, pero los continuos «inspira, espira» en tono profesional me ayudan a centrarme en la música *chill out* que suena de fondo. Eso sí, no aparto mis ojos de su rostro hasta que ella abre los suyos y me regala una espontánea sonrisa.

–¡Está fatal, Jacobo! Me temo que necesitará unas cuantas sesiones.

Frunzo el ceño, sorprendido. ¡El tiempo se ha pasado volando!

–¿Hemos acabado?

Jana asiente, con una mezcla de timidez y diversión.

–Por hoy, sí. Le he dedicado más duración de la normal, pero quería saber a qué me enfrentaba. He encontrado una rigidez muscular y articular bastante severa, desplazamiento de la mandíbula y...

–¡Una piltrafa, vamos! –la interrumpo, irguiéndome en la camilla.

–Podría decirse –bromea con las mejillas encendidas–. Posee una buena envoltura, pero está hecha una piltrafa.

Recojo la camiseta y me visto sin quitarle la mirada de encima.

–Habrá que ponerle remedio, entonces. ¿Cuándo debo volver?

–La terapia cráneo-sacra solo puedo aplicarla una vez a la semana, pero podría compaginarla con otras técnicas. Eso debe elegirlo usted.

–Necesito mejorar lo antes posible.

–Entonces, yo propondría tres sesiones semanales. ¿Con qué disponibilidad horaria cuenta?

–Absoluta.

Ha retomado el usted y me apetece romper el protocolo. ¡He acatado suficientes normas en mi vida militar!

–¿Puedo llamarte Jana? Lo de doctora o cualquier título que uses me parece raro.

–¡Por supuesto que puedes! Acostumbro a mantener un trato informal con mis pacientes –acepta, encantadora, tendiéndome la mano–. Lo que pasa es que en la primera sesión voy con tiento. No a todo el mundo le agrada el tuteo.

Aprieto sus dedos, que quedan engullidos entre los míos.

–Ya que vas a componerme, tienes toda mi confianza. ¿Cuándo nos vemos... Jana? –puntualizo.

Ella aparta el contacto, sonrojada, y yo me crezco, como un canalla pervertido. ¡Hace años que una mujer no se azora conmigo!

–El viernes, si te parece. ¿Te vale la misma hora?

–Me vale.

–Pues entonces te apunto cita fija los lunes, miércoles y viernes a las cuatro.

–Perfecto. Nos vemos.

Me precede en el pasillo y abre la puerta.

Recojo la cazadora y salgo a la calle con una sonrisa bailando en los labios. No sé si estoy a punto de curar mis neuras, pero, desde luego, encontraré placer en levantarme cada mañana. Es un rayo de esperanza. Algo por dónde empezar. ¡Ya tengo más que ayer!

2

JANA

Suena el timbre, pero intento no perder la concentración. Estoy tratando a Aitor, que tiene dos meses y medio, y padece un problema de gases. Aunque suele ponerse peor por las tardes, este mediodía me ha llamado Isa con un deje de desesperación y le he buscado hueco para atenderle. Quiero a esta criatura como si fuera mi hijo; no en vano, acompañé a su madre en las clases de parto sin dolor y fui la primera, después de la comadrona, en sostenerlo en mis brazos en el quirófano. Isa es mi vecina desde que me instalé en Madrid, cuando pude dejar el piso compartido de Carabanchel y alquilé mi precioso y diminuto ático en Malasaña.

Termino la terapia de Aitor y sugiero a su madre que le vaya recomponiendo la ropa mientras dejo pasar al nuevo paciente, quien, por cierto, llega tarde.

Con la cabeza petada de tonterías abro la puerta y casi me olvido de respirar. ¡Madre mía! El tío que aguarda en la acera es alto y macizo, con el pelo negro revuelto, barba de cuatro días y ojos azules de infarto. Luce unos tejanos gastados, botas negras y una camiseta gris que marca sus pectorales al llevar la cazadora de cuero desabrochada. Pese a que el otoño está mediado y las temperaturas se mantienen moderadas este año en Madrid, no es para ir de semejante guisa. Lo invito a pasar, disimulando el impacto de tanta testosterona en mi vestíbulo, y me disculpo con mi mejor sonrisa.

–¿Jacobo Montalván? Perdona el retraso. Estoy con un paciente. ¿Esperas por aquí? Será solo un momento.

Le doy la espalda para que no capte mi aturullamiento. ¡Menuda mema! Eso sí, Isa me lo adivina a la primera y le cotilleo en dos segundos lo que se va a encontrar cuando salga. Fijo que esta noche me tiene en su cocina intercambiando impresiones.

Disimulamos las dos al salir, o eso espero. Le comento unas recomendaciones para parecer profesional y, tras despedirla, me centro en él, dispuesta a mirarlo con ojos de fisioterapeuta y no de adolescente colgada.

–Adelante, Jacobo, ya puede pasar. Reitero mi disculpa, pero el niño se ha puesto malito de golpe y le hice un hueco. Siento la demora.

Él se encoge de hombros y hace un comentario inesperado acerca de si me gusta tratar bebés. Parece sorprendido, y cuando lanza el comentario de mi pijama tengo que reírme. A quien no esté acostumbrado a tratar con críos debe de chocarle que le atiendan con Bob Esponja en la chaqueta. Es comprensible. Pero, como le explico, a los niños les distrae.

Tengo la intuición de que no tiene hijos, pero prefiero no preguntar. No viene a cuento. Sí le agradezco que no me solicite cambiarme. Llevamos suficiente retraso. Tomo asiento tras mi mesa en el despacho y procuro adoptar una pose profesional.

Su ficha está en blanco. Lo único que sé es que se llama Jacobo Montalván y que padece jaquecas e insomnio, así que empiezo por buscar el origen de los síntomas. Para mi sorpresa, se pone a la defensiva. Toda su anatomía se convierte en una muralla, lo cual despierta mi curiosidad. Cuando me confesa dónde ha estado destinado, empiezo a entender su talante hermético, y eso que mis conocimientos sobre militares son cero absoluto. Nunca he tratado a ninguno. Miento, sí los he tratado, pero de academia. Ningún combatiente o ex, como parece ser él. Lo de las tres balas casi me noquea, pero aguanto el tipo. ¡Madre mía! ¡El historial que debe de cargar encima! ¡Como para no pasar malas noches! No me extraña que Tomás me lo haya derivado, porque tratar a gente como él con fármacos es una locura. Eso si no toma drogas, que no sería sorprendente considerando el ambiente del que viene. Tampoco indago por ahí. Si lo termino tratando, lo averiguaré.

Cuando me sugiere si no tendré algo de loquera, río. La gente no está acostumbrada a que se les trate con terapias miofascial y cráneo-sacra, pero son fantásticas para liberar la tensión del organismo. A él le van a venir de perlas.

Una vez que decide confiarse, me atrevo a tomarle el pelo. Su presencia me había trastornado al principio por lo imponente de su físico. No obstante, hablar con él ha modificado mi impresión inicial. Podrá aparentar fortaleza, pero su espíritu está quebrado.

Pasamos a la sala de tratamiento y le pido que se quite la camiseta. ¡Para mi pasmo, asoma la adolescente que creí superada a estas alturas!

Él se desnuda con presteza, sin percatarse de cómo se dilatan mis fosas nasales, ni del brillo que, imagino, destella en mis pupilas.

Carraspeo para que mi voz suene normal al comunicarle que voy a estudiar su columna, pero me cuesta dar el primer paso. Tengo delante un cuerpo de casi dos metros, con unos pectorales marcados, sin llegar a ser fornido, unos abdominales en forma de tableta y unos trapecios que sostienen una espalda de escultura griega. Su piel luce un color tostado y debe de depilarse porque no presenta rastro de vello. Los vaqueros le quedan por debajo de la cintura y muestran el inicio de sus oblicuos. Para colmo, exhibe un tatuaje en la espalda y un torques de diseño celta alrededor del bíceps derecho.

Me siento diminuta con mi metro setenta y dos.

Tanteo dos cicatrices que deben de ser heridas de bala; la tercera no la localizo. Una en el trapecio derecho y otra en el dorsal izquierdo. Tampoco pregunto. Su espalda está rígida como una tabla y me pongo en modo *on*. Trabajo su columna, sus deltoides y trapecios y su tronco. En un principio es puro mármol bajo mis manos, pero consigo, poco a poco, que se relaje.

Lo doy por terminado y agradezco que mi siguiente paciente también se haya retrasado. Le he dedicado mucho más tiempo del que incluye una cita, ¡pero es que está fatal! Cuando se lo digo, parece sorprendido de lo rápido que ha ido todo. Ignoro si en el ejército les tratan de otra manera, pero yo tengo compromisos. Acepta mi propuesta de vernos tres veces por semana y me siento como una estúpida, feliz al pensar que voy a tener la oportunidad de quitarle tanto mal aura como he intuido al tocarlo. ¡Y porque es un paciente cañón, para qué mentir!

¡Menuda noche de bromas me espera con Isa!

Le contemplo irse con ese garbo alucinante de hombre que se sabe atractivo y cierro la puerta.

La vida sigue su curso. La siguiente es doña Manuela, con sus achaques y chascarrillos. ¡Nada que ver!

3

FAMILIA

Conduzco la Harley por la M-607 hasta Tres Cantos saboreando la libertad de sortear vehículos en medio de un denso tráfico. Con el casco y la cazadora no siento el frío exterior, solo la presión del viento recortándose contra mí y la maravillosa máquina que llevo entre las piernas.

Aparco en la plaza de garaje de mi hermana, al lado de su Honda Civic rojo. Queda espacio de sobra para el Ford Mondeo de mi cuñado. Ambos han sido precavidos a la hora de comprarse un piso inmenso con su correspondiente plaza doble de aparcamiento. ¡Menos mal que a mi madre nunca le dio por conducir! Si no, les habría roto las previsiones cuando se vino a vivir unos meses con ellos, para pasar el duelo por mi padre, y decidió que le gustaba el ambiente de la capital. De eso hace cinco años. No se le puede reprochar; rodearse de viudas de militares en Alicante tampoco es para echar campanas al vuelo. A Berta, por su parte, le ha venido bien disponer de una canguro ahora que ha dado el paso de la maternidad entre juicio y juicio.

Sin saber por qué, recuerdo a la mujer de la consulta. Los cuarenta no se los quita nadie. ¡Debe de dar agobio criar un hijo a esa edad! Berta, al menos, tiene un par más que yo, treinta y cuatro. Le queda tiempo para darle un hermanito a Guillermo.

Silbando, subo las escaleras hasta el tercer piso y abro con mi llave. Fue lo primero que me entregó mi hermana cuando decidieron, sin contar conmigo, que no regresaría a Rabasa a rumiar mi desesperación. Se portan de lujo, debo admitirlo, aunque la falta de intimidad me destroza los nervios. Debería estar acostumbrado, dado que he pasado media vida en el ejército, pero una cosa es un cuartel o una misión y otra estar en una ciudad civilizada y no tener tu propio espacio.

Para remate, aquí están, las dos esperándome. Podría decir los tres, pero Guillermo, con cuatro meses, no cuenta. Y puesto que han soportado mi recuperación en el hospital y mi malhumor constante por las molestias de la metralla en la pierna, considero justo compensarlas con una explicación de cómo me ha ido con esa extraña mezcla de loquera y curandera que ha resultado ser Jana González.

Mi madre se levanta del sillón donde teje un patuco que Guille nunca se pondrá y me abraza como si no me hubiera visto en el almuerzo.

—¿Qué tal, hijo? ¿Cómo te ha ido con esa señora?

Que llame señora a Jana me da la risa. De conocerla, fijo que mi madre buscaba otra fisioterapeuta, por mucho que confíe en el *encantador* médico de familia que le adjudicaron al empadronarse. La imagen de una chiquilla con cola de caballo y pijama amarillo me invade las retinas y me reconforta, no sé por qué. ¡Transmite buenas vibraciones la chica, pese a que hable raro! Eso sí, las manos las usa de muerte. Pese a mi entrenamiento, me duelen algunos de los puntos que ha tocado como si me hubiera atravesado con clavos.

Devuelvo el abrazo a mi madre y guiño un ojo a mi hermana, que aguarda con su hijo en el regazo.

–Es una profesional estupenda. Me ha dicho que estoy... ¿Cómo era el cuadro clínico? ¡Sí! Rigidez muscular y articular, desplazamiento de la mandíbula... Eso de aperitivo. Lo de mi chaveta aún no lo ha comentado.

–¡Jacobo, no hables así! –A mi madre le molesta mi ironía. Como esposa de militar considera inadecuado que un soldado se queje–. ¿Va a tratarte, sí o no?

–Tres veces por semana. ¿Estás contenta?

–No es ella quien tiene que estarlo –interviene Berta, dejando a Guille a buen cobijo en el sofá–. ¿Lo estás tú? ¿Te ha dado buena impresión? Podemos buscar...

–No, es buena. Joven, pero profesional. Usa técnicas innovadoras y creo que me gustará probarlas.

–El doctor Gil Sanabria me la recomendó encarecidamente –insiste mi madre.

–Entonces, no se hable más.

Berta me besa en la mejilla. La preocupación se lee en su semblante y me fastidia angustiarla con mis neuras. Lo malo es que no he podido disimular los síntomas; paso demasiadas noches en blanco y con las jaquecas me pongo intratable.

–Ofréceme un café de esos de cápsulas. Estoy harto del descafeinado horrible que me prepara Germán –ruego, imitando al mimoso que la conquistaba cuando éramos chicos.

–Mi marido solo quiere lo mejor para ti. Y para

la migraña no son buenos los excitantes –recalca, pesarosa.

Lanzo un bufido de aceptación.

–¡Vale! Pues un descafeinado solo. A ver si a ti te sale mejor que a él.

Tiro la cazadora sobre el sofá y cojo a mi sobrino con precaución. Tiene los ojos abiertos y manotea, contento. Me alegra que no necesite los servicios de Jana, como el tal Aitor. ¿Cómo se puede manipular un cuerpo tan diminuto? Me da pánico que se me escabulla de las manos y lo aferro con intensidad hasta que noto cómo frunce los carrillos y le echo valor para liberarlo. ¡Si algo me da más miedo que se me caiga, es que llore!

Mi madre nos mira con ternura a los dos y adivino lo que está pensando. Aunque no lo diga, le obsesiona que no encuentre a *una buena chica* con la que compartir mi vida. Berta ya está solucionada, con Germán y Guillermo. Pero yo podría verme más solo que la una el día de mañana. Y eso una madre no lo asume. ¡Como si no supiera yo cuánto puede cambiar la vida de las personas de un día para otro! Mi familia, los españoles en general, viven en una cápsula de cristal con problemas idiotas como el paro, la corrupción política o la subida de los precios; pero yo vengo de sitios donde la prioridad es no morirte de hambre, de sed o por culpa de una bomba o un francotirador. Donde las viudas no se cambian de domicilio ni tienen independencia, sino que mendigan por las esquinas; donde las mujeres no pueden ejercer de abogadas ni elegir a sus maridos.

Se me ha cambiado la cara. Lo noto al percibir la tristeza en los ojos azules de mi hermana. Deja el café en la mesilla y desaloja a su hijo de mis brazos, no se me vaya a olvidar que lo tengo cogido. Resoplo y le regalo una sonrisa falsa.

–La chica esa, la fisioterapeuta, también trata a bebés. ¡Tendrías que haberla visto con un pijama de muñequitos intentando destensarme la espalda!

–¿Usa un pijama infantil con los adultos? –me sigue el juego. Entiende que necesito apartar los nubarrones de mi mente.

–La culpa ha sido mía. Llegué tarde por el tráfico y aprovechó para atender a un crío mientras. No tuvo tiempo de cambiarse.

–Bueno es saberlo. –Estrecha a Guille contra su pecho–. ¡Aunque ojalá no necesitemos nunca sus servicios!

–¿Cuándo vuelves? –participa mi madre, regresando a su patuco azul.

–El viernes.

Suenan unas llaves en la puerta y aparece mi cuñado. Hoy tampoco ha venido a comer. Suelo bromearle con que tiene una amante en la oficina; sin embargo, le basta con mirar a Berta para que se le caiga la baba. Está hasta las trancas por ella, a pesar de que se llevan siete años y el joven es él. Se conocieron en los juzgados, durante un juicio, y desde entonces no se han separado. Resultarán unos tiburones en sus respectivos despachos, pero en casa semejan un par de tortolitos. Lo cierto es que me dan envidia. Yo nunca me he enamorado. Jamás he sentido la necesidad de dejarlo todo por otra persona. Tengo mis rollos de cama y punto.

Germán me palmea un hombro y tira su maletín en el sillón de al lado para coger a su hijo. Con el traje entallado de un azul oscuro inclasificable para mis escasos conocimientos de moda, y su bebé en el regazo, parece un posado de anuncio. Sin ser guapo tiene un atractivo *morboso*, según Berta, y un carácter afable que atrae a cualquiera. Antes de que pregunte, su mujer se adelanta:

–Jacobo ha ido a la fisioterapeuta de Madrid, la conocida de Tomás...

A partir de ahí desconecto. ¡Total, ya conozco la historia!

4

VECINAS DEL ALMA

Llego reventada. Gracias a Dios, no me falta el trabajo, pero quien necesita un buen masaje después de doce horas de atender pacientes soy yo. No obstante, me dirijo a la puerta contraria a la mía en el rellano y pulso el timbre una sola vez. Si Aitor está dormido, mejor no despertarlo.

Isa abre con los ojos brillantes de expectación y las greñas alborotadas de hacerse nudos.

El recuerdo del militar me calienta un poco el cuerpo, lo admito, pero me siento tan derrengada que ni para fantasías eróticas estoy.

–Mañana hablamos. Aitor bien, imagino.

–¿Me vas a dejar así? ¡Llevo esperándote toda la tarde!

–¡Y yo llevo currando desde las nueve de la mañana!

–Por eso te tengo una lasaña de verdura en el horno y he sacado a pasear a tu perro –pondera con sorna.

Como si hubiera sido convocado, Teo aparece al lado de Isa y alza el morro para que lo acaricie. Me agacho a abrazarlo y me lame la cara. ¡Menuda madre estoy hecha! El pobre me ve durante la semana al desayunar y al acostarnos, porque rara vez dispongo de tiempo a mediodía para sacarlo un rato. De no ser por Isa, sería un perro tan abandonado como cuando lo encontré en el portal. Bien es cierto que me enamoré de él nada más descubrirlo acurrucado bajo el hueco de la escalera, pero no sé si hubiera tenido la fortaleza de adoptarlo de no haber insistido Isabel en que llevaríamos la custodia a medias. Tampoco ella esperaría que el amparo iba a ser tan parcial para mí, que solo me ocupo del border collie los fines de semana y fiestas de guardar.

Reanimada por el cariño perruno y vecinal, entro en el piso de Isa y me deshago de mi chaquetón de lana y las zapatillas de deporte.

Se está bien aquí. Con su alma bohemia, Isa ha creado un reducto de paz en su piso de dos habitaciones. Lo compró de ese tamaño a propósito porque siempre tuvo claro que tendría un hijo. Uno solo. Una madre soltera no necesita más cargos. Y para lograr este, se acostó con el tío más guapo que encontró en una discoteca, decidida a que los genes de su vástago fueran potencialmente atractivos, ya que ella tampoco está mal. Lo que no quiere es un hombre en su vida. Un amante sí, pero hasta ahí, que luego llegan los conflictos y ella, en algunos sentidos, se considera muy práctica. ¡No en vano desciende de una familia de ricachos crecida al amparo de matrimonios concertados!

Dejo de irme por las ramas en cuanto Isa saca la lasaña del horno y la coloca sobre la mesa baja. Me tiene preparado el mantel individual, los cubiertos y, por supuesto, una copa con vino. Su cerveza sin alcohol ya está empezada. Se tira en la alfombra y me dice, simplemente: «Larga».

Le cuento, claro. Aunque tampoco hay tanta materia para describir, excepto lo macizo del cuerpo de Jacobo y las heridas que esconde.

Tras una hora de risoterapia, terminada la botella de vino y con los ronquidos de Teo de fondo, me incorporo como puedo y me marcho a mi casa. A mi collie no le agrada que lo despierte de su letargo, pero enseguida me adelanta en el apartamento (el mío es de dormitorio único) y se tumba en la alfombra, a los pies de la cama, para seguir su sueño.

Me obligo a darme una ducha, me pongo la primera camiseta limpia que pillo en el cajón y me meto en la cama. Poco me importa que no sean ni las once. Mi cuerpo no da para más.

Por suerte, mañana es jueves y toca pilates. ¡Curro una hora menos y encima me divierto con el grupo de locas de mis compañeras!

5

NEURAS

El reloj digital de mi mesilla marca las seis y media. Me visto con un pantalón de chándal y una sudadera y salgo del dormitorio de puntillas para no despertar a nadie. Necesito desfogar la angustia de mi alma y poner a punto la maldita pierna. Pese a no tener restos de metralla dentro, el daño ha sido profundo y mi musculatura se resiente. Quedan cicatrices y rojeces en el muslo y la cadera, pero el cirujano aseguró que desaparecerían con el tiempo. No es que la estética me importe, pero tampoco me entusiasma dar el cante cuando me muestro en bañador.

El sigilo no sirve de nada. Berta da el pecho a Guillermo, sentada en una de sus butacas de diseño, mientras Germán prepara un bibe de refuerzo. ¡Sí que ha salido tragón el enano!

–¿No es un poco pronto? Afuera es de noche –musita mi cuñado al percatarse de mi presencia.

–Me vendrá bien el fresco.

–¿Quieres que te acompañe? Total, ya estoy en pie y aquí no es que sea imprescindible...

Le lanzo una sonrisa amistosa y niego con un gesto. Me gusta correr solo.

–Otro día.

Germán asiente. Si de algo no se puede acusar a mi cuñado es de entrometido.

Miro a mi hermana y a mi sobrino con cariño y me calzo las deportivas en el recibidor. Después salgo a trotar por las calles. Me gusta la zona, está arbolada y bien iluminada. Y, sobre todo, pese a ser un inmenso dormitorio, es tranquila.

Pruebo a desconectar la mente y a sentir el frío en el rostro, centrado en el ejercicio. No uso cascos ni música que me distraiga. Otra costumbre del trabajo: estar siempre alerta.

El recuerdo de mis compañeros, de la última misión, de la bomba, me ataca de improviso. Con un jadeo atronador me doblo en dos y respiro hondo para controlar las ganas de vomitar. Me humilla sentirme débil. ¡Estoy preparado para soportar todo tipo de situaciones! Poseo un expediente brillante de mi paso por la academia y de mi formación como boina verde. Incluso logré sobrellevar una simulación de tortura, que de simulación tuvo poco, ¿y ahora me estremezco por un estúpido incidente? Aprieto los puños y me incorporo, mirando en rededor por si alguien me ha visto. Por suerte, estoy solo en las inmediaciones.

Realizo ejercicios de respiración y Jana me viene a la mente. Sus calmados «inspira, espira» me llenan los oídos. Camino a pasos cortos con la imaginación en sus labios. Casi puedo oírla.

Me voy enfriando, por dentro y por fuera, y entro en un bar para pedir una infusión. He salido sin la cartera, pero Pedro me conoce lo bastante para fiarme la tila.

6

PILATES

Los martes y jueves son mis días favoritos de la semana desde que Isa y yo nos apuntamos a pilates. Ella empezó con el bombo bien plantado y yo con una urgente necesidad de evadirme del trabajo y de las sesiones maratonianas de gimnasio que me pegaba. Acudimos a un centro cerca de casa, apenas a diez minutos dando un paseo. Es moderno y atienden otras disciplinas, como danza clásica, yoga, capoeira, flamenco... Lo que hace que nos crucemos por los pasillos con gente que luce una pinta de lo más variada. ¡Me encanta! Si algo me apasiona de vivir en Madrid es la disparidad de personas que lo habitan. Yo soy de Badajoz y estaba acostumbrada a otras cosas. Los extranjeros más exóticos allí son los portugueses o los japoneses, y esos no cuentan porque están hasta en la sopa en cualquier rincón del planeta.

En pilates tenemos una monitora bastante joven, Melisa, con cara de cría, pero muy profesional. Dice que somos su grupo favorito, por lo gamberras, que alborotamos el local con nuestras risas y se lo

pasa genial. Las alumnas formamos un grupo hete-
rogéneo: la más joven es Ema, una administrativa
encantadora cuyo novio acaba de meterse a empre-
sario churrero y la tiene mártir los fines de semana
atendiendo mesas en su negocio. La acompaña su
madre, Coral, que curra limpiando en un hotel de
cuatro estrellas y a la que he tenido que atender en
más de una ocasión porque las condiciones labora-
les que tienen las camareras de piso son penosas.
Cuando no se daña la espalda doblando el espinazo
haciendo camas, le duelen los brazos de abrillantar
cristales. En el intermedio treinta/cuarenta se sitúan
Mónica, María Jesús y Yaiza. La primera es pedia-
tra, la segunda secretaria y la tercera abogada. Les
siguen Alejandra, médico, Patricia, dueña de cons-
tructora, e Isa. Conmigo, nueve en total. Quisieron
reducirnos el grupo al principio, pero encajamos tan
bien que nos negamos. Preferimos estar estrechas a
separarnos. Además, raro es el día que acudimos
todas. Con semejantes ocupaciones, cuando una
no tiene guardia, otra tiene inconvenientes con los
niños y a otra le sale un viaje de negocios y lo tiene
que dejar toda la semana. Ni en verano hemos ce-
sado de pagar la cuota, con tal de que no metieran
gente nueva y desbarataran la pequeña familia que
hemos formado. Hasta el momento nos limitamos
al grupo de WhatsApp para comunicarnos incidencias importantes (juramos no compartir tonterías
antes de abrirlo, y lo vamos cumpliendo). Nos falta
dar el paso de quedar para tomar algo y celebrar los
cumples, pero en cuanto Melisa nos despide salimos
pitando, cada una a nuestros compromisos.

Isa y yo paramos de vez en cuando en La Vía
Láctea de camino a casa. Es un garito abigarrado de
objetos, con estética de *rock* y pop, empapelado con

pósteres de músicos. Desprende buen rollo y se escucha una música excelente. Para remate, dispone de una mesa de billar y, antes de que Isa no pudiera con la barriga, nos dábamos unos tutes maravillosos jugando en ella.

Volviendo a pilates, me viene de perlas lo de estirarme y seguir instrucciones en vez de darlas yo. Disfruto con los ejercicios, con los comentarios *picantes*, los cotilleos acerca de nuestras vidas... El día que nos da por tener consultas médicas, Melisa tiene que llamarnos al orden. Una noche, Isa sacó el asunto de que los vibradores se inventaron para que no se le cansara el dedo al tío que curaba la histeria femenina y nos partimos de la risa. ¡Solo imaginar a un tipejo con el dedo metido en la vagina de una señora tumbada en la camilla, ambos con cara de circunstancias, hasta que ella llegara al orgasmo, es para morirse! Eso sí, que tacharan de *histeria femenina* a la insatisfacción sexual da bastante pena. ¡Lo alucinante es saber que el vibrador eléctrico llegó al mercado antes que el aspirador o la plancha moderna! Siempre salimos con información inesperada: de sexo, de cómo prevenir o curar enfermedades de los niños (le consulto muchos síntomas de mis pacientes infantiles a Mónica), de resolver papeleo, de cotilleos de los famosos que pasan por el hotel... Y cuando Isa tiene entre manos alguna novela interesante, nos la va contando por entregas y la asesoramos sobre si debe editarla o no. En definitiva, que son días de jolgorio y amistad, lo cual, a dos solitarias como Isa y yo, nos viene de perlas.

Esta noche soy la protagonista. La deslenguada de mi vecina no ha podido evitar contarles que tengo al cachas más guapo del planeta por paciente y me han acribillado a preguntas. Les he dicho la verdad, que está como un queso y que es militar, pero la información sobre sus síntomas me la he guardado, que esa no le importa a nadie fuera de la consulta.

Saben que no tengo pareja ni me van los rollos esporádicos, así que se lanzan a inventar un posible idilio. Ya me ven del brazo de un macizo y haciendo malabarismos en la cama.

No es que esté prohibido, pero no me parecería correcto acostarme con alguien que estoy tratando. No hasta que el proceso termine, al menos.

Que esa eventualidad quede abierta, sin embargo, no me parece tan mala, lo admito. Pero jamás lo diré en voz alta. ¡Para qué quiero más con estas locas!

7

SEGUNDA SESIÓN

He viajado en el Cercanías. No me siento seguro desde el incidente de ayer por la mañana y la jaqueca me acribilla las sienes y la nuca con una fuerza descomunal. No quise decírselo a Berta porque hubiera insistido en traerme ella, y tampoco es que ande muy bien de sueño y tiempo con Guille. Además, ¡para qué mentirme! No quiero incluir a nadie de mi familia en el entorno de Jana. Me apetece tener algo que sea solo mío, alguien que se relacione conmigo como ser independiente. Y si Berta conoce a Jana la va a atosigar a preguntas. No puede evitarlo. Le sale el espíritu jurista y saca hasta la cartilla de bautismo del oponente.

Cuando abre la puerta lo hace con una sonrisa y... ¡Oh, lástima! Con un pijama blanco. Le queda estupendo, pero me gusta el otro. Lo adivina y se ríe.

–¡Ya estás un poco mayor para Bob Esponja!

–Guille aún no ve esas cosas. No conozco al muñeco.

–¿Quién es Guille?

Entrecierra los ojos con curiosidad y... ¿sorpresa?

Podría ser mi hijo, claro. Ignora mi vida privada. Me halaga que no le guste la idea. Por cierto, a ella la he imaginado sin hijos ni marido, tampoco sé por qué. Las ganas, supongo.

–Mi sobrino –confieso con deje travieso–. Vivo con mi hermana, mi cuñado y mi madre en Tres Cantos. Berta tuvo a Guille hace cuatro meses.

Ella se hace a un lado y me da la espalda, así que no puedo ver su expresión. La sigo hasta la sala pequeña y cuelgo el chaquetón de paño en la percha que me indica. Esta tarde hace frío. Me he puesto un suéter negro con los tejanos.

La provoco:

–¿Me quito la parte de arriba?

Busco su rostro y descubro una sonrisa burlona.

–Vamos a seguir la misma técnica, a no ser que tengas algo nuevo que comentarme; así que, sí, quítate el suéter.

Lo hago y me pide que me tumbe boca arriba, con las manos a los costados. Se sitúa en el taburete y me levanta la cabeza con una suavidad asombrosa para después pillar dos puntos en mi nuca que me hacen ver las estrellas.

–¿Has tenido algún problema desde el miércoles?

«¿Es bruja?». Es lo primero que pienso.

–¿Por qué lo preguntas?

–Lo que estoy tocando son los puntos gatillo miofasciales. Y me indican que están más inflamados que el otro día, por lo tanto, puedo leer en tu organismo que algo te ha ocurrido.

Poso mis ojos sobre los suyos. Parece muy seria.

–¿Qué es eso de la miofascia? No he tenido tiempo de investigarlo y siento curiosidad.

Ella se muerde el labio inferior y deja las manos a ambos lados de mi cabeza. Habla sin dejar de mirarme, aunque resulte un poco raro verla desde mi posición.

–Te supongo un tipo aplicado, así que no te costará entenderlo. Las fascias son un tejido de colágeno que recubre todas las estructuras del cuerpo, tanto el esqueleto como los músculos o los órganos. Su función es que el cuerpo funcione como una sola unidad. Si la fascia está relajada y estirada, nuestro cuerpo no nos duele; sin embargo, a causa de lesiones, traumatismos, posturas incorrectas e incluso estrés, se tensa y provoca dolor y falta de movilidad. A través de ciertos puntos del organismo localizamos qué partes están dañadas y los nudos de tu cabeza me hablan de un episodio profundo de estrés. –Enarca una ceja, evaluándome–. ¿Lo has tenido o no?

Me incorporo de un tirón y la cabeza me da vueltas. Ella me sujeta del brazo para equilibrarme y puedo sentir la descarga a través de sus dedos tibios. Ella también la nota, pero se limita a bajar la mirada.

–¡No te incorpores nunca a esa velocidad! –me recrimina.

–¡Disculpa! Es que me incomoda hablar contigo desde esa posición.

Regresa al taburete, desde donde me estudia con las piernas flexionadas y las manos entre ellas, expectante.

–Cuéntame.

–Ayer salí a correr muy temprano. Me estallaba la cabeza por la falta de sueño y pensé que el aire me sentaría bien. Pero al poco de estar en la calle se me fue la pinza y me asaltaron visiones que... –Cabeceo, incapaz de entrar en detalles–. Me quedé sin aliento y estuve a un tris de vomitar. Hasta que no recordé tus pautas de respiración no conseguí tranquilizarme. Pero el dolor de cabeza ha seguido ahí, machacándome.

Ella asiente, tan seria que me entran ganas de soltar alguna broma que relaje el ambiente, pero consigo callarme.

–Me temo que tu estado de ansiedad necesita más que mis cuidados. ¿Te está viendo algún psiquiatra?

Enarco las cejas, evidenciando mi desagrado.

–¿Piensas que necesito un loquero?

–Pienso que hay cosas que no vas a contarme y no sé si podré ayudarte a liberar tus problemas. Una parte de la curación es la física y yo puedo tratarla, puedo conseguir que desaparezcan las migrañas, pero solo si *tú* –subraya– te esfuerzas en desbloquear el nudo de tu dolor. Tienes que asimilar que, lo que sea que te daña, hay que arrojarlo fuera. Del modo que prefieras, pero echarlo; no protegerlo y guardarlo. Ni siquiera hace falta que se lo cuentes a alguien, aunque un especialista ayudaría, pero si lo reflexionas y asumes, también servirá... –Esboza una mueca de disculpa–. Espero.

La miro con atención. Parece muy adulta la joven fisioterapeuta.

–No soy una persona fácil, Jana. Tendrás que conformarte con lo que ves e intentar curar lo que puedas. El resto... –Me encojo de hombros, resignado.

–¿Todos los militares tenéis un ego a lo Bruce Willis? Su enojo me divierte.

–¿Insinúas que nos creemos héroes?

–Algo así.

–Es posible. Tenemos mucho de imbéciles, sí.

Ella entrecierra los ojos de ese modo tan personal y se levanta del taburete para presionarme los hombros.

–Muy bien, señor imbécil, pero en mi consulta

mando yo. Túmbate boca arriba y no abras la boca hasta que te pregunte. Por cierto, ¿qué tienes tatuado en la espalda?

Río, desconcertado por el giro de conversación mientras acato la orden.

–Un dibujo tribal.

Hace un ligero sonido de asentimiento y vuelve a taladrarme el cráneo con los dedos. Cierra los ojos y reconoce mi cabeza lentamente, tan lentamente que me hubiera dormido de no lastimarme el simple contacto. Después me clava los nudillos en la nuca y la masajea con pericia. Pasa a los hombros y no toca músculo sin que me duela. Repasa mis pectorales y los palpa igual, clavando dedos y nudillos, estirando y estrujando. He de contener el aliento varias veces para no quejarme. Ni siquiera tenerla sobre mí levanta cierta parte de mi anatomía ni despierta mi lujuria. Solo veo las estrellas. ¡A fogonazos!

–Date la vuelta. Muy despacio. Este tipo de sesiones solo debemos usarlas una vez a la semana; la del miércoles fue de reconocimiento, por eso la he repetido, pero ya te dije que combinaría con otras técnicas. El lunes te trataré las cervicales, ahora estás bastante machacado –informa, como si fuera lógico decirle a un soldado de élite que está baldado–. Este fin de semana no tomes alcohol e hidrátate mucho. Elimina las toxinas de tu organismo. Nada de excitantes. Y si realizas ejercicios que sean de estiramientos.

–¿Hemos terminado?

¡No puedo creerlo! ¡Si acabo de llegar!

Jana mira un pequeño reloj digital y se compadece de mi semblante derrotado.

–Quedan cinco minutos. Intentaré relajarte la espalda.

Contemplo cómo se aplica unas gotas de bálsamo en las palmas, lo calienta, y las posa sobre mis lumbares. Amasa ambos lados, de abajo arriba. Siento que apoya una de sus manos sobre la otra y aplica fuerza en mis omóplatos. Se detiene un instante a mirar el dibujo y musita: «Es bonito», antes de abarcar con las palmas abiertas mis trapecios y bajar hasta la zona lumbar. Las puntas de sus dedos tocan el borde de mis bóxeres y algo se reaviva en mi interior. Si sumo el contacto de sus manos y el aliento en mi nuca, no es raro que me encuentre pensando en cómo sería tenerla tumbada sobre mí, haciendo esos movimientos sin el lastre de las ropas.

Se detiene de improviso y me asusta que pueda leerme el pensamiento. Pero no, ha sonado el timbre. ¡Salvado por la campana!

–Lo siento, Jacobo. ¿Te vas vistiendo?

Sale. No sé si lo veo o lo imagino, pero juraría que un ligero sonrojo tiñe sus mejillas.

8

PREOCUPACIÓN

Los viernes de antes eran viernes como Dios manda.

Cerraba la clínica, me duchaba, daba una vuelta con Teo y después salíamos Isa y yo a cenar y a lo que la noche quisiera depararnos.

Isa es la única amiga permanente que tengo. Con Alberto y Nora, mis compañeros de piso de cuando estaba en la facultad, me reúno de tarde en tarde para tomar unas copas, pero con quien puedo contar siempre es con Isa. Sin embargo, desde que Aitor llegó a nuestras vidas, los viernes son igual hasta la parte donde saco a Teo; el resto se ha restringido a zampar comida basura (único día de la semana que me lo permito, por otra parte) mientras visionamos películas o series. Como también coincidimos en gustos, románticas, policíacas o de intriga, resulta fácil ponernos de acuerdo. Pero claro, tengo veintisiete años. ¡A veces añoro un poco de caña en mi anodina existencia!

Mientras Teo hace cabriolas por la plaza y se deja acariciar por los niños, mi mente se empeña en recordarme a Jacobo Montalván. No por su atractivo, que también; es que me ha dejado preocupada su confesión de esta tarde. ¿Qué demonios atacarán su subconsciente para tener semejantes migrañas? ¡Que le den arcadas es muy fuerte! ¡Un tío tan grande, con veteranía! ¿Qué lo descontrolará de ese modo? No tiene heridas visibles que me hagan pensar en un atentado, ni lesiones permanentes físicas; pero de las mentales no me cabe duda. Igual, si se abriera y me contara parte de lo que le atormenta, podría aconsejarle. Aunque ¿quién soy yo? Excepto darle pautas de relajación, poco puedo ofrecerle.

¡Me tiene un pelín obsesionada! Desde que entró por mi puerta el miércoles, apenas lo aparto de la cabeza. Para colmo, ¡nos dan descargas cuando nos tocamos!

Pura física, lo sé. Fricción y ya está. Pero el corazón se me pone a mil cuando lo tengo cerca.

¡Anda que no le sacarían jugo a esto las chicas de pilates! No le voy a contar nada a Isa, que es una cotorra sin control sobre su lengua y fijo que les largaría que estoy enamorada. ¡Para haber sido madre soltera por decisión propia y haberse buscado el semen de una manera rastrera, tiene un alma de romanticona que no sé por qué se empeña en esconder!

Ahora que pienso en ella, más vale que Teo y yo volvamos a casa. En cuanto tardo más de lo habitual se pone nerviosa por si nos ha pasado cualquier contratiempo. ¡Como si no viviéramos en un barrio que parece un pueblo! Me voy cruzando con vecinos del bloque, con las chicas de Magpie, la tienda de ropa y objetos *vintage* que tanto me gusta, con los peluqueros de El Señorito, con las señoras de Espacio SODePAZ, de comercio justo, y hasta con los dependientes de Houseplant. ¡Medio barrio está en la calle! Claro que, siendo viernes y la hora de cerrar, es lo lógico.

«¿Qué estará haciendo ahora Jacobo Montalván?».

9

OBNUBILADO

¡Qué puñetas ha hecho la niña esa para dejarme tan tocado? ¡He regresado en el metro sin poder borrar su imagen de mi cabeza! Con ese pijama blanco, esa sonrisa dulce y esa mirada melosa que parece querer taladrar mi mente y borrar de un plumazo mis angustias. ¡Cómo me gustaría que pudiera hacerlo! Pero dudo que ningún alma cándida sea capaz de limpiar mi interior de tanta basura como acumulo. Son demasiados años de servicio, de dedicación exclusiva para *salvar al mundo* de las amenazas.

¡En estos momentos, ni sé en lo que creo! He visto gente buena y mala en los dos frentes, así que no me fío de los estereotipos ni de las milongas que nos sueltan los jefes o los políticos.

En casa, otra vez a soportar las miradas de expectación. Germán y Berta salen esta noche de cena con unos amigos. Han insistido para que les acompañe, pero no me apetece. La última vez me acosó Vera, una amiga divorciada de mi hermana, que piensa que todos los solteros estamos disponibles. Y resulta que uno tiene sus gustos. No me importa que me *entren* si estoy interesado, pero, si no es así, también me apetece que lo entiendan y no se sientan ofendidas. ¡Paso de conflictos! Bastante tengo con lidiar mis batallas internas. Haré de niñero con mi sobrino y me tragaré uno de los horribles programas que embelesan a mi madre.

¿Qué hará Jana? ¡Tendrá planes! No puede ser de otro modo, a su edad y con su cuerpo. Debería darme un garbeo por los bares del centro y jugar al encontradizo. ¡Pero qué idiota! ¡Como no es grande Madrid! Al menos tendré que sonsacarle qué actividades le gustan. Igual odia los bares y es de las que se meten en un gimnasio a pasar la noche, o en el cine, o... ¿Y si le van los sitios extremos? Esos de sexo duro. ¡Nunca puedes fiarte de la apariencia! ¡Dios! ¡Pienso en ella vestida de cuero y con una fusta en la mano y se me pone dura! Mejor me encierro en mi cuarto hasta que se me pase el calentón, o me doy una ducha fría.

¡Jodida Jana! ¡Ni se imagina de qué extraño modo me ha cambiado la rutina!

10

TEO

Me despierto con la humedad fría de un hocico en mi mejilla. Sé que es Teo. Lo hace todas las mañanas. Pero hoy no me apetece despertarme. He tenido un sueño subidito de tono con Jacobo.

¡Qué vergüenza, por Dios! ¡Cuando nos veamos el lunes, lo va a notar! Me voy a poner más roja que la bandera solo de pensar que he estado arañando el tatuaje de su espalda y me he aferrado a esos brazos de hierro. ¿He dicho que en uno tiene grabado un torques? ¡Como el que lucen en las portadas de *Highlanders* que tanto me gustan!

Ha resultado tan vívido que me ha dejado desmadejada. ¡Que me he corrido, vaya! ¡Así, dormida! ¡No tengo perdón! Ni sé los meses que llevo sin acostarme con nadie, y ahora me cuelgo por un paciente cargado de neuras al que la idea de ligar debe de ser lo último que le pase por la cabeza.

Me levanto de un tirón, resuelta a poner fin a esta locura mental, me doy una ducha y, con mallas y sudadera, me lanzo a la calle a buscar sosiego.

Bajo por las escaleras y Teo me adelanta con el

rabo en alto, contento porque se huele que toca paseo intensivo. Cuando lo saca Isa, el pobre se limita al barrio y al ritmo del carrito de Aitor, pero conmigo puede correr libremente y desfogarse.

Vamos al Retiro. Me fascina su ambiente cosmopolita, sus kioscos, las arboledas y los senderos.

Teo juega con otros de su especie mientras comparto novedades perrunas con los *padres* de las criaturas: que si esta peluquería es más barata, que si tal veterinario resulta muy innovador, que si usar este o aquel producto para los parásitos. En fin, charlas típicas entre la gente que optamos por cuidar seres de cuatro patas en vez de dos.

Teo es un animal afortunado porque lo encontré hace apenas un año y lo adopté. Podría haber dado con otra persona que hubiera llamado a la policía local y lo hubieran trasladado a la perrera. Podrían, incluso, haberlo sacrificado. Pero yo también soy afortunada. Teo me obliga a salir de mi zona de confort, a ser menos egoísta y comodona, a responsabilizarme de su comida o de que lo saquen a pasear cuando no estoy. Me ha obligado a madurar, igual que Aitor a Isa. Claro que lo suyo fue una decisión muy pensada y yo tuve que arriesgarme en cuestión de minutos.

Hoy por hoy, no me arrepiento. Amo a este chucho con toda mi alma. Es un animal precioso, con el frente de la cara, el pecho y las patas blancas, y el resto del pelaje de color canela. Además es cariñoso, generoso y educado. Los niños del barrio lo adoran y él permite sus perrerías humanas sin protestar. Deja que le agarren de las orejas o le tiren del rabo y no ladra siquiera. Cuando algo le molesta demasiado, avisa dando un lametón. Excepto a mí o Isa, que nos los da de continuo.

No soy de animales domésticos. De adolescente tuve peces y siempre se me morían. Alguna que otra tortuga se me fastidió también. Los pájaros me gustan en el campo. No soporto las jaulas. Pero Teo llegó y me lo quedé. Y aquí estamos, queriéndonos el uno al otro.

Si a mí me hubieran dejado en el hueco de una escalera también habría deseado encontrar un alma caritativa que me proporcionara calor y consuelo. Por fortuna, mis padres son maravillosos y me regalaron el mejor hogar que pude tener. No sé lo que es el abandono; pero a la gente que no tiene corazón se le debería caer a pedazos la cara para que el resto del mundo supiera a qué tipo de persona se enfrenta. No entiendo esa maldad. Ni la perdono tampoco.

11

AVISTAMIENTO

¡No puedo creerlo! Estoy en el Retiro con mi familia, tomando unas cañas, cuando me llama la atención un corro de perros que juguetean por el césped. Los miro con detenimiento y de golpe la distingo a ella, en un aparte, con un grupo de personas de distintas edades. Hablan animados y miran a las mascotas. Deben de ser sus dueños.

O sea, que la pequeña Jana tiene perro. Hijo no sé, pero perro sí.

A partir de ese momento me desentiendo de la conversación de mi familia, que gira alrededor de la cena de anoche en un japonés, y me centro en observarla. Se la ve feliz, divertida con el border collie que, a menudo, corre hasta ella y la olfatea o le ofrece la pata. Ella se agacha y lo abraza entre risas, incluso se revuelca en la hierba con él. Lleva unas mallas de color violeta oscuro y una sudadera de igual color, pero un tono más claro. Le favorece esa gama, incluso en la distancia. Seguro que tiene las deportivas a juego. Parece de ese tipo de chicas que no pueden evitar salir monas, aunque vayan a tirar la basura. Eso, y que posee una elegancia innata. De la que no se compra.

Berta nota que estoy absorto y me da un codazo con un mudo interrogante. Sonrío con sorna, pero no respondo. Por ahora, Jana González es solo mía.

Veo por el rabillo del ojo que abandona la zona de hierba y le pone el collar al perro. Después le da un abrazo, enterrando la cara en el cuello peludo. ¡Maldita sea! ¿Siento celos?

Desaparecen sendero abajo y retorno la atención a los míos, aunque mi cabeza la sigue hasta abandonar el parque y adentrarse en las calles del centro de Madrid.

¡Qué despacio corre el tiempo cuando uno quiere algo! ¡Pues no va a resultar que me he vuelto adicto a las sesiones de fisioterapia!

12

ISABEL

Suele ocurrir que los sábados y domingos comparta almuerzos y cenas con Isa. Pero hoy mi amiga y vecina tiene reunión familiar, así que me preparo una bandeja con chuletas de Sajonia y espárragos verdes y como en la mesa baja, dejándome acunar por el sol que atraviesa el ventanal de mi salón. De fondo, música de Juanes a escaso volumen, que bastante *chill out* tengo en la consulta. ¡Más feliz que una perdiz!

Me compadezco de la pobre Isabel. Estará aguantando la mirada reprobatoria de su padre, quien jamás le va a perdonar que haya engendrado un hijo sin padre ilustre; la de conmiseración de su madre, que tampoco entiende que quiera criar a un hijo sola; y la desdeñosa de su hermano Jaime, que tiene una prole de seis y otro en camino; todos calcados por el mismo patrón, de un rubio ario que dan miedo, clon de Margot, su mujercita alemana.

Los machos alfa y ella trabajan en la Editorial Littera, fundada por la bisabuela, Isabel, una mujer de armas tomar con ideas republicanas, pero la descendencia le salió clasista. Menos Isa, que asegura ser su reencarnación.

Isa eligió dedicarse a los manuscritos de novela mágica y romántica, que es con lo que disfruta, y como los suyos lo consideran literatura menor, se lo adjudicaron. Publican esos sellos porque les sacan las castañas del fuego. Entre leer un tostón de ensayo o una historia del toreo, el personal prefiere sus ediciones. Además, Isa tiene buen ojo para descubrir talentos y suele hallar novedades interesantes. La ayudo a valorar cuando tiene dudas y, por lo general, coincidimos. Nos gustan los mismos estilos e idéntica prosa.

Mi casa está llena de libros, aparte de los que me competen por trabajo. La mayor parte son regalos o préstamos de su alucinante biblioteca. El día que habite una mansión, dedicaré una sala únicamente a libros. Con chimenea y ventanal. ¡De sueños también se vive!

Aunque lo cierto es que me encanta mi minipiso en el centro de Madrid. Tengo una cocina americana que apenas uso. Un baño con ducha de hidromasaje. Un dormitorio con armario empotrado, cama de 150 y taburete *vintage* que hace las veces de mesita de noche. Y un salón, la única zona grande de la casa, con vistas a la calle La Palma, gracias a un ventanal de doble acristalamiento. Las estanterías ocupan dos paredes y hay cuadros y máscaras exóticas repartidas por las otras. La habitación se divide en dos espacios. Uno para la mesa alta de cristal y cuatro sillas de cuero rojo, y otro para la *chaise longue* en tono azur (así, como suena), una mesita baja de Ikea y una alfombra que es el refugio preferido de Teo. Antes era cansino andar quitando pelos de toda la casa, pero desde que me compré una «Roberta»

(Rowenta) los pelos y el polvo desaparecen con facilidad de mis suelos. La dejo en marcha cuando salgo y ella sola se recarga en su base. ¡Adoro la tecnología!

Isabel prefiere una señora a una máquina. Le limpian el piso en días alternos. Claro que el suyo tiene cocina de verdad, un baño, el salón y dos habitaciones. Su decoración parece salida de Magpie. Lo que pasa es que sus cosas no son *aparentemente antiguas*, es que *son* antiguas. Recogió todo lo que su madre no quiso y logró una mezcla entre *hippie* y *vintage* de lo más acogedora. Eso no quita que la televisión de plasma ocupe media pared del salón o que tenga un horno maravilloso en el que disfruta haciendo repostería y comida rica rica. Si no, ¿dónde iba yo a alimentarme decentemente?

Ahora está de excedencia, aunque se trae el trabajo a casa. Se dedica a cuidar de Aitor, que para eso es un hijo deseado, y a cocinar, que es su segunda pasión después de la lectura. También se ocupa de Teo, todo hay que decirlo. Lo de atenderlo a medias se lo tomó en serio y mi *chico*, en vez de vivir conmigo, se podría decir que *duerme* conmigo.

Aquí lo tengo, roncando, mientras el sol ilumina su pelaje canela y blanco. Es un amor.

¡En un rato nos vamos a San Ildefonso y damos una vuelta hasta la hora de la cena! ¡Presumiré de hijo perruno!

13

COLUMNA VERTEBRAL

Aparco mi Harley en la plaza de la Luna. Ignoro por qué la apodan así cuando su nombre real es Santa María Soledad Torres Acosta. ¡Lo mismo es para abreviar, que más que un nombre parece un sermón! Por puro azar me fijo en una placa que no vi la otra vez. Dejo mi moto asegurada a la vera de un árbol y leo en el granito negro algo sobre mundos paralelos que me deja perplejo.

Le preguntaré a Jana. Me huele que a ella le interesan esas materias.

Me recibe con el pijama blanco y una sonrisa espléndida. No parece que le molesten los lunes como al resto de los mortales.

–Hola, Jacobo. ¿Qué tal el fin de semana? –Se ruboriza como si se hubiera tomado excesivas confianzas, lo cual me provoca regocijo–. Me refiero a si controlaste bien la jaqueca.

–He estado francamente mejor –admito, dejando la cazadora sobre una silla. No hay nadie más en la clínica, por lo que parece.

–Me alegro. Adelante, pasa. Ya conoces el camino.

Ella entra en su despacho mientras yo me quito las botas y la camiseta de manga larga. Regresa con una hoja de papel.

–Te he impreso una lista de alimentos que deberías desterrar de tu dieta hasta que cesen los dolores de cabeza. Son vasodilatadores y no te convienen.

No me la entrega, la deja sobre una pequeña mesa auxiliar.

–Quedé en tratarte las cervicales. ¿Te parece bien?

La miro con abierta sorna.

–Tú diriges.

Me devuelve una sonrisa burlona.

–Pues siéntate derecho y déjame que las estudie.

–¿Puedo hablar mientras lo haces?

–¡Claro!

Me concentro en mi voz para no hacerlo en sus manos, que palpan mi columna vertebral de arriba abajo. Siento su aliento en mi cuello y el calor que desprende su cuerpo. ¡Una tentación poderosa! Agradezco que me hayan entrenado para disimular emociones.

–He visto una placa sorprendente en el suelo de la calle. ¿Sabes a qué me refiero?

Responde riendo.

–¡Por supuesto! La de Eames Demetrios. Cuenta la historia de un personaje de nombre rarito que llegó a esta plaza antes de pasar a la Umbraesfera. Al parecer, vivimos en un universo paralelo al suyo. Tiene otras placas distribuidas por diferentes ciudades del mundo. Unas ochenta en total, parece. Según mi amiga Isa, que es editora, Eames pretende narrar una crónica usando la piedra en vez del papel.

Tuerzo el cuello para mirarla, pero ella me obliga con firmeza a seguir de frente y a doblar la espalda.

–¿Qué es eso de la Umbraesfera?

Jana replica con guasa, poniendo voz de ultra-tumba:

–¡El lugar donde las sombras y todo lugar sin luz conectan!

–¡Madre mía, cuánto pirado!

Lo exclamo sin pensar y ella suelta una carcajada.

–¡La imaginación es libre! Y él procede de una familia muy creativa. Sus abuelos fueron unos arquitectos americanos polifacéticos y bastante famosos, diseñadores de muebles que han pasado a la historia. También rodaron cortometrajes interesantes.

–Eres muy cultureta tú, ¿no? –bromeo.

–¡Me apasiona leer! Y la arquitectura entra en mis intereses –confirma–. Ahora vamos a callarnos un ratito. Túmbate boca arriba, con los brazos a los costados. Relajado.

–¿Vas a hacerme daño?

Ríe de nuevo, pero no responde. Ocupa su posición en la cabecera, sentada en el taburete, y atrapa mi nuca con los ojos cerrados. Me manipula durante mucho rato, después se incorpora y agarra mi cabeza con firmeza. «Relájate», susurra ensimismada. Da un par de tirones y escucho el chasquido que destensa al instante la zona cervical.

–Túmbate de lado, con las manos cruzadas sobre el pecho.

Se pone detrás de mí y me tenso al pensar que le haré daño. ¡Es imposible que pueda mover a una mole como yo!

–Jacobo, por favor. Necesito que te relajes.

Respiro hondo y lo intento. Su tronco entra en contacto directo con mi espalda y contengo un jadeo hasta que consigo concentrarme. Ella acomoda una de mis manos sobre su hombro y percibo la forma de sus huesos delgados, pero, al segundo, un estallido me indica que tiene fuerza de sobra para ponerme en mi sitio.

–Probemos al otro lado. –Su voz es profesional, pero sus mejillas están acaloradas.

Repite la operación y mis vertebras recuperan posiciones.

–Terminemos con la columna completa. Incorpórate y déjame intentar algo.

El algo es pasar sus brazos bajo mis axilas, cruzar las manos en mi pecho y estirar toda mi espalda de un tirón. ¡Me asombra la fuerza de sus músculos y de sus manos! Pero lo cierto es que me siento como nuevo.

–¿Qué tal la experiencia? ¿Te ha molestado mucho?

–Me han hecho cosas peores –le aseguro, divertido.

–¡Lo imagino! Voy a destensar la zona lumbar. ¿Te parece?

–Sigo en tus manos –me ofrezco, dándome la vuelta.

Vuelve a embadurnarse de un aceite oloroso las palmas, desliza con firmeza la cinturilla de mis tejanos y masajea mis riñones con fuerza y suavidad a un tiempo. No sé si es porque son sus manos, pero me siento en el cielo.

–¿Podemos volver a hablar?

–Vienes muy parlanchín. ¿Has tenido un fin de semana aburrido?

¡Me encanta su sentido del humor!

–¡No lo sabes bien! Por cierto, ¿qué tal el tuyo?

–Normalito.

–¿Puede ser que te haya visto el sábado en el Retiro?

Se sorprende y ruboriza. ¡Esta chiquilla es transparente!

–Creí que vivías en Tres Cantos.

–Y vivo. Pero mi cuñado quiso unas cañas en el Retiro y después comimos en el Albur.

–¡Ah! ¡Me encanta ese sitio! La cocina es estupenda.

–Sí, estuvo bien. ¿Tienes perro?

–Si me viste, ya sabes que sí.

–¿Vives en el barrio, aparte de trabajar en él?

–Sí, a pocos minutos. Me gusta mucho el centro.

–¿Sales de bares?

Sus manos se detienen y creo captar una breve risa.

–¿Estás indagando en mi vida privada?

–¿Está prohibido?

Duda y aprovecho para levantar la cabeza y mirarla. Es un puro arrebol.

–No. Creo que no.

–Entonces, sí; estoy indagando.

Me da la espalda y sale, camino de su despacho, con la hoja mecanografiada en la mano.

–Vístete. Tengo un paciente en dos minutos.

Termino de ponerme la camiseta mientras entro en la sala donde ella me espera, sentada en su silla de ordenador. Me muestra la lista.

–He señalado lo que supongo puede ser más habitual para ti y que debes evitar: conservas de lata, queso curado, leche, marisco, tomate, berenjenas o espinacas, embutidos, chocolate, frutas cítricas, frutos secos y cerveza. Tampoco alcohol ni café.

Nos interrumpe el timbre y no disimula un gesto de contrariedad. Se levanta con presteza y cierra detrás de sí. La escucho saludar a una chica e indicarle que se vaya desnudando. Cuando vuelve, no se sienta.

–¿Alguna duda?

–Ninguna, pero me has quitado las cosas que más me gustan –me quejo, pesaroso.

Jana ríe, siguiéndome el juego.

–¿La cerveza y el marisco?

–El chocolate y el queso curado.

Vuelve a reír mientras posa una mano sobre su corazón.

–¡A mí también me mataría, lo admito! ¡Ahora vete, he de seguir trabajando!

–No has respondido a mi pregunta –recuerdo, remolón.

–Quedan muchas sesiones, no te preocupes. –Sonríe–. ¡Cierra la puerta al salir!

14

CONFIDENCIAS

Tengo intención de comer en mi casa porque me siento molida, pero a Isa no pareció bastarle el desahogo de anoche, despedazando a su familia, y me aguarda con la cena lista. Entiendo que le enfurezca que quieran meterle en la oficina a su cuñada Margot. Es una cabeza cuadriculada que poco puede aportar a la lectura de un manuscrito que requiere *per se* de un mínimo de romanticismo, y ella, aunque haya parido seis hijos y traiga otro en camino, de ese sentimiento carece por completo. Cuando nos ponemos gamberras, la imaginamos con Jaime en la cama, con la luz apagada y la ropa puesta. ¡Mero trámite, vamos! Aunque igual nos equivocamos, ¡que la gente en privado da muchas sorpresas!

Paso al interior del salón, cojo en brazos a Aitor, que está despierto, le hago cuatro cucamonas que encelan a Teo, y acepto la porción de musaka que Isa me planta delante. Esta vez comemos en la mesa grande. Ella me acompaña. Se desahoga durante un rato y luego pone ojos de búho y me taladra con la mirada.

–Oye, hoy es lunes. ¡Has tenido al macizo!

–Jacobo. Se llama Jacobo –musito, sin querer profundizar.

–¿Y?

–Pues nada, lo he tratado. ¿Quieres que te describa los pasos de recolocar una columna vertebral?

Lo que odio de Isa es que me conozca tan tan bien.

–Juro que no saldrá de mi boca lo que cuentes, aunque tenga que ponerme cremallera. Pero dime qué te ha pasado que vienes tan... ¿rarita?

Río, nerviosa. ¡Qué narices, claro que lo estoy! Jacobo me ha *entrado*. ¿O no? Estoy desentrenada en el ligoteo, pero juraría que sí.

–Si alguien te pregunta si sales de bares, ¿tú crees que lleva doble intención?

El semblante de Isa se ilumina como un farol de Navidad. ¡Ya la hemos liado!

–¡Eso es que quiere información privilegiada!

Río, divertida con sus expresiones. No sé cómo no estoy acostumbrada después de tres años de convivencia.

–Me vio el sábado con Teo en el Retiro. ¡Podía haberse acercado!

–¿Estaba solo?

–No, con su familia.

–No querrá que le atosiguen. Es militar, ¿recuerdas? Por lo general, resultan herméticos. Y si la madre te ve, con la pinta tan mona que tienes y tan joven, igual duda de tu profesionalidad y le dan la tabarra.

–¡Qué tontería! Todos mis compañeros son jóvenes y trabajan muy bien.

–Nadie lo niega. Pero tú eres guapa. Y lo tratas a él. –Isa se encoge de hombros, pragmática–. Deben de estar preocupados, es lógico. Porque nosotros no sabemos de la misa la media, pero le debe de haber pasado algo gordo para estar de baja. Recuerda que viene de Kabul. ¡El jardín del Edén, vamos!

Asiento, dándole la razón. Al deslizar sus vaqueros he descubierto abrasiones en una de sus caderas. Había visto las cicatrices de dos balas, pero él me habló de tres. La otra quizá esté en una pierna y, aunque ya no cojee, puede tener secuelas en ella. En realidad, no sé el tiempo que lleva en excedencia. Lo cierto, maldita sea, es que no sé nada de él.

Isa se pone seria al ver desfilar los pensamientos por mi mente.

—El tío está muy bueno, Jana; pero no sabemos si es una bomba en potencia. Quizá debas ir con cuidado.

Le quito solemnidad al discurso, pese a estar inquieta.

—¡No paramos de decir tonterías! Lo mismo, lo único que quiere es que le aconseje sobre bares en el centro. No tuvimos ocasión de acabar la conversación porque llegó Juani.

No es verdad, pero prefiero dejarlo así.

—Tampoco sabemos si está casado.

—No viviría con su madre y su hermana, ¿no? –replico, ya amoscada.

Isa me concede ese punto.

—No. Sonaría raro. Lo hubiera dicho.

—Imagino.

Mi amiga y vecina entrechoca su copa de cerveza sin alcohol con la mía, apuntando una pícara sonrisa.

—¡*Carpe diem*! ¡Por las sorpresas de la vida!

15

TERCER GRADO

· Durante la cena se me ocurrió comentar la lista de Jana y mi madre reaccionó fatal.

–¿Es que también es nutricionista?

–No lo sé, mamá. Pero alguna idea tendrá cuando me ha dado las recomendaciones.

–Si no lo es, en Internet se encuentra de todo, y si se ha molestado en informarse, me parece buena señal –aprobó Berta.

–Los motivos de las jaquecas de tu hermano no creo que se encuentren en Internet –replicó mi madre, desdeñosa.

–La misión de esa chica es curarlo, no indagar en su pasado –intervino Germán con buen tino.

Mi madre terminó callando, pero no por falta de ganas, sino de apoyo, lo cual me ha dejado un regusto amargo.

Ahora, tumbado en la cama, me pregunto qué mosca le habrá picado. ¡No entiendo qué puede tener contra Jana! Aunque quizá el matiz sea más profundo. Para mi madre, hija y esposa de militar, que yo esté dado de baja por depresión debe de pa-

recerle una afrenta. Que me atendiera Jana fue propuesta suya, o mejor, de su médico; pero quizá ha
reflexionado y considere un signo de debilidad que
un hombre que lleva años en activo, condecorado y
con experiencia en Afganistán o Irak, no debería necesitar las atenciones de una fisio, y menos vigilar su
alimentación. Los soldados con los que ella ha con-
vivido se han curado en casa, a base de calmantes,
drogas y fuerza de voluntad. También de alcohol,
pero eso es indigno para una mentalidad como la
suya, más castrense, si cabe, que la mía. A mi madre
le resultará inconcebible que un tío de treinta y dos
años, de uno noventa y casi cien kilos, considere la
posibilidad de comer o no comer tal cosa. Parte de
razón lleva; si estuviera en Kabul tomaría lo que me
pusieran en el plato, me sentara mejor o peor.

Pero la realidad es, aunque a mí me disguste con-
siderarlo y ella se niegue a aceptarlo, que soy un hombre enfermo.

16

PROGRAMAMOS QUEDADA

La clase de pilates ha resultado un bálsamo para mi cansancio. Comí un sándwich de pavo y unas piezas de fruta entre paciente y paciente, así que estaba famélica; pero por el camino me tragué una barrita nutritiva y pude lanzarme a practicar los ejercicios que propuso Melisa.

No obstante, la sesión ha tenido un remate movidito. Estábamos con los estiramientos finales cuando a Mónica se le ocurrió comentar su encuentro del sábado por la tarde con Melisa, en la cafetería donde celebraba su cumpleaños con amigos. Le reprochó que podía haberlo festejado con nosotras también. Los abucheos bromistas dieron lugar al debate de si deberíamos ampliar nuestra relación a compartir celebraciones y concluimos que sí. Ya puestas, decidimos que el jueves, después de la sesión, nos iríamos a la churrería del chico de Ema y de ese modo mataríamos dos pájaros de un tiro: celebrar y conocer el chiringuito. ¡Ema no para de ponernos los dientes largos con las innovaciones que se le ocurren al churrero!

Salimos contentas, pero no nos entretenemos. La canguro de Aitor tiene exámenes mañana y no podía quedarse mucho rato. Ceno una estupenda ensalada César en casa de Isa mientras los mensajes de WhatsApp se calientan de bromas y propuestas para regalarle algún detalle a Melisa. Y hasta que no me veo en mi piso, relajada y acompañada por el suave ronquido de Teo, no me permito regodearme en Jacobo.

¡El dichoso militar me tiene pillada! No hay noche que no le dedique mi último pensamiento.

17

INTERCAMBIOS

Aparco, llamo, sonrío. Abre, sonríe. Pijama blanco. Cara de desilusión. Carcajada. ¡Parecemos programados! Me da la espalda y se pierde en su despacho.

–Ve poniéndote cómodo, anda.

Obedezco sin disimular que estoy contento por nuestra complicidad, pero me cuesta no abrazarla cuando la veo entrar con la parte de arriba cambiada.

–Hasta aquí cedo –replica, con unos ojos iluminados que me desbordan de dicha.

¡Esta mujer me va a convertir en un majadero!

–Estoy dispuesto a que me subas la cuota si te cambias en mis sesiones –ataco, descarado.

–¡No hagas que me arrepienta! Aquí mando yo y tu dinero extra no me interesa.

Su suficiencia me pone a cien, lo admito. ¡Menos mal que estoy boca abajo!

–No hemos hablado de posturas. –Enarca la ceja con sorpresa–. Iba a tratarte...

–¡Mejor luego! Empieza con mi espalda, si no te molesta.

Mi tono de voz le deja claros los motivos y se sonroja de golpe. Percibo cómo traga saliva y me apiado de ella.

De paso, a ver si yo también me *desentono*.

–Traigo contracturados los hombros y los riñones. ¿Les das un poco de caña?

Asiente, atribulada, y empieza a tocarme con la mirada baja. Me arrepiento de haber sido tan directo.

–Jana, disculpa si te he molestado. Y gracias por el detalle del pijama. ¿Bob Esponja dijiste que se llamaba el muñeco?

–Sí. Es de una serie infantil.

–Lo he buscado en Clan TV –reconozco.

La risa vuelve a su rostro y durante un rato la dejo trabajar en silencio. Después, la curiosidad me puede:

–¿La clínica es solo tuya o tienes socios?

–Solo mía. Trabajé unos meses con otros compañeros, pero decidí independizarme. Mis padres me ayudaron.

Lo cuenta con pasmosa facilidad. ¡Qué suerte ser una persona normal, sin secretos ni dobleces! Aprovecho su confianza para sonsacarle más datos:

–Saldrá caro montar una clínica, ¿no? Más en Madrid.

–Sí. Pero siempre supe que no quería vivir en Badajoz. Aquí hice prácticas y me enamoré de la zona centro. Los alquileres son más baratos de lo que se puede pensar. No todo el mundo quiere un negocio en sectores conflictivos, y este, en ocasiones, lo es.

–Yo creía que se había encarecido. Por Chueca y su difusión de modernidad.

–Hay calles en las que no podría pagar el alquiler –confirma–. Pero aquí sí puedo. Tengo mucha clientela del barrio. A los de Chueca les subo las tarifas –bromea.

–¿Por qué no te gusta Badajoz? ¿Tu familia es de allí?

–Viven allí –declara, mientras sus manos manipulan mis músculos y me indican cómo posicionarme con un leve toque–. Aunque, a decir verdad, paran poco. Mi padre se jubiló en primavera y mi madre imparte clases de yoga, pero las deja cuando le conviene. Les encanta viajar y ahora se lo pueden permitir. Acaban de llegar de Turquía y para enero han programado Túnez. ¡Lujos de la edad!

Su rostro muestra cariño pese a la velada crítica de sus palabras.

–¿Tu gente tiene pasta?

Se detiene un momento y frunce los labios.

–¿Me estás llamando pija?

–¡No se me ocurriría! –niego con un deje divertido–. Te ganas la vida currando y mereces todo mi respeto.

–¡Te aseguro que sí! Abro a las nueve y rara vez termino antes de las diez de la noche. No cierro a mediodía para concederme un respiro los martes y jueves. Ir a pilates es el único capricho que me concedo. Bueno, tampoco trabajo los sábados, pero es que tengo claro que trabajo para vivir, no vivo para trabajar. Pija es mi amiga Isabel, que viene de una familia de abolengo y son dueños de una editorial. Pero mi padre ejerció de juez en una capital de provincias y mi madre es una simple apasionada de *lo diferente*: el yoga, la astrología, la cábala... ¡Creo que me concibió a propósito para que fuera Piscis y que así no tuviera nada que echarle en cara!

Me incorporo de golpe, como si de verdad creyera en esas historias. ¡Se me están pegando cosas muy raras desde que estoy en Madrid!

–¡Yo también soy Piscis! Del diecinueve de marzo.

Los ojos melosos se abren con asombro.

–Yo, del once.

Reímos los dos.

–Ahora no me extraña la sintonía que siento contigo –asevero.

–Mi madre te diría que eso no es cierto. Las personas del mismo signo, a menudo, se repelen.

La miro con fingida desconfianza y ríe, regresando al trabajo.

–Vale. No es el caso. ¿Y en el horóscopo chino, sabes qué eres?

–¡Ni por asomo! ¿Tú sí?

–Cabra. Tengo un tatuaje que lo atestigua.

–¿Tienes un tatuaje?

No sé por qué, saberlo me desconcierta.

–¿Por qué te parece raro? ¡Tú tienes dos!

–Es verdad, pero no te hacía de tatuajes. ¿Puedo preguntar dónde?

–En la espalda. Una mariposa abstracta, los ideogramas chinos de la cabra y el dragón sobre las antenas y el del tigre en la parte de abajo –describe, sonrojada.

Ni que decir tiene que me muero por verlo, pero conozco los límites y entierro la cabeza en el hueco de la camilla para que profundice en mi nuca.

–Lo de la cabra, entendido, pero ¿el dragón y el tigre?

Jana ríe, admirada de mi pregunta.

–¿Tiene que haber un porqué? ¿Lo tiene tu dibujo?

–La verdad es que no. Es producto de una noche de borrachera en Alicante, con mis compañeros de promoción.

–Yo elegí la mariposa porque me encantaron sus trazos. Y los símbolos... –Duda antes de confesarlo–. La cabra por mi signo; el dragón porque adoro a Fújur, el de *La historia interminable,* no sé si lo has leído. –Asiento sin levantar la cabeza–. Y el tigre... porque en Sevilla me echaron las cartas y la pitonisa me dijo que el amor de mi vida sería un tigre.

Ahora sí que la miro. Su rostro es una amapola humana, aunque mantenga la sonrisa con dignidad.

–Tu madre no andaba errada, no.

Suelta una carcajada espontánea y yo la imito.

–¡Es verdad! Igual por eso me aparté de Badajoz, ¡para no seguir bajo su influencia!

Durante unos minutos no hablamos. Pero soy incapaz de no aprovechar el tiempo a su lado.

–¿Siempre has vivido en el centro?

–¡No! Durante la carrera compartí piso en Carabanchel con un par de compañeros. Al principio de trabajar seguimos juntos, pero cuando logré independizarme encontré piso a pocas calles de la clínica y no lo dudé.

–Algún día tendrás que demostrarme lo especial que es andar por aquí.

El maldito timbre nos corta en seco. Jana da un respingo y sale disparada. La escucho parlotear con un señor en el vestíbulo, y después regresa apurada con la chaqueta blanca.

–Lo siento, Jacobo. Se nos ha ido la sesión sin darnos cuenta. Tenemos que dejarlo aquí y ni siquiera hemos comentado sobre la dieta.

Me incorporo y empiezo a vestirme para que no esté tan incómoda. Sé que la culpa ha sido mía.

–Todo bajo control. Tranquila. Lo retomamos el viernes.

Asiente y se despide con una cálida sonrisa.

Afuera, un señor mayor me mira con suspicacia. No sé si porque Jana tardó en abrir o por el color de sus mejillas. Saludo con educación y cierro tras de mí. ¡Malditas sesiones tan breves!

18

RABIA

¡Maldita sea! ¡La vergüenza me corroe! Me comporto con Jacobo como una tonta del bote. ¡Que tengo veintisiete años, por Dios! Y me ha pillado el señor Jacinto con la respiración agitada y la cara roja como si hubiera tenido un maratón de sexo con un paciente en vez de una sesión de fisioterapia. Por el modo en que nos ha mirado a ambos es lo que tenía en la cabeza, fijo.

¿Y el numerito de la chaqueta? ¡De matrícula, vamos! Menos profesional que el propio Bob Esponja. ¡Le gusto de infantil y voy y me la pongo! ¡Es que no tengo perdón! Si se lo cuento a Isa, se descojona. ¡Qué bochorno! ¡Ni que esto fuera una clínica de masajes!

Me cuesta concentrarme con el resto de los pacientes. Me muero por terminar la tarde. Se me hace eterna. Con lo que me gusta mi trabajo y ahora solo quiero salir pitando y meterme en la cama para esconder la cabeza bajo la almohada.

19

AFORTUNADO ENCUENTRO

La tarde sigue soleada, aunque la luz merme con la pertinaz idiotez gubernamental de cambiar la hora. Decido dar un paseo para entender qué tiene este barrio para que a Jana le guste tanto. Deambulo sin rumbo fijo hasta la plaza del Dos de Mayo y me detengo en algunos escaparates. El Picos Pardos Vintage y Sin Clon Ni Son me llaman la atención por sus nombres. Las calles son estrechas, adoquinadas, las fachadas muestran excesos de grafitis, unos con más gusto que otros; la gente es variopinta. Mi mente analítica me advierte de que es un lugar perfecto para guarecer terroristas, pero me obligo a pensar en positivo. Me cruzo con árabes, negros, eslavos y algún que otro español. También hay mendigos cargados de alcohol en algún portal, pese a lo temprano de la hora.

¿Será esta mezcla de culturas y ambientes lo que fascine a Jana? He viajado tanto y por escenarios tan crudos que nada me sorprende, pero ella es demasiado joven y da una apariencia vulnerable, de chica bien, no de saber moverse por estos lares. Sin embargo, lo hace. Siento curiosidad por saber dónde vivirá.

La plaza, no muy grande, está concurrida de niños que juegan cerca del monumento de Daoiz y Velarde, los héroes de la Guerra de la Independencia que murieron donde antes se enclavaba el Cuartel de Monteleón. El arco que queda es la antigua puerta del cuartel. Recuerdo la explicación de cuando lo visitamos en una excursión escolar.

Me agrada la arquitectura del viejo Madrid; pero me repatea lo mal cuidado de sus bajos, las pintadas cutres con frases groseras. El mobiliario tampoco está muy cuidado. Me atrae una escultura de bronce que representa a una mujer leyendo. He observado que en la zona abundan las figuras urbanas, casi todas femeninas.

Tomo un café de pie, en la barra de un bar. Por la familiaridad con que se saluda la clientela son habituales. Sin embargo, nadie se fija en mí.

Decido regresar a buscar mi moto y el destino me la juega.

Nada más salir a la calle me topo con la señora que vi en la clínica con el bebé. Conduce un cochecito y lleva a un perro sujeto de la correa a uno de los manillares. Ella, para mi sorpresa, se sonroja.

–Buenas tardes –la interpelo, llevado por una intuición al reconocer al perro. Es el border collie de Jana.

–Buenas –saluda ella, entre indecisa y divertida.

–¿Cómo sigue el bebé? ¿Mejoró?

La sonrisa que esboza me hace advertir que, pese a la edad, es bastante atractiva.

–No hay nada que Jana no logre con Aitor.

«Así que ha decidido meter a la fisio en la conversación... Definitivamente, esta mujer es intuitiva».

–Es muy buena, sí. ¿Me equivoco al suponer que es usted Isa?

¡Merece la pena ver su cara de pasmo!

—¿Le ha hablado de mí?

—Mera casualidad —aseguro, jovial—. Me llamó la atención la placa de Demetrios y salió a relucir usted en la conversación.

—Ah, Demetrios, sí. ¡Pero tutéame, por Dios! ¡No soy tan mayor!

Ambos somos testigos de la inquietud del perro y actúo con rapidez.

—¿Me permites la correa? Si no te importa, te acompaño. ¿O te diriges a algún lugar concreto?

—No. He salido al paseo diario de estos dos. —Sonríe, desatando la correa y entregándomela—. ¡Entre niño y perro, ando esclava!

Me agacho a acariciar al animal para que se congracie conmigo y enseguida me da un lametón y me incita a caminar.

—Es muy sociable —comenta ella—. Se llama Teo.

—¿Es tuyo?

Por la sonrisa burlona que me regala, sé que Jana le ha contado lo del Retiro. ¡Esto se pone interesante! Si cotillean de mí será por algo. Mi ego sube unos puntos.

—En los papeles, su dueña es Jana, pero como no tiene tiempo, lo cuido yo.

—¿No trabajas?

—Ahora, en casa. Con permiso maternal. Mi familia es dueña de una editorial y yo llevo el departamento de novela romántica.

Me suena a desafío y replico con una risa breve.

—Estaréis forrados, entonces. Por lo que comentan mi madre y mi hermana, el asunto está de moda.

—¿Tú lees?

Asiento. Caminamos a ciegas, o eso pienso yo, hasta llegar a otra plaza del barrio. En una placa diviso de pasada que en ella vivió Antonio Rafael Mengs, uno de los pintores favoritos de Carlos III. Y en otra, que tuvo su estudio un tal Leonardo Alenza. No me suena de nada. El lugar está concurrido.

–Me gusta la novela negra –contesto al fin.

–¡Vaya! Pues ya tienes puntos para meterte a Jana en el bolsillo –me dice, guasona–. Es una incondicional.

–¿Y quién te ha dicho que quiero metérmela en el bolsillo? –Río, admirado de su perspicacia y descaro.

–¡Serías el primero en no querer! Entiendo que a los tíos os da morbo eso de que una chica os meta mano, aunque sea para provocaros dolor.

Reímos y sé que cuento con una aliada. Lo que no llego a entender aún es el porqué.

–Necesito entrar en la farmacia. ¿Te quedas con los lastres?

Asiento, por supuesto.

Este, vaticino, es el comienzo de una larga amistad.

20

¡SORPRESA!

Tengo dos móviles, el personal y el de trabajo. El primero lo mantengo en silencio durante mi estancia en la clínica, pero esta noche, nada más darle sonido, comienzan a pitar las señales de WhatsApp. Dos mensajes de Isa. Uno a las seis y veinte: *Adivina con quién estoy de paseo.* Y otro a las ocho y diez: *Te vas a morir cuando te lo cuente.* Ambos cargados de emoticonos con corazones de todos los colores.

¿Qué ha hecho esta imprudente? Me pongo la trenca a toda pastilla y salgo para casa como si no hubiera un mañana, con el estómago alborotado. ¡Cómo estará de loca que, antes de que llegue al portal, ya me ha abierto la puerta! Su sonrisa compite con la de Mona Lisa.

–¿Qué? –la interpelo, expectante.

Isa deja libre el vano, espera a que acaricie de pasada a Teo y se adentra en el salón, toda ufana.

–Pues nada, que no me ha quedado otra que invitar a *tu* –recalca, burlona– chico a cenar el sábado.

La miro como si fuera de otra galaxia.

–Pero ¿qué dices? ¿Cómo has conocido a Jacobo?

-Caigo en la trampa de no rebatirle lo de mi chico y palmea, jubilosa.

-¡Si ya veía yo que estabas colgada!

-¡Colgada estás tú! -la increpo-. ¿No le habrás visto en la calle y le has entrado a saco?

Porque la creo muy capaz, claro.

-Pues mira, no me ha hecho falta. Me ha entrado él. Tiene buen ojo. Reconoció a Teo a la primera. ¡Me parece que en el Retiro te miró más de un rato!

Me pongo seria, de repente con el estómago encogido.

-Isa, ¿hablas en serio o te estás quedando conmigo?

Me abraza, divertida y emocionada.

-¡Que no, tonta, que es en serio! Nos cruzamos en la calle y se acercó a preguntarme por Aitor. Es buen fisonomista, se quedó con mi cara de la primera vez. Y luego, pues nada, pasamos la tarde juntos, cotorreando. -Me conduce hasta la mesa donde tiene preparada mi cena y me insta a sentarme-. Venga, prueba la quiche y te sigo contando, que traes cara de muerta.

-He tenido un día horrible -admito.

-¡Pero no dirás que con esto no te lo arreglo!

Por un instante me repatea su actitud.

-Y lo de «vamos despacio», «no sabemos quién es», ¿dónde se ha quedado? ¿Te has convencido de que ya no es una bomba?

-¡No seas aguafiestas, Jana! De lo que hay dentro de su tarro no he averiguado nada, pero en la envoltura resulta bastante normal. ¡Que se puede hablar con él, vamos! -bromea, sirviéndose una sin y dejando que Teo se le tumbe encima en el sofá-. Y, desde luego, por fuera está para zampárselo. Por cierto, ¿qué tal la quiche?

¿Hace falta preguntarlo? ¡Me ve comer a dos carrillos! Está tan rica como todo lo que cocina, y la maldita lo sabe.

–¿Qué es eso de que lo has invitado a cenar? –Omito responder para no subirle el ego más de lo que lo tiene.

–Pues surgió como si nada... –Su cara es un poema cómico–. Me comentó la escasa vida social que tiene, yo me quejé de la mía, dejé caer que la tuya tampoco estaba para tirar cohetes, sugirió que podía invitarnos a comer y yo preferí jugar en campo conocido. De ahí, a quedar para el sábado a las nueve, solo hubo un suspiro.

¡Suspiro el que suelto yo! ¡No me lo puedo creer! ¡Voy a ver a Jacobo fuera de las paredes de la clínica!

–¿Qué le sonsacaste? Porque, conociéndote, hasta el carné de identidad te daría.

Aitor se queja en su moisés e Isa, solícita, se levanta a atenderlo. Está muy bien de los gases desde que lo traté y solo es un mal sueño. Se calma enseguida.

–De su vida personal, bien poco –admite cuando vuelve y estoy devorando unas natillas–. Lo de su madre, su hermana Berta, el sobrino... Lo que tú ya sabías. De su trabajo no habla. Eso sí, es un fanático de la novela negra. De libros largamos un montón. Se ha leído a los típicos, como tú. Los de Läckberg, Dicker, Coben, Russell, y de españoles, Berna, Urturi, Redondo... ¡Ah!¡Y Mikel Santiago! Acaba de terminar *El mal camino* y está entusiasmado. ¡Vamos, que no os va a faltar conversación en la cena!

¡Alucino en colores! No sé si es por la ingestión de calorías, pero una imagen loca me viene a la mente, la de la gitana que vaticinó que me enamoraría de un tigre. ¡Madre mía, yo estoy fatal!

Luego, en la cama, en mi casa, reúno afinidades y me regodeo en ellas: lo de su signo astral, la conciencia de horóscopos, las jotas de nuestros nombres, ¡y nos gusta la novela negra! ¡Para morirse!

Duermo de un tirón.

21

CHURROS

Hemos pillado unos taxis para ir a la churrería del chico de Ema, que está en la plaza de la Cebada, con el fin de no perder mucho tiempo. ¡Nos ha encantado la experiencia! Ema estaba nerviosa, pero su chaval (Rupert, se presentó, dejándonos a todas estupefactas, aunque luego Ema nos confesó que es un apodo) nos había reservado unas mesas en el rincón más tranquilo. Es un local acogedor, con el nombre xerografiado en una de las paredes, suelo de tarima y seis o siete mesas. Lo mejor es que no huele a fritanga y todo luce superlimpio.

Algunas pidieron café, otras infusiones y la mayoría optamos por el chocolate. Rupert nos ofreció una especie de menú degustación, con unos churros alucinantes: de masa normal, con cobertura de chocolate con leche, blanco o negro, negro con sabor a naranja, negro con Lacasitos... Al parecer, solo los hace en ocasiones especiales o por encargo, pero hoy ha querido lucirse con nosotras. ¡Incluso nos ofreció acompañarlos con una bola de helado y regarlos con sirope de fresa y otros sabores! ¡La panzada de churros ha sido espectacular! Yo he probado de todo. No creo que vuelva a comer en un año.

Le entregamos a Melisa un camisón de seda que Yolanda se encargó de comprar en Oysho y le cantamos *Cumpleaños feliz* a voz en grito en un rato que aprovechamos la escasez de clientela. Resultó la mar de divertido.

Quien me ha dejado intrigada es una mujer que apareció mientras cantábamos. Parecía extranjera y sus ademanes nerviosos delataban mucha inseguridad. Ema la ha invitado a unirse a nosotras, pero no ha querido. Se metió para dentro enseguida. Rupert se sumó al jolgorio con un churro al que había adosado una bengala y también cantó. Es un gamberro muy divertido. Ema se ha esponjado cuando nos hemos despedido entre risas y aspavientos.

Ahora, camino de casa en taxi, pienso que Jacobo tiene que venir a conocer el sitio. Barrunto que le gustará.

22

INQUIETUD

He pasado una noche tan desesperante que me he presentado sin cita previa en el Gómez Ulla para hablar con el doctor Zamora. No soporto sentirme un pelele, sin control sobre mis emociones. Su respuesta, educada y firme, ha sido que no hay causa física para mi insomnio crónico y mis pesadillas. Insiste en medicarme a lo bestia, pero me niego; no quiero ir por la vida como un zombi. Tengo ojeras y mal cuerpo, pero nada que me impida acudir a mi encuentro de esta tarde.

Cuando aparco la moto los nervios me comen. ¡Confirmado que mis tornillos andan sueltos! Jamás me ha importado cómo le sentaban mis decisiones a una tía. Y aquí estoy, temeroso de haber metido la pata al aceptar la cena de Isabel. ¡Pero, joder, es que me apetece ver a Jana sin pijama y hablar con ella en una posición de igualdad! Tumbado en su camilla no me siento yo mismo, por mucha confianza que me ofrezca.

La sonrisa que me dedica me noquea. No parece enfadada. ¡Puntos para el tarado! Me pide que aguarde un momento y enseguida sale a despedir a una señora en silla de ruedas con la que muestra una gran complicidad. La acompaña una chica rubia que me mira con abierta curiosidad y mi paranoia se dispara. ¿Han estado hablando de mí? ¡Imposible, joder! Pero la paciente también me mira y me regala una sonrisa simpática a la que respondo con incredulidad. ¿Tan cotillas son las mujeres? ¿De verdad?

Enarco una ceja cuando nos quedamos solos y le entro al trapo.

–¿Esas mujeres me han mirado o me lo he imaginado yo?

Jana se sonroja de golpe, violenta y divertida a un tiempo.

–¿A mí qué me cuentas? ¿No estás acostumbrado a que las tías te miren?

–Depende. No estoy en mi mejor momento.

Una carcajada breve se le escapa y dispara mi buen humor.

–¡Si tú lo dices! Anda, pasa.

La sujeto del brazo sin intención, pero la suelto enseguida al ver su cara de sorpresa.

–¡Disculpa! –ruego, temeroso de romper el buen rollo–. Es que quería aclarar un par de cosas antes de la sesión.

Jana asiente tras mirar el reloj que adorna el vestíbulo. Es nuevo, creo.

–Tienes cuarenta y cinco minutos. Después viene otro paciente.

Admito que ser llamado paciente me revienta un poco. Bueno, bastante. Pero que me meta en el mismo saco que al resto me fastidia aún más.

–Únicamente quería saber si te ha molestado que Isa me invitara a cenar.

Puedo vislumbrar un cúmulo de emociones tras

sus ojos, pero se escuda bien la fisio. Su semblante no se inmuta. Tiene tablas. Me gusta.

–Isa es dueña de invitar a su casa a quien quiera.

Me desconcierta y no lo disimulo.

–Pero tú también estarás, ¿no? Me dijo que soléis comer juntas.

Una sonrisa juguetona asoma a sus labios. ¿Me está tomando el pelo?

–¡Claro que estaré! Y Teo. ¡Vivimos en su casa más que en la nuestra! Y ahora, en serio, pasa a la consulta. El tiempo se va volando.

Tiene razón. Mientras me desvisto, me trabaja la nuca y relaja mi espalda, ya está sonando el timbre. Escucho un suspiro y sus manos dejan de calentar mi piel.

–¡Listo, Jacobo! Nos vemos mañana.

–¿Se te ocurre algo que pueda llevar? –me adelanto y le guiño un ojo–. En mi familia somos muy educados, no se va a otra casa sin un presente.

Su risa vuelve a iluminarme la tarde.

–Chocolate en cualquier variedad. Las dos somos golosas.

–Los tres –puntualizo.

Ella mira desde la puerta, en plena despedida.

–Entonces, lo tienes fácil.

Y se marcha, dejándome con una punzada de deseo y unas ganas locas de que pasen las horas.

23

LA CENA

¡Maldita sea, estoy más caliente que un cazo! He pasado el día en trance, esperando que llegara la dichosa cena ¡y ya se ha terminado!

Isa me endilgó a Teo y Aitor toda la mañana y ella se afanó en la cocina, porque otra cosa no, pero la calificación de anfitriona cinco estrellas la define con merecimiento. Almorzamos una *pizza* casera y me fui a mi casa a poner lavadoras y limpiar un poco, pero me pasé la mayor parte de la tarde delante del espejo, imaginando qué podía ponerme que pareciera casual, pero quedara aceptable. Al final he sido simple, unos tejanos gastados, camiseta lila y bailarinas a juego. ¡Menos mal que no me decanté por nada entallado porque hemos comido a reventar! Isa organizó unos entrantes variados, con langostinos, guacamole, anchoas y mejillones, que quitaban el hipo. De primero, una dorada al horno con verduras, y de segundo, unas costillas barbacoa a la miel y mostaza. ¡Jacobo no ha parado de alabar la cena, claro! Al acabar, nos tiramos alrededor del sofá los tres sin el menor interés por los postres. Con lo que sí nos atrevimos fue con el licor de café Ruavieja y, chupito a chupito, nos terminamos la botella.

¡Estoy empezando la casa por la ventana! ¡Los malditos pensamientos se me agolpan al recordar lo guapísimo que se presentó! Traía un gabán negro que le daba un aire de modelo, pero cuando se lo quitó y se quedó en vaqueros, también negros, y camisa ídem, pasó a la calificación, sin más preámbulos, de tío buenísimo. Sus ojos me repasaron cuando le abrí la puerta y bromeé para disimular que se me caía la baba.

–¿Corro a por Bob Esponja? –le dije, y negó con un guiño que me llegó al alma.

–Estás perfecta –aseguró mientras me entregaba un ramo de violetas–. Pensé que te gustarían. –Sonrió.

Para Isa escogió tulipanes rojos. La abrazó con más confianza que a mí, aprobó su salón y empezó a sacar delicias de una bolsa de El Corte Inglés como si fuera Papá Noel: bombones de chocolate negro, dos tarrinas de helado, turrones variados, dos botellas de vino, tinto y blanco, un sonajero musical para Aitor y una bolsa de chuches perrunas para Teo.

Isa anduvo atareada con Aitor mientras tomamos los canapés, pero como ese niño es una joya nos dejó disfrutar del resto de la noche. Teo se limitó a lamer la mano de Jacobo, pedirle unas cuantas caricias en la tripa y después se acomodó en su colchoneta a verlas venir.

Comenzamos con trivialidades, como el tiempo frío, el jaleo nocturno de las calles del centro y que había venido en taxi. Le siguió el tema motos, le chocó que ni Isa ni yo tengamos automóvil, pero para qué, si está todo a mano en el centro y a mí me encanta viajar en transporte público. Comida, inevitable con el festín que nos estábamos dando. Y seguimos con libros. Nada de trabajo, ni suyo ni mío. El de Isa, sí. Le pareció muy interesante el ambiente en que se mueve y el hecho de que conozca autores que todos hemos leído.

La novela negra apareció con el Ruavieja, y ahí Isa nos dejó un rato para encargarse del bendito de su hijo y, para qué negarlo, hacer de alcahueta, que era su plan, porque jamás ha tardado tanto en cambiar pañales como esta noche, y eso que yo estuve centradísima en la charla. Terminé hace poco *El cuarto mono* de J.D. Barker y le transmití mi entusiasmo con tal pasión que prometió comprarlo el lunes, aunque aún no ha acabado con los de Mikel Santiago, de quien ha devorado todos los publicados hasta ahora.

Isa nos puso *jazz* y brindamos con los restos del licor hasta la una de la madrugada, hablando de esto y aquello.

Jacobo se ha ido con pesar, no cabe duda, pero tampoco era cuestión invitarlo a quedarse en Madrid. Temas personales no hemos tocado en realidad, excepto para dejar claro que ni él ni yo tenemos pareja y que Isa no desea una relación estable ni en pintura.

Después de recoger el salón entre los tres, Isa se quedó programando el lavavajillas y yo le acompañé al portal. Afuera la bulla era tremenda, pero había pedido un taxi antes de bajar y aguardamos dentro.

Sin mediar palabras, Jacobo me acorraló contra la pared y me besó en los labios. No me tocó, mantuvo sus manos a ambos lados de mi cabeza. Tras la sutil caricia me buscó los ojos y preguntó: «¿Puedo?». Asentí, más necesitada que él, pensé, hasta que me abrió la boca y me llevó al cielo solo con la lengua.

Sentí el calor de su piel, el bulto de sus vaqueros y la respiración fatigosa, anhelante, pero las manos permanecieron quietas, sujetando la pared como si fuera a caerse. No me atreví a cercar su cintura y atraerlo hacia mí porque me asaltó la duda. ¡Estábamos esperando a un taxista y tampoco nos lo íbamos a hacer en el portal! Comprendí que él mantenía la cabeza fría pese al alcohol ingerido y las evidentes ganas. ¡Si no daba el paso no lo iba a precipitar yo, siendo mi paciente!

Un claxon sonó y los faros iluminaron con brevedad el recinto, así que nos apartamos, sin quitarnos la mirada de encima. Eso sí, cuando ya abría el portal, se volvió y me dejó un breve soplo en los labios además de un «Gracias por la noche. Es posible que hoy sí pueda dormir», que me caló el corazón.

Puede que él esté durmiendo, pero yo no. Aquí ando, desvelada y confusa. Con ganas de juerga y sin desear la ayuda de ese señor del cajón que a veces me hace compañía. Después de estar con Jacobo me parece un triste colofón. Prefiero cerrar los ojos y usar mis dedos. Resultan más cálidos.

24

LLAMADA

No soy capaz de esperar a mañana. Ha sido una noche tan espectacular y con un broche de oro tan... Bueno, de oro nada, de oro hubiera sido terminar juntos compartiendo acrobacias en su cama, pero a falta de locuras no ha estado mal atreverme a besarla. Llevaba deseándolo toda la noche, desde que me abrió la puerta con esa sonrisa y ese provocador: «¿Corro a por Bob Esponja?». Definitivamente, el lila es su color. No me sorprende que lo use a menudo porque le sienta como un guante. Además, me gustó que no se decantara por un vestido, en plan cita seria. Con los tejanos, sin tacones y con camiseta casual. ¡Preciosa! Acerté con las violetas, imagino. Al menos son las flores de su color preferido. Y luego, verla comer con esa naturalidad me ha terminado de encandilar. La mayoría de las mujeres con las que he salido se pedían una ensalada y picoteaban como pajaritos, en plan «hay que cuidarse». Jana, no. Ha zampado a dos carrillos, igual que yo. La comida ha sido espectacular. Jana dice que Isa cocina así de imaginativo siempre, pero lo de esta noche ha sido de *cum laude*. Me he reído cuando ha insistido en que no quiere a nadie en su vida, y es una pena porque puede conquistar a cualquiera solo por el estómago. Yo la recomendaría. Además, es culta y divertida. Puede que me gustara si no me hubiera empecinado como un niñato con la dichosa Jana. Después de un rato en su compañía ni te das cuenta de que tiene cuarenta y dos años o que le sobran un par de quilos. De cara es muy guapa, más que Jana, a decir verdad. ¿Por qué se habrá empeñado en ser madre soltera? ¡Y a mí qué me importa!

Estoy retrasando lo que deseo hacer. Finalmente, me decido. Isa me pasó de tapadillo el móvil privado de su amiga.

La llamo.

No lo coge.

¡Buen síntoma, idiota! Son las dos de la mañana y le saldrá número desconocido. Es lo que debe hacer cualquier persona en sus cabales.

Insisto.

Descuelga.

Tengo el corazón en la boca.

—¿Sí?

Su voz, insegura y ¿jadeante? atraviesa las ondas desde Madrid a Tres Cantos.

—Disculpa, Jana. Soy yo. ¿Podemos hablar?

Casi puedo verla saltar en su cama. Miento. No conozco su casa y no sé cómo es su dormitorio. Pero fijo que un respingo ha pegado. Si me apuran, hasta la noto sonrojada. Ya nos vamos conociendo.

—No mates a Isa. La convencí para que me diera tu número la otra tarde.

—¿Que no la mate? —barbota—. ¡Maldita cotilla!

—¡Discúlpame! ¡No esperaba que te molestara tanto! —Me bato en retirada.

–¡No! Si no es culpa tuya... Bueno, quiero decir...

Vale, ya está más roja que una amapola.

–¿Ocurre algo? ¿Te sientes mal?

Suelto una carcajada. ¿La llamo a estas horas y piensa que requiero sus servicios? En fin. Si pudiera, sí, pero de otro calibre.

–Únicamente quería saber si te ha molestado... mi despedida. No quiero estar ansioso hasta el lunes para saber con qué cuerpo te he dejado.

De repente me descoloca la carcajada que suelta. De golpe se calla, como si se hubiera arrepentido del arranque.

–Bien, Jacobo. Me has dejado bien. –Parece que duda, pero lo confiesa de golpe–. ¡Esto no lo he dicho yo! Juro que lo negaré ante cualquier jurado, ya que podrías denunciarme por mala praxis. Pero me has dejado bastante alteradita.

Me empalmo de sopetón, como hacía meses que no me ocurría. ¡Joder con la dichosa Jana! ¿Vamos a tener sexo telefónico?

–¿Insinúas que...?

–Sí –confirma mis temores.

–Y... ¿has hecho algo al respecto?

Silencio.

–¿Jana?

–Estaba en ello cuando llamaste.

Mi mano se va, irremediablemente, a mi polla.

–Y... ¿lo has dado por terminado?

Silencio de nuevo.

–¿Jana? –Mis dedos acogen mi miembro con firmeza y cierro los ojos, deseando que fueran los suyos.

–No voy a hacer eso, Jacobo. No lo he hecho en mi vida. Y menos con un paciente.

Se me desinfla un poco la moral, lo admito. Pero aún tiene arreglo.

–Soy tu paciente cuando me tumbo en la camilla. Ahora estoy en mi cama –replico con verdadera necesidad.

–¡Maldita sea, Jacobo, no me hagas esto! ¡El lunes no podría mirarte a la cara!

Dudo, pero sigo empalmado. Con un suspiro escucho su respiración agitada al otro lado. Negocio.

–Está bien, lo entiendo.

–¡No es que no quiera, Jacobo! Es que...

La acallo con una propuesta:

–Vale, te he dicho que lo entiendo. Hagamos una cosa... Si tú quieres. Solo si tú quieres.

–¿Qué cosa?

–Dejemos los teléfonos abiertos y terminemos con esto.

En vez de silencio esta vez me responde un jadeo.

–¿Me estás proponiendo que...?

–Sí –admito, rezando por que acceda.

–¿Sin hablar?

–Sin hablar –susurro–. Pero quiero oírte.

Otro jadeo. ¡Joder, me voy a correr sin necesidad de manos!

–Vale.

¡Cómo me gustaría verla en estos momentos!

–Una última cuestión...

–¿Qué? –¿Me ha sonado desesperada?

–¿Estás desnuda o llevas algo puesto?

–Desnuda.

–¿Sin...? –Se me seca la boca.

–Sin –afirma, nerviosa–. Duermo con camiseta y bragas, pero esta noche no.

–¿Por mi culpa?

–Por tu culpa –admite, inundándome de gozo–. Y ahora, si vamos a hacerlo, ¡cállate!

Río bajito, con una risa ronca que me sale del alma.

–Lo estoy haciendo –reconozco–. ¡Me callo! Pon el altavoz.

Durante unos instantes nuestras respiraciones se entrelazan. Mi mano pilla un ritmo descomunal mientras oigo a Jana al otro lado. Al principio suena comedida, luego suelta algún taco y termina por limitarse a gemir. Registro cuándo su respiración va a tope y emite un jadeo salvaje que me insta a correrme a la par que ella. No sé cómo sueno. Estoy acostumbrado a oírme y nunca me he prestado atención, pero la risa de Jana al otro lado me dice que se ha enterado bien de la puesta en escena.

–¿Jacobo? ¿Estás bien?

–Joder, preciosa. ¡No sé cómo darte las gracias! Ahora sí que voy a dormir como un lirón –bromeo, satisfecho y feliz. Muy feliz.

Su risa vuelve a llenarme el cerebro.

–Pues la *lirona* no va a ser menos. Buenas noches.

–¡Espera! –Me resisto a soltarla–. Nos miraremos sin reproches el lunes, ¿verdad?

–Verdad –asiente, con voz de sueño–. Feliz noche. Y gracias por llamar.

–A ti por cogerlo.

Le echaré una bronca cuando tengamos más confianza, pero ahora no. Ha sido providencial que lo hiciera. Me ha dado un regalo de noche. La mejor noche de mis últimos años.

Cuelga ella. Yo cierro los ojos y me cubro con la sábana, no se le vaya a ocurrir a mi hermana presentarse mañana de improviso y me pille en plan adán. Y empalmado, porque seguro que sueño con Jana.

¡Fijo que amanezco empalmado!

25

PLÁCIDO DOMINGO

Isa se ha desternillado cuando le he contado la *conversación* de anoche. Luce un sol maravilloso y combatimos el frío con plumas y botas hasta la rodilla. Comemos unos sándwiches fríos acompañados de café, en plan americano, sentadas en las escaleras del estanque. El Retiro está a tope. Admito que la mirada se me escapa en todas direcciones con la esperanza de llevarme una sorpresa, pero mis sueños no se cumplen. Estamos solas, acompañadas de Aitor en su carrito y Teo a nuestros pies, agotado del carrerón que se ha pegado un rato antes. Además de cientos de madrileños y turistas que han tenido la misma idea que nosotros: pasar la tarde en el parque.

–¡Fuiste tonta no invitándolo a tu casa! –me reprende Isa con toda su pachorra–. En directo debe de ser más guay.

Me revuelvo con un pelín de enfado.

–A ver, Isa, ¿qué no te entra en la cabeza? ¡Que nos conocemos de hace dos semanas! ¡Que es mi paciente, joder! Que la ética la estoy pisoteando a conciencia.

-La conciencia aquí no viene a cuento. Tú eres una tía y él un tío. Que trabajes su cuerpo para mejorar su coco no entra en contradicción con que echéis un polvo. -Menea el carro de Aitor, quien se ha alborotado al sentir la voz de su madre. Luego sigue-: ¡A ti te está haciendo mucha falta! Desde que no disfrutamos de vida nocturna, no te has dado una alegría; al menos, que me hayas contado. Y él, pues mira. Si anda deprimido, el sexo es la mejor medicina.

La miro como si tuviera delante a una marciana.

-¡De verdad que me alucinas en ocasiones! Pareces una poligonera en vez de una mujer con estudios, joder.

-¡Quién fue a hablar! -Se ríe en mis narices-. La de taco va, taco viene.

-¡Es que sacas lo peor de mí!

Cuando conversamos a solas, muy finas no somos. Verídico.

-Lo que te pasa es que estás frustrada porque sabes que tengo razón. ¡Y deja ya de mirar a la gente, que te vas a descoyuntar el cuello!

Suelto una carcajada, consciente de que es cierto. Después, reflexiono en voz alta:

-¡No podía hacerlo, Isa! Aunque me haya puesto tontísima con él, Jacobo es mi paciente. No seré imparcial cuando lo vea mañana, y menos lo sería de iniciar una relación. Además, me conoces, me como el tarro un montón. ¡No sé nada de él! Querría información. Y me da que, por muchas ganas que me tenga, seguirá cerrado como una ostra para ciertos asuntos. Yo no soy tía de polvos. Jacobo me gusta mucho. Muchísimo -admito-, pero ¿y si en dos semanas lo destinan a cualquier sitio? Puede desaparecer de la noche a la mañana, igual que llegó. ¿Qué hago luego, colada hasta los huesos?

Me ha ido entrando un desánimo que contagia a Isa. Me abraza los hombros y me besa el pelo, que llevo suelto.

–Quizás tengas razón. Vamos a tomarnos el tema con calma. Yo no puse pegas en tirarme al holandés porque solo quería que me regalara su esperma, pero tampoco estoy por polvear a las bravas. En el fondo, soy tan romanticona como tú. ¡Es lo malo de leer tanta literatura rosa! Acaba una creyendo en príncipes y princesas.

–Y en vampiros, y hombres lobo, y caballeros con sombrero de copa... –bromeo, dispuesta a distender el ambiente ñoño que hemos creado.

Isa se ríe abiertamente.

–¡Calla, calla! Estoy con una historia increíble de seres sobrenaturales en época medieval. Lo estoy devorando. En cuanto termine, te lo paso.

–¿De alguien conocido? –me intereso de pleno. El género paranormal me priva.

–¡No tengo ni idea! Firma con iniciales. Llegó el otro día a mi despacho y me atrajo el título, por eso lo empecé.

A partir de ahí se nos va la tarde en contrastar opiniones literarias. Evoco durante un instante la conversación de novela negra que tuve con Jacobo, pero me centro en Isa. Lo que cuenta suena apasionante también.

¿Quién dice que una no puede disfrutar con lecturas dispares? ¿No comemos carne y pescado? ¡Pues igual con los libros!

26

APLOMO

La intriga me recome, no puedo evitarlo. Ayer me pasé el día en Babia, calculando cómo nos miraríamos hoy a la cara. Mi hermana se agobió tanto que Germán vino a preguntarme si me encontraba mal e incluso me ofreció un peta de maría por si necesitaba evadirme. Ignoraba que mi cuñado fumase esas cosas, pero me arrancó una sonrisa y se quedaron más tranquilos.

¡Chaqueta blanca! Tuerzo el gesto y ella ríe, espontánea.

–Lo siento, tengo a don Jacinto después de ti y no quiero que me pille como la semana pasada.

Sondeo su mirada. Es blanca. Doy gracias al cielo de que cumpla su palabra.

–Vale, me conformo.

Me quito la chupa, entro en la sala y empiezo a descalzarme sin que me lo indique. Me hago pronto a la rutina, como buen militar. Ella se queda en la entrada, se muerde el labio inferior y me entran unas ganas locas de chuparlo.

–Entiendo que no... que no debería sacar el asunto a relucir, pero... me va a estar dando vueltas en la cabeza y no puedo empezar a tratarte sin que hablemos.

Permanezco sentado en la camilla, expectante.

—No sé si lo correcto es disculparme o...

—Te dije que soy tu paciente cuando estoy en esta sala —la interrumpo con todo el aplomo del que soy capaz—. El resto del tiempo, la relación que establezcamos es puramente personal, de Jana y Jacobo.

Baja la cabeza, ¿avergonzada? De un salto estoy frente a ella y le izo el mentón. Sus ojos de miel son un imán irresistible ¡Cómo me apetece besarla! Pero no lo haré. En la clínica no.

—Lo de la otra noche fue tan especial que lo fastidiaríamos si lo ponemos en palabras. Ahora soy tu paciente, pero cuando salga por esa puerta volveré a ser Jacobo. Con Jacobo puedes hablar de libros, invitarlo a una copa o llevártelo a la cama. Así de simple. Otra cosa es este amasijo de músculos y nervios. Con ellos te rogaría que pusieras en marcha tus mágicas manos y lo recompusieras lo antes posible —musito, bajando la voz.

Ella me contempla con susto.

—¿Te ha ocurrido algo? ¿Has experimentado algún síntoma de empeoramiento?

Regreso a la camilla y me quito la camiseta.

—Las jaquecas me están matando —admito.

—Te estarán tratando en algún sitio de los vuestros, imagino.

—En Gómez Ulla, sí —confieso—. Pero me niego a tomar la medicación que me ofrecen. Me atontan y odio sentirme grogui.

—¿Lo has consultado con tus médicos?

—El viernes la última vez.

—¿Antes de venir aquí? ¿Por qué no me lo dijiste? ¡Tengo que saber si evolucionas o no!

–Me has tratado muy pocas veces, no espero que seas tan rápida.

–¡Pues te equivocas! Deberías haber sentido alguna mejoría. ¡Túmbate boca arriba!

Le sale la voz profesional. Se transforma en medio segundo y adopta un rostro pétreo. Acerca el taburete, se coloca a mi cabecera y clava los dedos en mi nuca.

–Cierra los ojos y relájate, por favor.

Se nos pasa el tiempo rápido. Me hace un daño tremendo con esas manos diminutas, pero cuando destensa mis nudos deja de molestarme el roce de sus yemas. El timbre, para variar, nos saca de nuestro pequeño mundo.

Jana no se levanta hasta que termina el masaje; luego me ruega:

–Vístete, pero aguarda a que vuelva.

La escucho hablar con el siguiente paciente y regresa.

–Por favor, cuida el asunto de la alimentación. Toma algún calmante suave si te hace falta, tampoco es necesario que aceptes el dolor innecesario. Un ibuprofeno bastará. Y para dormir, prueba con Valeriana o un Valium. Lo sudas después con una dosis de ejercicio y no te dejará atontado.

Me conmueve su preocupación y se lo agradezco con una sonrisa.

–¿Las llamadas nocturnas no están prescritas?

Río al verla boquear, pero luego me fulmina con una mirada traviesa.

–Si con ellas duermes a pierna suelta, veremos si las incluimos en el tratamiento.

Contengo las ganas de alzarla en vilo y comerme su boca, pero recuerdo que estamos en su consulta y, lo peor, el ogro que ha impedido que la vea con el pijama amarillo aguarda tras esa puerta.

–No te sorprendas si suena mi número esta noche.

–No te sorprendas si no te lo cojo. Tengo pacientes hasta las once. Llegaré reventada.

Frunzo el ceño, asombrado.

–¿Hasta las once? ¿Por qué trabajas tanto?

Una mueca irónica surca sus labios sin pintar.

–¿Cómo te crees que se paga esto, guapo? ¡Anda, vete, que don Jacinto me va a poner una queja por retraso!

–¿Y luego te vas a casa sola? ¿Andando?

Jana resopla, incrédula.

–¡Largo! ¡Estoy ya crecidita para escuchar tonterías!

Abre la puerta y no me da opción a réplica. El viejo de la cara seria nos observa como si fuera un pájaro de mal agüero.

No me había parado a pensar la variedad de personas que pasa por esta sala y lo que Jana debe aguantarles. La idea me deja un regusto chungo.

27

ESCOLTA

Lo admito, lo había pensado. Con todo, bufo cuando cierro la clínica y veo apoyado en su moto al pedazo de tío que me tiene sorbido el seso. Hace un frío que pela. Son las once y cuarto de la noche y él parece tan pancho, con los brazos a los costados, aposentado en su sillín. Alza las manos al ver mi expresión de enfado.

–Podría mentir y decirte que me entretuve por Madrid, pero no me creerías.

–¡Más bien! –recrimino, aunque un pequeño respingo de alegría me trote por dentro.

–No quiero que pienses que soy sobreprotector ni nada de eso.

–¡Noooo! –Alargo la vocal con ironía–. ¡Claro que no!

–Militar, ¿recuerdas? Lo llevo en los genes.

–Y ¿vas a hacer la ronda y a llevar a casa a todas las damiselas que salen del curro a esta hora o solo a mí?

Sonríe, sin mosquearse por mi ingratitud.

–Solo a ti. Soy caballero de una sola dama.

Me fastidia admitirlo, pero me encandila. Ignoro el cumplido.

–¿Cómo vamos, andando o motorizados? Porque deberías saber que mi casa queda a escasos diez minutos.

–Déjame que te invite a cenar.

La propuesta me toma por sorpresa y no sé qué responder.

–En cualquier bar de por aquí cerca. El Albur, si quieres. Dijiste que te gustaba.

–Isa me estará esperando –me excuso, a lo tonto; nerviosa de repente por tener una cita con él.

–Llámala. No creo que le importe. Cenamos y te dejo en casa en una hora. Imagino que estarás cansada.

–Ni siquiera sé si tendrán abierta la cocina.

–Probemos. –Me tiende el casco y pone en marcha la máquina.

Llegamos volando por San Bernardo. Para nuestra suerte, está abierto y el camarero nos acoge con una sonrisa al reconocerme.

–Disculpa la hora. Si os va mal, nos vamos –me justifico, basándome en la confianza.

–¡Para nada! Hemos tenido una noche aburrida. Eso sí, no os demoréis en pedir.

–Croquetas, papas arrugás y atún –consulto a Jacobo mientras me quito el plumas y él asiente.

Somos los únicos clientes del local, excepto un par de chicos que toman los postres. Le pregunta a Jacobo por su bebida y confirma mi habitual Coca-Cola sin hielo. Él pide otra. Aprovecho para conversar con Isa unos segundos y, por su euforia, no parece molestarle en absoluto que la deje tirada con la cena.

–¡No es que te guste el sitio, es que eres asidua! –me acusa Jacobo.

–¡Te dije que la cocina es muy buena! Además, me encanta la decoración. ¿Ves ese cuadro? ¡Me lo llevaría a casa! No sé qué tiene, que me encandila.

Me refiero a uno en cuyo interior solo hay una pluma sobre un lema: «El tiempo vuela».

Jacobo lo estudia con curiosidad y luego me contempla a mí. Sonríe.

–¿Cómo te fue el resto de la tarde? ¿Muy duro?

–Excepto por una anulación, sin interrupción de pacientes.

–¡Tienes una clientela enorme!

–Yo diría fiel. El boca a boca funciona con eficacia en el barrio.

El camarero nos trae los primeros platos, unas croquetas de puchero, excusándose porque las de otros sabores se acabaron a mediodía, y unas papas arrugás con salmón marinado y guacamole.

–El aguacate entra en tus prohibidos, pero una pizca tampoco te va a matar –observo, atacando las croquetas. Me siento hambrienta–. El atún marinado lo traen de Barbate y lo acompañan con una salsa tártara de chuparte los dedos, ya verás. ¡Venga, empieza!

Me avergüenza sentir su mirada sobre mí tan intensa. Jacobo da un largo trago a su bebida y empieza a masticar. Pone cara de satisfacción.

–Sí que está bueno. El otro día comimos arroz.

–Lo hacen exquisito. ¡Y los quesos son divinos! Pero tú no debes comerlos ahora –lamento, a dos carrillos.

Jacobo ríe abiertamente.

–¡Da gusto verte comer! ¡Le pones la misma pasión que al resto de la vida!

Río también.

–Tengo un metabolismo afortunado. Isa me odia

porque a ella le engorda hasta el aire y las dos somos unas tragaldabas.

Con el estómago satisfecho empiezo a ralentizar mi alimentación y me centro en él. Se le ve cómodo, así que aprovecho para curiosear.

–¿Qué cosas te gustan a ti? Apenas conozco tus aficiones, aparte de la lectura y las motos.

Se lleva una patata a la boca y me sonríe con cierta zumba.

–Estamos casi empatados: sé que adoras el chocolate negro, la lectura de romántica y negra, Teo, la buena mesa...

–Y pilates, y mi trabajo, y a Aitor e Isa... –No voy a dejarle que se salga por la tangente–. Yo diría que es un empate muy desigual.

–Excepto la lectura y el cine, lo mío son los deportes de riesgo: paracaidismo, escalada, saltos en kayak. Cosas así. Piloto helicópteros y, a veces, autos de carreras en competiciones privadas.

Pongo los ojos en blanco, fascinada. No me sorprende, porque tiene forma física para eso y más, pero estar frente a frente con un tío con semejante experiencia despierta admiración.

–Cierra la boca. –Ríe con sorna–. Te recuerdo que soy militar. Son actividades normales para nosotros.

–Eres militar de carrera –confirmo–. No un simple soldado.

–Pertenezco a los GOE –confiesa y, ante mi expectación, se deja sonsacar–: Grupo de Operaciones Especiales. Boinas verdes. Guerrilleros. Como quieran llamarnos.

–¡Joder!

–Jodido estoy, sí –admite, pero enseguida me corta–: Sin embargo, prefiero no hablar de ello. No esta noche, al menos. Lo estoy pasando bien.

Asiento, más que nada porque no sé qué decir. El camarero nos pregunta, oportuno, si queremos postre. Y de paso confirma que solo le queda tiramisú. Nos pedimos uno, compartido, y lo trae enseguida. Jacobo, mirando la hora, le pide la cuenta.

–Vamos apagando luces por ahí dentro, pero tomadlo sin agobios que aún tenemos que hacer caja –comenta, cómplice, cuando Jacobo salda la nota con el añadido de una propina desorbitada.

Lo comemos extasiados. El sabor de lima y salvia es exquisito, por no decir la crema de capuchino.

–Tenías razón. Hay que venir a este sitio con más frecuencia.

Lo acabamos y salimos a la calle con la efusiva despedida del camarero tras negarnos a la invitación de un chupito. Jacobo aún debe conducir hasta Tres Cantos. ¿O debería invitarle a quedarse? No, no puedo. ¡Aún no! Me tiende el casco y me aferro a su cintura. Me lleva hasta la puerta sin titubeo. Está claro que sabe orientarse. El frío es intenso.

–Ponme un wasap cuando llegues –solícito, devolviéndole el casco–. Y no aceleres mucho, aunque no haya tráfico.

Jacobo me atrae con firmeza a su pecho, sin bajarse de la moto, y me calla la boca con un beso que sabe a dulce.

–¿Quién es protector ahora, eh?

–Todo se pega. –Sonrío, alucinada de lo sencillo que resulta intimar con él.

Repite el beso, me desea buenas noches y aguarda a que entre en el portal. Después, su moto resuena en el silencio nocturno y yo subo en trance hasta el rellano del ático donde una burlona Isa y un impaciente Teo aguardan mi llegada.

28

FELICIDAD

Abro la puerta con precaución por si el personal duerme, pero no cuento con la toma de Guille. Berta está en el salón, bajo una tenue luz, dándole el pecho, mientras Germán les contempla, arrobado. Entiendo la conexión que tienen estos dos, entre ellos y con su criatura. Antes me desconcertaba la pasión de mi cuñado por mi hermana, pero desde que me he vuelto un descerebrado por Jana, creo que empiezo a entender las locuras de los demás.

Me ocupé de decirles que cenaba en Madrid, así que ninguno muestra preocupación, aunque sí curiosidad. No obstante, no preguntan y lo agradezco. Aún no quiero mezclar a Jana con mi mundo. Doy las buenas noches y me pierdo en mi habitación.

Necesito desfogar el hambre que la comida del Albur no ha saciado. Necesito compensar las ganas de atrapar a Jana contra la moto y enredar sus piernas en mis caderas para que vea lo que sus miradas y sus sonrisas me provocan. ¡Su presencia me hace sentir un tío normal! Con ganas de meterme en su cama y hacerle mil cosas: tocarla, susurrarle obscenidades, lamerla... Quiero entrar en ella y galoparla como un salvaje.

Me despojo de la ropa y me meto en la ducha. Siento tanta energía dentro que me da miedo que mis jadeos traspasen las paredes. Por muy de lujo que sean, estos pisos no dejan de tener muros de papel. Me desahogo con la frente en las baldosas y la cabeza llena de la sonrisa de Jana, de su boca, de sus ojos... Mientras, el agua corre y se pierde por el sumidero, como una metáfora de mi anhelo de purificarme de las neuras que me embargan para quedar limpio.

29

IMPACIENCIA

Me abstraigo en los ejercicios de pilates: los estiramientos iniciales y el trabajo de escápulas, columna y pelvis.

Practicamos tijeras, *saw*, patada lateral, *swimming*, *swan*, plegaria, gato, aguja y vuelta a los estiramientos.

Tras los saludos y los comentarios de las fotos que nos hicimos en la churrería, y que Ema compartió en el grupo, hemos estado bastante centradas.

Termino cansada, pero satisfecha. El ejercicio relaja mis músculos, machacados por demasiadas horas de curro.

Isa no ha venido. Tenía una reunión en la editorial que no ha podido eludir y ha dejado a Aitor con la canguro.

Me despido de las chicas y salgo a la calle con la cabeza petada por mi agenda de mañana. Me aguardan un montón de pacientes, algunos con problemas serios, y programo lo que voy a hacer con ellos mientras camino sin mirar más allá del suelo que piso. Quizá por ello el sobresalto es mayor cuando me topo con la silueta de Jacobo delante del portal. No veo la moto por ninguna parte.

–¿Qué haces aquí? –Mis alarmas se disparan–. ¿Te ocurre algo? ¿Te vas de Madrid?

Como una estúpida, pongo nombre en voz alta a mis temores y el semblante de Jacobo pasa de la diversión a la sorpresa. Me sujeta por los hombros y me busca los ojos, que oculto, avergonzada del arrebato.

–Ni me pasa nada ni voy a ninguna parte. Vi la clínica cerrada y vine a tu casa. –Mira mi ropa, comprendiendo–. ¡Olvidé que hoy tenías pilates!

Por un instante nos quedamos en silencio, estudiándonos.

–¿Y qué excusa tienes hoy? ¿Vas a convertir esto en un hábito?

–¿Tan malo sería?

Su tono desmoralizado me hunde el ánimo. Admito que con Jacobo me siento perdida, que nunca, en toda mi vida, me había colgado por un tío en tan poco tiempo. Amor platónico, sí. De ver a alguien y fantasear. Pero albergar sentimientos, preocuparme por él, no quitármelo de la cabeza. Esto no. Y me angustia. Jacobo es una incógnita mayúscula para mí.

Parece leer lo que cruza por mi cabeza porque me levanta la cara para verme mejor y, sobre todo, para que yo lo vea a él.

–Si le estás dando vueltas a que esto es una locura, estoy contigo. Si te preocupa sentir que te has colgado de mí, estamos igual. Si te agobia no quitarme de tu cabeza, ídem de ídem. ¡Eres la primera mujer que se cuela en mis pensamientos y me hace pensar con el corazón en vez del cerebro!

En un impulso me abrazo a su cuerpo y siento cada uno de sus músculos clavarse en los míos. Jacobo me busca la boca y me regala un beso tan tierno que me desconcierta.

–Si te beso de otro modo, damos un espectáculo –me susurra al oído al apartarse.

Río y tiro de su mano al interior del portal. Entramos en el ascensor sin tocarnos, pero sin apartar la mirada el uno del otro.

–Esta noche te quedas en Madrid. –No pregunto, confirmo.

Su mirada azul me traspasa el alma mientras asiente.

Nada más abrir la puerta, Jacobo me levanta en vilo y me sostiene contra la pared. Ni siquiera encendemos las luces. Enlazo las piernas alrededor de sus caderas y le como la boca con toda el hambre que llevo almacenada desde que lo conocí. Su respuesta no es distinta. Aún tengo el plumas y él un gabán de paño azul marino; pero, con precisión, me desliza el abrigo por los hombros y arrastra las mallas hasta mis tobillos. No me paro a imaginar la imagen que tendré porque estoy demasiado ensimismada en saborear la boca y la lengua que saquea la mía. La conexión es absoluta. Cuando el bulto de los vaqueros de Jacobo parece que va a taladrarme las bragas, se aparta un instante, me sostiene con sus piernas y sus caderas y se despoja de toda la parte superior a la velocidad de un ciclón. Estoy acostumbrada a ver su torso en la camilla, pero ¡madre mía!, ¡tocarlo de este modo me pone a cien!

–Bájame, quiero estar desnuda –suplico, con las manos en sus potentes dorsales.

Me deja resbalar, abrasándome la piel a besos, y mientras doy una patada a mis deportivas y me deshago de la parte de abajo, él me quita la de arriba. También aprovecha para liberar su erección de los pantalones y los bóxeres. Es como una escultura de granito, dura y firme.

Le sujeto una mano y lo llevo al sofá, lo empujo, me siento a horcajadas sobre él. En medio segundo lo tengo dentro. ¡Sin preservativo! Como dos adolescentes sin neuronas. Realmente no las usamos. Jacobo tiene una lengua mágica y unas manos memorables que recorren mi anatomía mientras yo lo cabalgo, asida a sus hombros. Ni prolegómenos ni zarandajas. A pelo y a lo bestia. Jadeamos sin pudor alguno, nos mordemos, besamos y lamemos, calientes como un horno que ya se hubiera precalentado.

Cuando los dos nos corremos, sin apenas intervalo entre uno y otro, me dejo caer sobre su pecho húmedo y sus brazos me sostienen. Apenas nos vemos las caras con la escasa luz que entra de la calle, pero percibo emoción en sus gestos.

Me besa el pelo y sus labios recorren mi frente despacio, tomándose el tiempo que la urgencia anterior no nos dejó. De repente parece recordar algo:

–Quiero ver tu tatuaje –me susurra antes de voltearme con facilidad y sentarme en su regazo. Las yemas de sus dedos recorren lo poco que la penumbra le permite apreciar: las puntas de mi mariposa y las tres letras que la acompañan.

–¿La de arriba es la cabra?

Asiento. Estoy desfallecida y, sin embargo, su leve toque humedece mi sexo y ensancha su miembro bajo mis nalgas.

–Aquí Fújur, tu dragón.

Río. ¡Tiene una memoria increíble! Cuando se detiene en el tigre, lo besa.

–Y aquí estoy yo. Tu destino. Lo busqué, ¿sabes? Soy un tigre de fuego.

–¡Qué oportuno! –me burlo para disimular el temblor de mi piel. Me deshago con sus palabras.

Sin avisar, vuelve a ponerme frente a su cara y veo que sonríe.

–¿Te parece poco fuego? ¡Porque yo me siento ardiendo!

Dirige mi mano hasta su sexo y siento la longitud, el grosor y la suavidad de su tacto. Jacobo inspira y cierra los ojos. En un ataque de impulsividad, me deslizo hasta la alfombra, me arrodillo entre sus piernas y le hago una felación que lo deja matado.

Intento levantarme para ir al baño a despojarme de los restos de sudor y semen, pero su mano me aferra con energía.

–¡No te vayas! Dame solo un minuto.

–Necesito una ducha. Te espero allí.

Acepta, soltando el amarre.

Su silueta en mi sofá, desnudo, con los ojos velados por el placer, es una imagen que quedará para siempre grabada en mi retina.

30

BENDECIDO

Escucho correr el agua y la vitalidad regresa a mi cuerpo. Me cuesta creer que hace solo unas semanas no me empalmaba ni con el mejor cómic erótico, con lo que me entusiasman, y desde que conocí a Jana vivo en perpetuo estado de *exaltación*.

Ha sido glorioso percibir el mismo anhelo en sus ojos que en los míos mientras subíamos en el ascensor, y enredar sus piernas en mis caderas mientras la besaba con glotonería, pero verla tomar las riendas para conducirme al orgasmo ha resultado brutal. Por último, que esa boca, con la que tengo fijación, haya jugado con mi polla a su antojo, ha sido memorable. He sentido todos y cada uno de sus movimientos, el avance de sus dedos presionando mi escroto y su lengua deslizándose por mi tronco, sus labios envolviéndome a fondo... ¡Dios! Me ha dejado noqueado. ¡Vuelvo a estar empalmado!

No ha encendido la luz del salón, pero sí la del baño, así que resulta fácil localizarla. Por cierto, ¡qué pequeño es su piso!

Está de espaldas, enjabonándose. Se gira al oírme y con una sonrisa me invita a acompañarla en el compartimento acristalado. No dudo.

En cuestión de segundos estamos los dos mojados, en todos los sentidos. Las manos de Jana contra la pared de gresite y las mías recorriéndola entera. Me deleito en demostrarle cuánto la deseo restregando mi miembro por su espalda hasta que sus jadeos me invitan a separarle las piernas y buscar el hueco donde refugiarme. No queda aire entre los dos. Le beso el cuello y ella me muerde los labios, me inclino para entrar más profundo y ella grita sin pudor, aferrada a mis brazos, a la pared, en cualquier postura que le permita sentirme dentro. Sus pechos están hinchados y masajeo sus pezones con las yemas de los dedos hasta que la inminencia de su orgasmo me incita a localizar su clítoris y presionarlo para que Jana alcance el clímax que está buscando. Se deshace en mis brazos, pero no la dejo caer. Con brusquedad, quizá, bombeo dentro de ella y alcanzo mi final con tanto placer como el suyo, atrapado en el olor de su gel, su piel y sus fluidos. Puro deleite para mi olfato.

La envuelvo en una toalla y la acomodo en el lavabo de mármol para secarle el pelo. No puede meterse en la cama con la melena empapada. Risueña, me pide la de mano y me devuelve el favor. Nos frotamos hasta que parecemos dos Espinetes. Suelta una carcajada cuando lo comento y me besa los labios con dulzura.

–Vas a terminar siendo un experto en animación infantil –bromea.

Nos secamos el resto del cuerpo sin dejar de mirarnos y controlo como puedo las ganas de empezar el juego otra vez. Jana trabaja mañana y soy tan egoísta que ni le he preguntado a qué hora se levanta. Por mí no hay problema. No creo que duerma. La adrenalina me sacude las venas y la compañía de Jana es más estímulo que tranquilizante.

Me sorprende al cubrirse con un albornoz rosa que cuelga de la puerta. Luego enciende la luz del salón y se dirige a la cocina.

–Necesito un ColaCao. ¿Quieres otro? No hemos cenado y tengo hambre. ¿O mejor te hago una infusión?

–Preferiría un buen filete, pero no son horas. – Sonrío, aposentado en un taburete.

La veo trajinar por el breve espacio que queda tras la barra americana.

–Puedo...

–No, Jana. Excepto las ganas que tú me despiertas, el resto de mis apetitos son perfectamente controlables. –Echo mano del *pack* de dónuts que acaba de sacar de la nevera y me apropio de uno–. Con esto voy servido.

Por el modo en que me mira hincarle el diente, sospecho que mis acciones la excitan tanto como a mí las suyas. ¡Vaya par que estamos hechos! Río con descaro y enarco una ceja para que regrese a sus quehaceres. Obedece con un adorable rubor en las mejillas. Se prepara el cacao y se apodera del otro dulce. Lo come de pie, separados ambos por la pared de ladrillo visto y la encimera de Silestone de color gris. El frontal muestra un diseño muy moderno de cocina, con los electrodomésticos empotrados en un mural de blancos y grises. Sobre la encimera, una placa de vitrocerámica y una máquina de café. Me giro para ver el resto del piso y me impresiona el buen gusto que domina en la decoración: sobrio pero elegante, tan personal como la misma Jana.

–¿Te gusta? Es pequeño, pero a mí me encanta.

–A mí también –asiento, deslizando la vista por el sofá que tan buenos recuerdos me despierta, el ventanal con el estor subido, las máscaras africanas, las láminas de dibujos abstractos y los libros, la ingente cantidad de libros que se acumulan por todas partes. Hay una especie de desorden organizado.

Jana deja su taza en el lavavajillas y me quita una pizca de azúcar de la boca con los dedos. Los lamo y se aparta, rauda, sin dejar de reír.

–Si no me pongo a dormir... ¡Teo! ¡Dios santo, no he ido a recogerlo!

–Sospecho que a Isa no le molestará tenerlo de inquilino por una noche –deduzco.

–No, claro que no. Pero él estará raro. Solo lo dejo con ella cuando salgo de viaje.

–Ve a por él si te quedas más tranquila.

Mira la hora. Van a dar las doce. Busca su móvil y envía un mensaje. De inmediato recibe otro que la hace reír.

–Isa opina que es mejor que lo deje allí, no vaya a mosquearse contigo. Además, está dormido como un bendito.

La abrazo por detrás y le beso un hombro. Me gusta ver el inicio de sus tatuajes.

–Te prometo que mañana me curro a Teo. Ya sé que, sin su aprobación, no querrás nada conmigo.

Jana me besa el pecho. No llevo nada por vestimenta.

–Eso tenlo por seguro. Somos un tándem.

–¡Adquirido! –afirmo con seriedad–. Y ahora, a la cama. No quiero imaginar a qué hora te levantas.

–A las siete y media. Pero igual mañana podemos retrasarlo un poco. Me espera un día apretado, venía pensando en ello cuando te encontré. No sé si sacaré tiempo para comer un bocata a mediodía.

–¿Por qué te maltratas así? ¿Tanto necesitas el dinero? –Me preocupa y soy sincero.

Su respuesta me descoloca.

–¡No es el dinero, Jacobo! Son mis pacientes. Me requieren en momentos muy concretos, y sus horarios son los que son. Tengo que adaptarme a ellos. Amelia, la chica de las dos, trabaja en un comercio y no dispone de otro tiempo. ¡Está fatal de los ovarios! Julián es vigilante de obra y entra a las cuatro. Por las mañanas curra de mensajero. Lo atiendo cuando puede, pero está fatal de la espalda y no puedo negarle una cita. –Se encoge de hombros–. Es mi trabajo. A veces absorbente y, a veces, reposado. Sin embargo, me gusta.

Asiento, entendiéndolo. El mío no es muy distinto.

–Vale. Pues, si es así, a dormir. –Palmeo sus preciosas nalgas y la empujo hasta el dormitorio–. Prometo que velaré tu sueño.

–Prefiero que lo compartas –replica, seria.

–Es la primera vez que compartimos cama, veremos cómo resulta –contesto con resignación.

El dormitorio es coqueto, con una colcha de *patchwork* que oculta sábanas (¡oh, sorpresa!) lilas. El frontal luce papel en tono lavanda y el resto de las paredes están pintadas de blanco. Además de la cama, grande, por suerte, solo hay un armario empotrado y un taburete de tres patas lo suficientemente amplio para que quepan una lámpara de diseño y un libro. No lo he leído. *Mistralia*. De un tal Eugenio Fuentes. Ya le preguntaré. Con tan poco mueble, la sensación de espacio se acentúa y no resulta agobiante la pequeñez de la habitación.

Jana se quita el albornoz y se mete en la cama, desnuda. La sigo. Miro como pone la alarma del móvil, lo deja sobre el libro y me sonríe.

–No vas a creerlo, pero me siento como si esta no fuera la primera vez que dormimos juntos.

Me siento cursi hasta la médula, así que prefiero callarme. ¿Cómo explicarle que me ocurre lo mismo? ¡Estamos zumbados de narices! Sea lo que sea, nos ha dado fuerte. Pero si me hace sentir tan bien, ¿qué más da? La abrazo tras un breve beso y me preparo para pasar la noche escuchando su respiración.

Será lo último que piense.

31

DESPERTAR JUNTOS

Despierto desorientada, con la extraña sensación de otro cuerpo pegado al mío. Por lo general, Teo duerme en la alfombra y me despierta a lametones, pero no se sube a la cama a no ser que yo lo consienta. Un clic en mi cabeza me recuerda que es Jacobo quien respira a mi lado. Lo hace de un modo extraño y ladeo la cabeza para mirarlo sin despertarlo. No lo consigo, pero logro captar que tiene las mandíbulas tensas. Pese a todo, me sonríe.

–¡Me he dormido!

Parece tan sorprendido como feliz y me arranca una sonrisa.

–¿Toda la noche?

Se incorpora, buscando en su memoria un rastro de recuerdos y asiente, incrédulo.

–¡Toda la noche!

Me abraza y besa mis labios con una ternura desmedida.

–¿Ves como te necesitaba?

La melodía de mi despertador me impulsa a ponerme en pie. Cuando percibo que estoy desnuda, me sonrojo como una tonta, y Jacobo tira de mi brazo para tumbarme a su vera y besarme.

–¡Espera! Deja que te agradezca lo del sueño.

–¡Si yo no he hecho nada! –Río–. Igual se debe al ejercicio previo. ¿Llevabas tiempo sin sexo?

–Meses –admite.

Mi cara de incredulidad lo anima a sincerarse.

–Excepto el numerito de la otra noche, del que también fuiste causante, no sentía apetito sexual desde antes de viajar a Afganistán. Estuve cinco meses allí y dos ingresado en el Gómez Ulla... Así que, ya ves.

–¡Pues sí que tenías hambre atrasada! –bromeo, para quitar hierro a su confesión–. Aunque, si he de ser sincera, te gano. La última vez que eché un polvo salí con Isa. ¡Y estaba de cinco meses! A partir del sexto guardó reposo y se acabaron las juergas. Nacido Aitor, recluidas las dos.

–Ya me contarás esa historia –susurra Jacobo, besándome el pelo–. ¿Has sido muy de ligar tú?

–¿Yo? ¡Más pava que un Ken! No me acuesto con desconocidos, pero aquella noche salimos despendoladas. –El segundo aviso del móvil me obliga a dejar sus brazos–. ¡Tengo que moverme, Jacobo! Debo sacar a Teo y desayunar antes de abrir la clínica.

–Deja que yo saque a Teo. Regálate ese tiempo.

–Salimos antes de desayunar –aviso.

En un santiamén se está poniendo los tejanos y el suéter.

–¿Traigo algo de la calle? ¿Pan? ¿Churros?

–Cruasanes –acepto, risueña por su actitud–. Tienes una panadería a la vuelta.

Le oigo recoger su abrigo y le hago la última advertencia.

–¡Pregunta a Isa! ¡No creo que nos deje desayunar sin someternos al tercer grado!

Escucho su carcajada y me meto en la ducha. ¡De verdad que es extraño que no me sienta rara! Parece que Jacobo hubiera entrado en mi vida meses atrás y... ¡Acabo de caer! ¡Hoy hace quince días! ¿Seis sesiones y ya me he acostado con un paciente?

La que se ve en el espejo del baño soy yo, pero no me reconozco. ¿Dónde quedó la mujer sensata que habitaba en mí? ¿Por qué me brillan los ojos de ese modo tan guay y tengo la piel satinada?

¡Vaya! ¡Pues sí que estaba necesitada yo también! ¡A hacer gárgaras los remordimientos!

32

ADVERTENCIA

Si me pusiera más cursi de lo que ya estoy, diría que floto en una nube. ¡Me pillan mis médicos y me dan el alta *ipso facto*! Por suerte, la única que me pondrá las manos encima hoy es Jana.

Esta mañana disfruté con el paseo de Teo, pero más aún con el loco desayuno que se organizó en la cocina del piso de juguete. Encontré a Isa acomodada en el sofá, con Aitor dormido en su canasta o como se llame ese trasto para transportar críos, sonsacando a Jana. Ella reía a mandíbula batiente, pero se callaron de golpe cuando abrí la puerta con las llaves que me había llevado. Sospecho que la conversación era subidita de tono. Con Isa las cosas no son de otro modo.

Como tenía sesión esta tarde, me invitó a comer y acepté. Zampamos los cruasanes entre bromas y Jana salió disparada hacia su consulta sin dejar siquiera que me ofreciera a llevarla. Isa, por el contrario, quiso que la acompañara al mercado del barrio y no puse reparos. ¡Ya que me dan de comer, qué menos!

A pesar de lucir un plumas burdeos y unas mallas, a Isa se le nota que es de familia bien a la legua; sin embargo, tiene una capacidad increíble para mezclarse con todo el mundo y hacerse querer. ¡Lo sabía todo de todos! Preguntó con desenvoltura por los estudios de la hija de la carnicera, por los achaques de la abuela del frutero, los resultados de la última revisión médica del pescadero... ¡Me sentí un pasmarote a su lado! Maravillado, eso sí, de su don de gente.

No me sorprende que Jana y ella sean uña y carne. Son de ese tipo de personas que se desviven por el prójimo.

Adquirimos un montón de alimentos para su cocina y *enredos*, los llamó, para el frigorífico de Jana. La adoptó de recién llegada y se asegura de que coma en condiciones.

–Eso que me tienes que agradecer –alegó, burlona.

En la sobremesa, me confió que Jana la salvó de la depresión posparto.

Toda la familia Cabañas se opuso a su embarazo y, de no contar con el apoyo de su amiga, no habría sobrevivido a su cabezonería de convertirse en madre soltera. Jana la acompañó en la preparación al parto y estuvo presente en el quirófano. Por suerte, Aitor salió un bendito, pero las malas noches también las sufrieron juntas.

Estaba poniéndome el abrigo para venir a la clínica cuando me ha interpelado, con el semblante más serio que le he visto hasta el momento.

–Jacobo, el modo en que Jana te ha aceptado en su vida no lo ha hecho con nadie en estos tres años. Suena muy romántico, pero pregúntate qué esperas de ella antes de hacerle daño.

He respondido con una sonrisa.

–Descuide, don Corleone. Le juro que mis intenciones son honorables.

¡Confío en haberla dejado tranquila!

33

S.D.M.

Adopto pose profesional. Es un poco difícil porque llevo toda la mañana pensando en él, pero lo intento. Ayuda que, excepto regalarme una sonrisa, no se abalance a besarme. Me ofrece una barrita energética y se interna con soltura en la sala de tratamiento. Entro a saco para no meternos en asuntos personales. Los cuarenta y cinco minutos son muy breves.

–Voy a tratarte la mandíbula. –Me sonrojo levemente–. Esta mañana noté que la tenías muy contraída al despertarte. Puede ser una de las causas de tu insomnio, o un residuo de él. En todo caso, vamos a tratarlo. ¿Te parece?

–Estoy en tus manos –asiente, confiado.

–Túmbate decúbito supino.

Sonríe mientras obedece.

–No le dirás eso a todos tus pacientes –bromea.

–¡Doy por hecho que me entiendes de sobra!

Me coloco unos guantes y tanteo su mandíbula. ¡Recuerda al hombre de la máscara de hierro! Sintonizo el modo *on* y comienzo a maniobrar. Antes le aviso:

–Te va a doler.

Sus ojos azules me taladran con burla. Poco después, cuando abro los míos, concluido el tratamiento, observo que tiene contraídos los puños pese a no haber soltado una queja. Duele, sé que duele. Aunque también es lógico que él tenga capacidad para soportar el dolor.

–Lo siento. No hay otro modo de relajar los PG.

–¿PG?

–Punto gatillo o *trigger point*. Esos nudos donde se condensa el dolor.

Asiente, palpándose la cara.

–Creo que ahora dormirás mejor. De todas formas, debemos seguir trabajándolo.

–¿Mi boca o dormir mejor? –Me mortifica.

–Tu boca –replico, rápida.

–Disculpa. Me prometí no ser más que un paciente en tu consulta.

Lo agradezco. Me facilita la tarea. Sin embargo, se contradice en cuanto se incorpora.

–Mañana es fiesta, ¿pasamos el día juntos?

–¿No tienes otros planes? –tonteo.

–Ninguno. Pero, si los tuviera, los cancelaría por ti.

–Sabes tocar el corazón de una chica, ¿eh?

¡Si no le tomo el pelo me pongo blandiblú! Este hombre parece sacado de una novela romántica de las que edita Isa.

–Únicamente me interesa una chica. Y me gustaría desayunar mañana con ella.

Una lucecita se enciende en mi cerebro ¡Sé dónde llevarlo!

–Vale. ¿A las nueve y media en mi puerta?

–¿No puedo subir antes a darte los buenos días?

Su semblante burlón me mata.

–Consulta, ¿recuerdas? Nada de asuntos personales.

Asiente, con falsa resignación. Pero antes de salir me atrae a su pecho y me besa la frente.

–Esta noche te echaré de menos.

No puedo evitarlo, me tiene a su merced.

–Igual lo arreglo con una llamada.

Su risa eufórica me pone las pilas. Nos salva el timbre de romper la norma que se ha autoimpuesto.

¡No estoy segura de que algún día no hagamos guarrerías en la camilla!

34

NOCHE DE HALLOWEEN

He viajado en el tren de cercanías con una sonrisa de idiota en la cara.

Entre la promesa de Jana de que mañana pasaremos el día juntos y la cantidad de jóvenes disfrazados que compartían vagón, ha sido imposible borrarla de mi rostro. Un par de chicas me han invitado a acompañarlas a una fiesta, pero he declinado con suficiente gracia. Una iba de bruja requetesexi y otra de hada. Las dos muy monas. En otra época hubiera aceptado la oferta.

Se despiden con algarabía tras desearles que se diviertan y camino con las manos hundidas en mi abrigo hasta llegar a casa.

Mi familia no celebra Halloween. Somos más de santos y difuntos. ¡La herencia castrense no se elude así como así!

Con todo, Guille está camuflado de nomo y luce graciosísimo en brazos de su madre.

Les beso a los dos antes de recibir un aluvión de preguntas por parte de mi hermana, y después de mi madre. Ha salido de la cocina con una bandeja de buñuelos de viento de los que me apaño un par, sin molestarme en responder. Es Germán quien se lleva el gato al agua.

–¡Hombre, cuñado, das señales de vida! ¿Te has perdido en la noche madrileña?

–¡Diría que me he encontrado! –Sonrío, socarrón.

Me palmea la espalda con complicidad y Berta lo fulmina.

–¿Ya está? ¿No vas a soltar nada más? ¿Dónde has dormido?

–Cariño, tu hermano está crecidito para que preguntes esas cosas. Igual te da reparo si responde.

Agradezco con una carcajada su solidaridad y me complace ver que a mi madre le desaparece el gesto agrio.

–Tienes buena cara. Mal no te han cuidado.

–Te aseguro, madre, que he estado en las mejores manos.

Quizá me he ido de la lengua porque Berta y ella se miran con connivencia. ¡Estas dos han estado indagando por su cuenta! Intento romper la batería de interrogantes.

–¿Eso es para comer ahora? ¿Esperamos visita o son todos nuestros?

–Germán se pasó por Narváez para traértelos de Nunos Álvaro. ¡Sabe cuánto te gustan! –relata Berta, menos beligerante al hablar de su marido.

–¡Me encantan! –admito pillando un tercero. Ciertos caprichos se echan de menos cuando estás fuera de tu país y no hay modo de conseguirlos.

Los buñuelos y las torrijas son mi debilidad.

Berta me da una tregua y trae café e infusiones.

Bajo el balcón resuena la jarana de la calle, pero no nos afecta.

Esta noche llamaré a Jana. ¿Se disfrazará? No

creo, si no, me hubiera dicho algo. Espero. ¡Le bromearé al respecto, que los uniformes dan mucho juego! Con una sonrisa lobuna, que a nadie pasa desapercibida, sigo comiendo bocados de los deliciosos dulces.

35

THE HOUSE OF XURRO

El día ha amanecido despejado, con una luz maravillosa. ¡O eso me parece a mí, ansiosa de ver aparecer a Jacobo! Me envió un mensaje cuando salía de casa y me bajé al portal para aguardarle, calentándome al sol.

Un grupo de chicas desbarra, sentadas en un umbral, cerca del mío. Tienen los maquillajes corridos y las voces tomadas, vestigios de la juerga de anoche. Al ver a Jacobo sobre la moto se alborotan y sueltan un montón de obscenidades que le arrancan una sonrisa. Frunzo el ceño, absurdamente celosa, pero es que tienen razón. ¡Un tiarrón así, luciendo cuero negro y con semejante cacharro está para hacerle un favor y darle las gracias, además!

Le doy la bienvenida con un morreo que saca suspiros de envidia de las chavalas y dibuja una divertida mueca en los labios jugosos.

–¿No bastó lo de anoche?

Me toma el pelo. Ayer me costó seguirle el juego en el sexo telefónico. ¡Pudorosa que es una de vez en cuando!

–¿Si he dormido bien? –le sigo la chanza–. ¡De maravilla! ¿Y tú?

–¡De un tirón! –reconoce, ofreciéndome un casco–. ¿Dónde me llevas?

–A la plaza de la Cebada. ¿Te suena?

Asiente y me ayuda a colocarme el armatoste mientras me da instrucciones sobre su manejo. ¡Joder, ni que fuera un diseño de alta tecnología! ¡Sí que tiene intríngulis esto de ser motero!

Una vez acomodada, tardamos diez minutos en alcanzar destino. Jacobo enfila por San Bernardo y Toledo, y enseguida nos encontramos en la plaza. Quedan restos del festejo, por más que los barrenderos se empeñan en su trabajo. ¡Debió de montarse una buena!

Recuerdo que mi primer Halloween con Isa resultó superdivertido, pero el segundo se fastidió por un pegajoso que no pude despegarme. En el tercero conoció al padre de Aitor y regresé a casa temprano. Este año ni lo he tenido en cuenta, demasiado molida de currar.

Le señalo la churrería y aparcamos frente al ventanal, decorado con calabazas, telarañas y murciélagos.

Hay bastante gente, la mayoría haciendo cola.

Ema abre los ojos como platos cuando me descubre en la entrada. Lleva el pelo recogido y una preciosa camiseta lila ajustada con el logo de la casa, *House of Xurro*. ¡Le tiraré una indirecta para que me consiga otra igual! Lanza sonrisas cómplices al ver que Jacobo me aferra con la mano que no sujeta los cascos. En cuanto se desentiende de los clientes se acerca a abrazarme.

–¡Menuda sorpresa! ¿Venís a desayunar?

–¡Claro! ¡Jacobo tiene que probar vuestras exquisiteces! –Por un segundo me asalta la duda y lo miro, aprensiva–. Te gustan los churros, ¿verdad?

Asiente y se presenta a Ema con ese gesto educado que lo caracteriza.

–Hola. Bonito local. Yo soy Jacobo.

–Y yo Ema. –Lo besa sin ponerse de puntillas porque es más alta que yo–. La churre es de mi novio. Luego saldrá a saludaros. ¡Llevamos una mañana de locos! –Nos guía hacia una mesa repleta de tazas y platos y la despeja con destreza–. Acomodaos y ahora me pedís. Voy a quitar esto de en medio.

En la pizarra anuncian tostadas de salmorejo con rulo de cabra y se me van los ojos. También tienen otras variedades curiosas, pero mis jugos gástricos ya han decidido por mí. Jacobo sonríe con sorna.

–No vas a comer churros –adivina.

Niego con cara patética.

–Si me salto ese queso que me llama tanto como a ti y como un par de churros, ¿me permitirás que los moje en chocolate?

La imagen de su boca bañada en chocolate me asalta y me pone a cien en segundos. Jacobo se sorprende al leerme los ojos y luego ríe, encantado de sí mismo.

–Seguro que tienen chocolate para llevar –sugiere, ladino.

–Creo que sí –alcanzo a murmurar.

Ema vuelve a la carga, sin la bandeja.

–Dice Rupert que no pidáis churros de chocolate, que para desayunar son empalagosos. Pero te tengo un regalito después. –Me guiña un ojo y asiente al apuntar la comanda.

Durante la espera observamos a la variopinta clientela: desde padres de familia que acarrean bolsones de churros y jarritas de chocolate hasta trasnochadores, amas de casa a las que les asoma el pijama bajo el abrigo, operarios del barrio...

–¡Sí, se puede llevar! –exclama Jacobo con mohín morboso–. Parece que les va bien a tus amigos.

No llego a responder. La señora que despertó mi curiosidad la vez anterior atraviesa el mostrador con nuestras bebidas y casi da un respingo cuando Jacobo se aparta para facilitarle el acceso a la mesa. La mira con curiosidad y le habla en un idioma que desconozco. La mujer, petrificada, huye al interior como alma que lleva el diablo.

–¿Qué le has dicho? –Me asusto.

Jacobo se disculpa, aturullado.

–Solo le he preguntado si era rusa. ¡Sus rasgos eslavos son muy acusados!

Ema aparece con los platos en las manos y el semblante preocupado.

–Siento haber molestado a tu empleada –se adelanta Jacobo cuando ella toma asiento a nuestro lado.

–No la has molestado. Bueno, sí –se desdice–. Anuska está en tramitación de sus papeles y tiene pánico a todo el mundo. –Baja la voz para informarnos–. Logró escaparse de una organización de trata de mujeres. La hermana de Rupert anda metida en oenegés y fue quien le consiguió el trabajo. Le dan pánico los hombres con aspecto... En fin, tan grandes como tú, Jacobo. Pero no es tu culpa. Lamento haberos preocupado.

–¡Yo siento haberla asustado a ella! –asegura Jacobo, consternado–. Le hablé en ruso como muestra de confianza.

–¡Son sus propios paisanos los que tienen montado el negocio! Espero que Anuska pierda el miedo y testifique algún día contra ellos, pero por ahora está aterrorizada. Ya veis qué aspecto tan calamitoso tiene. ¡Y fue nada menos que modelo en su país! Debe de haberlo pasado fatal.

–¡Madre mía! ¡Lo sentimos mucho, Ema!

–Tranquila. Ya os he dicho que no es culpa vuestra. Está en el almacén, calmándose. ¡Venga, comeos esto o se quedará frío!

La tostada está riquísima y Jacobo se termina los churros y el chocolate en un santiamén, pero apenas cruzamos palabra, apesadumbrados por el incidente. Pedimos la cuenta y Rupert sale a saludarnos junto a Ema, con una bolsa de papel en la mano.

–¡Ya me ha contado Ema! ¡No le deis importancia! Esto es para ti, Jana, por haber vuelto. ¡Eres una chica de palabra!

–¡Lo que soy es golosa! –Río–. Nos trataste muy bien y tu comida es espléndida. No dudes de que te haré propaganda en la clínica.

–Las tostadas las cambiamos a menudo. La próxima vez te preparo una con mermelada casera que te vas a chupar los dedos –asegura, orgulloso.

Ema le da el cambio a Jacobo y veo que la mujer extranjera saca la cabeza para chistarle. Con el permiso de mi amiga, los tres desaparecen de nuestra vista. Rupert se muestra divertido.

–Igual tu chico la socializa. ¡Que nos está costando!

No hago alusión a que *no es mi chico,* pese a que me ilusiona que demos esa apariencia.

–¡Es muy fuerte lo que nos ha contado Ema!

–¡Por eso la contraté! Pero, cuando Ema no está, necesito una camarera menos huraña. ¡Que me va a hundir el negocio!

Su actitud cariñosa desdice sus palabras. Me cae bien el muchacho. Presiento que voy a ser una clienta bastante habitual. Además, en cuanto le confíe a Isa la historia que se esconde entre bambalinas, mete baza como sea. ¡Que nos conocemos!

Inspecciono la bolsa mientras aparece Jacobo. Contiene lazos de churros con cobertura de chocolate y naranja ¡adornados con vampiritos comestibles! ¡Me encanta la estética y deben de estar de rechupete! Hago reír a Rupert con mi entusiasmo hasta que al fin aparece *mi chico*.

¡El desayuno ha resultado de lo más inesperado!

36

VIAJAR EN HARLEY

Me he quedado un poco tocado con Anuska. Por suerte, ha aceptado mi disculpa y, a su vez, se ha deshecho en justificaciones de sus miedos. Le he dado mi teléfono a Ema por si en algún momento necesitan ayuda. En mis misiones he contemplado vejaciones a mujeres de todas las edades y, por más que he procurado interceder, resulta complicado en una sociedad tan machista como la árabe. También son ciertos los incidentes de militares que se crecen en ciertas circunstancias y no he dudado en aplicarles la ley de los puños. Algunos superiores son permisivos y otros no, pero nadie te señala si te atreves a castigar a un compañero por ignorar el código de la caballerosidad. No entiendo el abuso sobre una mujer. Tampoco sobre el resto de la humanidad, pero el de esas chiquillas que te reciben como salvadores y cuando menos se lo esperan han de defenderse de un acosador, me repugna. Los soldados no somos de piedra, pero debemos conservar el sentido del honor. Los boinas verdes al menos.

Jana vislumbra los nubarrones de mis ojos y los

deshace con un beso en la frente. Su sonrisa es limpia y alegre. Justo lo que necesito.

–¿Has hecho planes? –pregunto–. No sé. Con Isa, con Teo... No quisiera entrar en tu vida a saco y desbaratarla.

Se muerde el labio inferior con un estilazo que me revuelve la libido. ¡Es impresionante cómo me gusta! Lleva unas mallas de color azul, un suéter del mismo color que le cubre hasta las rodillas y abraza su cuello en un par de vueltas, y unas botas negras de cordones, pero es la chica más sexi del mundo. Sin maquillar. Con el pelo recogido en una coleta alta y una pizca de rosa en los labios.

Me replica con ironía, cariñosa.

–¡No tienes tanto poder, guapito! Pero estoy libre como el viento. Isa celebra el cumpleaños de su padre en la finca de Pedraza. Ya la habrá recogido el chófer de la familia. Ha tenido la deferencia de llevarse a Teo para que disfrute del aire fresco y corretee a sus anchas. ¡Y para que tú y yo podamos movernos a nuestro antojo!

–¡Esa es una amiga! –admito, risueño–. O sea, que puedo llevarte donde quiera.

–Con este día, más te vale que estés pensando en exteriores.

¡Ni se lo imagina! Llevo siglos deseando desperezar el esqueleto de mi moto y qué mejor oportunidad que llevando a Jana en la grupa. Germán me habló hace tiempo de una ruta por pueblos de la sierra, así que voy a poner a prueba las dotes de motera de este bombón que se abrocha el plumas sin idea de lo que proyecto. Le quito la bolsa para guardarla en el baúl y la ayudo con el casco.

–Confías en mí, ¿verdad?

Sus ojos refulgen tras el visor.

Me la devuelve de pleno.

—¡Estoy en tus manos!

Suelto una carcajada y nos ponemos en marcha. ¡No hay nada como tener una carretera por delante y unos deliciosos brazos que te cerquen!

Acaricio la superficie negra de mi máquina y le susurro como a la amante que es: —«¡Allá vamos, Black! ¡Haz que bramen tus motores!».

37

CARRETERAS

Al principio me sujeto como una lapa a la cintura de Jacobo. ¡La potencia de la moto impone! Abandonamos la autovía del norte y nos internamos por carreteras secundarias que presentan un paisaje abrumador. Las cumbres de las montañas se ven nevadas a lo lejos, aunque este año aún no ha nevado en Madrid. Estamos en mitad de la sierra y me siento como si fuéramos los únicos habitantes del universo. Respiro hondo, fascinada. Jacobo, sin girarse, me habla a través del casco.

–¿Te gusta?

–Mucho –grito, hasta que me doy cuenta de que me oye por un conducto eléctrico y bajo la voz–. Es precioso.

–Mi cuñado me dijo que se pueden hacer rutas senderistas por aquí, incluso escalada. ¿Te atreverías?

–Senderismo, sí. Escalada no he hecho nunca.

–Pues senderismo. Podrías traer a Teo a disfrutar de la verdadera naturaleza.

Me lanzo a levantar un brazo para tocarle el hombro, agradecida de que haya tenido un pensamiento para mi *hijo*, pero enseguida regreso a mi posición segura. Jacobo disminuye la velocidad y nos deleitamos con el paisaje.

–¡No sabía que existía un entorno tan increíble cerca de Madrid!

–Yo tampoco. Pero Germán era senderista antes de conocer a Berta. Me contó lo de los valles y los pantanos. Hay una ruta que se llama del Frente del Agua, en la que se conservan restos de la Guerra Civil. Me gustaría visitarlo.

Me hormiguean los dedos de la emoción. ¡Yo también quiero!

–La semana que viene tenemos el puente de la Almudena, ¿quieres que lo organicemos?

Una de las manos enguantadas de negro se posa sobre mi muslo derecho y lo aprisiona con fuerza. Puedo imaginar la sonrisa de Jacobo.

–¡Gracias! ¡Por supuesto que sí!

Nos deslizamos por carreteras vacías y me da tiempo a leer algunos carteles: Robregordo, Buitrago del Lozoya, Lozoyuela, El Berrueco. Me suenan a chino, pero nos cruzamos con algo de tráfico, sobre todo en este último punto, donde Jacobo se aparta para internarse por otra carretera que nos lleva, bordeando un embalse, a la presa de El Atazar. ¡Las vistas son increíbles!¡Y las curvas también!

–¿Estás cansada?

–Un poco. –Tengo el culo molido, la falta de costumbre de montar en moto, pero no quiero rendirme–. ¡Sigamos!

–Avísame cuando quieras que pare. He previsto que comamos al final del recorrido, de regreso a El Berrueco.

–Vale.

Atravesamos la presa del embalse de El Villar, cerca de un pueblo llamado Robledillo de la Jara, y seguimos bordeando un panorama de romero, pinos y cárcavas. No es que yo lo sepa, es que Jacobo me lo va chivando al oído. El pantano es inmenso, aunque se nota la escasez de agua de los últimos tiempos. Cuando avistamos El Berrueco aún es temprano, así que tomamos unos refrescos y decidimos conocer el pueblo, que me pareció impresionante al venir: Buitrago del Lozoya. Comeremos en él.

Se ve tránsito de turistas en la zona; se nota que la gente conoce más la sierra de lo que yo esperaba.

Dejamos la moto frente al restaurante El Espolón, que tiene una divertida reseña: *Vale más morir de harto... que sin catarlo.* Reservamos mesa y nos vamos a patear las calles de este precioso enclave.

Cuando nos acomodamos en el restaurante ya habíamos visto el alcázar del marqués de Santillana, una catapulta a los pies de la muralla (con pasmo, le escuchamos decir al guía que dirigía a un grupo que fue la primera arma bacteriológica de la historia, puesto que usaron de munición a personas con enfermedades contagiosas), una colección impresionante de armas medievales, el puente del Arrabal, la Torre del Reloj y la iglesia de Santa María del Castillo.

Quedaban sitios por visitar, pero mis piernas dijeron hasta aquí hemos llegado y los rugidos del estómago de Jacobo le dieron la bienvenida.

Menos mal que fuimos previsores, porque el interior rebosa de comensales con pinta de forasteros. Jacobo se ríe de mi cara al ver la carta: judiones, rabo de toro, cocido, capón... Pero como dice el dicho «allá donde fueres, haz lo que vieres», y los judiones parecen el plato estrella. Lo pedimos. Por si acaso, elijo también otro guiso de nombre raro que incluye chipirones, setas, pimientos verdes y cebolletas con vino Málaga Virgen. ¡Está sabroso a tope! Los judiones, pese a mi precaución, también. De postre, compartimos una tarta de manzana caliente.

Jacobo vuelve a reírse al verme comer a dos carrillos.

Bajamos el atracón dando un paseo breve porque la luz se va y las temperaturas han descendido un montón.

Regresamos a Madrid con la alegría de haber pasado un día alucinante.

En la plaza miro los áticos y veo que Isa ya está en casa. Sin embargo, no me apetece separarme de Jacobo.

–¿Te quedas a pasar la noche?

Por respuesta, me atrae a su pecho y me besa con una pasión que no ha demostrado a lo largo del día. La verdad es que, excepto por alguna caricia furtiva y algún beso corto, apenas nos hemos tocado.

–Sería un broche de oro espectacular –confiesa.

Al guardar los cascos, recordamos los churros de Rupert y nos reímos. ¡Hoy no nos caben! Quizá para desayunar mañana.

38

BENEPLÁCITO

Podría acostumbrarme. ¡Reconforta la sensación de despertarte abrazado a un cuerpo cálido! Huele a sexo entre las sábanas porque anoche Jana no se mostró nada mojigata. Cenamos en el apartamento de Isabel y nos trajimos a Teo a casa, pero, como si tuviera un sexto sentido, el border collie se quedó en la alfombra del salón. Para Jana supuso una sorpresa que su perro nos concediera intimidad, pero yo, después de haber visto trabajar a los canes en nuestras compañías y la de los SEAL americanos, no me asombré. Sé que muchos animales sobrepasan en intuición a las personas. Y Teo se vio venir en los prolegómenos de la noche que estaba sobrando. Lo cierto es que no sé cómo hubiera reaccionado al verme sobre su dueña, arrancándole jadeos o escuchando las barbaridades que se me ocurren. No recordaba ser del tipo que disfruta soltando obscenidades, pero Jana tiene algo que me impulsa a comportarme del modo más primitivo. No me reconozco. Pero lo disfruto.

Al toque de mis besos, Jana abre los ojos y me dedica una sonrisa gloriosa.

–Buenos días. ¿Ha sonado la alarma?

–Aún no.

–Entonces, ¿qué haces despierto?

–Saboreo la suerte que tengo.

Los ojos de miel se derriten y me excita que unas tontas palabras le proporcionen placer. Con lentitud, acerco sus dedos a mi miembro para que aprecie lo despierto que está.

–¿Empalme mañanero? –Ríe, pícara.

–De lo más habitual desde que te conozco –admito quitándole trascendencia a una noticia verdadera. Llevaba tanto tiempo sin deseo sexual que ni me importaba. ¡Ahora soy pura testosterona en movimiento!

Jana se desliza bajo las sábanas e impide que mis manos la aferren con un sinuoso ademán. Asoma la melena rubia entre mis piernas y siento su lengua marcando territorio. Mi primer jadeo atrae a Teo hasta la puerta. Nos mira y, por fortuna, se da media vuelta. O este perro ha sido testigo de muchas cosas, o es listo de narices. Lo último que querría es verlo ahora subirse a la cama.

Aparto la sábana para deleitarme en el cuerpo desnudo de Jana y mi polla crece en sus labios por lo que me está haciendo y lo mucho que me gusta observarla. No tardo en correrme. Mi pequeña fisio es buena en todo lo que se propone.

Cuando repta por mi torso, con la boca brillante y los ojos pícaros, me atraviesa un rayo de deseo y me recupero a la de ya. Con apenas unos bocados a sus pezones y unas caricias salvajes, estoy dentro de ella, agradeciéndole su forma de saludar el día. La alarma nos distrae medio segundo, pero Jana alarga la mano y la calla de inmediato. Nos movemos con la soltura que da haber reincidido en este juego los últimos días. Su piel me suena conocida, sus sonidos también. Aunque no por ello la desee menos. Yo diría que es todo lo contrario: a cada minuto la deseo más.

Como si entendiera que su presencia es bienvenida, Teo asoma el hocico por el lado de Jana y ella le acaricia el morro con cariño.

–Buen chico, precioso.

Teo gruñe, feliz. Después repite la operación conmigo y Jana ríe, encantada.

–Creo que eso es una señal de acogida. Mi hijo te da su beneplácito.

–Pensé que ya lo tenía –susurro, confuso pero satisfecho.

–Al título de amigo, sí. Pero ningún tío ha amanecido en mi cama. Teo lo sabe mejor que nadie.

Escucharlo me esponja de orgullo. Miro a ambos y siento como si, de repente, hubiera creado una nueva familia. La idea no me asusta en lo más mínimo, aunque ser consciente de ello me preocupa un poco. No lo dejo traslucir. Me levanto de la cama con Jana en brazos y la llevo al baño.

–Dúchate en un santiamén. Voy a preparar un desayuno rico rico.

Ella ríe y asiente, enviándome un beso con la punta de los dedos.

¡Soy el hombre más afortunado del universo!

39

NOTICIAS DE BARRIO

Mientras atiendo a Andrea no puedo evitar las carcajadas. Es una gamberra redomada; de esas personas que te transmiten alegría de vivir. Podría decir que tengo a mis pacientes y luego a Andrea. Exceptuando a Jacobo, claro, que ha aparecido en plan huracán. Me sonsaca información sin darme cuenta y opina con una libertad aterradora. Está entusiasmada porque ese pedazo de Madelman, como lo ha bautizado, haya pasado a formar parte de nuestro paisaje. Asegura que es un placer para la vista y me aconseja que no pierda el tiempo con ñoñerías, que luego se acaba lo bueno en un plis plas. ¡Bien lo sabe ella, que padece esclerosis múltiple! Le vuelve loca la música y lo que más añora de su vida anterior es bailar y conducir, no sé si en ese orden.

Lucía, la chica que la cuida, se ríe con sus comentarios. Se nota que la quiere un montón. Solemos hablar de películas, series y libros, pero desde que se cruzaron con Jacobo, incluyen sus idas y venidas por el barrio. Debería quedarse en la entrada, como los acompañantes o los pacientes que aguardan, pero con ella hago excepción y montamos tertulia, a no ser que tengamos que mantener silencio en algunos ejercicios. Además, es una fuente de información privilegiada. Conoce a todo el mundo y le llegan los rumores de primera mano. Acaba de confesarme que la visita de Isa al mercado la otra mañana despertó expectación por si Jacobo estaba con ella o conmigo, pero la salida en moto de ayer aclaró la disyuntiva.

Ya es oficial en Malasaña que el motero y la fisio están juntos. ¡Asombroso! ¡Aunque, bueno, tampoco tenemos nada que ocultar!

Cuando suena el timbre les ruego que no lancen miraditas a Jacobo, que luego tendré que darle explicaciones.

–Un «Buenas tardes» le podré decir, ¿no? –replica Andrea, burlona.

Río, dándola por perdida, mientras las dejo solas para que Lucía le recomponga la ropa.

¡No me fío de ellas ni un pelo!

40

INCERTIDUMBRES

Noche de viernes y no tengo plan. ¡Soy idiota! Debería haberle insistido a Jana para salir cuando insinuó quedarse en casa, pero me ganó el presentimiento de que se siente culpable de descuidar a Isa. No parecía muy contenta anoche, cuando regresó de Pedraza, y no obstante esbozó una sonrisa y nos invitó a cenar. Son muy amigas y se lo cuentan todo, pero es lógico que, conmigo delante, se contengan.

Esta mañana, cuando regresé a Tres Cantos para cambiarme de ropa, Berta comentó con retintín que se me notaba feliz.

–¡Ya era hora! Llevas toda la vida comportándote como un adulto y mira, a los treinta, retomas la adolescencia. ¡Hueles a hormonas, hermanito! ¡Por no decir a otra cosa!

Solté un respingo, aunque sabía que era mentira. Venía recién duchado.

Esta noche no se esperarán que aparezca a cenar. Tentado estoy de tomar una ración en un bar y regresar más tarde. Pero no, sería absurdo.

Me siento en un banco a mirar el anochecer. Necesito pensar sin presiones.

Jana me gusta a rabiar. El sexo con ella es impresionante y me satisface todo lo que la acompaña, incluidos el perro y su amiga. Pero las palabras de Isa me taladran el cerebro de vez en cuando. «Pregúntate qué esperas de ella antes de hacerle daño». ¿Por qué habría de hacerle daño? Es cierto que hay muchas cosas que no sabe de mí y, no obstante, jamás me hostiga. Admiro su prudencia. Ha pasado sus dedos y su boca por mis cicatrices, mis abrasiones, mis heridas de bala, y ni una sola pregunta ha brotado de sus labios. Debe de sentir curiosidad, no lo dudo. Pero calla. ¿Qué le rondará la cabeza cuando las ve? ¿Me mirará como a un soldado o como al tío que se está tirando? En la consulta tampoco ha retomado el interrogatorio. Hoy me ha trabajado la cabeza y la zona lumbar, como si supiera que aún me resiento de los riñones cuando conduzco tanto rato la moto. ¿Hablaré en sueños? ¡Qué idiotez! ¡Es una profesional como un piano y detecta lo que mi cuerpo necesita, sin más!

¿Y mi cabeza? ¿Podrá quitarme de la memoria las escenas de mis compañeros destrozados en la ofensiva? Mi madre, en su mentalidad castrense, no entiende que haber sido el único superviviente me mantenga en este estado de desánimo y confusión, pero lo que ella ignora es que fui yo quien provocó el desastre. Yo, quien se apiadó de la mujer y el crío en las afueras de aquel poblado. Yo, quien se bajó del vehículo y se le aproximó, mientras mis camaradas aguardaban. A ellos no les dio buena espina que pareciera tan magullada, pero a mí me conmovió su aspecto desolado. ¿Cómo no iba a estarlo, joder, si la estaban usando de cebo? Apenas me hallaba a unos metros de ambos cuando un artefacto detonó y la explosión me lanzó por los aires. Un maldito IED[1] de los usados de continuo en esta guerra asimétrica[2] convirtió en chatarra nuestro transporte y a mis compañeros en cadáveres. A todos. Pero eso no lo supe hasta que desperté en un hospital de campaña antes de ser trasladado a Madrid. También la mujer y el niño murieron. Resulté el único superviviente de una carnicería. Hoy por hoy, me sigo preguntando por qué.

Caigo en la cuenta de que estoy llorando cuando las lágrimas me humedecen las manos. Por suerte, no hay nadie alrededor, me encojo sobre mí mismo y sollozo sin control. Los hombres no lloran. Los militares, menos. Pero este hombre en concreto, este ser roto que soy en cuanto me descuido, sí lo hace.

Antes de que me dé cuenta, estoy marcando el número de Jana. Responde con voz divertida. Se oye de fondo el barullo de Aitor y los ladridos de Teo. Me arrepiento y cuelgo. ¿Qué derecho tengo a entrometerme en su vida? Ella es feliz sin mí. No necesita a un tío patético a su lado.

El teléfono vuelve a sonar de inmediato. Es ella.

–¿Jacobo? ¿Me has llamado? ¿Ocurre algo? ¿Estás en Madrid?

Niego con la cabeza, sin darme cuenta de que no puede verme.

Su voz sube unos agudos.

–¿Jacobo? Jacobo, ¿dónde estás?

–En Tres Cantos. –No logro disimular la congoja

---

1 Improvised Explosive Device (por sus siglas en inglés, IED). Artefacto explosivo improvisado, también llamado «bomba caminera».

2 Conflicto bélico en el que uno de los bandos es inferior en recursos y por ello se ve obligado a utilizar tácticas como, por ejemplo, la guerra de guerrillas o el terrorismo.

de mi voz y parece que la veo saltar de donde quiera que esté sentada.

—¿Estás solo?

Asiento y luego le doy voz a mi afirmación. Solo emito un monosílabo. Me da vergüenza decir más.

—Escucha... ¿Puedes venir a casa? ¿Coges un taxi o prefieres que yo vaya a por ti?

¿Es que es bruja? ¿Cómo sabe que estoy tan mal?.

Le escucho soltar un juramento seguido de:

—¡Ahora sí me vendría bien tener carné, joder!

Logra que sonría. La tranquilizo.

—Localizo un taxi. —Lo pienso un segundo y añado también—: Dile a Isa que siento fastidiaros los planes.

—¿Estás tonto? ¡Solo íbamos a ver una peli de las de llorar!

La imagen de las dos sentadas en el sofá me calienta el ánimo. Creo que ha llegado el momento de ser sincero. Con ambas.

Cuando me incorporo del banco soy otro hombre. Uno menos vencido.

41

ACOGIDA

Teo ronca a nuestros pies. Ha intuido que la compañía de hoy no es jaranera. Por increíble que parezca, Jacobo duerme y soy yo quien no consigue pegar ojo. ¡Ha sido una noche horrible!

Estaba tan tranquila, preparando el bibe de Aitor mientras Isa organizaba nuestra cena, cuando sonó mi teléfono. El personal. No sé por qué tuve un mal presentimiento. Pensé en mis padres, pero al ver el número de Jacobo me relajé; sin embargo, que colgara sin decir nada retomó mi dichosa intuición. ¡Si por algo las piscis somos medio brujas! Me angustió su voz entrecortada. ¿¿¿Estaba llorando??? Di un respingo y le dije lo primero que acudió a mi cabeza, que viniera a casa. Luego, mientras lo esperábamos, me mordí las uñas. ¿Y si me había pasado de impulsiva? ¿Y si él no quería hablar aún? Me había prometido ser respetuosa y aguardar a que estuviera preparado, pero... ¿Por qué me llamó, si no, en un mal momento? ¿Por qué no recurría a su familia? Con todo, me satisfizo saberme una opción.

Cuando llegó, Isa se ofreció a dejarnos solos, pero

él la abrazó con un gesto tierno y le aseguró que quería hablar con las dos. Se acomodó en el sofá, con la cabeza gacha y las manos en el regazo.

¡Me rompió el corazón verlo en ese estado! Justo en ese trance entendí que me había enamorado de Jacobo. ¡Ya me vale, el momento de marras! ¡Como para contárselo a nuestros futuros nietos en plan instante romántico!

Isa se sentó en el reposabrazos y yo me dejé caer a su lado. Teo miró el triste cuadro que presentábamos y se acostó enfrente, expectante también.

Jacobo rompió a hablar con voz monótona. Aferré sus manos para reconfortarlo y no las rechazó, así que terminé empotrada contra su hombro, llorando a moco tendido.

Contó historias de sus compañeros, de su vida en la base de Kabul, del trabajo codo a codo con los americanos, de las escaramuzas, del buen rollo con su compañía, del horror que vive la gente a la que le ha tocado nacer en esas tierras, de la violencia contra las mujeres... y del incidente que lo trajo a casa en una camilla, más muerto que vivo. Terminó, en un tono bajo, con los meses en el Gómez Ulla, con su recuperación física pero no mental, con los reproches que veía en el semblante de su madre, que no comprendía que estuviera tan tocado con la preparación que había recibido.

Cuando se atrevió a levantar el rostro, lo tenía humedecido por las lágrimas, pero no nos sorprendió porque nosotras estábamos igual. Me lancé a su boca y lo besé sin pudor, desesperada por deshacer su tristeza. Me acogió con mimo, agradecido. Luego miró a Isa y ella, limpiándose con el dorso de la mano la cara mojada, le apretó un hombro.

–¡Tenías que soltarlo, Jacobo! A partir de hoy, la

recuperación te costará menos –sentenció, con su sabiduría habitual.

Teo, contagiado del ambiente mustio, rodeó la mesa baja y lamió las manos de Jacobo mientras sus ojos castaños lo contemplaban con la solidaridad de un ser humano. Abracé a mi perro, emocionada, y recorrí su espalda con caricias largas que le arrancaron ronroneos de placer.

Jacobo sonrió al fin. Después, la noche resultó más fácil. Isa recordó que tenía una quiche en el horno y, con naturalidad, nos invitó a cenar.

–Te quedas a dormir –le advertí–. ¿Tienes que avisar en casa?

–No, pero les mandaré un wasap.

Comimos, vimos *Love Actually*, como estaba previsto, y después nos vinimos los tres al piso de juguete, como a él le gusta llamarlo. Es posible que lo sea, pero me enorgullece que sea aquí donde prefiere pasar el tiempo y no en otro sitio.

Ya en la cama, desnudos y abrazados, Jacobo me susurró un sentido «Gracias» y yo solo pude poner el alma en mis ojos para que supiera cuánto le amo y cómo le agradezco que haya roto su silencio.

Ahora, mientras duerme, pienso que hace apenas tres semanas no conocía la existencia de Jacobo Montalván y, en estos momentos, ya no imagino la vida sin él. ¡Qué extraña es la existencia! Te pasas los años buscando por los bares a tu alma gemela y te la encuentras de golpe, en la camilla de una clínica.

Cierro los ojos, esperando dormirme. ¡Han sido demasiadas emociones! No obstante, agradezco al universo cada segundo de este día.

42

SÁBADO SABADETE

¡Podría acostumbrarme a esta vida! No paro de pensar en ello últimamente.

He abierto los ojos en una cama que no es la mía y, sin embargo, me siento cobijado. Huele a café. Mi estómago gruñe de ansiedad, pero antes de que ponga los pies en el suelo la puerta se abre y Jana, con los pies descalzos y una camiseta negra con el frontal impreso de Joaquín Sabina por vestimenta, me tiende una taza humeante. Un maldito brebaje disfrazado con buen aroma.

–¡No te resistas y bebe! –amenaza, sonriente, dando un largo trago a su café.

Se acomoda en el cabecero y me besa con labios húmedos. Su boca sonríe, pero sus ojos están serios.

–Has dormido bien –asiente.

–Eso creo. ¿He roncado mucho?

–Un poquito. Tendré que aplicarte alguna técnica para subsanarlo.

Pongo la cara de espanto que espera de mí y ambos reímos.

–¿Tienes algún plan para hoy?

–Estar contigo, si no me mandas al cuerno –repongo, acabando el mejunje de hierbas.

Jana suelta su taza también y se abraza a mí como una lapa. Me alegraría, de no captar un atisbo de ansiedad en su gesto.

–¡Lo siento, Jacobo! No sé si quieres volver a tocar el asunto, pero a mí no se me quita de la cabeza.

La separo despacio para buscar sus ojos, de donde pende un brillo parecido a una lágrima.

–¡No soporto pensar que estuviste a punto de morir y aun así te eches la culpa! ¡Te arrancaría ese pensamiento de la mente si supiera cómo!

Consigue que sonría. Con abatimiento, pero sonrío.

–Eres fisio, no loquera, ya me avisaste.

Me golpea con afecto un hombro y, de repente, la tengo a horcajadas sobre mis caderas. Ni que decir tiene que dejo de pensar para empezar a sentir.

–Haremos planes, pero luego, ¿vale? –musita a mi oído.

Su lengua entra en contacto con mi piel y perdemos el sentido del tiempo. Solo somos ella y yo en la intimidad. Teo araña la puerta desde el otro lado, pero en vista de que no recibe respuesta, se da por vencido.

Jana toca cada fibra de mi ser con sus manos y su boca. Revolvemos las ropas de la cama hasta quedar sobre el colchón, sin más protección que nuestras pieles. Ardemos en una espiral de deseo que nos deja jadeantes y felices. ¡Quiero comenzar así cada mañana!

Nos quedamos dormidos sin darnos cuenta y es el móvil de Jana sobre la mesilla el que nos despierta.

La escucho hablar con Isa mientras mis manos se pierden en su cintura. Comida, paseo, Retiro. Jana me mira, sabiendo que he escuchado, y asiento.

–Vale. En media hora nos reunimos –se despide.

Regresa al refugio de mi pecho y expone la planificación:

–Aireamos a los niños, almorzamos en cualquier chiringuito en el Retiro y nos concede la tarde libre.

Me carcajeo al ver cómo compaginan agendas. ¡Son dos hachas!

–Por mí, perfecto. Aunque agradecería pasar por un centro comercial diez minutos y comprarme un equipo nuevo.

–¿Estás sugiriendo que deberías tener ropa extra en esta casa? –Me mira con sorna.

La posibilidad suena tan atractiva que afirmo con la cabeza.

–Mi hogar es diminuto, pero para un par de vaqueros y algún suéter hallaremos hueco –bromea.

La atraigo a mi pecho y la beso lentamente, saboreando lo que me ofrece.

–¿Estás segura?

Jana me devuelve el beso con una pasión que me inflama.

–No, no estoy segura de nada, Jacobo. Me guío por el instinto. Si a ti te vale, a mí también.

Acaricio su rostro amable y sus labios, tensos por la respuesta.

–Hace un mes éramos dos desconocidos...

–Podríamos llevar años tratándonos y seguir siendo dos desconocidos –reflexiona, sensata–. Las personas resultamos un misterio en realidad. Pero por algún raro designio confío en ti.

–Y yo en ti. –La beso.

Responde, pero se aparta enseguida.

–Ducha. ¡Individual! –recalca–. No conoces a Isa con el tema de la puntualidad. Nos saca de la cama a escobazos si no estamos presentables en... ¡quince minutos!

Se me adelanta y cierra la puerta. Al instante escucho el agua correr y en menos de lo que tardo en recoger mi ropa está de regreso. Rebusca en el armario y me insta a apresurarme, divertida porque me he quedado colgado de sus formas húmedas. ¡No me canso de observarla!

Con asombro por nuestra parte, los tres estamos en el descansillo a la hora acordada.

43

ESTALLA LA LUZ

Atravesamos el vano de una sala de exposiciones en el interior de La Casa Encendida. Es la primera vez que la visito, y eso que escucho sus actividades a menudo en Radio Nacional, pero, por una cosa u otra, nunca había entrado.

El detonante ha sido un compromiso de Jacobo. Su hermana le llamó a media tarde para recordarle que hoy se inauguraba la exposición de una amiga y que contaba con su presencia.

Confieso que me turbó lo de conocer a su hermana, pero al decirme que la autora es extremeña, acepté acompañarlo.

Y aquí estamos.

De primeras, me impacta. En las paredes cuelgan láminas de intenso colorido con trazos de ¿plumas?

No tengo oportunidad de estudiarlas porque la única pareja presente en la sala se acerca a nosotros con determinación. Ella es atractiva y viste un elegante atuendo de gasa roja que realza su tez morena y sus ojos azules, idénticos a los de Jacobo. Él muestra una sonrisa simpática y resulta mono. Ambos miran nuestras manos unidas con evidente complacencia. Una vez a nuestro lado, ella roza la mejilla de su hermano con afecto y después me dedica toda su atención.

–Hola, soy Berta. ¡Qué ganas tenía de conocerte!

Me besa en un gesto espontáneo y respondo igual, dando una patada a mis nervios al sentirme aprobada. De inmediato, Berta se centra en el aspecto de Jacobo y asiente, satisfecha.

–¡Fijo que te debo el que acuda bien vestido! Por él, hubiera aparecido en vaqueros.

Aguanto la risa al recordar la discusión de una hora antes. ¡Venimos derechos de una tienda de Hugo Boss! Conseguí que adquiriera un traje en color pizarra, que le queda como un guante, y zapatos de cordones. Por mi parte, como ignoraba qué debía usar en semejante evento, acudí a la sabia opinión de Isa. Suyas son las extravagantes sandalias de Manolo Blahnik y el *clutch* azul metalizado. Mío es el vestido negro de chifón de Desigual.

–Venimos apropiados, ¿no?

–¡Estupendos! A Sandra le va a dar igual, porque está como un flan y ni se va a fijar, pero yo prefiero al Jacobo elegante antes que al Rambo.

–¡Qué bruja eres! –Su marido la aparta y me tiende la mano–. Hola, Jana. Disculpa a mi mujer. Lleva unos meses ocupándose de un bebé y ha olvidado las normas de cortesía. Mi nombre es Germán.

–Encantada. –Obvio la mano y le doy dos besos. Huele muy bien–. ¡Me da la impresión de que no soy un misterio en esta familia!

–¿Después de que el niño mimado desaparezca por las noches del dulce hogar? ¡No conoces a las Montalván! ¡Han recopilado información tuya desde que fuiste a la guardería!

Berta abre la boca por la sorpresa, pero luego se ríe con descaro.

–¡Menudo bicho estás hecho! ¿Qué va a pensar Jana de nosotras! –Me sujeta la mano libre y la aprieta con complicidad–. Aunque lo cierto es que lo hubiera hecho de tener tiempo. ¡Guille me absorbe de noche y de día! ¡No críes hijos, es un engorro terrible!

–¡Sé de buena tinta que se te cae la baba con tu hijo! –replico, cómplice de su buen rollo–. ¡Bueno, a los dos! Y ya tengo un engorro. –Me explico ante sus caras de pasmo–: Un perro. Un border collie al que adoro. Pero es cierto que esclaviza lo suyo.

–Y Sandra, ¿dónde está? –pregunta Jacobo, intentando apartar la atención de nuestras personas.

–Salió a tomar una tila; no creo que tarde. ¿Por qué no vas a buscarla, cariño?

Germán asiente y nos deja solos. Aprovecho para soltarme de Jacobo y doy una vuelta sobre mí misma, contemplando los cuadros. A simple vista, me fascinan.

–Me ha contado Jacobo que tu amiga es extremeña...

–Sí. Vive en Mérida. Pero le encanta este espacio porque es muy dada a comprar en su tienda de Comercio Justo cuando me visita. Hace unos meses conseguimos que le cedieran un hueco en la agenda y está muy emocionada. En 2006 presentó otra muestra en el Centro Puerta de Toledo, pero esta es muy especial para ella. ¡Ojalá resulte un éxito!

Deslizo la vista por los cuadros y me cautivan los colores.

–¿Son plumas? –tanteo, insegura.

–¡Alas! Pinta ángeles a menudo. Asegura que ve las alas de cada persona, algo así como el aura... Las mías son aquellas. He cedido mi cuadro para la exposición. –Me lo muestra, orgullosa.

¡Es fantástico! Una mezcla de rojos y azules. El título de la cartela reza: *Fortaleza*.

Callo mi comentario porque el repiqueteo de unos tacones me impulsan a mirar a la recién llegada. La acompaña Germán y otro chico de aspecto serio, con barba. Ella desprende dulzura en su abierta sonrisa. Abraza a Jacobo con afecto y le musita al oído unas palabras que él agradece, visiblemente abrumado. Luego me tiende la mano.

–Sandra Lázaro, encantada de conocerte. Él es Ramón, mi marido.

–¡Mucho gusto! Es un lujo que seas de mi tierra, porque me entusiasma tu obra. –Me retiro al advertir movimiento de gente–. Hablaremos después, si te parece. Debes atender a los visitantes. Has venido a vender, ¿no?

Me sonríe con simpatía y asiente con un lacónico: «No os perdáis».

Los cuatro nos apartamos a un lado y aceptamos una copa de vino blanco que sirve un impecable camarero.

–¿Podemos cenar juntos después del evento? –Berta vuelve a la carga–. ¡Os dejamos escoger sitio!

–No vas a soltar a Jana hasta que le hayas sacado el carné de identidad, ¿verdad? –le reprocha Jacobo sin pizca de acritud.

Germán ríe y defiende a su esposa.

–¡No rezongues, anda! Llevamos meses sin vida social y para una noche que tenemos a Guille con la canguro y la abuela, es justo que la disfrutemos.

–Por mí no hay inconveniente –aseguro.

Jacobo me sondea, inseguro, pero mi sonrisa sincera lo convence.

No obstante, me coge de la mano y me aparta de su gente para ver la exposición. Se titula *Estalla la luz* y eso es lo que parece, un fulgor luminoso de colores. Toda una belleza.

Se nos pasa el tiempo volando, aunque cuando salimos las tres parejas al frío de la noche el reloj marca las once.

Me arrebujo en mi gabán negro y Jacobo me abraza por los hombros hasta que llegan los taxis que hemos pedido, indiferente a la curiosidad con que nos examina su hermana.

44

INVITACIÓN

¡No puedo creer que Jana haya consentido en conocer a mi madre! Berta, además de cotilla, es una abogada de primer orden. Anoche, al despedirnos, tras dejar a Sandra y Ramón en su hotel, saltó con que mi madre se iba a morder las uñas cuando supiera que sus amigos habían conocido a Jana antes que ella, que le iba a dar la matraca, y que, total, como la pareja acudiría a comer a casa, por qué no nos apuntábamos. Usé la excusa de haber quedado con Isabel, así que Germán también la incluyó en la invitación.

—Te advierto de que tiene un crío de dos meses y medio, y para mañana va a resultar imposible que encuentre canguro.

—Seguro que hace buenas migas con Guille —aseveró Berta, sin amilanarse.

—¡Pero no vamos a caber tanta gente en vuestra casa! —objetó Jana, confusa.

—¡Claro que cabremos! ¡Y hasta Teo! —A esas alturas, mi hermana estaba puesta en obra y milagros de mi chica—. ¡Después del postre salimos a dar un paseo por el barrio! Ya verás cuánto espacio verde tiene para disfrutar.

Así que, aquí estamos, camino de Tres Cantos, en el auto de mi cuñado. Ha pasado a recogernos mientras Berta hacía lo propio con sus amigos.

Jana cobija su mano entre las mías. Ella no lo sabe, pero le he encargado a Sandra sus alas. Después de verla tan entusiasmada en la exposición y de notar cómo conectaba con la pintora, le consulté y me aseguró que las veía perfectamente, que la luz de Jana es exultante. ¡No puedo estar más de acuerdo! También pongo la mano en el fuego porque, entre los colores que use, estará el que tanto la define. Lo lleva en la camiseta que oculta bajo el plumas y en las botas de ante que cubren los bajos de sus vaqueros. ¡Debería llamarse Violeta en vez de Jana!

Isa nos mira de reojo desde el asiento del copiloto. Se ha quedado prendada de Germán, pero es que él le ha tirado los tejos a su hijo, babeando con Aitor como con Guille. ¡Si se descuida, este forma un equipo de fútbol familiar! Además de que mi cuñado está macizo y es bastante joven, detalle que ya sé que *pone* a Isa.

Me regodeo en las buenas migas que va a hacer con mi madre, porque trae una tarta casera que se apresuró a hornear esta mañana con cuatro ingredientes que tenía a mano, y no hay movida que le guste más a mi señora madre que la repostería. Jana aporta flores, por más que insistí en que no era necesario. Teo, a mis pies, mantiene una formalidad impropia de un animal. Parece que sabe que debe causar buena impresión.

¡Seré un imbécil, pero me siento orgulloso de mi pequeña familia! De la que me acaba de adoptar, no de la de sangre.

45

SANTA BÁRBARA BENDITA

No me como las uñas porque he jurado portarme como una adulta, pero la idea de conocer a la madre de Jacobo me apabulla. ¡Lo tomaré como justo castigo por enrollarme con un paciente, por muy *buenorro* que esté!

Aparcamos el Mondeo en un garaje inmenso y Germán se deshace en mimos con Aitor e Isa mientras les ayuda con el carrito. Porque sé que está colado por su chica, que si no diría que le gusta la editora; pero no, es que es un cielo de tío. A Isa se le cae la baba, sin disimulos. Se llevará un berrinche cuando lo vea interactuar con Berta, porque empalagosos no son, pero de película Disney sí.

Cabemos todos en el enorme y moderno ascensor (en este barrio huele a pasta que asusta) y subimos hasta el tercero. Teo parece tan sobrecogido como yo y no se me despega de la pierna. Jacobo le acaricia el morro y me aprieta la mano, atento a los dos. Se lo agradezco con un rápido beso en el mentón, justo antes de que enfrente se abra la puerta y atraviese el vano una señora con el mismo empaque

que la de Isa. ¡Madre mía! ¡Parece que la militar es ella! Sin embargo, en cuanto esboza una sonrisa, se le pone cara de madre. ¡Gracias a Dios! ¡Mis piernas son pura gelatina!

Germán se adelanta con Isa y Aitor, se los presenta y se los lleva para adentro. Le deja a su cuñado el resto de la función.

Con Isa se ha detenido a alabar lo bien que huele su paquete y lo precioso que es su hijo, pero a mí me analiza de arriba abajo, parándose en el detalle de nuestras manos unidas.

Para fundir el hielo, le entrego las flores mientras Jacobo, sin soltarme, la besa y me presenta, burlón.

–Hola, mamá. Aquí tienes a Jana. ¡Por fin!

–¿No voy a sentir curiosidad por la chica que retiene a mi hijo por las noches? –le reta, sin amilanarse. Luego me abraza con más afecto del esperable en una desconocida–. Encantada, Jana. De todo corazón. Tomás alabó tus cualidades como terapeuta, pero no me dijo que eras tan joven y tan guapa. ¡Y además tienes un precioso perro!

Se inclina a acariciarlo y me conquista de pleno.

–Se llama Teo –informo.

Se incorpora con una sonrisa jocosa al darse cuenta de que, quien aún no se ha presentado ha sido ella.

–Yo, Bárbara. No sé si este impresentable te lo ha dicho.

–Pues lo cierto es que no, madre –admite el aludido, risueño–. Hay un montón de cosas que nos quedan por contar. ¿Te parece que entremos? Porque el pasillo está bien, pero me muero por una cervecita de las que Germán debe de tener en la mesa.

–¡Espera! –interrumpo, asombrada por la coincidencia–. ¡Mi abuela paterna también se llamaba Bárbara! ¡Es un nombre que me trae recuerdos memorables! Sobre todo, de cuando vivía en Badajoz y los militares celebraban a su patrona. O cuando había tormenta y la abuela me recogía en su cama y me hacía rezar una oración.

–Santa Bárbara bendita, que en el cielo estás escrita con papel y agua bendita al pie de la Santa Cruz, padre nuestro, amén Jesús –recita mi anfitriona con entusiasmo.

–¡Esa, esa! ¡No la había vuelto a escuchar desde que falleció mi yaya! –evoco con nostalgia.

–Las costumbres se van perdiendo –admite la madre de Jacobo con aire de satisfacción. Creo que le gusta que no sea una niñata de capital.

–¿Ahora sí podemos pasar? –bromea Jacobo, feliz de que me haya ganado a su madre.

–¡Venga, pesado, entrad! ¡Luego tendré tiempo de sonsacar a esta niña más historias de esas que tú no conoces!

Como si hubieran estado esperando el momento adecuado, Sandra, Ramón y Berta asoman la cabeza y nos encaminan a un salón enorme. Han apartado muebles para que estemos más cómodos, pero las dimensiones son considerables y el buen gusto también. Isa sale de la cocina, plenamente integrada, portando unos platos de ibéricos cortados mientras Germán nos muestra un cubo con hielo y botellines de cerveza.

Aitor reposa en su carrito, bañado por la luz del ventanal, y Jacobo me acerca para que conozca a su sobrino, que está justo al lado. Teo, en plan guardián, se coloca en medio. No lo cojo porque está dormido, pero es un bebé precioso. Ya tiene definido el parecido a su madre. ¡Otro que, de mayor, va a dar guerra!

Berta me ofrece una Coca-Cola en copa de cristal, sin hielo, como sabe que me gusta (anoche no me quitó ojo y es sumamente detallista), y mira a su hijo con devoción.

—Aparte de toparme con ese —señala a su risueño marido, en animada charla con Ramón—, es lo mejor que me ha pasado en la vida —musita.

Jacobo le besa el pelo, en un gesto muy de hermano.

—Sí, lo de las matrículas en la carrera y los méritos en el bufete no tienen importancia.

—¡Claro que la tienen, bobo! Pero ese es mi lado profesional. El personal es otra historia.

—¿Y si hubieras tenido que elegir? —interviene Sandra.

—¡No lo digas ni en broma! Por suerte, en el bufete todo son facilidades y Germán me ayuda muchísimo en casa, Y tengo a mamá...

—Pero ¿y si no fuera así? —insiste Sandra—. ¿Hubieras dejado tu trabajo por un hijo?

Berta frunce el ceño, insegura.

—Antes de nacer Guille te hubiera dicho que no. Ahora... —Se encoge de hombros, dubitativa—. Pero sería temporal, por supuesto.

Sandra asiente. Me da la impresión de que ese fue su caso. Para apuntalar el tema, Jacobo interviene:

—Yo no creo que ninguna mujer deba verse en el brete de escoger entre hijos y trabajo. Sobre todo, si tiene pareja. ¡Bastante hacéis con parirlos! Los tíos tenemos la obligación de compartir los malos ratos igual que los buenos.

—Eso díselo a tu mujer cuando te vayas de maniobras o estés de misión unos cuantos meses —acusa Bárbara—. ¡Los hijos son de las madres, aunque no queramos!

—Esa es una visión anticuada, mamá —replica Berta—. También hay mujeres en el ejército y lo compaginan a su modo. En ningún oficio es sencillo, eso es verdad; pero depende de tu pareja.

Jacobo me mira con intensidad, quizá buscando mi reacción a las palabras de su hermana. Parpadeo para que no intuya el desagradable pensamiento que me ha pasado por la mente, aunque creo que no cuela.

–¡Yo sí lo dejaría todo por Aitor! –replica Isa–. Estoy enamorada de mi niño hasta las trancas.

Germán surge a nuestro lado con un plato de canapés y disipa el enrarecido ambiente.

–¿Os estáis metiendo en berenjenales? ¡A comer y reír, que es a lo que hemos venido!

Le mete una minicazuelita a su mujer en la boca y la obliga a tragársela con un beso descarado que nos levanta sonrisas. Es un tío lindo, de verdad.

Jacobo apoya una mano en mi espalda y me acerca a la mesa para que coma algunas de las *delicatessen* que la decoran.

Noto un matiz de oscuridad en sus ojos, pero prefiero no indagar. No con tanta gente delante.

46

MIEDOS

La comida transcurre en un guirigay de conversaciones a distintas bandas.

Isa afronta un interrogatorio sobre su decisión de ser madre soltera y su trabajo en la editorial. Sale bien parada, porque por algo nos aventaja en edad y tiene las ideas muy claras.

Sandra comenta asuntos de su exposición y luego se centra en el reiki, disciplina en la que es maestra. Jana se emboba con sus explicaciones y los tatuajes que le adornan las muñecas. Le impacta escuchar que me envió mucho reiki a distancia cuando yo estaba en Kabul, y después, cuando me trajeron al Gómez Ulla, aunque yo no sea un receptor especialmente dispuesto. El reproche me lo hizo anoche también, cuando nos encontramos, así que no me cae por sorpresa. Replico del mismo modo, con una sonrisa condescendiente. ¡Si soy poco amigo de los fármacos, de las terapias alternativas bastante menos! Las considero peligrosas en según qué gente, y pese a que conozco la buena voluntad de Sandra, hay mucho desalmado por el mundo.

Terminada la tarta de Isa, decidimos bajar calorías con el prometido paseo. Mi madre prefiere quedarse en casa, con la intención de ordenar la cocina por más que Berta se lo haya prohibido, y Ramón se apresura a sumarse con la esperanza de dar una cabezada.

Germán se hace cargo de los niños y de Teo, y mi hermana y Sandra asaltan a Isa para que les cuente más de la dichosa novela que la tiene entusiasmada.

Jana y yo nos retrasamos, haciendo mimos a Teo cuando viene a comprobar que no le perdemos el rastro. Caminamos en silencio. Jana con el rostro levantado, recibiendo el sol en su tez morena, sin protección de gafas. Hunde las manos en los bolsillos, no sé si para no dármelas. Lo cual respeto, pero me incomoda.

Atravesamos unas cuantas avenidas arboladas. Con la buena temperatura, los tricantinos han optado por acomodarse en calles y terrazas, igual que nosotros, y la paz habitual queda rota por el alborozo de los niños.

Pienso que ya no puedo aguantar más la distancia cuando Jana me interroga:

–¿En cuántas misiones has estado?

¡Suelto el aire! «Sí que está preocupada».

–En tres. La de Líbano fue la menos peligrosa.

–¿Duran mucho?

–Depende. Unos meses. –Me paro a mirarla y la obligo a sacar las manos para poder tocarla. Berta me ve por el rabillo del ojo e incita al resto a meterse en una zona de césped. Nos concede espacio–. ¡Necesito explicarte algo! En estos años no he puesto especial afán en regresar a casa. ¡Me entusiasmaba mi trabajo! Pero ahora lo siento de otro modo. No solo por lo que ocurrió, que me tiene tocado. Sé que, en algún momento, me repondré y regresaré a esos escenarios. ¡El guerrero que hay en mí no va a permitir que lo derroten el miedo y las pesadillas! Además, me siento incompleto sin esa acción para la que me preparé desde muy joven. Sin embargo, aunque desee incorporarme a mi puesto, he encontrado un motivo para volver, diferente al de ahorrarle sufrimiento a mi familia. –Le sujeto el rostro entre mis manos y la miro a los ojos, anhelando que entienda la pasión que me inspira–. ¡Jana, aunque sea una locura, aunque llevemos menos de un mes conociéndonos, mi corazón me dice que quiere tener un futuro contigo! ¡Me importas! De un modo ilógico, quizá, pero es lo que siento.

Vislumbro miedo en sus ojos. Y ternura. Una mezcla extraña de sentimientos que puedo entender porque los experimento también. ¡Parece que estuviéramos protagonizando una de las novelas de Isa! Pero está ocurriendo. Es real. Absolutamente real. Y acojona, pero no se puede eludir. ¡Yo no quiero eludirlo! Jana, no sé.

Teo aparece a nuestro lado. Como si barruntara que hay nubes en el cielo de nuestro idilio, alza las patas hasta su dueña y le lame la cara, obligándome a soltarla. Ella lo abraza y se arrodilla a su lado. Me esconde la cara.

Se me parte el alma porque no recibo una respuesta. Al menos, no la que deseo.

47

COBARDÍA

Le estoy haciendo daño. A mí también me duele, pero no puedo evitarlo. Rehúyo sus ojos y sus manos. Me aferro a Teo como a una tabla salvavidas y me insulto por ser tan cobarde de no afrontar el pavor que me ha dado la visión de mí misma despidiéndolo en un aeropuerto o en una base militar. Mi mente se ha llenado de noches de insomnio, de cuidar niños en soledad, de llamadas por Skype y de llantos a escondidas.

¡Joder! ¡Quiero una vida normal! Quiero una pareja en mi cama por las noches y un padre presencial para mis hijos. ¿Es mucho pedir?

Jacobo no me presiona. Se aparta con parsimonia y caminamos hasta el jolgorio que montan su familia y la mía de prestado. Todos notan que algo no va bien, pero disimulan, lo cual es más incómodo si cabe. Germán propone regresar a casa. Se está poniendo el sol y el frío cala. Nos mostramos de acuerdo. Estamos llegando al portal cuando Jacobo habla en voz alta con su cuñado, pese a que lo hace para que los demás lo escuchemos. Creo que me está dando la opción de refutarlo, pero no lo hago, sumida en mis incertidumbres.

–Será mejor que acerque a Isa y Jana a Madrid. Mañana tienen obligaciones y el fin de semana ha sido intenso. Yo me vuelvo después.

–Nos despedimos de tu madre y nos vamos, sí. –Isa toma el mando, en vista de mi mutismo–. Aitor se ha salido de su rutina y me va a costar dormirlo. ¡Pero ha sido un día estupendo!

Berta y Sandra se deshacen en elogios con mi amiga mientras subimos en el ascensor. Yo mantengo la mirada baja. Sonrío por educación, pero entiendo que no engaño a nadie.

Lo último que veo antes de salir son los ojos de Bárbara, embargados por la angustia. ¡Tampoco a ella la han engañado mis buenos modales ni mi sonrisa vacía!

48

SILENCIOS

Conduzco con la mirada al frente. He cogido prestado el Honda de Berta para que Aitor viaje a mi lado, que es donde mi hermana tiene anclado el sillín para bebés. No he querido forzar a Jana a venir de copiloto. Ellas van detrás, con Teo a los pies. El silencio es tan denso que se palpa. Las miradas de Isa y Jana ni siquiera se cruzan. Supongo que se conocen tanto que saben bien qué piensa cada una y no necesitan palabras. Eso sí, el gesto de Isa es crispado mientras que a Jana no logro verle la cara porque me rehúye, pendiente del paisaje tras la ventanilla.

Aparco frente al portal y le entrego el bebé a su madre. Su rostro es un poema al despedirse. Se lleva a Teo y nos deja solos.

Por fin, los ojos melados revelan, cargados de lágrimas, lo que la boca me niega. No sé qué me atormenta más si su miedo o su rechazo. Aunque lo entienda, duele. La atraigo a mi pecho y la abrazo, pero me limito a acariciar su pelo. Entonces se desmorona. Con un sollozo desgarrador se aferra a mis brazos y me empapa la cazadora. ¡No sé qué decir!

Me han preparado para afrontar situaciones peligrosas, para tomar decisiones rápidas, para evaluar daños y solucionarlos... Pero esto... ¡esto no se parece a nada de lo que he vivido anteriormente! Porque sé que su desesperación es normal, que se ha topado de repente con la realidad que represento. Porque no es sencillo estar al lado de un hombre con el que apenas podrá contar. Todo eso lo sé. Lo he vivido con mis padres. Es posible que fuera lo que impulsó a Berta a huir de la base tan joven y venirse a Madrid, lejos del mundo castrense. Es posible que por eso mi subconsciente me impulsara a tener aventuras con desconocidas, sin más interés que el sexo. Pero Jana ha derrumbado mis muros. Me ha hecho vulnerable. Tan vulnerable como la mujer y su bebé que se llevaron por delante la vida de mis compañeros en Kabul. Una provocó dolor y otra me adentró en el maravilloso mundo de los sentimientos. Aunque Jana no me quiera más a su lado, eso se lo deberé siempre.

Se aparta y me da un beso trémulo en los labios. Sabe a sal.

—Lo siento, Jacobo. No creo que pueda.

—No te disculpes. Estás en tu derecho. —Le asombran mis palabras y ahora sí me mira, con estupor—. Te has dado cuenta de que soy un tío que vivirá lejos a menudo y que se expondrá a situaciones peligrosas. Es lógico que te abrume. Lo malo es que no puedo ofrecerte otra cosa. Es lo que soy.

Jana vuelve a aferrarse a mis brazos y me ciñe con un gemido que ahoga mi pecho. Le ofrezco mi calor, envolviéndola en un abrazo intenso.

—Apenas hace unas semanas que nos conocemos. Puedo darte todo el tiempo que necesites. Yo no voy a cambiar de opinión respecto a lo que te dije antes.

Eres la única mujer de la que me he enamorado, pero puedo aceptar que para ti no sea igual. Entiendo que no soy lo que esperabas. –Bajo la voz y ahora sí, beso sus labios temblorosos y noto su piel húmeda–. Lamento si haberme encontrado te provoca tanto daño. Tú, para mí, has sido un regalo.

Por un instante se queda rígida entre mis brazos y se aparta para lanzarme destellos de furia. ¡Está preciosa! Me muero por subir a su casa y desnudarla como un poseso. Ni sus palabras calman mi deseo.

–¡Maldito imbécil! ¿No entiendes que por eso lloro? ¡Cómo puedes importarme tanto si apenas sé nada de ti! He vivido en una burbuja, pero hoy he puesto los pies en la tierra y me he roto por dentro. ¡He comprendido la verdad de quien eres, de lo que vas a seguir haciendo en el futuro! ¡Yo no soy tu madre! No me han educado para estar sin mi pareja al lado, criando hijos sola, teniéndote a cachos... ¡No podré soportarlo!

Me quiebra, pero aguanto. Debo hacerlo por ella.

–Dejémoslo, entonces. Lo último que quiero es hacerte sufrir.

–¡Ya estoy sufriendo! Me ahogo de pensar que no vas a subir conmigo esta noche, ni mañana, ni...

Me pueden los sentimientos. La abrazo y la beso con el alma, la lengua, las manos... Nos damos un festín en plena calle, con el frío golpeándonos los rostros, congelando las lágrimas de Jana y abriendo en canal mis entrañas. Cuando logro sobreponerme, tiembla en mis brazos, supongo que por una mezcla de todo. Le doy un último beso en la frente y la insto a entrar.

–¡Anda, ve! Tampoco tenemos que decidir el futuro esta noche. Quizá mañana veamos las cosas de otra manera.

Asiente, pero noto que la pierdo. Es separar el contacto de nuestros cuerpos y su mente se aleja de la mía. ¡Joder, qué mierda es esta de enamorarse!

–Reflexionar me hará ver las cosas desde una perspectiva más real. Me dirá lo que no quiero oír –confiesa, asustada.

–Aceptaré lo que decidas –le replico, pese a que quiero gritarle que me elija, que merezco la pena, que me dé una oportunidad.

Jana se marcha despacio, mirándome. Las lágrimas fluyen por su rostro sin control, pero no las oculta.

Nunca he leído una novela romántica, pero seguro que esto que siento aquí, como puñales en el pecho, es lo que dicen que se siente.

Subo al coche y el calor del habitáculo me envuelve. Mi teléfono, que dejé en el asiento, suena. Es Berta. No puedo hablar con ella. Tampoco ignorarla. Escribo un lacónico *Estoy bien* y apago el sonido.

Entonces me fracturo. Mis manos aferran el volante hasta que mis nudillos blanquean y sollozo como hace unos días, esta vez por motivos diferentes.

49

UN VIOLINISTA EN TU TEJADO

Isa solo me ha dado un abrazo cuando he pasado a recoger a Teo. Agradezco en el alma tener una amiga como ella, que sabe cuándo debe o no insistir en algo. Intuyo que no está de acuerdo conmigo, pero ahora no quiero escucharla. El piso de juguete me parece más grande que nunca esta noche. Sus paredes me oprimen y pongo el reproductor de música para calmar mis pensamientos. Suena Melendi. Sus versos se me graban en la piel y las lágrimas me desbordan asustando al pobre Teo, que no sabe dónde meterse al ver que sus lametones no me consuelan.

Detengo la canción. Da igual porque es una de mis favoritas y me la sé de memoria.

En un ataque indigno de mí, tiro cojines por el aire, aporreo el sofá y me dejo caer en la alfombra ante el mudo asombro de mi perro, encogido sobre sí mismo. El llanto me desgarra el pecho y llamo a Teo para abrazarlo, enterrando mi desesperación en su pelaje. Poco a poco me calmo, disculpándome por haberlo asustado, tocándolo y besándolo. Me lame las manos, la cara y apoya su cabeza en mi hombro. Lo quiero más que nunca. Por estar ahí. Por existir simplemente. En este instante acaba de devolverme todo el posible bien que le hice aquel día al recogerlo.

Más centrada, le pongo agua y comida y entro en el baño para darme una ducha que se lleve el dolor de mi cuerpo. El espejo me devuelve un rostro abotargado, con el rímel corrido. ¡Estoy horrible! Dejo caer la ropa al suelo y me encierro en el habitáculo que también me trae recuerdos suyos. Contengo un jadeo al rememorar el tacto de sus manos sobre mí. Apoyo las manos en la pared y dejo que la ducha arrase con todo: su imagen, mis lágrimas, mi dolor.

50

DESERTANDO

He pasado la noche en un hotel. Me sentía incapaz de conducir, de soportar los ojos de mi familia, de escuchar sus preguntas. Envié un mensaje escueto a Germán, al que replicó con un emoticono de OK. Le ha tocado a él lidiar con las Montalván. Lo lamento.

No he dormido, es obvio. Pero esta noche no han sido las pesadillas, sino LA PESADILLA, en mayúsculas. El pavor que me da que Jana decida apartarme de su vida. Nunca he sido cobarde, pero de unos meses acá, todo se desmorona: mi trabajo, mis sentimientos, mi fortaleza.

Tras una noche infernal, abandono el hotel y deambulo por Madrid. Tengo llamadas perdidas en el móvil de mi madre y mi hermana, pero ninguna de Jana. Tampoco de Isa, así que no me atrevo a acudir a ella. ¡No sé si tengo derecho!

Incapaz de comer, me atiborro a cafés. Me duele el estómago. A mediodía tomo una decisión y me excuso con Jana por no acudir a la consulta. No puedo afrontar verla. Le envío un wasap. Solo dos palabras: *No iré.*

Si tuviera mi moto pillaría carretera y me largaría lejos, lo más lejos que pudiera. Me ahoga no sentir el aire rompiendo contra mi cuerpo, el rugido del motor, la adrenalina de la velocidad. El maldito Honda no me sirve para desfogarme.

Investigo en Internet y localizo lo que busco: una BMV de 194 CV. Cuesta una pasta el alquiler, con equipo incluido, pero merece la pena dejar atrás Madrid y volar sobre el asfalto, sobrepasando todos los límites de velocidad permitidos.

51

ROBOT

En raras ocasiones he acudido al trabajo maquillada. Hoy sí. ¡Imposible disimular mi cara delante de mis pacientes y que no me coman a preguntas! Por una vez, reniego de la familiaridad que comparto con ellos.

Isa me acerca un par de sándwiches con buena pinta para el almuerzo. Conoce mi agenda mejor que yo y no ignora que este mediodía voy sobrada de curro. También unas barritas de cereales para el desayuno, pero no me entran. No le digo que tomé un café a las seis y lo he vomitado. Después de coger a Teo, ha musitado: «Cuando quieras hablar, me tienes», y se ha ido.

Teo se ha pasado la noche en mi regazo. Hemos dormido en el sofá. Por primera vez, uno en brazos del otro. Ojalá no se acostumbre, pero no podía quedarme en esa cama, que tan llena está de él, y he preferido un sitio donde Teo pudiera suplirlo.

Los pacientes se suceden uno tras otro. Notan que no soy la de siempre, pero, a Dios gracias, se muestran respetuosos y solo hablamos de trabajo. «Me duele aquí, te trato esto» y poco más. A la una y media me vibra un wasap y presiento que es suyo, aunque aguanto las ganas hasta que Antonio se va y lo leo a solas. *No iré.* Sin más concesiones. No vendrá. ¿Cuándo? ¿Hoy? ¿Nunca? Por fortuna, suena el timbre y mi siguiente cliente cruza el umbral con una cara de dolor que me obliga a centrarme. Pero actúo por inercia. Trato cada caso adecuadamente, con las manos, pero mi cabeza está ausente. Ni siquiera en un lugar concreto, solo ausente. Me identifico con un robot. Un cuerpo sin sentimientos. Eficaz, pero vacío. Así hasta las once de la noche.

En mi móvil personal ningún mensaje. En el de trabajo, tampoco. Debe de estar bien, me tranquilizo. De no ser así, su familia habría buscado el modo de comunicármelo. Berta tiene mi número, se lo di el sábado.

Por un segundo, al cerrar la clínica he imaginado que estaría en la calle, aguardándome. La desilusión me ha durado el tiempo justo de recriminarme: ¡he sido yo quien le ha dado puerta! Tiene derecho a estar enfadado, o dolido, o lo que sea. Y para colmo, he dejado tirado a un paciente en un momento importante de su terapia. ¡Soy un desastre! Una mala persona. ¡Una...!

Paro. Tomo aire. No soy nada de eso, excepto una estúpida por permitir que mi corazón se colgara del sujeto inadecuado.

Camino despacio, espirando e inspirando como en un ejercicio de relajación.

Al subir las escaleras, decido enfrentarme a Isa. ¡Demorarlo es tontería!

52

SIN CULPABLES

Llego a casa poco después de las ocho. Me ha venido bien la velocidad para despejarme. Aparqué en un mirador de la montaña y grité a la inmensidad del espacio hasta quedarme afónico. Llevo todo el día sin comer, así que ahora estoy ronco y con el estómago vacío. Para mi sorpresa, el olor a sopa casera se mete en mi pituitaria y despierta mis jugos gástricos. ¡Debe de ser instinto de supervivencia! Me marco una falsa sonrisa y saludo a mi gente. Noto que Germán retiene por los hombros a Berta para que no me atosigue, pero mi madre es otra cosa. A ella no la para nadie. Sin embargo, la descoloco al admitir que me muero por un plato de sopa. Guarda los reproches y se va a prepararme una bandeja. Los tres me ven devorar la comida, un plato tras otro. Trago sin levantar cabeza. Germán hasta reprime una sonrisa cuando aparto el bol y me toco la tripa con asombro.

–Estaba buena, ¿no? Menos mal que tenemos pescado de segundo porque, si no, esta noche solo cenas tú.

Su modo de romper el hielo me provoca una carcajada que relaja el ambiente. Pero enseguida tengo a Berta y a mi madre sentadas enfrente, interrogantes.

–¿Dónde has estado todo el día? –Berta.

–¿Fuiste a la sesión? –Mi madre.

–Dormí en un hotel, recorrí las calles de Madrid y alquilé una moto para despejarme –expongo un sucinto resumen del peor día de mi vida en estas semanas–. No he ido a la clínica. No he sido valiente para saber si Jana ha tomado una decisión sobre nosotros.

A mi madre se le humedecen los ojos.

–Tuve la culpa, ¿verdad? ¡Por decir lo de los hijos! Noté cómo le cambiaba la cara. Posiblemente no se había parado a pensar lo que implica casarse con un militar.

Me levanto y la abrazo. Por una vez, soy un hijo cariñoso, aunque las muestras de afecto no se prodiguen entre nosotros.

–Nadie es culpable. Hubiera ocurrido tarde o temprano, mamá. Mejor que haya sido antes. ¡Para ella! Porque yo no tengo remedio. Estoy enamorado como un idiota.

–Bienvenido al club, cuñado –se conduele Germán.

–Maldito club –refuto–. ¡Estaba muy bien con mis rollos de una noche!

–¡No digas tonterías! –se cabrea Berta–. Jana es fantástica y está colada por ti. ¡Bastaba veros la otra noche! Entiendo que se haya asustado al pensar en qué mundo se mete, pero no por eso va a arrinconar sus sentimientos. ¡Ojalá pudiera hacerse! Cuando conocí a Germán, me moría de vergüenza de que me tacharan de asaltacunas, pero mi corazón dijo: «Aquí estoy», y no hubo modo de callarlo. Tú crees que todo ha sido de color de rosa entre nosotros, pero no es verdad. Las parejas sufren altibajos. Los superan y siguen adelante. Cuando hay amor de por medio, no hay quien lo pare.

–¡Esa es mi chica! –Germán la besa, indiferente a nuestra presencia–. ¡Que sepas que jamás me he arrepentido! ¡Nunca te cambiaré por dos de veinticinco!

Debe de ser una broma privada porque ella le da una cachetada y él se ríe y la vuelve a besar. Mi madre se encoge de hombros.

–Estos no tienen remedio, son de cine. Pero la vida real no es sencilla, Jacobo. Casarse con un militar de carrera no es fácil. Yo nací en una familia donde se respiraba la disciplina y ni con esas dejaba de añorar a tu padre en la cama por las noches, o a la hora de acompañarme a los eventos del colegio. ¡Hasta para las pequeñas decisiones me hubiera gustado tenerlo! Callaba porque sabía cómo eran las cosas. Pero Jana viene de otro entorno. –La noto abatida de verdad y me conmueve que le haya calado hondo en tan pocas horas–. Debe de estar pasándolo mal. ¿Por qué no la llamas?

–Porque tengo que dejarle espacio –susurro, apesadumbrado–. Y si tiene que sufrir por mi culpa, prefiero que lo haga un par de semanas y no toda la vida.

Mi madre se vuelve y me acoge en su regazo. Por primera vez desde que soy adulto lloro sobre su hombro.

53

SENSATEZ

Me aguardan un plato de lasaña, una copa de tinto y una charla de sofá.

Los ojos castaños de Isa muestran una tristeza
inmensa, pero su voz es calmada cuando me sirve
un chupito de café Ruavieja y se sirve para sí uno de
mora sin alcohol. Chocamos los vasitos como paso
previo a tragarlos de un tirón, pero no los rellena.
Sabe que no debe abusar o me quedaré frita en su
chaise longue. Antes de que pueda explicarme, me
endilga el discurso que lleva ensayando todo el día.

—Verás, Jana. En estos tres años nos hemos metido la una en la vida de la otra con respeto y sinceridad.
Nos salió del modo más natural y por eso eres la única persona en quien confío. Tus criterios son absurdamente maduros para tu edad y sé que no actuarás
a tontas y locas. Tampoco como una cobarde, aunque sería el camino más fácil. Desde que te conozco,
he sido testigo de flechazos fugaces y tonteos, pero
jamás te había visto enamorada. Sin embargo, han
bastado unos días para que te colaras por Jacobo.
Yo no creía en esas cosas. ¡Ya ves el sistema que usé

para tener a Aitor!, pero parece que lo que leemos en las novelas sí ocurre. Rara vez, pero ocurre. Y en las dos direcciones, para más inri. Porque no albergo la menor duda de que Jacobo está en las mismas. –Toma aire mientras se le empañan los ojos–. Soy la primera en entender tus miedos. Imagino lo que te debe de haber rondado por la cabeza al pensar en quedarte con un hombre que en pocos meses puede estar pegando tiros en un país en guerra, sufriendo por si volverá entero o no, vivo o muerto... Pero ¿y si en unos meses lo único que sucede es que os dais cuenta de que no estáis hecho el uno para el otro? O, por el contrario, ¿y si descubres que, a pesar de las dificultades, querer a Jacobo merece la pena? Quizá en pocos años él se pida un destino tranquilo y po- dáis llevar una existencia normal; hacerse instruc- tor o algo así... Yo no sé de la vida militar, pero no todos están pringados en el frente, ¿no? ¿Vas a negar- te una historia de amor por cobardía? –Me aprieta una mano al ver las lágrimas que se deslizan por mis mejillas–. Solo piénsalo, ¿vale? Por otro lado, nece- sitas un cambio de aire. ¿Por qué no te marchas en el puente a Badajoz? ¡Salir de este entorno viciado te vendrá genial!

El recuerdo de nuestros planes para ir a la sierra con Teo me arranca otro sollozo. ¡Joder, qué cansada estoy de llorar!

Isa me abraza como lo haría mi madre. De repen- te siento la necesidad de que sea la verdadera quien lo haga. ¡La propuesta es buena, sí! Volveré a mi casa. A los confortables brazos de mi madre y a escuchar los sabios consejos de mi padre.

–Sí –digo entre hipos–. Me iré esos días. ¿Quieres acompañarme?

–No. Si fuera, estaríamos en las mismas. Además, tengo trabajo. Ya te contaré. Me quedo con Teo y te vas tranquila.

Asiento. Restos de maquillaje se diluyen entre mis dedos y soy consciente de lo cansada que estoy. ¡Me muero por meterme en la cama y no soñar siquiera!

Isa adivina mi anhelo y, antes de despedirnos, me ofrece un blíster de Valium. ¡La mejor panacea para este instante!

54

DECEPCIÓN

Manoseo el depósito del Hotel Rural Luna Llena y el del alquiler del Ford Focus. Escogí un modelo con rejilla para que Teo viajara cómodo en el maletero.

No sé cómo actuar. Me precipité al reservar ambas cosas, pero me hacía ilusión sorprender a Jana. Preveo que me voy a comer los dos con patatas.

Mi cabeza estaba llena de planes y ahora la siento hueca. ¡Me retumban los pensamientos negativos! He pasado de la desazón por haber fallado a mi equipo a la de anhelar el dulce rostro de Jana y a dolerme la ausencia de su cuerpo en mis manos. ¡Es de locos! ¿Me ha curado la depresión laboral para endosarme la sentimental? ¡Reiría si no estuviera tan acabado!

Mañana iré a verla. No puedo seguir esquivando la realidad. Esperaba que ella diera un paso, para bien o para mal, pero en vista de que ni siquiera contestó mi wasap, acudiré a la consulta. Después determinaré qué hacer con el proyecto puente de la Almudena. Podría ir solo, pero no lo disfrutaría. ¡Les regalaré el hotel a Germán y Berta! Aunque no hagan senderismo o escalada, como yo pretendía, el aire de la sierra les vendrá de lujo. Pena que Guille siga aferrado a su madre, si no, me ofrecería de canguro. ¡Tampoco voy a tener un plan mejor!

¡Si me dejara llevar, golpearía las paredes con los puños! La idea me inspira. Tengo pase para el gimnasio del edificio. ¡Bajaré a machacarme con un saco!

55

REENCUENTRO

Ayer no fui a pilates. ¡La primera vez que falto desde que nos apuntamos! No me veía aguantando bromas ni comentarios. ¡Mi cara sigue siendo un poema de amargura! Insté a Isa a largarse y me quedé al cuidado de Aitor y Teo. Les arrullé con música clásica e hice algunos ejercicios de respiración, tirada en la alfombra. Necesitaba relajarme. Después cenamos tortilla de espinacas y vimos capítulos de *Las chicas Gilmore*. Lorelai y Rory[3] son una apuesta segura cuando estás blandiblú.

Esta mañana se me ha hecho eterna, pendiente del móvil. Esperaba otro mensaje, pero cuando no ha llegado me he puesto más nerviosa aún. A las cuatro menos cinco ha sonado el timbre y he dejado pasar a Jacobo mientras despedía a Mari Luz, una de mis ocasionales.

Al fin he tenido que mirarle a la cara. Ha pasado a la sala y se ha descalzado, pero sigue con la ropa puesta.

—Ayer me di una paliza en el gimnasio. ¿Podrías hacer algo para destensar los músculos?

---

3 Protagonistas de la serie, madre e hija.

Su voz suena tan impersonal que me envaro.

–¡Soy fisio, no quiromasajista!

Frunce el ceño, como si no comprendiera la diferencia, y respiro hondo.

–Está bien. Quítate la camisa y túmbate boca abajo.

No aparta la mirada de mi rostro mientras obedece y trago saliva por la visión de ese pecho que tan bien conoce mi tacto.

–Si te he pedido algo fuera de lógica, me disculpo. Haz lo que debas.

No respondo. Me caliento las manos con un bálsamo y las poso sobre sus hombros. Son dos bloques. Me pongo en modo *on* y trabajo cada musculo hasta que lo noto estirado. Su cuello es un nudo de tensión impresionante. Le pido que se dé la vuelta y relajo también los oblicuos, los pectorales y los trapecios.

Cuando lo doy por terminado estoy agotada. Nos hemos pasado de la hora. Y no ha sonado el timbre. ¿Será posible? ¿Hoy, precisamente, me va a fallar Ricardo?

Jacobo parece pensar lo mismo porque se incorpora con cuidado y me observa desde la camilla.

–¿Lo has provocado tú o el destino nos ofrece la oportunidad de hablar?

–Te aseguro que yo no he provocado nada –replico con voz cansada.

–Entonces, ha sido el destino.

–Habrá sido –admito, derrotada–. Con todo, se supone que la clínica es terreno neutral. No puedo tratar asuntos personales contigo y después seguir trabajando.

–¿Por qué no?

Me jode su fingida indiferencia. Porque es fingida, ¿verdad? De ser real, mandarlo al cuerno resultaría la mar de sencillo.

–¿Quizá porque me afecta y he de estar al cien por cien para el resto de mis pacientes? Aún me quedan unos cuantos. No todos van a fallar, como Ricardo.

–Vale. Entonces te espero a la salida.

–No sé si...

Me aferra los hombros y me tambaleo. La falta de ejercicio y el cansancio me están pasando factura. Jacobo lo capta y me sube a la camilla con un movimiento preciso.

–¡Estás mal, Jana! Solo hay que mirar debajo de ese maquillaje que nunca has necesitado.

Ha recuperado su voz habitual y me basta su simple sonido para desmoronarme. Las lágrimas fluyen a una velocidad de vértigo.

Jacobo se arrodilla y me abraza, dejando que humedezca su camisa negra. ¿He dicho que tiene ojeras, pero que hasta así está guapísimo? Me sujeto a sus bíceps para no abrazarlo y mantener las distancias.

Su aliento me acaricia el cuello y me susurra, quedo.

–Cenemos juntos y hablemos. Para dejarlo o continuar, pero hablemos. Por favor.

Asiento. Sé que tiene razón. Somos adultos y no voy a salir huyendo de una relación. Aparte de amante, es mi paciente. Debemos resolver asuntos.

Se marcha dándome espacio para que me tranquilice y se lo agradezco.

A las once, bajo la persiana y lo encuentro apoyado en el Honda rojo de su hermana. Sin cruzar palabra, subo y le dejo que me lleve hasta un japonés que no conozco. Ni siquiera sé en qué barrio estamos. He viajado con los ojos cerrados.

Nos acomodan en una mesa y Jacobo pide el menú degustación; supongo que para evitarnos el tiempo de mirar la carta. Tampoco importa. No tengo hambre. Nos traen dos Coca-Colas sin hielo de inmediato y bebo la mitad de la mía de una sentada. Noto la boca seca. Mi adrenalina está tan disparada que no me atrevo a mirarlo de frente.

–Le pregunté a Germán por algún sitio que cerrara tarde. Aquí podemos hablar tranquilos.

Suspiro y lo afronto. A la luz del local, sus ojos están hundidos y sus ojeras son llamativas. No estaba tan mal cuando acudió a mi consulta la primera vez. Los remordimientos me asaltan.

–¿Cómo van tus jaquecas?

–Estoy dopado. Todo el día.

–¿Qué demonios estás tomando?

–¿Qué más da, Jana? No es de eso de lo que debemos hablar.

–¡Eres mi paciente!

–Aquí no. Aquí soy, o era, tu pareja. De eso tenemos que hablar.

Nos interrumpe el camarero, asiático por los cuatro costados, con reverencias y todo, para dejar una bandeja llena de pequeños platos de comida. Los coloca con parsimonia, ofrece los palillos y luego desaparece. Somos los únicos clientes, me temo. Pero el personal nos concede intimidad.

Jacobo unta un pequeño rollito vegetal en salsa y me lo lleva a la boca. Usa los palillos con maestría. Abro y trago. Está bueno. Mis tripas rugen al reconocer que tienen hambre.

–¡Qué rico!

–Son gyozas.

–Lo sé. A Isa le gusta mucho la comida japonesa. En la mesa hay también ramen, naruto, tempuras, nigiris y otros platos típicos. Picoteo de todos para que Jacobo no tenga que darme de comer como a un niño pequeño. Él hace lo mismo. Tampoco parece entusiasmado por el hecho de alimentarse.

La verdad es que no sé por qué ha dicho que hablaríamos en la cena porque apenas cruzamos palabra. Nos miramos y comemos, sin más. Terminamos, paga la cuenta y salimos al frío de la noche. Directos al coche. No arranca, solo enciende la calefacción.

—Si te llevo a casa, te quedarás dormida por el camino. ¿Te parece si hablamos aquí?

—Creí que lo haríamos en la cena —le reprocho.

—Necesitabas comer.

Me enfada su paternalismo.

—¿Tan mal me ves?

Me mira a los ojos y me desarma. Rebosa ternura.

—No, Jana. Estás preciosa. A pesar de las rojeces de la cara que antes no tenías. A pesar del maquillaje que te has retocado. A pesar del cansancio que te hunde los hombros. Eres la mujer que deseo con todo mi ser, así que, no, no te veo mal. Te percibo.

Trago saliva, anonadada. ¡Dios, cuánto lo quiero!

—Estoy fatal, Jacobo —confieso con voz trémula, conteniendo el llanto que tan harta me tiene—. Me siento dependiente de ti, como si fueras una droga. No hay sitio en mi casa o en mi barrio que no me traiga tu imagen. Pero he decidido que no quiero amarte. ¡No seré capaz!

—No serás capaz ¿ahora o nunca?

Me asombra su aplomo, porque intuyo que está peor que yo.

—Si te arranco de mi corazón ahora, no necesitaré un nunca.

Se vuelve al frente para no mirarme. Apoya las manos en el volante, tensas.

–¿Tanto te arrepientes de haberme conocido?

–¡Sí! –admito–. Sí. Porque yo estaba muy tranquila en mi pequeño mundo y has llegado tú y me has
hecho sentir una diosa en la cama, una compañera
perfecta, una mujer deseable. ¡He sido tan feliz contigo que he rozado el cielo! Y ahora siento que has
puesto el listón tan alto que ningún hombre podrá
hacerte sombra. Así que, sí, me arrepiento.

En medio de mi diatriba, Jacobo se ha vuelto con
el rostro furioso.

–¡Si te he hecho sentir de esa manera es porque lo
eres! *Mi* –recalca– diosa en la cama, *mi* mujer perfecta. Te deseo con cada fibra, por machacada que esté.
Te amo de un modo que me alucina, porque me veo
como un crío con las hormonas revueltas en vez del
hombre adulto que soy. Y me alegra haber puesto el listón bien alto, porque lo último que quiero
es que te enamores de otro. ¡Joder, quiero que estés
conmigo! ¡Quiero que me elijas a mí!

Las malditas lágrimas me desbordan de nuevo.
¿Cuántas se pueden almacenar en un solo día en los
lacrimales? ¡Esto no es de recibo! ¡Quiero que se se-
quen mis ojos de una puñetera vez!

Jacobo invade mi espacio, aunque se clava, de
paso, la palanca de marchas, y me abraza. Me deja
llorar un rato y luego me besa con una mezcla de ternura y rabia.

–¿Sabes cuántos de mis compañeros están empa-
rejados, Jana? ¡No seas cobarde! ¡Déjate llevar por tu
corazón y te recompensaré! Lo prometo.

–Estarás fuera meses...

–Sí; pero existe Skype.

–Y te pondrás en peligro...

–¿No lo hace un obrero de la construcción, o un
electricista, o un abogado? ¡Nadie sabe dónde está

su momento, Jana! ¡Todos llevamos fecha de caducidad! Pero cuidaré de mí con ahínco porque tú estarás esperándome. ¡Eres mi seguro de vida!

–¡Palabras! –acuso.

–Puede ser, pero no puedo rebatir de otro modo. ¡Estoy loco por ti y necesito que me escojas!

Me pierdo en su mirada azul y doy el paso de besarlo yo. Al apartarnos, las manos me hormiguean por el deseo de tocarlo, aunque logro abstenerme.

–Regreso el viernes a Badajoz. Necesito un cambio de aires.

–¿Huyendo de mí?

–Sí –reconozco.

Asiente.

–¿Nos veremos después y me dirás qué has decidido?

–Por supuesto. Además... Si no sigo tratándote, te daré la dirección de un colega.

–No quiero a nadie que no seas tú –niega, tajante.

Me incendio.

–¡No puedes seguir siendo mi paciente, Jacobo! Nunca debimos iniciar una relación. ¿Ves por qué no está bien? Necesitas seguir con terapia y yo no me siento en condiciones de tratarte.

–Lo dejaré entonces. Pero no quiero a nadie más.

–Tienes que...

Regresa a su asiento, se coloca el cinturón y conduce en silencio. El gesto hosco. Tan fruncido el ceño que le va a provocar dolor muscular. Me ignora.

–Jacobo, lo digo en serio. ¡Necesitas tratamiento! –insisto, terca.

No responde. No estábamos lejos del barrio o a mí se me hace corto el trayecto. Se detiene frente al portal.

–Nos vemos el lunes. Te recojo por la noche. No iré a la clínica.

–¿Puedes ser razonable?

–Buenas noches, Jana. Intenta descansar.

Alarga el brazo para abrirme la puerta, pero no me toca.

Salgo en silencio, molesta, irritada, cabreada... Dolida. Me niego a darme la vuelta para despedirme, aunque no arranca hasta que estoy dentro. Me arrepiento y retrocedo. ¡Un poco tarde!

Solo se ven los faros traseros en la soledad de la calle.

56

SIN RUMBO FIJO

No sé qué hacer. Conduzco por la autovía desierta intentando no sobrepasar la velocidad permitida. Mi cabeza no está centrada y no quisiera dar un disgusto a Berta dejándola sin vehículo. Me asaltan deseos suicidas, lo admito. Pero también asesinos, así que están compensados. Mataría al caprichoso destino que me ha puesto delante a una mujer que me quiere, aunque no lo bastante para aceptarme como soy.

Me odio a mí mismo por ser incapaz de renunciar a mi sueño. Desde pequeño respiro oxígeno militar. ¡Si mi padre me conoció con siete días de vida porque mi nacimiento le pilló en unas maniobras! Fui el primero de mi promoción en la academia de Zaragoza. Mi único horizonte ha sido siempre pertenecer a las fuerzas especiales.

Mi lema: «Nunca un no puedo». Y hete aquí que no puedo. No puedo dejar de pensar en Jana. Tampoco puedo dejar de sentirme culpable por seguir mi instinto y proteger a una mujer por el absurdo hecho de verla magullada y con un crío. ¡No he parado de portarme como un estúpido de unos meses acá! Soy indigno de mi rango, de mi trayectoria y de mi ambición. ¡Un completo incompetente! Personal y laboralmente. Si tuviera agallas, pediría la incorporación inmediata y me largaría a cualquiera de esos escenarios que horrorizan a Jana, a ver si me pegan un tiro y termino conmigo.

Estoy desvariando, lo sé. Por suerte, acabo de atravesar las primeras calles de Tres Cantos y aminoro la velocidad. No se ve un alma, pero tampoco es plan que se me cruce un despistado en el camino y le desgracie la vida. Con que lo esté la mía ya es suficiente.

Subiré a casa a cambiarme y saldré a correr. La ira, el miedo y todo el terror del mundo me aprietan el estómago y amenazan con vomitar la comida japonesa que he tragado de mala gana.

La posibilidad de dormir es una quimera.

BLABLACAR

Había contactado con Jesús para las nueve de la mañana y ha sido puntual como un reloj suizo. Nos acompaña otra chica que se queda en Mérida. Viajo escasa de equipaje, pero ella trae de sobra para cubrir dos plazas más. ¡Dios mío, qué poco equilibrado es el personal! ¿Para qué necesitará tantas maletas si solo son tres días? Aparte de eso, resulta dicharachera y me río con sus ocurrencias. Nos ha contado sus andanzas en la universidad y las fiestas consiguientes con una familiaridad lógica de sus veinte años. Jesús, miembro de un sindicato y ya entrado en los cuarenta, la escucha con un deje condescendiente y algo de envidia.

Cuando nos quedamos solos, me mira con sorna y me dice:

–Tú eres poco habladora, ¿no?

Me encojo de hombros. Si he elegido viajar en BlaBlaCar en vez de en tren, que es mi transporte favorito, se debe precisamente a que quería ahorrar tiempo y comeduras de tarro. Yendo sola no me habría quitado a Jacobo de la cabeza por mucha música que escuchara o por más que intentara leer. Así he llevado la mente ocupada.

Cuando diviso las primeras calles de Badajoz experimento una interna alegría. ¡No deja de ser mi ciudad! El lugar donde nací y en el que me crié hasta que me marché a Madrid. Jesús, como convinimos, me acerca a mi barrio, San Fernando, y aparca frente al portal de mis padres, en la avenida Carolina Coronado. Es poner un pie en tierra y ya saludo con un gesto a la chica del Avenida, mi perfumería habitual. Me despido de Jesús y entro en mi bloque.

Badajoz es otro universo. Nada que ver con Madrid, pero igual de querido en mi corazón.

Mi madre aguarda con la puerta abierta. Su sonrisa es amplia, pero sus ojos, del mismo color que los míos, reflejan una preocupación que no quisiera captar en ellos. No les he dicho por qué venía, solo que necesitaba cambiar de aires. Y ellos interpretan demasiado bien mis palabras. Mi padre está en el salón, como si quisiera quitarle importancia a esta visita, pero en cuanto me abraza se emociona y me besa con la impotencia típica de un hombre que sabe que no podrá ponerse en mi piel para impedir que me duela lo que provoca mis ojeras.

58

PARÉNTESIS EN LA HISTORIA PRINCIPAL
ISABEL CABAÑAS

Estoy un poco histérica y me fastidia, porque no es normal en mí.

Supongo que haber despedido esta mañana a Jana, con la mala cara que llevaba, no contribuye a relajarme, ni que la canguro de Aitor haya llamado para disculparse por no aparecer. ¡A su padre le ha dado un infarto, así que bastante angustia tiene la pobre! Su ausencia me ha obligado a contactar con Asier Zelaya para rogarle que cambiásemos la entrevista de la editorial a mi domicilio. Lo habrá encontrado raro, pero no ha puesto impedimento.

¡Es puntualísimo! A las doce suena el timbre. Dejo a Teo con Aitor en su dormitorio y compruebo que el monitor de escucha está encendido mientras él sube.

Me he arreglado como si estuviera en el despacho, con un vestido suelto en tono mostaza y bailarinas negras, y me he aplicado una base de maquillaje. ¡Me siento extraña de semejante guisa en mi dominio hogareño! Tengo lista la cafetera y la tetera, por lo que quiera tomar, además de un bizcocho de frambuesas, recién horneado. El manuscrito y el contrato reposan sobre la mesa baja del salón. ¡Estoy deseando que firme! ¡Presiento que voy a conseguir un bombazo editorial!

Abro la puerta antes de que el timbre despierte a Aitor y me quedo en Babia. ¡Tonta de remate! ¡Obnubilada por la sonrisa del tío que tengo en el rellano! Que no es, ni por asomo, tan joven como esperaba. Presenta unos rasgos rotundos, cincelados, con barba recortada y pelo revuelto, de color azabache. Sus ojos castaños me interrogan y salgo de mi estupor con un vergonzoso tartamudeo.

–Adelante. ¡Adelante, por favor! ¡Disculpe el cambio de escenario, señor Zelaya! Me ha fallado la canguro a última hora y no he encontrado quien la sustituya.

–Por mí no hay inconveniente. Pero llámeme Asier, por favor –solicita mientras se despoja del tres cuartos azul marino y deja a la vista un cuerpo en forma, cubierto con tejanos negros y suéter gris. Lleva botas en vez de zapatos y el detalle me gusta, no sé por qué.

Le recojo el abrigo y pasamos al salón. Lo analiza con curiosidad.

–¡Bonita casa!

–Gracias. –Parpadeo para no seguir hipnotizada por esa voz y ese cuerpo. ¡Joder con el calentón que me ha provocado el madurito! ¡Estoy pasmada de mi propia reacción!–. Si tú vas a ser Asier, yo seré Isa, ¿te parece? ¡Fuera formalidades! ¿Te apetece un café? ¿O prefieres té?

–Soy de café.

–Yo también –confieso, encantada.

Me sigue hasta la cocina, pero no me molesta.

–¿Algún sabor especial o normal?

–Normal, solo y sin azúcar.

Tengo una Nespresso, y elijo dos cápsulas de *ristretto*, mi preferido. Mientras aguardamos a que se hagan, saco el bizcocho y escucho un silbido de admiración.

–¡No necesito leer las condiciones del contrato! ¡Si mimas a tus autores de este modo, te quiero de editora!

–¡Ha habido suerte! –le confío, más distendida–. De habernos visto en la oficina, habrías tenido que conformarte con el café.

Su mirada me taladra con esos ojos expresivos que me tienen atontada y su boca esboza una mueca burlona.

–El destino suele mostrarse caprichoso, pero en ocasiones nos brinda un regalo.

Me aturulla su comentario y para disimularlo saco platos, cucharillas, un cuchillo y servilletas, y los coloco sobre una bandeja. En cuanto están listos los cafés, se me adelanta y la transporta él.

Nos acomodamos en el sofá, uno al lado del otro. Mira el aparato de Aitor y sonríe. Parece cómodo.

–Así que tienes un hijo.

–Sí. ¿Y tú?

–No, estoy soltero.

–¡Yo también! ¡No es requisito indispensable!

Ríe mientras corta el pastel y me ofrece una porción.

Aprovecho para entrarle a saco. La curiosidad me mata desde que empecé a leerle, y si voy a ser su editora... ¡Alguna prerrogativa podré concederme!

–¿A qué te dedicas? ¡Aparte de a escribir historias fascinantes!

Una breve carcajada antecede a su explicación.

–Soy profesor. Enseño idiomas en un instituto.

–Come un pedazo del bizcocho y lo paladea con deleite–. ¿Lo has cocinado tú?

–Me entretiene la cocina –asiento, halagada.

–¡Podrías trabajar en un restaurante en vez de en una editorial! –bromea, mientras prueba el café.

Se ve un hombre que disfruta con los cinco sentidos. ¡Me atrae de un modo peligroso! Se fija en el manuscrito, marcado con mis habituales pósits de colores, y en el contrato.

–¿De verdad te ha gustado?

Mira directo a los ojos cuando habla. ¡Diez sobre diez! ¡Qué ganas de cotillearle a Jana!

–¡Mucho! –asiento–. A mí y a mi lectora de confianza. Además, están enganchadas a la historia mis compañeras de pilates, a quienes suelo relatar capítulos para tantear la cuota de mercado.

Responde con una carcajada y sus ojos chispean.

–¿Les has contado mi historia a unas chicas mientras hacíais pilates?

Lo ratifico, viendo que le divierte.

–Suelo hacerlo con las novelas que me gustan. ¡Son un magnífico baremo! Jana y yo coincidimos casi siempre, pero con el resto se dan diferencias notables. Y esta vez, *todas* –recalco– quieren que edite el libro.

Se mesa el cabello, un poco largo para la imagen de un profesor de idiomas, y sus ojos resplandecen con cierto orgullo.

–¡Caramba! ¡No lo esperaba! Lo pasé bien escribiéndolo, pero no sabía si tendría salida.

–La documentación es espléndida. El estilo narrativo, también. El ritmo, trepidante. ¡La historia es muy buena!

Sonríe con evidente placer.

–¡Entran ganas de comprarla, sí!

Ahora soy yo quien ríe.

–¡Se venderá, créeme!

De repente se pone serio.

–¡Gracias, Isa!

–De nada. ¡Eres tú quien la ha escrito! Pero, si me concedes la oportunidad, la sacaré al mercado y conseguiremos que mucha gente disfrute con su lectura.

Justo en ese instante, mi importuno hijo decide lloriquear. Me incorporo como un rayo.

–¡Discúlpame! Sírvete más bizcocho si quieres. Voy a ver qué ocurre.

Aitor está en su cuna, ruidoso como un sonajero. Manotea y exige comida. Teo le ronda, nervioso por el llanto. Lanzo un suspiro (exasperado, lo admito), le cojo en brazos y salgo al salón. ¡*Salimos* al salón! Teo se adelanta con las orejas tiesas al percibir una presencia desconocida.

Asier nos contempla, boquiabierto.

–¿Perro también?

–¡Tándem completo! –confirmo, resignada–. ¡Me temo que he de cumplir con mis obligaciones maternales! ¿Quieres ir echando un vistazo al contrato? ¡Y a esas notas! En los pósits apunto ideas para sacar partido a ciertas frases. ¡Luego te cuento!

–No tengo nada mejor que hacer. Tómate tu tiempo –me concede, amable.

Regreso en quince minutos, con mi hijo ahíto y seco. Teo se había quedado en el salón y compruebo que ya no le saca los dientes a Asier. ¡Es un perro precioso, pero para defensor no vale! ¡Con un par de caricias lo tienes en el bote!

–¡Eres una mujer valiente! Sacar adelante a un hijo y a un perro a la vez, además de trabajar, debe de ser agotador –comenta–. ¿O tienes más? Hijos, me refiero.

Se ha comido dos porciones de pastel y se ha bebido el café. Del mío aún quedan restos y el bizcocho está intacto. Tuerzo el gesto ante la pregunta.

–¡Ni loca! Quería uno porque la maternidad era mi asignatura pendiente. ¡Mis padres lo hicieron tan mal conmigo que quise demostrarme que no era hereditario! Pero, como se me pasaba el arroz, tuve que ponerme a ello hace unos meses.

Si le sorprende mi respuesta lo disimula bien.

–¿Cuánto tiempo tiene?

–Casi tres meses.

–¿Y el padre no está interesado? –Me satisface su incredulidad y replico con una sonrisa.

–¡No sabe que existe! Era un holandés de vacaciones en España.

–¡Estás de coña!

¿Le voy a contar a un desconocido, que encima me gusta, que lo elegí en una discoteca, que no quiero un marido en mi vida, y que mi familia bla, bla, bla? ¡No! ¡Para nada!

–Es una historia larga y tú has venido a hablar de tu libro –parafraseo a cierto escritor.

–El contrato lo he firmado. Todo bien. ¡Más de lo esperado, te confieso! Y de las notas puedes hablarme luego. ¿Cabe la posibilidad de que te invite a comer? ¡Considero importante conocer a mi editora!

Río por su descaro.

–¡Alma de cántaro! ¡Si tuviera esa opción, no te habría hecho venir a mi casa! Con estos dos, no puedo salir ni a la plaza. No con este frío.

–¡Invítame a almorzar entonces! –replica, audaz–. ¡Con la mano que tienes, merecerá la pena! En cuanto a lo de venir a tu casa, ha sido un privilegio contemplar tantas cosas hermosas. ¡Posees un sentido de la decoración espectacular!

Frunzo el ceño, confundida y satisfecha a la vez.

–No tienes que camelarme. Lo sabes, ¿verdad? ¡Soy yo quien te quiere en mi editorial!

–¡Y yo quien desea publicar en la tuya! Envié el manuscrito a unas cuantas, lo admito; pero el destino ha querido que me llamaras primero.

–¿En serio quieres comer con una cuarentona, un bebé y un perro en un día de fiesta?

Asier me devuelve una carcajada espontánea que me calienta por dentro.

–¡No imagino un plan mejor!

59

ASIER ZELAYA

¡Llevaba meses sin divertirme tanto!

Soy de los que disfruta con su trabajo. Me apasiona la enseñanza, aunque en ocasiones resulte ingrato, más por los padres que por los alumnos en sí. Mi tiempo libre lo dedico a correr para mantenerme en forma, a leer una amplia gama de géneros y a pasar horas frente al ordenador, escribiendo las locuras que pueblan mi cabeza. Asumo que, pese a mis treinta y cinco años, soy un friki. ¡Jamás he sentido el impulso de formar un hogar y llevar una vida como la de todo el mundo! Tampoco soy un forofo de los bares y las discos, pero si quiero sexo y hay que buscar rollo, tengo habilidad para mostrarme sociable. Hasta el momento he sobrevivido feliz.

Sin embargo, lo de hoy me ha descolocado.

Para empezar, la idea que me había montado de una editora era la de una señora con gafas y moño o, por el contrario, de una jovencita más friki que yo. ¡Debería serlo para interesarse por mi historia! Pero Isabel es... ¡única y exclusiva! Como esa ropa que luce con estilo, aunque le sobren un par de kilos. ¡O no! ¡Su atractivo tienen! De cara es guapa a rabiar y, de formas, se la ve tonificada.

¡La imaginé cuando se fue a dar de mamar a Aitor y me empalmé! Menos mal que averigüé dónde estaba el baño y logré refrescarme la cara. Ella ni se ha enterado. ¡Ventajas de que te siga un perro, que no puede chivarse!

¡Pensándolo con perspectiva, el día con Isabel parece sacado de una película de Woody Allen!

Comentamos mi libro mientras improvisaba un arroz con mejillones en escabeche, que me ha sabido a pura ambrosía, y yo aportaba mis aptitudes de pinche elaborando los entrantes: una ensalada con frutos secos y un queso feta al horno.

En el almuerzo, saltando de un tema a otro, he paladeado yo solo una botella de Tarsus Reserva 2013. Ella, a su pesar, ha olfateado mi copa, pero se ha limitado a dos cervezas sin alcohol. Después, hemos tenido un reposado postre con el que se nos ha ido la tarde.

Al niño y al perro ni los hemos notado. ¡Qué lujo de ambiente!

Me ha dado a conocer los entresijos de Littera, la editorial que fundó su bisabuela republicana, con la que se siente muy identificada, y me habló del resto de los departamentos, regidos por una familia con la que únicamente coincide en el apellido. ¡Es palpable cuánto le apasiona su profesión!

Al contarme de Aitor, ha surgido el nombre de Jana. Su mejor amiga y la única persona en quien confía, dijo. Se le empañaron los ojos al mencionarla, pero no ha pasado de ahí. Supongo que estará metida en algún lío comprometido y no sabe cómo ayudarla.

¡Me provoca ternura que la gente mantenga ese

tipo de relación! Me recuerda a cuando vivía en Vitoria y tenía mi cuadrilla. ¡Desde entonces no he experimentado esa conexión con amigos! No quise asentarme en el País Vasco porque se me quedaba pequeño. Anhelaba formar parte de un mundo multicultural, un sitio donde nadie me conociera ni juzgara por ser *hijo de*, en este caso, de un tédax. Pasé la infancia acojonado por si se cargaban a mi padre, pero ahora que se respira otro aire, tampoco quiero regresar allí. Ser vasco forma parte de mi carisma, pero no me siento diferente al resto de los españoles.

Confío en conocer a la tal Jana. Por lo demás, Teo es suyo. Compartido, pero suyo. ¡Manda narices! ¡Una custodia de perro compartida! ¡Es que lo incluyo en una novela y los lectores se descojonan!

Me ha gustado Isabel. ¡Mucho! Ella prefiere que la llamen Isa, pero a mí me va más paladear su nombre completo. ¡Es bonito! Dice todo de ella. De su porte de reina, regia y flexible a un tiempo. ¡Y lo divertida que resulta! No puedo creer que se quedara preñada de un holandés tras un par de polvos, medio bebidos ambos y con premeditación por su parte. ¡Que lo eligió porque era guapo! ¡Estará loca! Tampoco sé si es justo que él ignore que tiene un hijo, pero me ha jurado que no conoce ni su nombre, que resultaba impronunciable. En fin, a él no ha salido, desde luego. ¡Más clavado a su madre no puede ser el crío! Excepto en el azul de los ojos. ¡Será esa su herencia paterna!

Aparco el Focus en el garaje de mi bloque, en Carabanchel, a dos calles del instituto. Mi casa no tiene nada que ver con la de Malasaña. No poseo objetos de valor, con antigüedad garantizada. Los muebles los compré en Ikea y los prefiero escasos. Eso sí, de luz voy sobrado. Vivo en un ático con terraza y sin vecinos enfrente. ¡Un verdadero lujo!

Estoy satisfecho. He vivido un día formidable. ¡He firmado mi primer contrato editorial y he conocido a la única mujer capaz de seducirme!

60

RETORNO A LA HISTORIA CENTRAL
BADAJOZ

He desayunado con mi madre en uno de mis sitios favoritos, la cafetería Dulce Pecado, a dos pasos de casa. Anoche también cenamos allí porque la milhoja de berenjena que cocinan me vuelve loca y mis padres se deshacen por darme gusto. Mi vena masoquista me llevó a pensar en lo mucho que Jacobo la disfrutaría también ¡No tengo remedio! Esta mañana, Sergio me ha servido una tostada de beicon, dos cafés y un zumo de naranja, así que ahora tengo que bajarlo, por eso nos hemos acercado a la ribera del Guadiana.

El día ha amanecido nublado y mucho calor no es que haga, pero esto parece la Gran Vía en hora punta.

Nos cruzamos con gente que camina, corre, patina, usa las máquinas de deporte... Y nos saluda. ¡Hacemos una breve parada delante de una cancha de futbito y va un chico y lanza una sonrisa de escándalo a mi madre! ¡En el barrio, es más popular que el alcalde desde que convirtió el yoga en un pasatiempo recaudador! ¡Mantenemos una conversación de puro milagro! Si no la retiene el encargado de vigilar el parque, lo hace la chica del bar que acaba de abrir... Es su escenario habitual y se mueve como pez en el agua, pero me fastidia tanta interrupción.

Conseguimos eludir los patos y la gente y nos internamos por una vereda solitaria. Mi madre se transforma y se le pone cara de *madre*.

–¡Hablemos claro, Jana! Nos has largado a tu padre y a mí la milonga de que estabas agobiada en Madrid y necesitabas cariñitos, pero en el fondo sabes que esa excusa no ha colado. ¡Podías haber llamado y tenernos allí en un pispás! Tu padre me ha encargado que no vuelva sin una explicación. Porque él, ya sabes cómo es, no quiere interferir en tus cosas, pero verte con esas ojeras lo descompone. ¿Qué es? ¿Estás embarazada?

Abro los ojos como platos. ¡Madre mía, la que he montado sin querer! ¡Se han comido el coco por mi culpa!

–¡Para nada, mamá! No es mi intención de momento. ¡Con Aitor y Teo me sobran ataduras!

–Aitor es hijo de Isa y Teo un perro; no es lo mismo –razona, algo cáustica.

–¡Para mí, lo es! Son responsabilidades. Y con la clínica no es que disponga de tiempo libre para enredarme en un embarazo. No, mamá. –Estúpida de mí, me ruborizo–. Lo malo es que me he enamorado.

Ahora es mi madre la que muestra sorpresa.

–¿Cuándo? ¡Si hablamos a diario y no me has dicho nada!

Suspiro. Es verdad. He omitido hablarle de Jacobo porque me abochornaba confesarle que me he enrollado con un paciente. Sin embargo, ahora, sobre la marcha, viendo su rostro ilusionado, desgrano paso a paso mi historia con el alicantino.

Ella, como buena oyente, me deja explayarme y, solo al final, me lanza el dardo mortal:

–Bueno, y a todo esto, ¿dónde está el problema?

61

SOLO

¡No he podido aguantar un día más en casa!

El viernes acompañé a mi madre al centro y paseamos por las calles de Madrid. Gran Vía, Serrano y similares, nada de Malasaña. Comimos paella en un restaurante de postín en el que fue un milagro pillar mesa y tomamos café en el vetusto Café Gijón. Agradecí que mi madre no sacara a relucir a Jana. Estaba nostálgica y prefirió evocar nuestra vida en Alicante. Por la noche quedó con unas conocidas para ir al cine y pude desfogarme en el solitario gimnasio hasta caer rendido.

Ayer se despertó con vena maternal y cocinó un arroz con costra, porque el del restaurante «no le pareció gran cosa». La verdad es que yo también me quedo con el suyo, pero me escoció el comentario después de la minuta que pagué. En los postres hizo un conato de conversación sobre Jana, pero le paré los pies. ¡No estoy preparado! Ni para hablar de ella ni de mi reincorporación, que son los dos temas que le preocupan. Por suerte, nos interrumpió la llamada de Berta, encantada con el paisaje y el hotel donde *yo* debería estar disfrutando de un puente tan jodidamente largo. ¡Más que largo, eterno! Incluso Guille duerme mejor allí, aseguró. ¡Vale, pues que lo disfruten! Me mosqueé, sin necesidad, conmigo mismo y agarré la moto. Anduve gastando rueda por la montaña hasta que se hizo noche cerrada, pero volví a casa con la mala conciencia de haber angustiado a mi madre.

Pero esta mañana no. Esta mañana he presentado mi mejor cara, me he despedido hasta la tarde y he vuelto a subirme a mi Black. Hemos ido a Segovia. A disfrutar del asfalto y de una ciudad bellísima. Con exceso de turistas, eso sí, pero la dicha nunca es completa. Después de todo, también yo entro en esa definición.

Lo chungo ha sido imaginarme caminando de la mano de Jana entre los fríos muros de piedra. Vislumbrar dónde nos detendríamos a admirar el románico, las casonas, el acueducto. ¡En el pórtico de San Esteban la hubiera besado con la misma devoción con que los feligreses atraviesan sus arcos!

Luce un día soleado, aunque muy frío. Y, no obstante, me acaloro pensando en ella. ¿Estará ya de vuelta? ¡Me muero de inquietud por conocer su decisión!

Siguiendo un impulso, entro en un templo del que sale gente de un oficio y me siento en un banco, frente a la imagen de un Cristo crucificado. Me disculpo con Dios por ser ateo y le ruego que ilumine a Jana y la envíe directa a mis brazos, que la necesito. Le confío mis cuitas hasta que un monaguillo carraspea a mi lado para indicarme que debe cerrar. Avergonzado, abandono el agradable refugio.

Sin embargo, llevo conmigo la íntima convicción de haber sido escuchado.

62

RETORNO

He tenido un viaje peñazo por culpa de tres estudiantes parlanchinas. Y, de colofón, la entrada en Madrid, un suplicio. ¡Menos mal que decidí salir antes de comer! Si no, ¡no llego ni para abrir la clínica mañana! ¡Toda la comunidad se ha largado con viento fresco este puente! Más tráfico, imposible.

Para completar el día, Isa me recibe hecha un manojo de nervios. Tras las preguntas de rigor, me lanza, a bocajarro:

—¡Tengo novedades!

Sin embargo, no me las cuenta hasta que nos sentamos a la mesa, donde ha dispuesto la cena.

Sufro una ligera jaqueca, pero la mirada ilusionada de Isa me reaviva de golpe. Suelta por su boquita *todo* sobre Asier Zelaya. ¡Su físico, su conversación, su carisma! ¡Es la primera vez que la veo encandilada por un tío que le lleva menos de diez años!

¡Ni qué decir tiene que me transmite su entusiasmo y me muero por conocerlo! Su novela, mientras la leía, me cautivó. Está muy bien escrita y engancha de tal modo que la devoras, pero que la haya conce-

bido alguien mayor de veinte años resulta alucinante. ¡La novela es una frikada! Usa un lenguaje muy
actual y se mueve por el mundo juvenil como pez en
el agua, aunque claro, si es profesor de instituto, se
entiende mejor.

Se verán mañana por la tarde, en la editorial,
para concretar asuntos de galeradas y de publici-
dad. Está convencida del éxito. ¡Y yo también! Pero
lo emocionante es el brillo de su cutis, su expresión
corporal, su ansiedad. ¿Será posible que Isa, la inac-
cesible, se haya enamorado? ¡Torres más altas
han caído, suele decirse! Apostaría a que estoy siendo testigo de un derrumbe total.

Con jolgorio, bromeamos al respecto y, ruborizada, admite que se siente atraía por él, que no lo ha
llamado por vergüenza, pero que recibió un wasap
suyo el sábado en el que le aseguraba que le había
encantado conocerla y le respondió con un: «Ha sido
mutuo». El siguiente paso, dice, le toca a él.

¡Escuchar eso de Isa es una declaración en toda
regla! ¡Si no hay quien la corte! ¡Ella, que se abalanzó
sobre un holandés bombón en plan *acoso y derribo*
para conseguir su esperma!

Pero lo de Asier, esa timidez, no le va... O sea, que
está colada. ¡Otra para el saco de las locas enamora-
das al primer dardo! ¡El capullo de Cupido debe de
estar muy entretenido por Madrid estos días!

A todo esto, no me ha preguntado por Jacobo, así
que, mientras despierto a Teo para que nos retire-
mos a nuestros aposentos, se lo suelto:

–Ya he tomado una decisión. Me quedo con Rambo, de momento. ¡Que sea lo que los hados decidan!

Con un grito de júbilo, se agarra a mi cuello y me
besuquea, eufórica. Teo, que no necesita muestras de
cariño para lanzarse en plancha, nos planta las patas

encima y nos tumba sobre el sofá. Acabamos riendo a carcajadas, en la alfombra, y despertando a Aitor.

¡Se agradece que en el rellano no viva nadie más! ¡Sería para denunciarnos a la policía local!

Una vez en casa, me pongo la camiseta de dormir sola y me tumbo en la cama. No me apetece deshacer el equipaje. Veo que tengo un mensaje de Jacobo: *¿Has regresado ya?*

Me dejo llevar y respondo: *¿Quieres comprobarlo?*

63

RENACER

La moto ha volado sobre el asfalto. Me despedí de Berta, que amamantaba a Guille en el salón, con un directo: «Voy con Jana», y salí pitando.

Me he negado a pensar en nada que no fueran esas dos palabras. ¡Solo pueden significar que mi ruego ha obtenido respuesta! ¡Desde hoy me declaro creyente!

Aparco y miro su ventana. Tiene luz. Llamo una vez y me dan acceso.

Mi primera visión es de Teo en la alfombra, con la cabeza erguida y la mirada alerta. Al verme, se relaja y sigue durmiendo. La segunda es ella. Lleva una camiseta negra, con el dibujo de la mítica lengua de Mick Jagger, que apenas le cubre los muslos. Espero que nada más. Aguarda en la entrada de su dormitorio y parece tan nerviosa como yo.

Atravieso el salón en dos zancadas mientras me deshago de la cazadora y el suéter y la clavo a la pared, asegurándome de cerrar la puerta, no vaya a mosquearse el perro por el trato que su ama recibe. ¡No puedo esperar a la cama!

Me pone a mil que Jana, como deseaba, solo lleve la camiseta. Sin preámbulos tampoco por su parte, me desabrocha los pantalones de cuero y baja mis bóxeres de un tirón, apoderándose de mi miembro y de mi boca al mismo tiempo. ¡Parecemos dos puñeteros salidos! No tengo bastantes manos para tocarla, lengua para lamerla, ni boca para devorarla. Entro en ella con urgencia.

Me ase los hombros y se cuelga de mis caderas con frenesí. Nos movemos con la sintonía de habernos acostado otras veces, pero con el desenfreno de una primera vez. En la habitación solo suenan jadeos y palabras obscenas. La Jana que tengo en mis brazos es la que quiero, una mujer confiada, entregada por completo.

Pensar que me ha elegido me encoge el corazón y me entran ganas de ponerme de rodillas para agradecerlo al universo, a Dios o a quien sea. ¡Una vez que nos hayamos corrido, claro! Antes no estaba para pensar en otra cosa que en las sensaciones que su piel me provoca. Somos sangre en ebullición y músculos ensamblándose en una sintonía perfecta.

La miro, beso su frente y, tras deshacerme de mi ropa, arrebujada en los tobillos, y de las botas, la llevo hasta la cama. Parece agotada.

—Te quiero, Jacobo. No sé cómo ignorarlo —susurra, tirando de mí para que la acompañe.

—Pues acostúmbrate. Igual merezco la pena. —Le quito la camiseta y beso sus pezones, aún erguidos.

El simple hecho de tenerla bajo mi cuerpo, con sus ojos clavados en los míos y ese modo de morderse los labios, me enciende como una tea. No sé si mañana tendrá mucho trabajo, pero me temo que va a llegar en un estado deplorable.

Sigo sin pedir permiso para perderme en sus formas y ella sin negarme el acceso.

¡Ya que no empezamos con buen pie la Almudena, terminémoslo con fuegos artificiales!

64

PONIÉNDONOS AL DÍA

¡Pena no ser funcionaria para llamar al trabajo y decir que estoy indispuesta! Me siento revitalizada por una parte, pero, por otra, una pura piltrafa. Jacobo ha resultado creativo al máximo después de estos días de abstinencia. Ahora está en la cocina, improvisando un desayuno que me entone mientras me doy una ducha con el agua más fría que puedo soportar.

Estuvimos charlando entre polvo y polvo. No de nosotros, de nuestros sentimientos, eso no lo hemos tocado, pero sí de lo que hicimos y dejamos de hacer en el puente. ¡Le ha encantado saber que Isa se ha colgado por un escritor y que el tío pasa de los treinta! A mí me ha entristecido que nuestro finde en la sierra lo hayan aprovechado su hermana y Germán, no por ellos, sino por el sitio. Me enseñó las fotos y se me pusieron los dientes largos. Me ha prometido que repetirá reserva. También me resultó tierno lo del coche. ¡Jo, buscar uno para que Teo viajara cómodo, me ha llegado al alma! ¿Por qué he sido tan tonta? ¡Yo no actúo con semejante precaución ante las situaciones difíciles! ¿Por qué compartir mi vida con Jacobo me pareció, de repente, imposible? ¿Me estaré haciendo mayor? ¿La madurez implica esos miedos? No sé. Pero, en todo caso, he decidido apostar por el *carpe diem*. Así que, ¡allá vamos!

Desayunamos entre beso y beso hasta que Isa, extrañada de que no le haya llevado a Teo, llama al timbre, en bata y camisón, porque ella no es de pijama, sino de ropa sexi, y se queda boquiabierta cuando es Jacobo quien le abre. Lo abraza con efusividad, sin cortarse un pelo.

–¡Bienvenido al hogar, Rambo!

Jacobo enarca una ceja en mitad de nuestras carcajadas.

–¿Rambo?

–¡Échale la culpa a tu hermana! Antes eras Madelman, como te llama Andrea, mi paciente, pero este te pega más.

–¡Stallone es muy feo! –replica, suspicaz.

–Pero tenía tus músculos, y tu afán protector –le provoco, traviesa, convencida de que con Isa delante estoy a salvo.

¡Craso error! Avanza hasta mí y me atrapa en sus brazos. En medio segundo grita a Isa desde el dormitorio.

–Hasta luego, Isa. Llévate a Teo. ¡Más tarde nos vemos!

–¡Tengo que llegar a la clínica en media hora! –farfullo, incrédula, negando con la cabeza.

Su sonrisa me dice que no necesita tanto tiempo para el castigo que piensa darme. ¡Me rindo, por supuesto! ¡He sido un poco mala!

65

MARAVILLOSA RUTINA

He acercado a Jana a la clínica en moto y he regresado para poner un poco de orden en el piso. Isa me oye trajinar y se acerca para brindarme un pastel de naranja que ha horneado y, de paso, cotillear. Está nerviosa porque va a encontrarse de nuevo con Asier Zelaya. Confieso que estoy al tanto y me ofrezco a cuidar de Aitor, así no tendrá que preocuparse si la cita se alarga. Lo acepta de mil amores y recompensa mi gesto con una invitación a almorzar escalivada con solomillo a la pimienta. ¡Confirmado, esta mujer engatusa al mismísimo diablo con sus dotes de chef!

A media mañana saco a pasear a Teo y le llevamos a Jana un táper con ensalada de atún y una colección de barritas enérgicas que compro por el camino. Permuto el tiempo de mi consulta para que coma y le explico el porqué de mi ausencia. Le divierte imaginarme de canguro y me agradece *el detalle* con un beso antes de reiniciar sus quehaceres. Tiene la agenda a tope. Eso sí, hoy no ha necesitado afeites para que su cara resplandezca. Se la ve feliz y me ensancha el pecho saber que soy la causa.

De vuelta, me cruzo con Andrea y Lucía. Me saludan con sonrisas cómplices que me arrancan una sonrisa. Las invito a café, pero declinan porque van al médico y llevan prisa, aunque lo dejan pendiente. ¡Menudo punto tienen estas dos!

¡Necesitaba relacionarme con gente que exuda buenas vibraciones! Lo noto en el subidón de mi ánimo.

Mientras Aitor duerme la siesta e Isa se engalana, llamo a casa. Berta y mi madre se muestran eufóricas por mi reconciliación con Jana, pese a que soy parco en explicaciones. Mi hermana sugiere traerme ropa. Como me viene de perlas y, encima, voy a pasar la tarde con un crío y un perro, y una ayuda experimentada me interesa, consulto con la anfitriona y le paso la dirección.

Por cierto, la Isa que aparece en el salón no tiene que ver con la de costumbre. Me dice, jocosa, que va de «Isabel Cabañas, editora». Con un vestido lila (¡qué tendrán estas mujeres con ese color!), abrigo entallado unos tonos más oscuro, zapatos de tacón y el cabello recogido en una artística trenza. Está preciosa. No me corto en decírselo.

–¡Si tienes que quedarte a cenar, ni lo pienses! Yo te guardo las espaldas. Conseguiré que Aitor se contente con los bibes.

Me da un pico, entre risas, y se marcha, ilusionada.

Al momento llega Berta, sin Guille y con una bolsa de deportes. Ha metido en ella cuatro bóxeres, dos tejanos, camisetas y mi equipo de correr. Ha añadido mi neceser de viaje. ¡Hay que ser mujer para caer en los detalles!

Curiosea el piso de Isabel, fascinada por la profusión de antigüedades. ¡Ambas son unas pijas redomadas! No le enseño el de Jana porque permiso para este tengo, pero para el otro no.

Nos arrellanamos en el sofá tras preparar un café, con los restos del bizcocho delante, y cotorreamos sobre el cambio de actitud de Jana y del magnífico fin de semana que Germán y ella pasaron en la sierra. Por suerte, Aitor se despierta mientras Berta está de visita, porque voluntad tengo, pero manejo poco. Ella le hace tragar su bibe con una facilidad pasmosa y lo devuelve a su cuna. Después, se despide para acudir a la llamada de su hijo, no sin antes repetirme lo feliz que se siente de que Jana y yo volvamos a estar juntos.

La abrazo mientras le digo con sinceridad:

–¡Pues no sabes yo!

66

VUELTA AL HOGAR

¡Qué raro se me hace pensar que llegaré a casa y Jacobo estará allí!

A las siete faltó uno de mis pacientes y aproveché para tantear cómo le iba con sus protegidos. Me pareció tranquilo, con todo bajo control. Isa también le había llamado. Se acercaría a darle el pecho a Aitor y volvería a salir, a una cena rápida con Zelaya.

Me lo cotilleó en plan marujón, exultante por conocer al escritor antes que yo. ¡Y caí en la bajeza de suplicar que le robara una foto para enseñarme después! Prometió intentarlo, pero fue mejor. ¡A las nueve me envió un selfi de los dos juntos! ¡Bochorno integral! ¿Qué le habrá dicho para convencerlo? ¡Estoy deseando que me cuente!

Antes de tocar el timbre, la puerta se abre. No baja al portal de milagro, pero aguarda en el rellano, con Teo a su vera. ¡Se habrá mordido los nudillos por no haberme ido a recoger! Este hombre no entiende que llevo tres años haciendo este recorrido sola y no tengo miedo. Malasaña es mi barrio y los vecinos que nos cruzamos somos siempre los mismos.

A partir del jueves hay más jaleo, pero, mientras, es como otro rincón de Madrid.

Deja que Teo me salude y regrese al interior, y me acorrala contra la puerta para comerme a besos. Estoy matada, pero le respondo con ganas. ¡Serán las feromonas alteradas porque su simple olor me aligera el cansancio!

Nos metemos mano mutuamente, desalojándonos de la ropa que molesta y olvidándonos del resto. Teo nos contempla desde la alfombra con las orejas levantadas, pero su actitud es tranquila, si acaso de sorpresa, por la brusquedad de los movimientos. No obstante, sabe que no estoy en peligro y no se acerca.

Jacobo me levanta sobre sus hombros y me lame entera hasta que me deshago. Me siento una equilibrista en esta postura, pero me maneja con tal soltura que no pongo objeción. Respiro hondo y le beso el pelo revuelto hasta que me baja y mis rodillas tocan el remolino de ropa que hemos dejado sobre el parqué. Su miembro está a tope y me lo meto en la boca con lujuria, tomando el mando, mientras son sus manos ahora las que enmarañan la coleta que se ha deshecho sobre mi espalda. Le escucho gemir y subo una mano para taparle la boca, pero aprisiona mis dedos y los engulle para saborearlos en un movimiento que me pone a cien de nuevo. Lo intuye y me iza de las axilas para voltearme contra la puerta y entrar por detrás en mi sexo, que lo reclama palmo a palmo. Veo una de sus manos al lado de mi cabeza mientras con la otra me sostiene la tripa y me invade con envites fuertes. Tengo las piernas abiertas, otorgándole espacio, pero agradezco que me sostenga porque las rodillas me flojean cuando un orgasmo brutal se apodera de mis entrañas y me lanzan contra la madera. Jacobo me retiene un instante y de una última embestida se tensa y se corre en mi interior. La tensión de sus brazos es máxima, pero se relaja en cuanto termina, aunque no deja de sujetarme. Me acerca a su pecho y elevo el rostro para que me bese, con ese brillo adorable que le queda en los ojos después de desfogarse.

–¿Bien? –susurra, cariñoso.

–Cinco estrellas –afirmo, satisfecha.

Me palmea el culo desnudo y esboza su mejor sonrisa mientras me da la vuelta para bajarme la camiseta.

–Pues vamos a recuperar fuerzas con los restos de escalivada y una tortilla de patatas que he logrado cocinar. ¡Debes de estar famélica!

En cinco minutos estamos vestidos y sentados en la cocina de Isa, con una botella de vino escanciada y la mesa lista. Empiezo a pensar que se me da bien lo de hallar gente que me mime de más. Parezco una mujer L'Oréal, de esas de «¡Porque yo lo valgo!».

Me da la risa tonta ante el desconcierto de Jacobo, que está cortando una porción de su dorada tortilla. Me encojo de hombros.

¡Con el trajín de día que llevo, y tras un polvazo, digo yo que podré desvariar!

67

SONRISA BOBA

Visionamos una película que a Jana le encanta, *Kamikaze*, y alucino de que parezca verla por primera vez. Llora, ríe y se encoje sobre sí misma en los momentos finales, como si no supiera lo que va a ocurrir. Cuando le pregunto cuántas veces la ha visto y me dice que cuatro, me burlo abiertamente y me responde con una guerra de cojines que alerta a Teo y remueve a Aitor en su capazo. Para mi fortuna, porque voy perdiendo con Teo mordisqueando los bajos de mis vaqueros, la puerta se abre y nos quedamos en *stand-by*, aguardando a descubrir la cara de Isa.

Viene radiante. Ni la mejor sesión de *spa* le haría brillar de ese modo. ¡Menudo donjuán ha resultado el vasco! Escribirá literatura mágica, pero es que la magia es lo suyo. Isa aparenta diez años más joven.

Ríe con descaro al ver el cuadro que presentamos y nos empuja para hacerse hueco entre los dos en el sofá. A Teo lo ignora, aunque él le pilla uno de los tacones que acaba de quitarse y se lo lleva a la alfombra.

Jana explota, expectante:

–¡Venga ya! Dinos algo.

Mira la pantalla, detenida en los créditos, y sonríe, ladina.

–¡*Kamikaze*! ¡Qué bonita!

Jana le salta al cuello con las dos manos y ambas ríen a carcajadas.

–Acabo de quedar desacreditada como editora –murmura, sonrojándose para mi sorpresa–. ¡Asier y yo lo hemos hecho en los aseos del restaurante!

Jana se detiene con la boca abierta y ahora soy yo quien se ríe. De las dos.

–Tampoco creo que se haya sentido obligado –me burlo–. Imagino que el contrato no establecerá cláusulas al respecto.

–¡Cállate! –me gritan a la vez.

–¡Cómo has podido?

–Ya lo sé, Jana, no tengo perdón. Ha sido poco profesional.

–¿Poco? ¡Nada!

–¡Mira quién fue a hablar! –intervengo, pese a su mirada asesina.

–¡Eso sí! –me agradece Isa.

Jana se levanta, nerviosa. No entiendo su actitud.

–¿En los baños de un sitio público?

–¿Me vas a reñir? ¡Que tengo cuarenta y dos años! ¿No creerás que es la primera vez?

–¡Ya sé que no! Te recuerdo que hemos compartido muchas juergas. Pero aquellos eran niñatos. ¡Esperaba más clase de Zelaya!

–¡Con Asier no te metas! Ha sido culpa mía. Me entró un calentón de aúpa y fui quien lo sugirió.

Jana mira a su amiga con desaprobación. Me temo que ha salido a flote la chica de provincias.

–¿Nunca lo has hecho en un sitio público? –medio, para distender el ambiente–. ¡Sí que me estás dando ideas!

Jana sonríe al fin y alza las manos a modo de disculpa.

–Lo siento, Isa. De veras. Es que no me esperaba... ¡Me dijiste que tenía treinta y cinco! ¿No pudisteis iros a su piso?

–¡Vive en Carabanchel! Ya te dije que me urgió –informa tan pancha, extendiendo los dedos de los pies–. ¡Qué horror de tacones! ¡Estoy molida!

–¿Te los dejaste puestos? –pregunta Jana, recuperando la malicia.

–¿Quieres detalle del polvo? ¡Sabes que no me corto con los pormenores!

Jana ríe mientras le tira un cojín.

–No, no quiero detalles. He tenido un día agotador y no quiero que este se anime con tus burradas. ¡Venga, nos vamos!

Yo, sin embargo, siento curiosidad:

–¿Se puede saber de qué hablabais para que te hayas puesto a cien en una cena rodeada de gente?

Isa me mira con toda la picardía que le da la edad.

–De libros, por supuesto. Aparte de escribir, Asier lee muchísimo.

–¿Las sombras esas famosas?

–Hay más erotismo en muchos clásicos que en las sombras que tú dices –asevera, guiñándome un ojo.

Me callo. Soy un completo ignorante en muchos campos y, aparte de la novela negra, la literatura no es lo mío.

–Ya me irás pasando lo que consideres oportuno –sonrío.

–¡Ni que te hiciera falta! –replica Jana, quien se sonroja enseguida al darse cuenta de que lo ha dicho en voz alta.

La pillo en brazos y la alzo sobre mi cabeza, arrancándole grititos cursis y repetidos de «¡Bájame!». Obedezco por Teo, que se pone a saltar como un loco a nuestro alrededor. Aitor, con el escándalo, es un puro berrido también.

–¡Anda, iros a vuestro nido, que bastante tengo con calmar a este! –Isa nos echa sin contemplaciones–. Por cierto, Jacobo, mañana me van a apetecer churros para desayunar.

–¿No has tenido bastante churro?

Jana corre por el pasillo para escapar del cojín que la otra le lanza tras la pulla, pero yo me retraso para confirmar que los tendrá.

–Eres un cielo. ¡No sabe la loca esta la suerte que ha tenido!

Río ante su descaro y le pago con la misma moneda.

–De almuerzo me vendrá bien lo que sea. No soy tiquismiquis.

Salgo disparado también. ¡No me vaya a tocar el único taconazo que tiene a mano!

68

AROS Y PELOTAS

Regreso a pilates después de haber faltado la semana pasada, pero las chicas no preguntan. Han visto a Jacobo en la puerta despedirse de mí y las sonrisas han corrido de boca en boca. Él estaba con equipo deportivo también, porque ha aprovechado para salir a correr ya que Isa no quiere prescindir de la canguro, a quien le vienen bien los euros que le paga. El condenado está superpotente con pantalón corto y sudadera. Entiendo que se mueren por cotillear, pero no seré yo quien saque el tema.

Isa me facilita el escape confesando que ha conocido al autor de la novela por la que todas apostamos y que nos vamos a caer de espaldas cuando haga la promoción.

Melisa suplica silencio para que nos centremos al ver cómo su jefe asoma la cabeza para averiguar el motivo del alboroto. ¡Y mira que le tenemos acostumbrado! Pero bueno, igual hoy nos hemos pasado.

Trabajamos extremidades con pelota en las piernas y aros en los brazos. He puesto mala cara porque soy la única que no *adora* la pelota, por muy buena que sea para la columna. ¡La primera vez que me subí a ella me caí de bruces! Y ahora tampoco es que la domine mejor.

Intento concentrarme, pero la cabeza se me va al recuerdo de esta mañana. Jacobo me untó de chocolate caliente y me lamió los pechos. El condenado apagó mi alarma y se fue a buscar el desayuno ¡al House of Xurro! Pilló la moto y se trajo las porras y el chocolate. A Isa se los dejaría antes porque no llamó para interrumpirnos. ¡Nunca había hecho cosas así! Despertarme tarde, comer en la cama con un tío en pelotas y ducharme a toda prisa para no llegar tarde al trabajo. Admito que lo disfruto un montón.

La clase se me hace corta. Estiramos, mirándonos por los espejos, con sonrisas traviesas. Por el rostro radiante de Isa, todas deben de haber captado que al *dúo malasaña,* como nos llaman, les van de lujo los asuntos de pantalones.

Mientras nos vestimos y quedamos para el miércoles, Mónica me suelta a lo tonto:

–Podías traer a tu chico, que a los estrógenos nos van de perlas la testosterona... Melisa nos manda callar de nuevo por la algarabía que montamos, pero apostilla:

–La clase es unisex, si quiere apuntarse, no hay problema.

¡Les saco la lengua! ¡Solo me faltaba venir a pilates con Jacobo! ¡Para que, en vez de atender las explicaciones de Melisa, lo devoren con los ojos a él!

Además, que ni yo me centraría. ¡Pienso en sus músculos en movimiento y me entran calores!

¡Cada uno en su sitio! ¡Dejemos las cosas como están!

69

PAZ, PERO ¿GENUINA?

He pasado toda la semana en casa de Jana sin pasar por Tres Cantos. He llamado a mi familia, claro, pero no he salido de Madrid. Por eso no me sorprende que mi madre tome cartas en el asunto y nos invite a comer el sábado en la sierra, Isa incluida.

Los días han transcurrido con una normalidad tan satisfactoria que se tambalean mis principios de mantenerme en activo. ¡La vida civil resulta gloriosa!

Me levanto temprano para sacar a Teo, me detengo en la panadería, despierto a Jana como es debido, me encargo del piso cuando se va a la clínica (¡tengo prohibido acompañarla!), atiendo a Aitor y al perro si Isa acude a la editorial, cocino recetas fáciles con ella si comemos juntos, disfruto de las sádicas manos de mi chica en la consulta, cenamos viendo *The Americans*, una serie de espionaje a la que me han enganchado, y por último, termino en la cama con Jana, compartiendo sexo, confidencias y risas, muchas risas.

En breve, paso revisión en el Gómez Ulla. ¡Imposible camuflar mi mejoría! ¡No sufro pesadillas con

Jana entre mis brazos! Duermo sin somníferos, de un tirón. El sexo es la mejor terapia. ¡No sé cómo coño no se dan cuentan los *cometarros* que nos atienden cuando regresamos del frente! Aunque admito que a mí no se me levantaba hasta que conocí a Jana. ¡Igual tiene mucho que ver que te cueles por la persona con quien te acuestas! Pero vamos, en plan terapia, lo recomiendo. Sexo y amor del bueno.

¡Es la primera vez que no deseo enrolarme en una misión! Lo chungo es que me encuentro lúcido y va a ser complicado que Zamora no me dé el alta. De ahí a regresar a Rabasa y después a cualquier rincón peliagudo del mundo solo hay un paso. ¡Me recome la inquietud por Jana! Temo la prueba de fuego de nuestra primera separación. ¡Tengo que demostrarle que merezco la pena! Porque la merezco. ¿O no?

REUNIÓN FAMILIAR

Me daba reparo el reencuentro con Berta y Bárbara, pero desde el primer instante se han portado cercanas y cariñosas.

Teníamos reserva en el mesón El Candil, en un pueblo de la sierra que, para variar, desconocía. ¡Menos mal que salimos temprano! ¡Los días son tan cortos que se van en un suspiro! Germán nos recogió en Madrid y en Tres Cantos le cedió el Mondeo a Jacobo. Nos saludamos todos y emprendimos viaje. Un recorrido largo, pero de vistas preciosas.

En Rascafría, tomamos un reconfortante café y visitamos los exteriores del monasterio de El Paular y las impresionantes piscinas naturales. ¡La zona debe de ser una gozada en primavera!

Teo se volvió loco en plena naturaleza. Isa protegió a Aitor en un fular portabebés y a Guille lo transportó su padre en una mochila. ¡El día ha estado soleado, pero el frío de la sierra se mete bajo la ropa por mucho que te abrigues!

Con la caminata se nos despertó un hambre canina, pero la saciamos con creces. Los entrantes, deliciosos. Isa y yo nos decantamos por la carrillada de segundo, pero la familia al completo prefirió las alubias de Tolosa. Las elogiaron tanto que terminé probándolas, y sí que estaban ricas. La cocina de Pedro y Asun (Germán los saludó con familiaridad) es tan buena como atractivo el entorno. Rematamos el almuerzo compartiendo postres, más por gula que por ganas. Lo peor ha sido que se nos ha ido la tarde en un suspiro y el frío no invitaba a bajar la comida con otro paseo.

Mientras el resto se encargaba de embutir a los críos en sus ropas de abrigo, Bárbara me abrazó y agradeció que le diera una oportunidad a su hijo. Confirmó que la vida junto a un militar no es sencilla, pero que ella no se arrepentía de haber compartido la suya con uno ni de haber criado a otro; y que estaba segura de que Jacobo sabría recompensarme sus ausencias. Aseguró que llevaba meses sin verlo tan feliz y fortalecido, y que yo era la única causante.

¡Me emocionó, para qué mentir! Sobre todo, después de haber salido disparada en dirección contraria tras la magnífica acogida que me dieron al conocerme.

En Tres Cantos, Berta salió con que quería quedar conmigo al día siguiente. Propuso recogerme y tomar un café a media mañana. Aunque confusa, acepté, claro. Los demás no le han dado importancia, excepto Jacobo, que miró a su hermana como si fuera extraterrestre.

Una vez en el auto, camino de Madrid, a Isa le ha salido la vena socarrona:

—Lo normal es que sean los tíos los que se sometan al tercer grado, pero con las Montalván las cosas funcionan de otra manera. ¡Será por lo castrense!

—¿Insinúas que Berta pretende influir en Jana? —Jacobo frunce el ceño, mirándola por el retrovisor.

Isa enarca una ceja con un evidente: «Tú dirás».

Jacobo me mira, aprieta mi rodilla más próxima y me regala una mirada cargada de sentimiento.

–¡Si mi hermana te incomoda, la mandas a freír espárragos!

Río, divertida. ¡Qué mal se le da lo de usar tacos! Menos en la cama. ¡Ahí no es tan bien hablado!

En cuanto a Berta... ¡Mañana saldremos de dudas!

CAMBIO DE PLANES

La idea era salir de copas por el centro. Jana tiene ganas de retarme a un billar en La Vía Láctea, pero cuando estamos secándonos de la ducha suena el timbre y una acalorada Isa se cuela en nuestro apartamento.

–¡Lo juro! ¡No os lo pediría de no tener a quien recurrir! Pero es que Rocío me ha dicho que ya estaba en la cola del cine...

–¿Te ha llamado Zelaya?

Miro a las dos con cara de pasmo. ¡Qué sintonía para entenderse! Aunque viendo la tribulación de Isa debería haberlo imaginado. ¡Ese tipo la transforma en adolescente con un par de palabras!

–¡Me ha invitado a cenar! Me he negado, pero... Ha insistido tanto que le he pedido tiempo para organizarme.

–Vale. Nosotros cuidamos de Aitor –asumo, sin esperar que Jana se derrita con mi gesto ni que Isa me adore como a un dios. ¡Estas mujeres son la pera! ¡Tampoco urge salir de casa un sábado! Mientras tenga a Jana, me sirve cualquier cosa.

–¡Te cocinaré el plato más delicioso que se te ocurra pedirme! –asevera la madrileña, haciéndome reír.

–Anda, ve a ponerte mona y trae al niño –la despido, azorado porque se considere en deuda. ¡Con todo lo que le debo!

En cuanto suena la puerta, Jana corre a subirse a mis caderas, apenas cubiertas por una endeble toalla. La suya se ha quedado en el suelo.

–¿Te he dicho que eres un amor?

Contemplo el cuerpo desnudo que se ha enredado en el mío y le beso la boca con picardía.

–Estoy recuperado de la ducha. ¿Tenemos tiempo mientras vuelve?

Jana no responde. Desciende su mano hasta mi miembro, lo acaricia, con ese gesto que me hace perder la cabeza de morderse el labio inferior, y se lo introduce sin miramientos. ¡Parece que sí, que vamos a tener tiempo!

72

REVELACIÓN

Isa invitó a almorzar en su casa a Zelaya. Y a nosotros, de paso. ¡Por fin podré conocerlo! Está tan ilusionada con ese tipo que, como me dé malas vibraciones, por mucho que flipe con su novela, me enfrento a él a lo *mamma* mafiosa.

Berta llama para quedar a las doce. Me recogerá en mi portal. Como voy a ir justa de tiempo me arreglo para luego estar presentable en la comida.

Jacobo dará una vuelta con Aitor y Teo mientras la anfitriona se deja la imaginación en los fogones. ¡Total, no es suya! Podría pedir un cáterin, pero lo de delegar no va con ella.

Berta llega puntual. Llama al timbre y bajo, impidiendo que su hermano me acompañe. Le mata la intriga, igual que a mí, pero tendrá que esperar.

Nos saludamos con un par de besos y nos encaminamos, de mutuo acuerdo, al Templo de Debod. El sol apenas entibia nuestros rostros, pero vamos abrigadas con guantes, bufandas y botas.

Conversamos de naderías hasta que nos plantamos delante del monumento egipcio y el estanque

que lo rodea. Este emplazamiento me fascina. Posee un magnetismo especial. ¡Si fuera friki pensaría que es un portal a otra dimensión u otra majadería parecida! Hay bastante gente en los alrededores, incluso una pareja de recién casados haciéndose fotos. Contemplamos las vistas del parque y de los edificios que nos rodean y tomamos asiento en un banco apartado, en busca de intimidad.

–Te estarás preguntando el porqué de esta reunión –tantea, insegura.

–¡Me muero de curiosidad! –sonrío, conmovida por su repentina vacilación.

–Desde la noche de la exposición he querido conocerte mejor –confiesa–. Me caíste muy bien y a Sandra le diste unas vibraciones increíbles, así que sé que estamos destinadas a entendernos. Me asusté un poco cuando te fuiste en el puente con tu familia, sobre todo porque habías actuado con Jacobo como una mujer enamorada y sé que mi hermano bebe los vientos por ti. Germán y yo le dimos muchas vueltas al hecho de que renunciaras a esos días en la montaña con mi hermano, aunque nos vino de perlas ocupar vuestro puesto. Pero los dos estamos convencidos de que estáis hechos el uno para el otro. Ayer quedó patente. ¡Interactuáis con una naturalidad pasmosa! ¡Nunca, jamás, Jacobo nos había presentado a una chica! Era tan hermético con su vida personal como con la laboral. Y tú, en dos semanas, has obrado maravillas en su carácter.

–No merezco tanto halago –interrumpo, sincera–. Ese cambio ha venido motivado por el suceso que rompió sus esquemas, el que lo llevó a mi consulta.

–Sí, Jacobo cambió tras el accidente, lo sé. Nosotros estuvimos a su lado en los meses de recuperación y su amargura era un reflejo de su culpabilidad.

Entiendo que sobrevivir a sus compañeros resultó duro, pero le habían preparado para superar esas neuras. Debió usar las herramientas que el ejército proporciona para recuperarse y, sin embargo, no fue así. No tenía ganas de vivir. Se las diste tú.

–Puede ser –admito–. En todo caso, ya no importa. Lo decisivo es que ha mejorado en calidad de vida, que no ha recaído en las pesadillas y está fortalecido.

El gesto de Berta se torna sombrío.

–¿Te ha dicho cuándo es su próximo reconocimiento?

–No.

–¿Eres consciente de que, en algún momento, volverá a estar en activo?

Se me encoge el estómago mientras asiento.

–Quiero contarte una historia –murmura; las mejillas carmesíes–. La de mi primer amor. Yo tenía quince años y él trabajaba con mi padre. Nunca me ha gustado el ambiente castrense. Aborrecía ser «la chica de la base». En el instituto me miraban con envidia por relacionarme con tanto cachas, pero también con prevención, como si perteneciera a una casta distinta. Yo deseaba ser normal, salir con chicos normales... Pero cuando tienes un padre militar, las opciones son escasas. ¡Pocos se atreven a traspasar el cartel de intocable que te asignan! A falta de opciones, puse mis ojos en Marcos. Era atractivo a rabiar, pero... prepotente como él solo. Las chicas de Alicante se lo rifaban y él no me dedicaba ni media mirada. ¡Sufrí lo indecible! Hasta que una noche, cuando yo tenía diecisiete, nos encontramos en una disco y un chico quiso sobrepasarse conmigo. Me lo quitó de encima con un par de puñetazos, dejó que desahogara el susto en la pechera de su camisa... Y conseguí que me besara.

Le sostengo la mirada, absorta, como cuando Isa me cuenta las historias que envían a la editorial. Berta parpadea rápido para evitar las lágrimas, lo cual me pone en jaque. Pero aguardo a que continúe, respetando su ritmo.

–Esa noche me confesó que sí sabía de mí. Que fue consciente de mi presencia desde que llegó al cuartel, pero que solo era una cría. Tomé la iniciativa y lo besé, loca por demostrarle que ya no lo era. Había tenido algunos calentones con turistas ese verano y por lo menos no hice el ridículo, aunque recibir un beso de Marcos no tuvo nada que ver con todo lo anterior. Empezamos a salir en secreto porque me llevaba once años y mi padre le hubiera buscado un destino en el fin del mundo. Sin embargo, no hizo falta. Fue de los primeros en acudir a Afganistán y yo me replanteé lo que implicaba estar con un militar. En un impulso, me matriculé en la Complutense y me vine a Madrid. Me paralizaba la idea de recibir una mala noticia, lo cual no evitó que lo tuviera presente cada día. Pero regresó. Y en cuanto pudo, vino a verme. Disfrutamos de la libertad de mostrarnos en público, de besarnos en los restaurantes, de acostarnos en mi piso de estudiante...

Las lágrimas desbordan a esas alturas sus mejillas, mientras yo, atónita, no sé cómo actuar.

–Un camión se lo llevó por delante dos meses más tarde, en Alicante. El conductor se durmió al volante y Marcos no lo vio venir. –Gime, con desespero–. ¡No trajo un rasguño de Afganistán y murió a pocos metros de la base!

La abrazo intentando consolarla, pero me rechaza, limpiando sus lágrimas de un manotazo. Su rostro es pura determinación.

–¡Me costó años olvidarlo! Tuvo que aparecer

Germán y encandilarme para que volviera a sentirme viva, para dejar de añorar lo que pude haber tenido, para no recriminarme la cobardía del tiempo que nos amamos a escondidas, por no haberme quedado en Rabasa. ¡Fui tan dura conmigo misma que viví resentida unos cuantos años! Menos mal que Germán lo llenó todo de luz y me trajo de vuelta. Pero no le deseo a nadie esa desesperación.

–Estás pintando el cuadro que yo viviría si lo dejara con Jacobo –susurro, pese a que me resisto–. ¡Pero yo no llevo años enamorada de él! ¡Apenas hace mes y pico que sé de su existencia!

–Eres la primera mujer de la que mi hermano se enamora. No importa el tiempo. Simplemente ha ocurrido. ¿Puedes jurarme que no sientes lo mismo?

–¿Cuándo fuiste consciente de que Germán podía sustituir a Marcos? –inquiero, sin responder.

–Cuando me arrancó la primera carcajada, a las puertas de una sala del juzgado. La segunda vez que nos vimos.

–¿Así de inmediato?

–Ni me lo planteé. Lo supe y ya está.

Me cubro la cara con las manos, con el corazón encogido. ¡Dios, qué confuso es todo!

–Quiero a tu hermano. Lo siento en mis entrañas –admito.

–Ya lo sé. Lo que no tenía claro es si tú lo aceptabas.

–¡Joder, Berta! ¡No quiero que se ponga en peligro! Me da pavor que le ocurra algo en el extranjero.

–Lo mismo pensaba yo, y fíjate, Marcos murió en Alicante.

Trago saliva, apenada. ¡Qué historia más amarga, por Dios!

–Lo siento, Berta.

Ella asiente, distante en el recuerdo; sus ojos azules, brillantes.

–Y yo. Pero ahora tengo a Germán, y es el mejor marido que podría soñar. Y a Guille. Mi vida hubiera sido distinta con Marcos. No sé si más o menos feliz, pero, desde luego, distinta.

–¿Y si yo también tengo un Germán en mi futuro? –clamo, a la desesperada.

Berta me acaricia el dorso de la mano y me regala una sonrisa triste.

–La decisión es tuya. Cabe la posibilidad, pero te garantizo que el entreacto es doloroso. Y, en este caso, para Jacobo también.

Me incorporo del banco con brusquedad. Se me ha evaporado la alegría del encuentro.

–No voy a dejarlo, Berta. Ya hice mi apuesta al regresar de Badajoz.

Berta me besa una mejilla con afecto. Me sorprende, porque apenas nos conocemos, y sin embargo ha desnudado su alma ante mí y me ha revelado sentimientos muy íntimos. Capto que su cariño es sincero. Supongo que haber recuperado a su hermano de la oscuridad en la que estaba inmerso me da puntos para ser aceptada en el exclusivo núcleo de las Montalván.

Lo cierto es que yo también las aprecio, a Bárbara y a ella. Son personas honestas.

Mi madre dice que tengo suerte con las personas que se me acercan porque ven mi luz interior, pero claro, ella es mi madre. Yo creo, más bien, que soy afortunada. Algunos tenemos la balanza inclinada a nuestro favor.

¡Además, ser piscis ayuda lo suyo!

73

INQUIETUD

Estoy ayudando a Isa a organizar la mesa cuando la puerta se abre y aparece Jana. Su expresión es tan distante que frunzo el ceño y estoy tentado de salir a buscar a mi hermana para averiguar de qué demonios han hablado.

–¿Aún no ha aparecido el invitado principal? ¡Temía llegar tarde!

Isa y yo nos miramos con suspicacia, y ella, atenta a los detalles, se pierde en el interior con un lacónico «Le dije a las dos y media».

Jana está preciosa con un vestido de lana fruncido en la cintura y unas botas altas de medio tacón, pero su rostro presenta huellas de haber llorado y está seria. Le sujeto los hombros y busco sus ojos.

–¿Qué ha pasado con Berta? ¿Se ha ido ya?

–Sí, no ha querido subir por si había llegado Zelaya. Te envía un abrazo.

–¡Me importa un pimiento su abrazo! ¿Qué es lo que te ha hecho llorar?

Parece sorprendida, como si no esperase que me percatara.

–Solo hemos hablado, Jacobo. Nada importante.

Siento que me hierve la sangre y me entran ganas de golpear el muro tras su cabeza. Respiro hondo para calmarme.

–¡Te fuiste risueña y vuelves con esa cara! ¿Pretendes que no me preocupe? ¡O me lo dices o cojo la moto y voy a buscar a Berta!

Su gesto de alarma termina de descolocarme. Se aferra a mi cintura y me besa el mentón, conciliadora.

–Te juro que no tienes de qué preocuparte. Tu hermana me ha hecho confidencias y nos hemos puesto sentimentales, nada más. Pero le he prometido guardar el secreto. No voy a contarte nada. No nos afecta, excepto porque he comprendido que la vida es muy corta y hay que disfrutarla.

Sigo sin creerla. Me oculta el motivo de sus lágrimas.

–¿Berta tiene algún problema? –Me asaltan, de repente, posibilidades que me asustan.

–¡No! –Parece entender mi agobio y me envuelve en un abrazo cálido–. Berta está bien, te lo aseguro. Me contó una experiencia personal para que recapacitara, pero sucedió hace mucho. No tienes que inquietarte.

–¿Quería que recapacitaras? ¿Sobre qué? ¿Acerca de nosotros?

Me enfada que mi familia se meta en mis asuntos como si fuera un tío de quince años. Aunque lo hagan con buena intención.

–Se preocupan por ti –asiente ella, mediando.

Bufo, mosqueado, pero el timbre del portal nos obliga a dejar de lado la conversación.

Isa aparece, rápida. Se ha cambiado de ropa y se ha maquillado. Nos arranca una sonrisa sin buscarlo.

–¡Madre mía, qué pillada estás! –bromea Jana.

–¿Me he excedido?

Su cara de susto me obliga a tranquilizarla.

–¡Para nada! A mí me encantaría que la chica que me gusta le pusiera empeño a nuestros encuentros.

Jana enarca una ceja en un ademán que bien podría significar: «¿Tienes alguna queja?».

Por suerte, la presencia del invitado tras la puerta aparca nuestro conato de pullas.

74

CONQUISTADA

Lo primero que pienso al verlo es que no le hace justicia el selfi que se sacó con Jacobo. ¡Menuda planta! Y tampoco es que el tío sea del prototipo modelo, pero ahora me cuesta menos entender a Isa.

Tiene un rostro patricio y un porte más que aceptable. Viste tejanos y camisa bajo el abrigo y calza botas, como observó mi amiga. No parece de los que se preocupen de causar buena impresión.

Deposita un beso en la mejilla de Isa, aprieta una mano de Jacobo y me deja, a propósito, para el final. Con una sonrisa traviesa se lanza a por mí.

–Jana, sin duda. –Ríe cuando Isa le recrimina que ha visto fotos mías en su móvil–. ¡Da igual, aunque no me las hubieras enseñado, la reconocería! ¡No te la quitas de la boca!

–Es lo que tiene ser amigas íntimas –replico, burlona.

–Lo sé, lo sé. Por mi parte tienes el sobresaliente asegurado. Pero confieso que tiemblo ante tu veredicto. ¿Doy la talla o te parezco... mediocre? Entiendo que Isabel es la niña de tus ojos y quieras lo mejor para ella.

–Tendré que conocerte antes de dictar sentencia –le sigo el juego, aunque ya me tiene en el bote. ¡Qué voz más sensual, por Dios! ¡Este, en clase, se las lleva de calle!–. De todas formas, ¡aquí nadie ha confirmado que no seas flor de un día! Lo de Isa no son las relaciones largas.

Isa se sonroja a lo bestia y resuena la carcajada de Zelaya. Jacobo me sostiene la mirada, sorprendido de mi descaro.

–No hemos hablado de matrimonio, es verdad. Pero espero durarle lo que aguante la promoción del libro. ¡Y que sean unos cuantos meses!

–Ya vale, ¿no? –interviene Isa, azorada–. ¡Nos hemos reunido a comer, no a comprobar quién la tiene más larga! Parecéis dos rivales enfrentados en las elecciones.

Mi retorcida mente imagina a Isa disfrazada de urna y a Zelaya de voto/pene y me entra la risa tonta. ¡Pero ni loca les voy a contar esa idea!

–Si tú eres el premio, que se olvide Jana de ganar, por muy íntima tuya que sea –se jacta el bribón, picándome de nuevo.

Jacobo me cierra la boca con toda la palma sobre mi cara y una recriminación encubierta. ¡Cualquiera diría que hace unos minutos parecíamos un funeral!

Zelaya se aproxima y me besa una mejilla. Ha suavizado el brillo de sus ojos. Son preciosos. Castaños y preciosos.

–En serio, Jana, encantado de conocerte. Creo que hemos tenido un comienzo digno de libro.

Se lo devuelvo, divertida.

–No ha estado mal. Aunque tú puedes inventar

cosas mejores. ¡A no ser que esa joya que enviaste te la escribiera un *negro*!

Otra carcajada, esta vez acompañada de unas palmadas a Jacobo en el hombro.

–¡Enhorabuena por tu chica! De no ser por Isabel, intentaba ligármela. –Luego me mira, crecido–: ¿De verdad el libro te parece una joya?

–Será un superventas –auguro, convencida.

–Eso no quiere decir nada! ¡Muchos superventas son basura!

–En mi editorial, no –asevera Isa, entregándole una cerveza servida en copa helada–. ¡En mi departamento al menos! ¡Y vamos a sentarnos de una vez o habré perdido la mañana con el horno!

75

CREANDO LAZOS

Degustamos unos entrantes de comida japonesa con el exquisito verdejo de Protos que Asier ha traído y un solomillo a la miel y la mostaza con otro Protos, esta vez un Reserva 2014, también de su bolsillo. Se ve que sabe de vinos. Otro punto que le sumarán estas dos locas.

Si no supiera que Jana bebe los vientos por mí, sentiría celos del vasco. Lo acosan a preguntas, se meten de lleno en la historia (debo recordarles cada dos por tres que no la he leído para que no me la destripen), y ríen con esa complicidad que da sentirse a gusto.

Es un tío majo, la verdad. Ya me lo pareció cuando subió con Isa la otra noche y le pedí un selfi para la impaciente de mi novia. Se maneja con soltura. No creo que le cueste la promoción del libro. Por otro lado, parece sugestionado con Isa. No capto que sea ficticio ni interesado, ni tendría por qué serlo; si como hombre le gusta, como escritor ella está más que fascinada con él. Tiene su aquel, además, que se empeñe en llamarla Isabel, diferenciándose del resto. Creo que estamos ante una potencial historia de amor.

¡Joder, se me está pegando la cursilería de las chicas! ¡Me escuchan en el cuartel y me fusilan!

Jana extiende la mano sobre el mantel y aprieta mis dedos con cariño, dándome a entender que no me olvida, aunque sea el cuarto en discordia en la mesa porque apenas abro el pico. No siento la necesidad. Me empapo del saber de los demás. Es interesante comprobar la cantidad de materias que dominan y lo bien que las expresan.

Me asalta de vez en cuando el recuerdo de Berta y la conversación que ha mantenido con Jana. Lo único que me tranquiliza es que, pese a las lágrimas, ella parece distendida y feliz. A Berta no debe de pasarle nada grave. Pero ¿por qué le ha contado algo a ella sin que yo estuviera presente? ¿Guarda secretos? ¿Los conocerá Germán? Las mujeres son complicadas de por sí, pero nunca se para uno a pensar lo que sienten las de tu familia. Jamás me interesé por la vida de Berta en Madrid mientras yo estaba en Rabasa, excepto por las cosas superficiales. De Jana quise saberlo todo nada más conocerla, y de mi hermana se puede decir que lo ignoro todo, como mujer adulta, porque no me he interesado. ¡Manda narices! Mi madre y ella sufrirían por mí mientras estaba en las misiones y yo me limitaba a quitármelas de en medio con breves ratos de Skype y alguna llamada perdida. ¡Qué jodido egoísta! Por contra, yo tengo un revés y ellas se vuelcan en mí. De no ser por estos meses en Tres Cantos, la rehabilitación en el hospital hubiera resultado un infierno.

Mis acompañantes notan que me he puesto en modo *off* y me incluyen en la conversación. Bajan el nivel y tratamos asuntos de actualidad, banales unos e importantes otros.

Jana se sienta en mi regazo cuando nos trasladamos al sofá a degustar un pastel de limón que quita el hipo, acompañado de chupitos de café Ruavieja. Asier prefiere la alfombra, junto a Teo, e Isa se quita los zapatos y sube las piernas al sillón. ¡Pura estampa familiar!

¿Y Aitor? ¡Ni señales de vida! ¡Se nota que su padre es holandés! En algún sitio leí que era el país donde la gente consume más horas de sueño, seguido de Francia y Bulgaria. Será una patochada, seguro, pero Aitor es el crío más tranquilo que conozco.

¡Me siento tan reconfortado entre estas paredes que me da miedo pensar en el futuro!

76

SUSTO

Esta mañana, Isa tenía trabajo en la editorial y Jacobo se ha quedado de canguro, con tan mala suerte que a Aitor le ha dado un ataque de gases. ¡Casi lo mata del susto!

Llamó a mis dos móviles con tanta insistencia que, rompiendo mis principios, suspendí la sesión con Ramiro para responder. Farfulló que Aitor lloraba de un modo anormal después de haberse tomado el bibe y me puso el altavoz para que lo escuchara. Supuse qué ocurría, pero tenía que verlo en directo, así que le pedí que lo trajera y le hice hueco entre los dos pacientes siguientes.

Mientras manipulo el cuerpecito del niño, él se muerde las uñas, literalmente hablando. Le ruego que lo distraiga manoteando mientras le libero desde el cráneo la inervación al sistema digestivo. Nos cuesta que se calme, pero al final logro que entre en sopor y, tras arrullarlo con una nana que le resulta familiar, lo resguardo en el capazo y se lo entrego a un asustadísimo Jacobo.

–¿Y si le pasa otra vez?

–Va a dormir un buen rato, no te agobies. Isa llegará para darle la próxima toma y sabe cómo controlar los accesos de su hijo. Aitor padece de gases desde que nació. Ocurre con los bebés, no es nada malo.

Su cara me dice que no se fía mucho de mi diagnóstico, así que sonrío para darle confianza.

–No has criado ningún hijo y no sabes cómo va esto, pero es lo que hay. Nos ponen el corazón en un puño con su llanto, pero solo nos están avisando de que están incómodos o algo les duele. Averiguado el motivo, no hay que darle mayor importancia.

Sin preámbulos, Jacobo me coge el rostro entre sus manos y me besa los labios con extrema dulzura.

– Vas a ser una madre excelente. ¡Estoy deseando tener hijos contigo!

–¡Alto ahí, Tarzán! ¡Pues no nos queda nada para llegar a esa meta! –Retrocedo, nerviosa–. ¡Ya me has complicado la vida bastante estos días! Nos tomaremos las cosas con calma.

–¿No quieres tener hijos?

¿Este hombre no tiene sentido común? ¿Le parece que mi consulta es espacio para tratar estos temas? Lo saco a empujones de la sala y me topo con dos caras divertidas: Lucía y Andrea. La segunda silba al ver a mi chico con el carro.

–¡Menuda estampa de padrazo! ¡A este hombre le sientan bien hasta los cochecitos!

Contengo la risa viendo el sonrojo de Jacobo, que se queda desconcertado por el descaro de Andrea.

–¡Vosotras para adentro! –ordeno a Lucía, echándole un cable–. Y tú, a casa. Procura que Aitor no se despierte por el camino.

–¡Nos debemos un café! –recuerda Andrea, antes de perderse en el interior de la sala.

–Tendrá que ser otro día. Aquí no tengo máquina –replico, mordaz, y echo a Jacobo a la calle.

Él aún se vuelve para contestar:

–¡Igual esta tarde os busco por Dos de Mayo!

–¡Hecho! –asiente Lucía–. Sobre las cinco y media.

Observo cómo se aleja empujando el carro, en una imagen que me llena de ternura, y entro dispuesta a darles caña a esta dos. ¡Pero qué se han creído! Por muy Madelman que lo vean, Jacobo no está de rifa. ¡Es todo mío y ya les vale esas confianzas que se están tomando!

77

LUCES DE NAVIDAD

Cumplo con mi promesa y tomo un café con Andrea y Lucía.

Por raro que parezca, nos relacionamos como si fuéramos amigos de toda la vida. Bromean sobre mi aspecto en los primeros cinco minutos, pero después me cuentan anécdotas de Jana y de la gente del barrio que se detiene a saludarlas. Son muy divertidas, sin rastro de malicia.

Mientras charlamos, la tarde se ha ido debilitando y las luces navideñas que encendieron el viernes ponen belleza a las calles del centro. Madrid es bonito siempre, pero en Navidad se crece. La frase no es mía, sino de Lucía, pero me encuentro asintiendo. Yo, que no he sido dado a demorarme en esos detalles, ahora los capto con intensidad. Creo que Jana y Madrid me han abducido, han hecho de mí un hombre nuevo, sensible y receptivo. Y lo curioso es que me agrada. Creo que he ganado como persona. Pago sin que protesten y me despido con un beso hasta la próxima.

Isa se quedó esta tarde trabajando en casa y prometí volver pronto para sacar a Teo. Lo llevo a desfogarse por las calles y me sorprendo al comprobar que los vecinos me saludan con naturalidad. Imagino que me relacionan con Jana y que el cotilleo no es ajeno a las grandes ciudades. Una pandilla de críos acarician a Teo mientras me preguntan por su dueña. De paso me miran con curiosidad y uno se atreve a preguntarme si soy policía o algo así. Me río por su admiración y confieso que soy un boina verde. Vislumbrar sus rostros cargados de expectación me anima a responder a sus preguntas. Puede que haya contribuido al alistamiento de futuros miembros porque se quedan comentando mis palabras después de dejarles. Mi ego se crece. Jode que la gente hable de los militares como si fuéramos detestables, como si en vez de intentar proteger a nuestro país nos gustara usar armas y atacar sin razón. No lo entiendo. Me eduqué en un ambiente donde la patria es un miembro más de la familia, donde la idea de servicio no se toma a la ligera, por eso me repatea que nos crean villanos. No busco que me consideren un héroe, pero sí que me valoren como a un sanitario o a un educador. Claro que tampoco ellos salen bien parados de la opinión pública. Por desgracia, colaborar para que la sociedad mejore y esté protegida solo se agradece en situaciones extremas. Luego sí, qué gran labor hemos hecho, pero mientras... que nos recorten presupuestos, que aguantemos con material del año de la pera, que arreglemos los entuertos de los políticos.

Lo dejo, ¡que si no me enciendo como una tea y estoy demasiado contento con la marcha de mi vida actual!

Voy a buscar a Jana dentro de un rato. ¡Ha prometido que hoy no me escapo de que me dé una paliza en la mesa de billar de La Vía Láctea!

No sabe que, por contemplar su sonrisa, dejo que me tumbe del modo que sea y donde sea. ¡Cualquier cosa por el lujo de su alegría!

78

REVISIÓN

¡Estoy atacada! Jacobo ha acudido al Gómez Ulla a primera hora y no ha querido que nadie lo acompañe. Por una parte, lo comprendo, pero, por otra, me como las uñas mientras atiendo a mis pacientes. Hubiera preferido cancelar citas y haber ido con él, pero claro... ¡Es un hombre hecho y derecho, acostumbrado a moverse por el mundo con autonomía! Si yo me mosqueaba con mi madre cuando insistía en escoltarme al ginecólogo o al dentista, ¡no lo voy a entender!

Haciendo una excepción, este mediodía almorzaré con él. Nos pillamos su tiempo de consulta y no tendremos que apresurarnos. Quiero que me lo cuente todo con detalle. Despido a Rosa y me cambio el equipo por unos tejanos y un suéter de lana rosa chicle que siempre me ha dado buena suerte. Estoy con las botas cuando suena el timbre. ¡Casi tropiezo con los cordones para abrir la puerta! Y ahí está. El tío más imponente del mundo. Con una cara inexpresiva que me mata del susto.

–¡Joder, Jacobo, suéltalo! –espeto, histérica.

Una leve sonrisa asoma a su semblante y adelanta unos pasos para entrar y cerrar tras de sí. Me quita la bota de las manos, la lanza a un rincón y me sube a sus caderas con esa facilidad que lo caracteriza.

Manoteo para quitármelo de encima, pero su boca me calla con un deseo que hace que explote el mío. Será la ansiedad, pero de repente me encuentro desnuda, tumbada en una camilla y con él a horcajadas sobre mis muslos, tocándome por todas partes. ¡Y no me he enterado del proceso intermedio! Veo sus músculos ondulantes y siento que me llena el vacío y el miedo que he sufrido toda la mañana. Me susurra obscenidades que no me sonrojan y me acaricia en partes que solo él conoce. Me dejo llevar por un orgasmo brutal y enseguida llega el suyo, acomodado en mi hombro y respirando en mi oído. ¡Joder, cómo me pone este lado salvaje!

No obstante, en cuanto me recupero, lo aparto un milímetro de mí (¡pesa un quintal el condenado, con tanto músculo!) y le busco los ojos.

—Te han dado el alta —atino a decir.

Se incorpora, al fin, y se sienta a mi lado, llevándome tras él.

—Me han dado el alta —confirma, con una voz a medias entre la alegría y el temor.

Me levanto y lo enfrento con una mínima dosis de valentía.

—Lo cual implica que...

—Que después de Reyes me incorporo a Rabasa.

El corazón me salta dos o tres brincos.

—¿Solo eso?

—Necesitaré unos meses de preparación antes de ir a ninguna parte. —Me sujeta las manos y me encierra entre sus piernas—. Vendré cada fin de semana y cada puente. Apenas notarás que no estoy.

Le palmeo el pecho, aparentando enfado, pero él sabe que he respirado de alivio.

–¿De verdad no saldrás de España?

Me cerca con sus brazos y me siento en el paraíso. Su olor, aparte del sexo, me transporta al cielo.

–De verdad. Zamora ha escrito un informe favorable a mi reingreso, pero puntualizando que aún tengo secuelas. Le he hablado de ti y creo que me ha hecho un favor. ¡Hasta ha bromeado con que va a darle tu dirección a algunos pacientes para que los trates!

Río, halagada. ¡Que un militar se rebaje a considerar el trabajo de una civil está pero que muy bien!

–Tengo la agenda apretada, pero igual puedo pensarlo –bromeo, y mis tripas aprovechan para crujir. Esta mañana fui incapaz de tomar nada, excepto un café cargado–. Vámonos a comer. Hice reserva donde Martina y debe de estar esperándonos.

Por suerte es a dos pasos de la clínica. Nos vestimos tras un beso feliz y nos apresuramos a degustar una ensalada de queso de cabra con frutos secos y jamón de pato que encargué, unas verduras al horno y unas patatas fritas a las tres salsas, para que no todo sea sano. De postre, tarta de queso. Un festín que compartimos entre besos y miradas cómplices. Jacobo se ha negado a lavarse las manos y cuando pilla las patatas con los dedos los lame con la más descarada de las risas. Huele a mí en cada célula y asegura que potencia el sabor de la fritura. ¡Será...! Me hace reír con sus salidas de tono. ¡Qué distinto del tío que apareció por mi consulta el primer día!

Estamos pagando cuando me suena el teléfono. Es Berta. Pregunta qué sé de su hermano. Atónita, se lo paso y le dejo que le cuente. Es escueto. Al terminar, lo encaro:

–¿No has llamado a tu familia para decirles nada?

Se encoge de hombros con un gesto tan elocuen-
te que me deja pasmada.

–Quería que tú fueras la primera en saberlo.

Me derrito, lo admito. Y se lo agradezco con un beso
húmedo antes de plantarlo en la calle. Llego tarde a
mi próxima cita, que si no, ¡nos dábamos otro revol-
cón en la camilla!

79

VOLAMOS

He esperado a estar solos, en nuestra cama, para ofrecerle a Jana mi primer regalo de *hombre libre*. Se me ocurrió cuando nos separamos frente a la clínica y lo maduré mientras conducía la moto hasta Tres Cantos para recibir los parabienes de mi familia. Les consulté y les pareció bien, así que aquí están: dos billetes de avión a Talavera la Real. Ida el jueves 6 y regreso el domingo 9. Un puente completo para conocer la tierra de mi chica y conocer a sus padres. La Navidad está muy cerca y no quiero que nos separen los típicos convencionalismos. Si ella se va, pretendo ser invitado.

Los coloco sobre la almohada mientras remolonea en el baño y aguardo su reacción con un poco de miedo. ¡Igual le sienta mal que no le haya consultado! ¡O no quiere dejar tirados a sus pacientes del viernes! Pero corro el riesgo.

Cuando al fin sale, su sonrisa se congela al ver los billetes, pero al comprobar el destino abre los ojos como platos.

–¿Talavera? ¿Quieres ir a Badajoz?

Palmeo la cama para que se siente a mi lado. Está tan nerviosa que me lo contagia.

–Me gustaría conocer a tus padres. Pedir tu mano o como se hagan esas cosas ahora.

Suelta una carcajada que me relaja de golpe. ¡Gracias a Dios!

–Antes se pedía la mano para tomar otras cosas, pero tú ya te has llevado el todo por la parte –ironiza, guasona.

La atraigo a mi regazo y le demuestro lo que la quieren *mis partes*, pero se aparta entre risas.

–En serio, ¿te apetece pasar el puente con mi gente?

–¡Pues sí! Quiero confirmarles que voy en serio contigo. Que no deben preocuparse si te hago un bombo a destiempo. –Frunce los labios, recriminándose la hora en que me contó la conversación con su madre–. Y que no soy ningún malote, aunque me llames Rambo. –Atrapo sus manos y tiro de ella para colocarla sobre mí de nuevo; el único sitio donde quiero que esté–. Sí, cariño. ¿Te parece bien?

Jana se cuelga de mi cuello y me besa con ternura infinita. Le he llegado al alma. Puedo notarlo. Lo cual me pone eufórico. De ánimo y de todo lo demás.

Le cuento el resto antes de que nos perdamos en fantasías terrenales.

–También quiero que me ayudes a elegir un coche. Uno que nos permita llevar a Teo con nosotros. Mi Black es mi otra niña mimada, pero entiendo que no sirve para según qué momentos. Lo veremos al regreso, ¿te parece bien?

A Jana le brillan los ojos. ¡Joder, qué fácil es contentarla!

–¿Hay más «te parece bien» o hemos terminado? Porque no querrás que busque un piso más grande...

–Desconfía por un segundo.

La tranquilizo con un ademán. ¿Y perderme las comidas con Isa? ¡Ni loco!

–Esa parte puede esperar hasta el bombo, creo yo.

–Pues vas listo, porque no me lo planteo en unos cuantos años –avisa.

–No me urge –aseguro, convencido–. ¡Me quedan muchos para darte guerra!

Antes de que el tema nos enrede, atrapo su boca y la devoro sin miramientos. Lo único que me interesa ahora mismo es sentirla entre mis manos y colarme entre sus piernas.

No tengo intención de dejar que críe sola a nuestros hijos. Habrá tiempo para eso. Pero no voy a decírselo esta noche. El *carpe diem* me atrae más que los planes de futuro. Un futuro en el que ella es mi única meta.

80

BATALYAWS

¡La experiencia de disfrutar de Badajoz desde la mirada de Jacobo ha sido maravillosa!

Tuvimos un vuelo horrible, porque más que avión aquello parecía una caja de cerillas y me dio claustrofobia. Pasé el viaje aferrada a la mano de Jacobo y él sacó las piernas al pasillo siempre que pudo, incómodo a tope. Pero bueno, al menos tardamos poco en hacer el trayecto, y al pisar tierra nos esperaban mis padres. Jacobo les había llamado días antes para avisarles de nuestra visita y agradeció que no le permitieran alojarse en un hotel. Para mí ha sido divertido tenerlo en mi casa, en mi cama y en mis ambientes habituales.

Quiso verlo todo y probarlo todo. Le mostré mi colegio y mi instituto. Comimos migas y tostadas de cachuela⁴ en el Casco Antiguo. Saboreó la milhojas de berenjena y me dio la razón, pero se quedó con los platos del Batalius, un bar junto a Ronda del Pilar, de unos conocidos. Patrick es francés y tiene una mano

---

4 La cachuela es un guisado que se prepara con hígado de cerdo frito en manteca, ajo, especias y pimentón de La Vera.

exquisita para la cocina. Su mujer echa una mano de vez en cuando al camarero y fue ella quien nos atendió, con su cachaza y buen carácter habitual. Probamos lagrimitas de pollo, láminas de *foie*, bacalao dorado... Todo riquísimo. Estuvimos allí el viernes, después de patear la Alcazaba y los Jardines de La Galera y de visitar las Casas Mudéjares, el Museo Arqueológico y el Luis de Morales. A Jacobo le fascinó la arquitectura árabe que predomina en el entorno y, aunque Badajoz no es bonito a simple vista, supo reconocer la belleza de ciertos enclaves. El puente viejo lo atravesamos un montón de veces, porque es una ciudad para recorrer a pie, y todos los días nos detuvimos a hacer fotos del río y sus islotes, del cielo y sus colores. Emboban si te paras a mirarlos.

Ni que decir tiene que le presenté a mis amigos de pandilla, con los que apenas nos vemos porque siempre andan atareados con hijos pequeños o trabajan fuera, pero al ser puente sacaron hueco y quedamos para disfrutar de la noche pacense. El ambiente del Espantaperros es nuestro preferido, y con semejante nombre salió a relucir lo del gentilicio. Martín, mi amigo historiador, le contó a Jacobo la verdad que pocos saben, que Pax Augusta nunca existió como ciudad, que los romanos erigieron una Civitas Pacensis a ciento sesenta kilómetros río abajo, en la Beja lusa, pero no allí. Badajoz la fundó Ibn Marwan al-Yilliqui, en el siglo IX. De ahí los restos árabes por todas partes.

Me encantó recorrer de su mano las calles enlosadas que tanto quiero, los Jardines de la Legión, con sus coquetos rincones donde besarnos y dejar constancia en fotos, el Palacio de Congresos que sustituye a la antigua plaza de toros, de ingrato recuerdo para los extremeños, y el museo de arte moderno, el MEIAC.[5] Mi padre aprovechó para explicarle que se construyó sobre el solar de la antigua Prisión Preventiva y Correccional de Badajoz, de la que pervive su pabellón cilíndrico central con cúpula de hormigón, que a su vez había sido construida a mediados de los cincuenta sobre el recinto de un antiguo baluarte militar del siglo XVIII, el Fuerte de Pardaleras. Estuvo funcionando hasta finales de los años setenta, cuando se creó un nuevo centro penitenciario alejado de la ciudad, pero que él llegó a conocer siendo apenas un pipiolo de juez. Regresamos a las calles del Casco Antiguo tras la visita y paladeamos las increíbles tartas caseras de La Galería. Eso sí, nos llevamos dulces de La Cubana para casa, ahítos de tanto batido y sabores variados, pero sin resistirnos al reclamo de los bollos de leche.

Tampoco faltó la excursión a Elvas, para que Jacobo visitara ese pedazo de tierra extranjera que tanta conexión tiene con mi ciudad, porque el intercambio de españoles y portugueses es fluido y constante. Paseamos por sus calles empedradas dentro de la muralla, comimos un típico arroz caldoso con marisco y disfrutamos del inmenso parque municipal, adornado de pérgolas, pajareras y bancos de colores, acicalado por las luces de Navidad.

¡Todo tiene un color diferente con la iluminación navideña! Lo mismo pasa con Badajoz. Ver San Francisco y las calles engalanadas de luces me hace palpitar el corazón y recordar cuando era pequeña y ansiaba que llegaran esas maravillosas fiestas. Todavía me gustan. Y me seguirán gustando, aunque este año sean mis padres los que se desplacen a Madrid a pasarla con nosotros, para no dejar solos a Isa y Aitor. Aunque lo de solos... no sé. ¡Vete a saber con qué

5 Museo Extremeño e Iberoamericano de Arte Contemporáneo.

fuerza ha irrumpido Zelaya en nuestras vidas! ¡De un año para otro han cambiado muchísimas cosas!

Por lo demás, los ratos que hemos pasado con mis padres han sido inolvidables. Jacobo le ha tomado el pelo a mi madre, con todo el descaro, por su pasión por la astrología, pese a admitir que ya cree un poco más en la fuerza del cosmos y agradece que «lo que sea» me haya puesto en su camino. Con mi padre ha tratado temas de actualidad, demostrando conocer el mundo jurídico tan bien como el militar. La naturalidad ha imperado en las conversaciones desde el principio y cuando mi padre le preguntó, antes de despedirnos en Talavera, para cuándo iba a dejar lo de solicitar mi mano, se puso de rodillas delante del avión y me entregó un anillo de pedida que hizo aplaudir al resto de los pasajeros. Roja como la grana, comprendí que lo habían tramado a medias, pero lo acepté sin reservas y le regalé un beso de película. Durante el vuelo, se sirvió champaña para todo el pasaje. Cortesía del señor Montalván, confirmó la azafata con una inmensa sonrisa.

Y aquí estamos, a punto de tomar tierra en Barajas, un pelín achispada y muy muy feliz tras unos días de película romántica.

Si tenía alguna duda acerca de Jacobo, ya está disipada. Lo llevo alojado en la médula de mis huesos.

81

CONQUISTADO

Jana se apoya en mi hombro con la mirada perdida en el anular de su mano derecha. Es un solitario sencillo, de oro blanco, con un diamante de nueve quilates. Su padre me ayudó a escogerlo mientras ella y su madre curioseaban en una tienda cercana. Raquel estaba en el ajo, claro. A ambos les hizo mucha ilusión cuando les conté mi intención en un descuido de mi chica. ¡Se han portado de fábula los dos! Cuando bajamos del avión y me topé con sus caras, risueñas y expectantes, supe que nos iría bien. Son buena gente y se les nota. Ni siquiera pusieron un mal gesto cuando su hija les anunció la primera noche que dormiría con ella, en su dormitorio juvenil, pese a contar con una habitación de invitados. Se han desvivido en complacer cualquier deseo de los dos y se han acoplado a la agenda de Jana, repleta de actividades y reuniones.

Nos lanzamos a conocer la ciudad con ellos de cicerones, pero nos cedieron intimidad en muchos momentos. Tampoco les importó que quedáramos la noche del viernes y el sábado con la pandilla de su hija. La del jueves, aparte de cenar en el barrio, nos quedamos en casa y charlamos de muchísimas cosas. Entendí que era lógica la curiosidad de sus padres por saber de mí, mi familia y mi trabajo. Les hablé con honestidad y ellos me respondieron de igual modo. A Gerardo le preocupa mi futuro inminente, aunque le dejé informado de los planes que ocupan mi cabeza y que ni siquiera he compartido con su hija.

Me pareció justo ya que ellos me abrieron su casa y sus corazones. Además, toda la vida les agradeceré que hayan criado a una persona tan especial como Jana. Veo el espíritu solidario y creativo de su madre en ella, así como el afán de justicia y tolerancia de Gerardo. Debió de ser un juez espectacular, porque tiene un sentido del honor que en nada ensombrece al que tuvo mi padre. Espero no decepcionarles nunca.

He disfrutado de su ciudad, que es hermosa vista desde sus ojos. De los platos que deseaba que probara. De bromear con sus amistades, que han resultado la mar de interesantes y una fuente de información estupenda sobre historias que quizá Jana no me habría contado (curdas, novietes, disfraces de carnavales...). Pero, sobre todo, me ha permitido imaginarla en su ambiente antes de conocernos, cuando solo era una cría ilusionada con abrirse camino en Madrid.

Sé que es tenaz y estudiosa, pero me ha gustado que los demás confirmaran la visión que tengo de ella. Sus amigos la aprecian tanto como Isa o sus pacientes de la clínica. Es una mujer que merece la pena. ¡Y yo soy tan afortunado que voy a compartir su vida a partir de ahora!

En un arrebato me apodero de su boca y compartimos un beso largo, intenso, que me tensa la bragueta. Pero tengo que aguantarme y esconder el bochorno cuando la azafata nos susurra, con abierta diversión, que nos abrochemos los cinturones, que vamos a tomar tierra.

82

EL VUELO DEL TIEMPO

Me parece increíble que los días hayan transcurrido tan deprisa. He pasado de una vida sin sobresaltos a otra donde socializar es la máxima. Quizá sea el efecto Navidad, no sé; pero anhelo un poco de silencio, quedarme en casa viendo una serie o permanecer hasta las tantas con un libro en las manos. ¡Fue regresar de Badajoz y entramos en una espiral de bullicio continuo!

Isa anda tan ocupada con la edición del libro que ha regresado a su oficina. Por cierto, escuchar lo de la pedida en el aeropuerto la hizo chillar de entusiasmo hasta apabullar a Teo, que vino a esconderse entre mis piernas. Como ha regresado al curro, ahora es Jacobo quien ejerce de canguro si Rocío tiene compromisos, que, siendo estudiante y con veinte años, ocurre bastante a menudo. ¡Menos mal que ya tenemos automóvil! (¡Por Dios, hablo en plural, como él!). Menos mal, porque se larga a Tres Cantos y le endosa a Aitor a su hermana cuando le conviene.

Isa no se apura. Tiene tan interiorizado que somos una gran familia que lo asume sin despeinarse.

Berta jura que le da lo mismo criar a uno que a dos, porque, además, Isa la *ha comprado* presentándole a Zelaya y regalándole una copia del manuscrito, a falta del ejemplar impreso. A cambio, Zelaya se ha incorporado al equipo y nos seduce con cenas en su bonito ático o con lecturas de la nueva novela que ha empezado. Jacobo nos llama sus «cobayas babeantes». Y es verdad, no sé qué tiene ese hombre que nos tiene en el bote. Desde Bárbara hasta a mí, que soy la más joven. Por cierto, Jacobo también le está leyendo y ha caído en sus redes.

Por otro lado, las chicas de pilates nos despedimos hasta el nuevo año con copas en el Diplodocus. Mónica conocía al dueño y le pedimos todos los combinados de nombres exóticos (Hinojosaurio, Leche de Brontosaurio, Leche Diplodocus, Triceratop, Mastodonte y cosas así). Usamos pajitas y los compartimos, así que ya no sé cuál me gustó más y cuál menos, pero salimos con una curda monumental. Cuando llegué a casa y me refugié en los brazos de Jacobo, me llevó derecha a la ducha y no se libró de que antes echara hasta mi primera papilla. Eso sí, mientras duró la juerga, lo pasamos de vicio. Reímos y nos quitamos moscones todo el rato. A las que son madres les subió la moral un montón; menos a Isa, claro, que está acostumbrada, y la única que, para colmo, no pudo beber alcohol, sino cerveza 0,0.

Poco después llegaron mis padres, un sábado a mediodía, y por la noche ya celebramos la primera cena en Tres Cantos. Ambas familias se entendieron de maravilla y desde entonces se han encargado de que no falten eventos culinarios. Si comemos en un sitio, cenamos en otro; pero no nos escapamos.

La Nochebuena transcurrió en el amplio piso de las Montalván (acabo de pensar que ni siquiera conozco el apellido de Germán). Isa se implicó de cabeza y Asier se sumó al festín. Según parece, lo de acudir al País Vasco no le va mucho. Terminó confesando que sus padres fallecieron hace unos años y que su hermana vive en Jamaica «la vida loca» con un músico que conoció en un concierto de *reggae*. Se ven de tarde en tarde, cuando ella siente nostalgia de España.

A todo esto, mis padres, que siempre se han alojado en un hotel, se están quedando en el piso de Isa, porque ella aceptó la oferta de Asier de dormir juntos y ahora vive más tiempo en Carabanchel que en su propia casa. ¡Alucinante! ¡Parecemos una pandilla de *hippies* trasnochados, con las cosas repartidas por tres casas! No digo cuatro porque en la mía no cabe un alfiler.

Hoy es Nochevieja. Cenamos en casa de Isa para que los mayores se queden con los niños tras las uvas y las tres parejas nos larguemos a una fiesta que han organizado unos amigos de Germán en un local por Gran Vía. No los conocemos, pero da igual. Hemos aportado pasta y allá que vamos, como cuando era joven y me lo montaba con la pandilla. ¡No me lo puedo creer!

Para colmo, en la clínica me han regalado cestas navideñas y turrones para llenar un almacén. Terminé cediendo la mitad a la parroquia donde acude Bárbara porque no sabía qué hacer con tanto dulce. Mi saturación de comidas y confites me va a obligar a acompañar a Jacobo cuando sale a correr o se me va a poner el pandero en forma de pandereta.

83

NOCHEVIEJA

¡Qué ganas de quitarle el vestido! Más que ganas, pura necesidad. Ha sido un suplicio esperar a que Gerardo llevara a mi gente a casa y que Isa recogiera a Aitor y se perdieran también camino de Carabanchel. Al terminar la fiesta llevamos porras con chocolate para todos y desayunamos amontonados, con las risas tontas de las chicas y los maquillajes medio corridos. Asier no va mejor, pero mira, con su pan se lo coma. Menos mal que Germán le cedió las llaves a mi suegro cuando él se ofreció a llevarles, porque mi cuñado se ha bebido su parte de cuota y la mía, que apenas he pasado de un par de *whiskys*.

Lo de Jana no es normal. ¡Me ha tenido empalmado toda la noche! Ha estrenado un vestido rojo sin espalda, con aberturas en los laterales y se ha peinado con un moño alto que dejaba su precioso cuello al desnudo. No he apartado los ojos de ella durante la cena, pero es que soportar las miradas golosas de los tíos en el baile me ha hecho sentir fatal, como un auténtico troglodita. Ha bailado sin parar, riendo, sensual, tocándome para dejar marcado el territorio cuando las tías se aproximaban a mí o la tentaban a ella. Nos hemos comido la boca en los servicios, pero el aporreo de la puerta no nos ha permitido llegar a mayores y trajinarnos en un pasillo no va con mi estilo, aunque ganas no han faltado.

Ya en casa, con Teo sirviendo de manta a Raquel en el sofá de Isa, he cerrado la puerta y he empotrado a Jana contra la madera. Se le han abierto los ojos como platos, pero después ha soltado una carcajada y me ha empujado el pecho con las palmas abiertas. Se le ha disipado la borrachera con los churros y el chocolate por lo que parece. La veo resuelta.

—Ni te pienses que voy a echar mi primer polvo del diecinueve contra una puerta. ¡Vamos a la ducha!

Ni corta ni perezosa, desliza los tirantes del vestido y se queda en tanga y tacones mientras me guiña un ojo. Yo, idiotizado, me quito la chaqueta y la camisa y sigo sus pasos, duro como una piedra y con la mente más sucia que he tenido en mi vida.

84

REYES

¡Ha comenzado un nuevo año y nada puede ser más distinto del anterior! ¡Miedo me da sentirme tan feliz! Lo único que oscurece mi entusiasmo es recordar que Jacobo volverá a estar activo a partir de Reyes. No he querido preguntar el día para no amargarme la existencia, pero sé que el momento está ahí, pendiente como la espada de Damocles. Mi madre diría que soy una teatrera, porque solo va a faltar entre semana y se va a poner más macizo todavía con los entrenamientos. Pero yo lo percibo como el inicio de bajar puntos a la vida almibarada que me ha acostumbrado a tener.

El año pasado disfruté de la Nochebuena en Badajoz, con mis padres y amigos, pero el Fin de Año lo celebré con Isa, que estaba un pelín depre por la mala acogida de su familia a causa del embarazo. Al no poder beber, nos lo montamos en plan fiestuqui casera, con chupitos sin alcohol. Y, aunque lo pasamos bien y nos pusimos moradas de dulces, lo de este año no ha tenido comparación. Verla tan feliz, colgada de Asier y a él con el *bichito* en sus brazos, como si lo de ser padre lo llevara en los genes al mismo tiempo que lo de escritor estrella, es para desparramarse de gusto.

Mis padres hicieron conato de marcharse, pero el resto les convenció de ver la cabalgata en Madrid y ahí que se han quedado, al otro lado del pasillo. Salimos en un rato a la calle.

¡No sé qué estará haciendo Jacobo en el piso de Isabel que lo entretiene! Me pone de los nervios cuando confabula con mis padres. ¡Son capaces de prepararme una boda sin que me entere!

Suena la puerta. ¡Al fin! Me asomo con cierto enojo y... La sonrisa se le congela en los labios al verse descubierto.

Transporta un paquete bastante grande, plano, y como en una película cómica, intenta camuflarlo a su espalda. ¡Será tonto!

Con la mirada de intriga, también muy en pose peliculera, me deslizo por el salón hasta colocarme delante. ¡No sabe dónde esconderse! ¡La curiosidad me mata!

–¿Qué tienes ahí?

Sus ojos claros se elevan al techo y silba una tonada, asumida la derrota. Sin embargo, su voz aún me implora.

–Es tu regalo de Reyes. No lo puedes ver hasta mañana.

–¡Y un cuerno!

Me lanzo a sus costados y le hago cosquillas para que lo suelte.

–¡Cuidado! ¡Es frágil!

Enarco una ceja, desconcertada. Mi cabeza va a mil intentando reconocer qué es, pero no caigo en nada que desee o que tenga esa forma.

–Tus padres ya están listos. Nos vamos a la cabalgata en cinco minutos. Déjame que disfrute al entregár-telo –insiste, tenaz.

–¡No voy a disfrutar lo más mínimo del desfile sa-biendo que me ocultas eso! –pruebo a chantajearlo.

–¡Ya eres mayorcita, seguro que puedes! –replica, el condenado.

Para rematar la faena, escucho a mis padres y a Teo en el rellano. ¡Maldita sea! La familia es una con-dena en según qué ocasiones.

–Está bien –cedo, amoscada–. ¡Pero nada de que-darnos a cenar hasta las tantas ni de reunioncitas en nido ajeno! ¡Picamos ligero y regresamos a casa!

Jacobo sonríe con burla y apoya el paquete tras el respaldo del sofá, evitando que corra a tocarlo si-quiera. Me ofrece el abrigo del perchero y me lo pone con parsimonia, gozoso de su victoria. Con un beso breve, susurra:

–Estaré deseando regresar a casa. ¡Fijo que esta noche me llevarás al cielo!

85

ALAS

Jacobo cumple su palabra y antes de que den las doce atravesamos el vano de la puerta. Teo, el muy traidor, se ha quedado con mis padres. No sé cómo se las han apañado para que sienta devoción por ellos. ¡De no ser porque tienen apalabrado el viaje a Túnez a finales de mes, dudo que me los quitara de encima!

La parte positiva es que la intimidad con Jacobo es total. Vengo sin abrigo desde el ascensor, pero mi suéter y mis botas desaparecen en cuanto pisamos la tarima. Las manos de mi chico por atrás me ponen cardíaca, pero mi mente da un salto de trapecista y me recuerdan el objetivo de la noche: mi regalo. Me giro en redondo y le calmo de golpe con las palmas sobre ese tórax que me vuelve loca, ya desprovisto de camisa. Frunzo el ceño y suelta una carcajada. Entiende que no me ha despistado.

—¡Está bien, está bien! —replica, las manos en alto—. ¡Si en realidad tengo tantas ganas de que lo abras como tú de verlo!

Se sienta en el sofá, lo coge y me indica que lo

acompañe. Aterrizo a todo gas. ¡Estoy nerviosa!¡Es un paquete enorme! El envoltorio, precioso: papel de estraza adornado con pegatinas *vintage*, atado con cuerda de cáñamo y sellado con un lacre rojo. ¡Guau! Sea lo que sea, la presentación ya es un regalo. Lo desato despacio, bajo la alerta mirada de Jacobo, quien, de repente, piensa algo y saca el móvil para inmortalizar el momento. Yo me detengo, insegura.

–El mío no es tan original –le aseguro.

Ríe, como el mismo diablo. ¡Dios, qué guapo es!

–Aún no lo has visto. No sabes si te gustará.

–Sé que sí –asiento, enamorada del envoltorio.

–¡Venga, termina! ¡A mí también me mata la curiosidad!

–¿Es que no lo has visto?

Mi asombro le divierte.

–Se puede decir que es una sorpresa compartida.

Una luz se abre en mi cerebro. ¡No! ¡No puede ser! Termino por deshacer los últimos nudos y rompo el lacre con cierta histeria. ¡Y sí! ¡Lo son! ¡Mis alas! ¡Tengo alas! ¡Y son preciosas! Rompo a reír, a llorar y a abrazar a Jacobo, todo a un tiempo. Él también está emocionado. No sé si por mi respuesta o porque le gustan los cuadros. Son dos. Confrontados. Con una gama de azules, violetas y algunas pinceladas de rojo y oro que colman mis sentidos. ¡Es impresionante! No creo que yo sea así de bella, pero que Sandra me haya visto con esos colores, me halaga muchísimo.

–Sabía que habría mucho violeta. –Ríe Jacobo, perfilando con los dedos la tabla.

–¡Para eso no había que conocerme mucho! –se la devuelvo, emocionada–. ¡Gracias, cariño! Son maravillosas.

–Mañana se las daremos a Sandra. O mejor, ¡hagamos una composición y se la enviamos!

¡Me entusiasma la idea! Jacobo me pide que me siente en el suelo, delante del sofá, y después coloca cada panel en mis laterales.

Adopto la posición del loto y parece que las alas brotan de mi espalda. Cuando dispara la cámara, le brillan los ojos.

–¡Ni te imaginas lo guapa que estás! Esta la enmarcaré.

Emocionada, abandono la postura y salto a sus caderas. Es entonces cuando caigo en la cuenta de que llevo un bustier de encaje negro con los vaqueros. Nada más.

–¡Ni se te ocurra enviar esa foto! ¡Estoy medio desnuda!

–¡Como si fueras un ángel! –Ríe él–. Pero en realidad sales recatada. Quiero una para mí solo, desnuda y con mi regalo.

–Si no la enmarcas... –admito, rápida y dispuesta.

La carcajada de Jacobo es tan grande como sus ganas. Me baja hasta sus caderas para que pueda comprobarlo y me besa con un gesto lascivo.

–¡Agradéceme mi regalo, anda! Llévame al cielo, que quiero saber cómo es eso de que luzcas alas.

No me planteo negarle el capricho. Después de todo, si llevo alas es por él. Si vuelo a las estrellas, es en sus brazos. Y si brillo con esos colores mágicos, es porque lo amo.

Disfrutamos el uno del otro. Nos dejamos envolver por la magia de los sentimientos, los olores y las sensaciones.

Nos tocamos, besamos, mordemos. Entra en mí y encajamos a la perfección. Nos corremos juntos y subimos al paraíso.

Eso es lo que reflejan las tablas. El amor que me colma y me hace vibrar como la espiral de una galaxia, una con intención de infinito.

Si antes fui una estrella, ahora soy una constelación.

86

NORMALIDAD

Este es el tercer fin de semana en el que salgo disparado del cuartel nada más terminar la jornada. Mis compañeros me toman el pelo en los vestuarios, pero sus sonrisas son comprensivas. Les he aburrido con fotos de Jana y mis correrías por Madrid. Les divierte verme enamorado. A mí me emociona el simple pensamiento de que esta noche dormiré entre sus brazos.

Por fortuna, el AVE Alicante-Madrid me planta en la capital en poco más de dos horas. Cuando llego, aún debo esperar a que Jana termine su jornada para cenar con ella.

Las dos semanas pasadas nos han concedido intimidad tanto Isa, pletórica e histérica a un tiempo con la publicación de Zelaya, como mi familia. Les hemos visto a ratos, pero hemos actuado como una pareja normal que solo puede reunirse los fines de semana: comidas juntos, mucho sexo y algo de cultura. Esta noche la tenemos distinta. Incluso Raquel y Gerardo, recién llegados de Túnez, acudirán a la presentación del libro que Editorial Littera ha organizado en el Fnac de Goya.

La primera semana resultó dura en exceso. Regresar a la rutina del trabajo en la base fue la parte fácil. Pero los ratos libres, sin ella, han sido tremendos. Me he refugiado en el gimnasio y en preparar un nuevo curso de legislación internacional. No me importaría dedicarme a asesorar en esos temas cuando cambie de vida. Porque voy a hacerlo. Jana es ahora mi prioridad y por ella renunciaré a misiones en el extranjero o a exponerme más de la cuenta. Me convertiré en un burócrata o lo que haga falta, pero estaré con ella cuando nazcan nuestros hijos y la ayudaré a criarlos.

Me estoy comiendo el tarro mientras dejamos atrás Cuenca y enfilamos vía de nuevo. Es un lujo esto del tren. Me concede la oportunidad de ver alguna película, leer o pensar y tomar decisiones, como estoy haciendo hoy.

Para Jana tampoco ha sido fácil. Se refugia en el trabajo y en el cuidado de Aitor y Teo, ahora que Isa está liada, e incluso mantiene un intenso contacto con mi familia, pero el brillo de sus ojos la delataba cuando nos conectábamos por Skype. Poco a poco ha ido recuperando su independencia y, entre pilates y la rutina, siento que vuelve a ser la Jana que conocí hace menos de cuatro meses. ¡Qué relativo es el tiempo! Para mí, ella está en mi vida desde siempre. Lo anterior, casi que no cuenta. Sé que soy un hombre mejor gracias a ella. Menos prepotente. Más cordial. Más familiar. Más humilde. El Jacobo que estuvo en Afganistán no es el mismo que regresó, pero tampoco el mismo que ahora viaja en un tren con el corazón liberado. ¡La amo con tanta pasión que me asusta!

87

PRESENTACIÓN

Es divertido comprobar las diferencias entre la gran familia que formamos mis padres y yo, Jacobo con su tropa e Isa, Aitor y Asier frente a los Cabaña. ¡Madre mía! Nos hemos puesto todos elegantes, con tacones las chicas y traje los chicos, ¡pero es que lo de esa gente no es normal! La rubia hitleriana de Jaime ha tenido a su séptimo hijo y lo trae en un carrito de encajes que da grima, pero es que los niños parecen herederos del trono sueco, atildados de pies a cabeza. Su madre luce un vestido que debe de costar mi sueldo de un año y Jaime se da unos aires que ni el príncipe de Gales. Con lo que desprecian la sección de Isa, qué rápido se han apuntado a la promoción del libro que les va a sacar las castañas del fuego este año. Porque va a ser un bombazo, sin asomo de duda. Isabel Cabañas será muy *hippie* de espíritu, pero es una *crack* de las finanzas. Asier lleva concedidas unas cuantas entrevistas en los principales medios de comunicación sin que su libro haya estado aún a la venta. Hoy firmará los primeros ejemplares. Bueno, los nuestros no. Esos vinieron calentitos de la imprenta a casa y se encargó de dedicarnos su agradecimiento. Incluso a las chicas de pilates se los ha regalado. Y aquí están, acompañadas y haciendo promoción igual que el resto de los que hemos leído la historia.

La cara atractiva de Zelaya sonríe en carteles por todo Madrid y las redes están saturadas de él, con lo cual, el salón de Fnac también. Como tenemos reservados asientos en un lateral, nos dedicamos a saludar a los conocidos y a agradecer la presencia de los desconocidos. ¡Tipo gran agencia de márquetin! Berta y Germán se ha movido en su sector, el jurídico, y esto parece un desfile de trajeados y modelos. A las amistades de Jaime y sus padres también se les reconoce fácilmente. Miran al resto por encima del hombro y parecen creerse en las carreras de Ascot.

Isa se desenvuelve como pez en el agua. Presenta a Asier con su mejor sonrisa y él mantiene las distancias y las manos quietas para no provocar cotilleos innecesarios. Sin embargo, le delata el breve tiempo que se aparta para comprobar que Aitor está cómodo en su portabebés, al cuidado de mi madre. Isa cruza su mirada con la mía y ambos notamos la alegría que nos embarga. ¡Esto va a todo gas! El profe ha caído rendido a los pies de su reina y ha aceptado a su criatura como propia. ¡Anda que, si Jacobo y yo tenemos una relación meteórica, lo de estos dos no sé cómo definirla! Nuestras compis de pilates están alucinadas. ¡Por lo encantadores que son los chicos y lo buenos que están! Dicho tal cual.

Jacobo me regaló un polvo rápido en la ducha y después me dejó arreglarme mientras él se ponía elegante en el dormitorio. Empezamos a mosquearnos un poco con la pequeñez del piso, pero como solo está aquí los fines de semana, no voy a mover un dedo para mudarme. Más adelante, cuando las cosas estén ¿definidas? tendremos que tomar decisiones, mal que me pese, pero aún es pronto.

Berta quiere buscarnos algo en Tres Cantos, pero me niego a irme de Madrid. Tampoco del centro. ¡No puedo romper con tantas cosas! A Isa se le ha ocurrido la opción de instalarse con Asier o comprar algo nuevo entre los dos, pero también irá despacio. Yo podría quedarme con su piso y conectarlo con mi apartamento para crear una vivienda espaciosa. Es la alternativa que más me llama, aunque espero que Isa adquiera algo cerca y no en Carabanchel. Su economía se lo puede permitir. La mía, no. ¡Hacernos autosuficientes y romper nuestros viejos hábitos nos va a costar muchísimo!

Tomo asiento. Acaban de encender un foco sobre la pila de libros junto al estrado y Asier se ha acomodado a la izquierda de Isa, que enciende el micrófono. ¡Estoy nerviosa y emocionada! Jacobo me besa en la mejilla, captura una de mis manos y se la lleva a los labios. Le amo. Le amo y le amo. ¡Aunque ahora voy a disfrutar de Asier y ese don de la palabra que Dios le ha dado! De Jacobo ya disfrutaré después, cuando lo tenga en mi cama, para mí sola.

88

PLANES DE CUMPLEAÑOS

En esta ocasión no quiero sorpresas, así que he organizado posibles itinerarios para pasar nuestros cumpleaños en la sierra, ya que no pudo ser en la Almudena. Como el suyo es el día once y el mío el diecinueve, me parece que el puente del dieciséis es el más lógico. Me he pedido el viernes y voy a convencerla para que libre ella también.

Aguardo a que estemos en la cama, nuestro único sitio de aislamiento real, y le muestro las rutas en el ordenador. Nos encantan los pueblos y los sitios que recomiendan. Por desgracia, el Luna Llena está petado, lo que hace que nos decantemos por una casa rural que acoge mascotas. Sin Teo este viaje no tiene sentido. Lo planeamos para disfrutar los tres, como ideé la otra vez, y ahora que tengo el auto apropiado, con más motivo. Le voy a regalar a Jana, de todos modos, un cheque de autoescuela, para que se saque el carné. Lleva un tiempo comentando que le vendría bien y a mí me parece de perlas. Sobre todo, porque el Focus se queda en Madrid. En Rabasa no lo necesito. Y así, además, llenará los escasos huecos libres estudiando. Desde que Isa ha organizado una guardería en la editorial para los empleados de la empresa, no necesita estar pendiente de Aitor.

Reservamos para entrar la mañana del viernes en una casa rural de Paredes del Buitrago. Según la información de Internet está a las afueras del pueblo y en los comentarios leemos que el trato de la dueña es encantador y que proporciona suculentos desayunos. Hay una casa de dos dormitorios y otra de tres. Nos decantamos por la pequeña. Si volvemos en algún momento con toda la parentela, ya tendremos ocasión de alquilar la grande. En esta hay uno con cama de matrimonio, que es lo que nos interesa, y el resto de la instalación está bastante bien. La zona es ideal para practicar senderismo, ciclismo y equitación, aunque nuestro objetivo principal es visitar el frente del agua. A Jana le brillan los ojos.

Se quedó con ganas en la Almudena y, pese a que la *culpa* fue suya, estaré encantado de cumplir mi promesa de llevarla a la sierra.

89

ESCALANDO

¡Voy a darle una sorpresa a Jacobo! Me he apuntado a un rocódromo para aprender a escalar. Le pedí ayuda a Germán y se ha encargado de localizarme un sitio a media hora de casa, con un entrenador adorable para lo patosa que resulto. Preparan desde los niveles más básicos, y ahí estoy, dándole a la subida con pies y manos.

¡Me he cansado de ser *chica pilates*! A Jacobo le apasiona la aventura y quiero sentirme una digna compañera. Sé que ponerme a su altura es imposible, pero ¡qué narices, él es militar de élite! Yo arreglo músculos, no los fastidio. Y menos mal que domino mi esqueleto, porque esto es más difícil de lo que parece.

Ema se apuntó conmigo en cuanto lo comenté, pero ella es de un ágil que da asco y, si me descuido, me adelanta. Vamos los martes y jueves, después de pilates, así que el viaje en metro se nos hace entretenido. Rupert nos recoge a la salida con su coche y me acerca a casa. De ese modo puedo despistar a Jacobo cuando me llama sobre las doce, para desearme buenas noches y confrontar cómo nos ha ido el día. Gracias a todo esto soporto mejor su ausencia.

Llevo toda la vida sin él y es una estupidez que me sienta tan dependiente, pero es que ¡acostumbrarse a un cuerpo en tu cama es muy malo! A un cuerpo con lengua, manos, boca y un delicioso calor que consigue que sobre el edredón... En fin, es lo que hay.

Antes también tenía la mesa puesta a todas horas, pero desde que Isa empezó a trabajar, sus delicias culinarias están espaciadas. Esther, la señora que le limpia, ahora se ocupa, además, de preparar comidas. Lo habitual es que Asier nos acompañe en las cenas, piquemos fuera o, directamente, que ella pase la noche en Carabanchel. Me pide perdón por dejarme sola, pero es una tontería. Antes de que se preñara de Aitor éramos así de independientes. Más gamberras y menos caseras. Su embarazo y luego el niño nos cambió la rutina. En estos momentos la hemos retomado y, por suerte, las dos tenemos el corazón lo bastante lleno para no sentir celos la una de la otra.

Si a mí me parece mentira mi historia con Jacobo, a Isa haberse enamorado de un tío, pensar en vivir con él y hasta plantearse tener más hijos, le resulta un delirio. Un delirio que le ilusiona, ¡toma castañas!

¡Meses atrás nos lo cuentan y hacemos una peineta!

90

EL FRENTE DEL AGUA

Iniciamos el festejo de nuestro aniversario con buen pie. Luce un sol espléndido y, aunque en la sierra se está fresco, vamos bien equipados, con ropa de poner y quitar según lo vayamos necesitando. Jana está preciosa, con una sonrisa permanente y un entusiasmo desbordante. Ha reproducido su lista de canciones en el Bluetooth del auto y hemos venido cantando a grito pelado. Teo se sumó al jolgorio, pero luego se aburrió y se limitó a mirarnos con las orejas muy tiesas. ¡Con el poder auditivo que tienen los perros, el pobre debe de haber sufrido lo suyo! Jana lo hace regular; yo, tirando a mal. Nunca hubiera cantado en público, pero Jana no cuenta.

El pueblecito es mínimo y nos ha encantado la casa de piedra que nos dará albergue. La otra es idéntica, aunque mayor. La nuestra es la Casa Luna. La otra, la Sol. Tiene dos plantas y aparcamos allí mismo. Una señora nos entrega las llaves y nos informa de que tenemos leña para la chimenea, porque por la noche refresca, por si queremos usarla, aunque hay calefacción central. ¡Tentador hacer el amor delante de una chimenea encendida! Eso no lo he probado. Jana da un respingo de diversión. Parece que ella ha pensado lo mismo. Nos dice, también, que mañana traerá bollería variada para desayunar y que tenemos cafetera, wifi y otras comodidades. Para el almuerzo hemos venido provistos de lasaña de Isa, que estaba tan ilusionada con la casa rural como si la fuéramos a compartir con ella, fruta y muchas botellas de agua.

En cuanto comemos, tras revisar la instalación, buscamos el inicio de la ruta del Frente del Agua. Nos avisaron de que está bien señalizado y es cierto. Jana me leyó anoche la información que había recopilado, así que la vamos a seguir sin guía, con un Teo feliz de contar con campo abierto para desmadrarse.

La ruta atraviesa doce kilómetros. Una pequeña pendiente y lo demás es llano, bosque y pista forestal. Su recorrido muestra parte del entramado defensivo militar que se mantuvo activo entre 1936 y 1939. La empresa que gestiona el cuidado del entorno ha colocado mapas de ruta y notas informativas. Lo primero que hallamos es la parte republicana.

En Loma Quemada 1, un nido de ametralladoras. Ahora está integrada en el bosque, pero en los años treinta el paisaje estaba pelado, quemado, de ahí el nombre, para poder vigilar el río Lozoya y el embalse de Puentes Viejas del avance del otro bando. Hay otras lomas, la 2, 4 y 5 con las que vamos topando, siguiendo las señales. Jana se ha quedado ensimismada desde la primera. Para mí esto es un paisaje muy básico, pero sospecho que ella solo lo ha visto en las películas e imaginar a los soldados en esos agujeros le debe de parecer horrible. Sin duda, debió de serlo. Pocos tendrían la formación necesaria. Ahora al menos contamos con medios modernos y técnicas muy depuradas. Lo sé porque soy un buen francotirador. El bando republicano se nutrió de gente con ideales, pero escasa formación.

Si la posición 2 ya mejoró respecto a la 1, la 4 resulta ser una construcción para seis ametralladoras y cuatro fusiles. Muy bien establecido el lugar, desde mi visión militar. Paramos para beber y atraigo a Jana a mi costado.

–Estás seria. ¿Te ha desilusionado?

–En absoluto –niega, convencida–. Es solo que imagino cuánto miedo debieron de pasar esos hombres aquí, aguardando los ataques. El tema de la Guerra Civil me afecta mucho. Mi abuelo materno me contó historias terribles de cómo sobrevivió a esa barbarie. No tenía ideales, pero terminó asumiendo los de la República. Mi abuela, sin embargo, fue supervaliente. Acudió a mítines y colaboró con el Socorro Rojo, aunque no apoyaba el comunismo. Las matanzas de la plaza de Toros de Badajoz se han hecho famosas, por desgracia, aunque no tuve ningún familiar que las padeciera. A mis abuelos maternos no les gustaba hablar del tema, pero creo que también tendían a las izquierdas. –Suspira y me besa antes de ponerse en pie–. Sigamos. Nos queda trecho y los días son cortos.

Asiento, sin darle demasiadas vueltas al asunto. Mis abuelos estuvieron con Franco. Pese a eso, mi padre salió moderado, partidario de la monarquía constitucional. Yo no creo que ninguna ideología merezca la pena. La justicia y la solidaridad, sí. Pero ningún gobierno, hasta ahora, ninguno ha escapado de la corrupción y de delegar en los militares sus mezquindades. Si creyera firmemente que la humanidad no se mataría por codicia, religión o alguna que otra creencia estúpida, firmaría por abolir los ejércitos. Pero esa es una utopía tan grande como la de la justicia social. Basta detener la mirada en cualquier rincón del planeta para percibirlo.

Avanzamos, aliviados con la alegría de Teo, que se ha mojado varias veces en las orillas del río, yendo y viniendo a su antojo, y comemos unas barritas energéticas. Mi chica está en forma, lo noto por la agilidad con que se maneja. Esperaba tener que cargar con ella en algún tramo, pero no, se mantiene un par de pasos delante de mí y su culo respingón me calienta la entrepierna.

El búnker 5 está mimetizado con el entorno. Entramos y salimos rápido, agobiada Jana por el hormigón. Enseguida topamos con la señalización de Línea de Frente, donde comenzaba la zona franquista. El modelo de construcción es distinto, sobre superficie y con una sola ventana. Estamos en el paraje conocido como El Pinar, y cualquiera diría que aquí se mató a tanta gente. ¡Es precioso!

Al final, situado estratégicamente, por si había que salir corriendo, en un lateral de la carretera está el puente de mando. En los marcos se ven grabadas dos palabras que, por desgracia, tanto odio han generado: *Arriba España*. En el dintel, 17-09-1938.

Los últimos kilómetros son menos interesantes; hay un refugio subterráneo que sirvió de almacén de víveres y munición, y para protegerse de los ataques de la aviación republicana.

Admito que he respirado al divisar las primeras casas del pueblo. La expresión taciturna de Jana me rompe el alma. Noto cómo luchan en su interior las ganas de ser objetiva con lo que ha visto y sus sentimientos, arraigados. Agradezco que no identifique mi profesión con la de los militares franquistas, que no sea como esos radicales que piensan que los soldados somos gente sedienta de sangre. Juro por lo más sagrado que no lucho por una bandera ni una ideología. Lo hago con honor, por los valores en los que sí creo: defender la vida de cualquier ser humano.

En la casa nos despojamos de las mochilas, las botas y los cortavientos y nos vamos derechos a la ducha. Mientras Jana me invita a acompañarla, confirmo la reserva para cenar a escasos kilómetros de aquí, en una posada de Serrada de la Fuente, y me dejo seducir por sus curvas y el vapor del agua.

Sé que mañana me espera una sorpresa que ella ha organizado, así que iremos a cenar temprano y luego nos montaremos una orgía frente a la chimenea. ¡Desde que lo pensé, no paro de anhelarla!

91

LA CABRA Y EL TIGRE

¡Nadie debería escalar un paredón de caliza, por muy básico que sea, después de haber practicado sexo salvaje la noche anterior! ¡Así no hay quien se luzca! Ema se reiría de mí, pero me duelen hasta las pestañas. Jacobo se entregó a fondo y yo, por muy en forma que esté últimamente, no dejaba de haber recorrido una caminata larga y de haber devorado como una posesa toda la carne y las setas que nos pusieron, bien regaditas de vino, que para eso conducía él.

Disfruté del sexo más loco y divertido de mi vida, y correspondí con creces. ¡Que aún tuve estómago para embadurnarlo de nata y devorarlo al calor de la chimenea!

Pero, joder, se me había olvidado que teníamos cita a las diez de la mañana con los chicos de la escuela de Patones. Jorge, mi entrenador del rocódromo, me recomendó y nos han dejado participar de sus actividades. ¡Lo mejor ha sido ver la cara de Jacobo cuando nos han pasado el material! Lo he sorprendido de veras. Luego me ha besado con todas sus ganas y nos hemos puesto manos a la obra. Para él esto es una minucia, pero yo no he escalado una pared en plena naturaleza en mi vida y le pongo los cinco sentidos a las instrucciones que me van dando. Sube a mi lado y se embelesa al observarme. Luego le explicaré de donde he sacado la pericia.

La segunda sorpresa es una reserva en la terraza mirador de un restaurante, Rey de Patones. También recomendación de Jorge. La carta me hizo salivar y, por las fotografías, el sitio es precioso. A Jacobo le va a encantar. Además, invitaré yo. Por mi cumpleaños. Él me dio anoche la matrícula pagada en una autoescuela cerca de casa, con fecha abierta, para que me saque el carné cuando yo elija. ¡Está en todo! Se queda con cualquier comentario que hago, por insignificante que resulte.

Estamos en un lateral de la presa más antigua del Canal de Isabel II. Se llama El Pontón de la Oliva y está en exceso concurrido. Ya me advirtió Jorge que es una escuela con muchos miembros. Jacobo se muestra pendiente de mí y el chico que, en principio, me tomó a su cargo, delega al comprender que no lo necesito.

¡Me siento una cabra! ¡Ahora sí que puedo presumir de serlo! En tiempos pretéritos, debían de ser las únicas que transitaran por estos lares, no como ahora, que está lleno de escaladores de toda edad, sexo y condición.

¡Y para Tigre, Jacobo! Competitivo, ágil y preciso. Con una sensualidad en sus movimientos que me calienta la sangre. Tenía planificado visitar El Berrueco esta tarde, pero me tienta cambiarlo por una siesta sosegada y otra posterior danza al amor del fuego. Después de todo, los pueblos seguirán ahí. Y mi hambre de Jacobo no logra saciarse por más que nos desfoguemos. ¡Sí, definitivamente, sí! Me está poniendo a cien vislumbrar sus brazos desnudos sujetando la cuerda. Veo esas manos y las siento en mi piel. Huelo su sudor y mis feromonas se alteran. ¡Madre mía, qué calentón en mitad de una roca! Cruzo mi mirada con la suya y parece entenderme.

Suelta una risa nerviosa y susurra:

–Ponle más brío.

¡Fijo que está tensando el arnés y se muere por lanzarlo al infierno! ¡Si no conoceré yo esa manera de oscurecerse sus ojos! Antes de pisar el restaurante tendremos un polvazo en el coche. ¡No se lo pienso discutir!

92

PRUEBA DE FUEGO

¡Qué lejos queda la diversión de la sierra! Se me llenan las pupilas del cuerpo de Jana, desnudo sobre una manta, con la melena revuelta y los ojos pícaros, incitándome a probarla en cualquier postura, a arrancarle gemidos y risas y a exprimirme hasta caer rendido.

Poco que ver con el cansancio que me mata la mente estos días. Llevo unos cuantos mintiéndole. O, mejor dicho, omitiéndole información, que viene a ser lo mismo. Después de pasar varias pruebas, entre ellas psiquiátricas, me han aceptado en la misión que me devolverá a Kabul. Han secuestrado a una compañera, una amiga de la academia, y esos cabrones amenazan con rajarle el cuello si no cedemos a su chantaje. No se va a hacer, pero sí una misión rápida de liberación. Por suerte, hemos localizado su escondrijo. ¡Me salió del alma apuntarme! Ver a Verónica arrodillada, con el pánico en el semblante mientras transmitían el mensaje por vídeo me recomió las entrañas. Después de las condiciones de mi regreso, los mandos no estaban convencidos, pero mi jefe ha dado el visto bueno y salimos de madrugada. La misión es secreta y, por supuesto, no le hablaré a Jana de ella hasta que hayamos regresado, pero he de decirle algo para que no espere mis llamadas nocturnas. Inventaré unas maniobras en algún rincón de escasa cobertura.

Rezo para que me perdone cuando pueda ser sincero. Cruzaré los dedos. Es nuestra primera prueba de fuego.

93

¡NUNCA MÁS!

Hacemos planes para Semana Santa. Me muero por pisar una playa, nadar en el mar y comer marisco fresquito. Reservamos en un hotel de Cádiz esos cuatro días. Jacobo asiente a todo, pero lo noto con la mente en otra parte. Está raro. Varias veces me ha parecido a punto de decir algo y se ha callado, así que, una vez terminada la operación, cierro el portátil y lo enfrento.

Me lo cuenta. Que ha estado cinco días en Kabul. Que no podía dejar de acudir al auxilio de una tal Verónica. Que la hubieran degollado. Que se conocen desde muy jóvenes. Que el rescate salió perfecto.

Mis oídos pitan mientras lo escucho. El corazón salta en mi pecho como una locomotora a punto de reventar. Me tiemblan las manos.

Jacobo se asusta por mi semblante desencajado y me abraza sobre el sofá, deshaciéndose en disculpas que no me calman.

Yo lo creía en unas maniobras en Zaragoza y estaba en el culo del mundo. ¡Exponiendo su pellejo otra vez! Podría haber muerto y nos hubieran devuelto su cuerpo en un ataúd, envuelto en la dichosa bandera. Y yo habría puesto cara de idiota porque estaba en la inopia.

¡Ha sido capaz de esconderme esa información desde el martes pasado! ¡Once días! O más. ¡Él ya lo sabría de antes! ¿Cómo puede tener esa sangre fría?

Me levanto del sofá con ira, dolor y no sé cuántas emociones más, ninguna positiva. No dejo que me siga. Sé que está abatido, que le inquieta mi despego, pero es que ¡me siento engañada!

–No podía contártelo antes de salir, Jana. Era una misión secreta. Y después, en Rabasa, pensé que era mejor contártelo cara a cara. Para que comprobaras que estoy entero, sin un rasguño. Y te aseguro que ha sido peligroso. Pero eso no significa que tuviera que salir mal. Me preparo desde que era un crío para enfrentarme a situaciones como esa, cariño. Lo anormal es cómo me tomé lo del atentado.

–¿Quieres decir que ya no tienes reparos en volver a la guerra? –grito, incapaz de controlar mi miedo.

–¡No! –Se levanta y me sujeta con firmeza los hombros–. ¡Claro que no! No voy a apuntarme a ninguna misión en el extranjero. Al menos, no sin consultarte. Lo de Verónica ha sido una excepción. Estaba en juego su vida.

–¡Habría más gente para salvarla, digo yo!

La mirada de Jacobo se ensombrece, disgustado por mi reacción.

–Te he dicho que somos compañeros de academia. Me ha salvado el culo incontables veces en las misiones. ¿Hubieras querido que ella me abandonara de hallarme yo en su lugar?

Niego, asustada. Para colmo he visto imágenes del rescate. Las sacaron en televisión. Pero ni por asomo imaginaba que entre esos uniformados pudiera estar Jacobo. La chica aparecía muy entera, aunque magullada. Imagino que se guardan mucho de mostrar la cara verdadera del peligro o nadie se apuntaría a las Fuerzas Armadas.

–¡Joder, Jacobo, no! Pero has estado en un sitio horrible, que solo de verlo en los telediarios ya me da pavor, y tú... ¡Te creía de maniobras, joder!

–Es parte de mi trabajo –se mantiene inflexible–. No podía decir nada. Las normas son estrictas y sabes que las acato. Pero te juro que no asumiré más riesgos en el futuro. Y que las decisiones que haya de tomar en adelante, las tomaré tras consultarte. Es lo único que puedo ofrecerte.

Frunzo el ceño. Me está ocultando algo más.

–¿Qué tipo de decisiones?

–Me gustaría participar en una misión sin riesgos, pero aún no lo he estudiado. Te prometo que te haré partícipe en cuanto tenga más información.

Niego con la cabeza, aterrada. ¡Dios, cómo he podido hacerme esto! ¿Por qué tuve que volver con él? ¡De ahora en adelante no creeré nada de lo que me diga a no ser que lo haga cara a cara!

Jacobo capta mi inquietud y me estrecha entre sus brazos. Es el único sitio donde me siento segura, así que no lo aparto. Pero tampoco puedo evitar que el llanto me desborde. ¡Estoy aterrorizada!

–¡Jana, Jana! ¡Reacciona, cariño! –Su súplica se pierde en mis cabellos mientras me besa con desesperación–. Perdóname. Quizá no debí contártelo, pero prefiero que no haya secretos entre nosotros.

Vuelvo a apartarme, encolerizada por el miedo.

–¡Solo faltaría! Te prometo que, si me mientes, jamás te lo perdonaré.

Jacobo me contempla muy serio. Su voz me asusta por lo confiada.

–Si te mintiera, no te enterarías, créeme. Pero no quiero hacerlo. Nuestra relación se basa en la confianza mutua. Te amo demasiado para que sea de otro modo.

Esa última frase la ha susurrado y me apacigua con el tacto de sus dedos recorriendo mis brazos. En un impulso, me subo a sus caderas y lo beso, como si no hubiera un mañana.

–Hazme el amor hasta que olvide este mal rollo. Rómpeme los esquemas. Recuérdame que merece la pena mi apuesta por ti.

Vislumbro dolor en los ojos azules, pero su cuerpo se tensa con mi contacto. Me aprieta las nalgas y me conduce a la cama. Solo llevo una camiseta y un tanga, así que le resulta fácil quitármelos. Se desnuda sin apartar la mirada, tira de mis piernas, se cuela entre ellas y me muerde la parte interna de los muslos antes de lamer y succionar hasta que consigo un orgasmo brutal. Terminado el primer asalto, trepa por mi cuerpo dejando a su paso muerdos, saliva y besos, y me clava al colchón con una rápida embestida. Palpo su enfado. Acaricio sus bíceps para incitarlo a mantener ese ritmo y entra y sale de mí con ímpetu. Mantiene la mirada, que está oscura y huele a peligro, aunque sé que lo que ataca son mis miedos. Por un instante pienso que el tigre está marcando su territorio, dejando claro que soy suya contra viento y marea. Es verdad que lo soy. Estoy atrapada en su red por mucho que me moleste el entorno en que habita. Me olvido de divagar cuando un remolino de fuego se disuelve en mis entrañas y mis caderas le salen al encuentro en un último vaivén que me encoge los dedos de los pies y veo chiribitas. Jacobo se tensa contra mi cuello y ahoga un rugido antes de caer a un lado, llevándome tras él para abrazarme.

—Perdóname. No debí ser tan bruto —murmura en mi oído.

—Te lo he pedido —le recuerdo antes de besarle los labios con ternura—. ¡Y me ha encantado!

Al fin le arranco una sonrisa. Breve, pero sincera.

—A mí también —admite—. Te quiero, Jana.

Me encaramo a su cuerpo y le muerdo con deleite los labios, gozando de esa mirada que se derrite.

—Te quiero, Jacobo. —Pellizco su mentón antes de besarlo de nuevo—. ¿Lo hacemos suave ahora? No quisiera cansarte —le provoco.

Jacobo ríe con ganas y me aplasta contra su pecho. El contacto me avisa de que está disponible.

—¿Quieres ponerme a prueba?

—Lo quiero todo contigo —acierto a confesar antes de que me voltee sobre la cama y sujete mis manos en alto.

—Lo tendrás, Jana. Lo prometo. No te defraudaré. Nunca más.

Sé que sus palabras van más allá del contexto en el que estamos, pero lo dejo pasar. En este instante lo único que quiero es sentirlo pegado a mí, dentro de mí. El mañana me da tanto miedo que no permitiré que me atrape. Como dijo Berta, podría ocurrir cualquier cosa, en cualquier lugar, a cualquiera de nosotros. Solo importa el ahora. Necesito disfrutarlo.

94

ARENA Y MAR

¡Qué bonita es Cádiz! Participé en una misión conjunta con la Armada y pasé un par de semanas aquí hace años, cuando era joven. Me recuerdo embriagado por el salero de las gaditanas y el olor del océano. Para mí, que soy de Alicante, resulta distinto del Mediterráneo. Serán chaladuras propias, pero lo sentí entonces y lo sigo notando. Jana me mira con cara de pasmo cuando se lo comento. Para ella, el mar es mar.

Hemos viajado en avión hasta Jerez y luego he alquilado una moto. Raquel y Gerardo se han quedado con Teo. Regresaban de un *tour* por Asturias y Cantabria y decidieron quedarse unos días en Madrid. Cuando me jubile quiero ser como ellos y viajar de un lado a otro sin compromisos de tiempo. Ahora, por lo pronto, usaremos la Kawasaki Vulcan para recorrer la costa. Espero hacer de Jana una motera experta.

Nos alojamos en un cuatro estrellas de Playa de la Victoria. Predomina el blanco y el azul en la decoración del hotel y se contempla la inmensidad del

Atlántico desde cualquier rincón. ¡Es bonito! Jana termina de curiosear la estancia y se coloca un biquini mínimo y un pareo para bajar a la arena. Hay piscina también, por supuesto, pero, por suerte, es de mi misma opinión: si tienes agua salada, ¿para qué la quieres con cloro?

Es la primera vez que vamos a compartir toallas, protectores solares, arena y mar. ¡Me entusiasma programar novedades con ella! Si ya fue espectacular verla escalar una roca, aunque tuviera dificultad mínima, saber que lo hizo por mí, para complacerme, me aturde. ¡Nadie se interesó antes en compartir mis *hobbies*! Todo lo relacionado con el mar también me apasiona, así que voy a intentar que probemos las motos acuáticas y el esquí. Para el surf necesita preparación. Más adelante visitaremos Tarifa. ¡No es cuestión de asustarla, que es de tierra adentro!

Saber que cuento con años por delante para hacer juntos las cosas que me gustan es un aliciente. Me colma. Después de lo de Kabul pasé mucho miedo, pero, por suerte, se ha hecho a la idea de lo que implica mi trabajo. Cuando le he contado lo de Mali se ha limitado a decirme: «Si es la última misión, vale». Así, sin más.

En un impulso, delante del ascensor que no termina de llegar, la estrecho en mis brazos y la beso con ganas. Se ríe, azorada, cuando las puertas se abren y otra pareja nos mira con curiosidad. Son mayores, pero van cogidos de la mano y nos regalan una sonrisa cómplice. ¡Siento que la felicidad me va a estallar en el pecho! Yo también quiero caminar de su mano cuando seamos viejecitos. Deseo que no me suelte nunca, nunca, nunca.

95

DESQUITE

Planeé las vacaciones para descansar, pero ese concepto en Jacobo y en mí no es similar. Cuando no me destroza el culo viajando en la moto para cenar en Chiclana, Rota o El Puerto, estamos visitando la catedral, los castillos de San Sebastián, de Santa Catalina y el teatro romano, o inmortalizándonos con la cámara delante de los monumentos de la ciudad. ¡Por una vez en la que yo quería hacer solo turismo de playa y chiringuito! ¡Es infatigable!¡Qué energía, por Dios! Llegamos de almorzar y tenemos siesta *con regalo*. Regresamos a las tantas y repetimos sesiones maratonianas de sexo. ¡Que una ya no es tan joven! ¡También admito que soy la primera en derretirme cuando me planta esas manazas encima! Además, tengo la adrenalina a tope. ¡Ayer me inicié en el esquí acuático! Me caí cien veces, pero no me importó. Jacobo estuvo atento y resultó divertidísimo. La moto sí la había probado, pero pegada a la espalda de un macizo es otra cosa. ¡Espectacular! Empapé la braguita del biquini y no fue de agua salada. ¡Ese capullo me llevó mar adentro y me metió mano!

También hemos tenido sexo en una cala escondida a la luz de la luna. De novela romántica cinco estrellas. ¿Le puedo pedir más?

Quizá me está resarciendo por los tres meses que pasará en Mali.

Admito que lo planteó de un modo que no pude negarme. ¡Ni loca me hubiera imaginado tragando vídeos de YouTube sobre el ejército! Lo que aprendí me resultó interesante y de escaso peligro. España enseña a los soldados malienses a mejorar su capacidad de combate. Excepto los oficiales, el resto tienen un nivel tan básico que muchos confían más en sus amuletos que en los chalecos antibalas. La comunidad internacional tutela ese país con misiones de la ONU, la Unión Europea y, muy en concreto, Francia, para evitar que las diferentes fuerzas yihadistas autóctonas y de países vecinos se hagan con el poder y conviertan al territorio en «zona caliente». Al parecer ya han ocupado la parte norte y hay que detener el avance. Lo comprendo. Los europeos vivimos muy cómodos en nuestras sociedades de confort, pero para un pueblo que pasa penalidades no es extraño que se dejen embaucar por promesas de mejoras, aquí o en el paraíso. ¡Total, ellos viven en un infierno permanente! Si no se detienen esas ideas, el terrorismo no cesará.

Deberíamos ayudarlos a mejorar sus condiciones de vida allí, en sus países de origen, y no castigarlos en campos de refugiados cuando los desgraciados se atreven a atravesar el mar que nos separa y llegan a nuestras costas, pero como dice Jacobo, esas son utopías y malas gestiones de los gobiernos; en los que, por cierto, he descubierto que confía bien poco. Por algo será, que él tiene experiencia directa en esos asuntos. Le cabrea la venta de armas y sabe que la ayuda que prestamos no está alejada de esos intereses. Me contó cómo se forran las empresas de mercenarios en Afganistán e Irak y es de vergüenza. Mucho llenárseles la boca de que van a ayudar al pueblo y lo que buscan es mejorar su situación estratégica en Asia y ganar pasta. En África no dudo de que será igual.

Pero bueno, tengo claro que los ilusos no mandamos en el mundo, aunque no por eso debamos callarnos, y si Jacobo puede contribuir con su formación a que Mali no termine en poder de los terroristas, a mí me vale. Además, me ha asegurado que será su última misión en el extranjero. Ha besado mi anillo de compromiso y lo ha prometido. Más no le puedo pedir.

Mañana regresamos a Madrid y comenzaremos una etapa nueva en la que reinventarnos. Sé que lo pasaré mal, pero me motiva atesorar en mi interior lo que voy conociendo de él. ¡Es un gran hombre! Me siento muy muy afortunada de que llamara a mi puerta hace solo unos meses.

Doy gracias al universo porque un tigre de fuego cambiara mi vida, como predijo la pitonisa en Sevilla. Esta cabra es, hoy por hoy, una mujer satisfecha.

96

EUTM[6] MALI

Las ocho semanas que llevo en África han pasado tan rápidas que parecen días. Retomar la rutina del campamento, la camaradería, las actividades, me hace sentir muy vivo. Añoro a Jana, por supuesto, pero hay tantas cosas por hacer aquí que, aunque la tenga en mi pensamiento, mantengo la cabeza fría y despierta ante cualquier eventualidad.

La misión la dirige en estos momentos un general alemán, pero convivimos con normalidad militares de distintos países. La mayoría curtidos en estas lides.

A mi llegada me ordenaron instruir a un grupo de soldados a mejorar la calidad de combate en tres fases: a pie, en zonas urbanas y con patrullas motorizadas. El propósito es adquirir tácticas para desenvolverse en distintos terrenos. Ahora estamos en mitad de un desierto, pero sus mandos les pueden enviar a cualquier parte del país. Después, impartí clases de defensa personal, y a partir de mañana escoltaré a

6 European Union Training Mission (por sus siglas en inglés, EUTM). Misión de entrenamiento de la Unión Europea.

mis superiores en sus desplazamientos; en particular a Bamako, la capital. Pura rutina para alguien de mi experiencia.

Tenemos libres los domingos. Hablo con Jana todas las noches, pero esos días aprovecho para explayarme por Skype y contemplar la preciosa sonrisa con la que disimula su tristeza. Por lo demás, los descansos se van en hacer deporte, ver películas en el ordenador y leer. Por cierto, la comida es bastante buena. La sirve un cáterin.

Especialmente grato ha sido conocer la labor que realizan las hermanas franciscanas en el Centro Social Madre Bernarda. Cerca de Koulikoro, nuestro campamento, trabajan otras oenegés, pero esta en concreto atiende cada año a ciento cincuenta mujeres que cursan talleres de formación. El centro lo sufraga el Principado de Asturias y Manos Unidas, según me contó la hermana Janeth, una monja encantadora con la que he hecho amistad. Han sufrido el secuestro de una compañera, pero ese contratiempo no las detiene en su determinación de lograr que sus alumnas mejoren su calidad de vida y obtengan conocimientos para incorporarse al mercado laboral.

Creo que su objetivo es tan esperanzador y positivo para el porvenir del país como el que el ejército intenta con los varones. ¡Ojalá puedan seguir al pie del cañón muchos años!

Jana y yo nos hemos sumado al proyecto con aportación económica y diría que mi chica se plantea la posibilidad de cooperar en vacaciones ofreciendo sus útiles manos en la misión, pero le he sugerido que no sea este verano. Regreso a finales de julio y la necesito a mi lado para organizar nuestra vida en común.

Los malienses son gente amable y agradecida, y

se merecen cualquier ayuda desinteresada. Es lo que hace salir de casa y conocer el mundo de primera mano, que te expande el horizonte, que comprendes que las razas, las religiones o las costumbres no son lo que nos determina, sino el hecho de que somos seres humanos, todos con los mismos derechos, y que los que tenemos la suerte de disfrutarlos, también tenemos la obligación de luchar para que el resto los obtenga.

Por fortuna, el corazón de Jana es noble y lo ve del mismo modo que yo, lo que me lleva a augurar muchos veranos de cooperantes por el mundo. Una vez que conoces el dolor ajeno, es difícil obviarlo.

97

DESENLACE

Admito que el uniforme le sienta a Jacobo como un guante, pero ni comparación con la ropa de civil. Tiene la piel tostada y sus ojos claros destacan como imanes en ese rostro guapo que Dios le ha dado. Me miran con adoración sin importar qué estemos haciendo: charlando, comiendo o matándonos a polvos. Estos días celebramos el cumpleaños de Aitor en Horcajuelo. Berta localizó un complejo de casas rurales para pasar sus vacaciones y, además de la suya, apalabró dos más para que nos sumáramos el resto cuando nos conviniera, y aquí estamos todos, incluidos Isa y Asier. Y mis padres. ¡Faltaría! ¡A este paso buscan segunda residencia en Madrid!

La temperatura es fantástica y las casas tienen patio y terraza, así que disfrutamos de barbacoas al aire libre y de excursiones por la zona. Germán la conoce al dedillo. Por las mañanas, Jacobo y él salen a correr bastante temprano; yo prefiero aprovechar el silencio del campo y la placidez del colchón. Nos han dejado un dormitorio en la planta alta, con techo abuhardillado, la mar de bonito. Tampoco es cuestión desaprovecharlo.

Desde que llegó, hemos podido hablar a solas un par de veces. Me ha confiado que solicitó traslado a Madrid antes de irse a Mali y que, posiblemente, pueda trabajar en un cuartel cercano en temas de arbitraje internacional. Se ha estado preparando para ello y le gusta. Otra opción es realizar las labores de oficina que le asignen, tiene aptitudes sobradas, así que no duda de que tarde o temprano le darán su aprobación. Me sobrepasa pensar que lo hace por mí, sabiendo cuánto disfruta como boina verde, pero me temo que mi egoísmo gana la partida. A cambio, prometo equilibrar mi karma apuntándome a las misiones donde podamos ir juntos de cooperantes. Por lo pronto, el próximo agosto visitaremos el centro franciscano de Mali. Los siguientes destinos se irán estudiando.

Vamos a vivir juntos, por supuesto. Isa lo ha arreglado de un plumazo. Tiene apalabrado un ático en Recoletos, de cuatro habitaciones, recién reformado. Por las fotografías, una pijada. ¡Al fin va a hacer algo que entusiasme a su familia! Aprovecharán agosto para mudarse y, a continuación, nosotros unificaremos los dos apartamentos. Nos va a dar una pena inmensa no compartir rellano, pero al menos seguiremos en el centro. El piso lo compra Isa. A su nombre. Asier se niega a sentirse un mantenido y, aunque el despegue de su novela es el esperado, los beneficios no dan para tanto. Le costará adaptarse al nuevo barrio y a no poder acudir andando a su instituto, pero este está siendo un año de grandes cambios para todos. ¡Por suerte, para mejor! El verano pasado no nos conocíamos la mayoría y aquí estamos hoy, integrando una gran familia. Por cierto, el señor Zelaya es oficialmente padre de la criatura que cumple un año. Está seguro de sus sentimientos por Isa, Isabel para él, y de su adoración por el niño. Para mi amiga es una experiencia nueva lo del amor desinteresado. Creo que, si Asier le pidiera la luna, se la conseguiría.

Yo confío en que Jacobo no piense en niños. Me apetece continuar con mi trabajo, el pilates, el rocódromo (Jorge está muy contento con mis avances y los de Ema) y aventurarme a probar experiencias nuevas. ¡Con el excelente añadido de un amante en mi cama! Y de un cocinillas en mis fogones, porque si no, ¡vamos listos! Dudo que ese tema me atraiga jamás. De todas formas, no diré de esta agua no beberé, que como se ha comprobado en estos meses, torres más altas han caído.

Ignoro qué nos deparará el futuro. La vida es impredecible y me conformo con disfrutarla minuto a minuto. Ojalá el universo nos cuide y Jacobo siga colmándome con su amor, confíe en mí, en mis manos, en mi corazón, tal como yo confío en él y en la fortaleza de sus sentimientos.

¡Y en la predicción de la vidente de Sevilla! Si atinó con la cabra y el tigre, bien puede ser cierto el resto que me contó.

NOTA DE LA AUTORA

Esta novela comenzó siendo un relato para mi fisio de Badajoz, Bárbara Antón. Le hacía ilusión imaginarse de protagonista, con un tío bueno de acompañante. Así surgió la figura de Jacobo y su moto. Pero la inspiración quedó varada después de dos folios y solo el año pasado la volví a retomar. Han pasado muchas cosas desde entonces, Bárbara se ha casado e incluso ha tenido una preciosa criatura, de nombre Aitor. Espero que su marido no sienta celos del Madelman, porque ella está felizmente enamorada. Eso sí, nuestra amistad y cariño permanecen inalterables.

En Don Benito he tenido la fortuna de encontrar un equipo de fisioterapeutas tan buenos en su trabajo como divertidos en lo personal. Ignoro si la profesión va unida al buen carácter, pero es una gozada disfrutar de estas compañías mientras te machacan el cuerpo para arreglártelo un tiempo. Por eso les dedico también a ellos la novela. Y doy las gracias a Marta Tapia por el interés que ha tomado, asesorándome y leyendo los fragmentos de las consultas, a la par que Bárbara.

Incluyo en los agradecimientos a mis compañeras de pilates. Los ratos que hemos pasado juntas han sido tan memorables que decidí incorporarlas a la ficción.

Ni que decir tiene que la mayor parte de los personajes son inventados, pero otros salen a relucir porque he tenido más solicitudes que «peticiones del oyente». Ha habido tantos implicados en el desarrollo de la historia que todos querían un papel, por diminuto que fuera, y claro, ¡una se debe a sus seguidores! Aunque cambiados los nombres, sabrán localizarse.

Hago alusiones a lugares de Madrid que son reales, como los bares de Malasaña, pero también a otros de Badajoz de los que tuve el inmenso placer de ser cliente. El más especial, el Batalius, propiedad de mis amigos Patrick Rouzade y Fátima Nogales, lectora cero desde el principio de mi andadura y donde realicé mi primera presentación de un libro. Menos mal que puedo disfrutar de su deliciosa comida en privado porque tenían una carta cinco estrellas.

En cuanto a la churrería de la plaza de la Cebada, House of Xurro, la he emplazado allí a propósito, para darle gusto al verdadero Rupert, pero su ubicación estuvo en una barriada de Don Benito. Y digo estuvo porque el dichoso coronavirus fastidió el negocio y tuvo que cerrar sus puertas. Actualmente se ha reconvertido en Uh mami, un delicioso gourmet *fast food* al que deseo la mayor de las suertes. Los churros de chocolate fueron auténticos, y la decoración de Halloween también. ¡Pena que yo no encontré a Jacobo mientras disfrutaba de ambos!

También es verídica la exposición de Sandra Lázaro, estupenda amiga y mejor pintora. Amo mis alas tanto como la calidez de su amistad. Aunque ha expuesto en Madrid, no fue en ese momento ni ese lugar, sino en la Casa de Cultura de Don Benito. Por cierto, resultó un éxito rotundo porque nadie queda indiferente ante el trabajo de Sandra. Podéis buscarla en las redes si os entra curiosidad de conocerla.

En cuanto al asesoramiento militar, lo he recibido de un buen amigo que prefiere mantenerse en el anonimato. Con todo mi cariño para él y su fantástica familia. Desde hace muchos años, forman parte de la mía adoptiva.

A Gloria Miranda, todo mi afecto y agradecimiento por su increíble labor correctora.

Escribir esta novela ha sido complicado. La inicié antes del COVID y me estanqué cuando llegó el confinamiento. Era imposible divertirse escribiendo locuras mientras afuera la gente sufría y moría. La angustia por el estado del resto de la humanidad paralizó la inspiración de golpe. Por suerte, los ánimos y el empeño de los que me rodean me empujaron a terminarla después.

Para todos, mi cariño y mis sinceras GRACIAS.

A ORILLAS DEL NESS

MERCEDES GALLEGO

Qué terriblemente absurdo
es estar vivo,
sin el alma de tu cuerpo,
sin tu latido.

Sin tu latido, Luis Eduardo Aute

Me das una vida entera de promesas y un mundo de
sueños,
hablas el lenguaje del amor
como si supieras lo que significa.
Y no puede estar mal.
Llévate mi corazón y hazlo más fuerte.

The Best, Tina Turner

1

Me resulta extraño hallarme en la cola de un autobús turístico, rodeada de gente que parlotea en distintos idiomas. Compartimos la ropa deportiva y las mochilas, indispensables para una excursión, pero a ellos se les ve entusiasmados y yo, pese a las ganas de conocer sitios nuevos, no tengo con quien comentarlo.

Detrás de mí sube una pareja que se acomoda al otro lado del pasillo. Los dos son altos y guapos de un modo llamativo: ella, con trenza rubia y ojos claros; él, con pelo encrespado de color castaño y ojos verdes. Los miro y él me devuelve el gesto con una sonrisa agradable; me abochorna tanto que me haya pillado in fraganti que enfoco la vista en lo que sucede al otro lado de la ventanilla.

Abandonamos el centro de Inverness mientras el guía, vestido de *highlander*,[7] con *sporran*[8] incluido,

7 Vestimenta típica del hombre de las Tierras Altas de Escocia, que incluye una falda llamada *kilt*.
8 *Sporran* (en Gaélico escocés, 'monedero' o 'bolso'): es un complemento tradicional del traje típico de las Tierras Altas de Escocia, similar a la faltriquera o a un zurrón, una especie de riñonera para los tradicionales *kilts*, que carecen de bolsillos.

cuenta chascarrillos acerca de los edificios por los que pasamos. Mi inglés solo es pasable, pero entiendo lo que dice. Después, el paisaje me atrapa hasta que llegamos al embarcadero del lago Ness y nos apeamos para formar otra cola que nos conducirá al ferri. El viento ataca sin piedad, pese a lo luminoso del día, y cierro la cremallera de mi chaqueta de goretex. Llevo botas del mismo tejido, compradas expresamente para mi «aventura» escocesa. Si algo caracteriza a las Highlands es el frío y si algo me caracteriza a mí es que lo llevo mal.

Incapaz de resistirme a la tentación, subo a la cubierta y me siento en el banco de popa. La pareja «guapa» me sigue y ocupa el de enfrente. Ella sonríe, agradable, al tiempo que se abrocha los cordones de la capucha y desaparece bajo la tela impermeable. Él, con un tabardo rojo y gruesos pantalones de pinzas, clava la vista en mí hasta el punto de incomodarme, así que les doy la espalda y contemplo la estela en el agua. El lago es profundo y oscuro y, según nos adentramos, terminamos azotados por un viento tan glacial que me cubro la cabeza para protegerme el pelo y los oídos. No obstante, disparo sin tregua el objetivo de mi cámara y tomo instantáneas preciosas. Otra posibilidad es imposible, porque el paisaje de las orillas quita el aliento.

Desembarcamos a pocos metros del castillo de Urquhart y me sorprende que la pareja no cruce entre sí ni media palabra, cuando el alboroto es general. También yo emprendo en silencio la cuesta hacia las ruinas, pero lo mío es distinto.

En realidad, me siento acompañada. Estoy imaginando a Manu a mi lado, agarrados de la mano hasta la entrada, besándonos bajo el arco y subiendo al torreón entre risas, enamorados de las piedras y del paisaje, deplorando ser turistas en vez de viajeros. ¡Tantas veces pospusimos el viaje! Suspiro hondo, negándome a romper la magia de un lugar tan espléndido, y recorro las estancias, leyendo los carteles informativos. Solicito a un señor mayor que me haga unas fotos entre los muros del castillo. Es alemán, pero los idiomas son prescindibles cuando se usa la mímica.

Nos han concedido hora y media para la visita y estoy atenta a los acompañantes de mi *tour* para no perderme el regreso. Varias veces me cruzo con la pareja y me alegra que su mutismo haya cambiado a un intercambio de sonrisas y bromas. Si resultan fotogénicos serios, riéndose lo potencian.

Todos nos desembarazamos de los abrigos porque el sol pega sobre nuestras cabezas y el esfuerzo de subir cuestas es tremendo. Me quedo en camiseta de manga corta y me ato el anorak a la cintura, afianzo mi mochila y, desoyendo los calambres de mis muslos, asciendo hasta la cafetería/tienda de recuerdos en la que nos han emplazado.

Como el guía insiste en que nos sentemos en las mismas plazas del autobús, repetimos el cruce de miradas. Los ojos verdes parecen interesados en mí y quiero pensar que a su dueño le resulta raro que viaje sola, ya que el resto de los viajeros lo hacen en parejas o en grupos, pero me desentiendo de él en cuanto nuestro divertido conductor explica que tomará una ruta alternativa para mostrarnos un poco más de la belleza escocesa.

Tiene mucha razón; la carretera bordea una montaña y vislumbro sinuosos arroyos, bosques de hoja perenne y muchas casas esparcidas por las laderas. Me causa envidia no vivir en una de ellas. ¡Debe de ser una gozada despertar cada día con la visión del lago delante y el monte a tus espaldas! Parecen rincones para olvidarte del mundo. Mi objetivo al venir a Escocia. Solo que, como no soy rica, tengo que complementarlo con un trabajo en Inverness.

De improviso, los ojos se me llenan de lágrimas e intento contenerlas con un parpadeo rápido. Me da vergüenza llorar en público, pero el recuerdo de Manu sigue incrustado en mi memoria. Noto su presencia abrazándome, susurrándome al oído que soy la mujer más fuerte del universo, que debo aprender a relacionarme con extraños, en una lengua distinta, en un ambiente laboral diferente. Su confianza en mí siempre fue infinita. Otra cosa es que yo la secunde.

Cuando llegamos a la estación tengo los ojos enrojecidos, por eso me quedo la última para apearme y continúo con la vista fija en el cristal. De repente, me mortifica escuchar una voz amable, con un acusado deje escocés, que me pregunta si voy a bajar. Sé que no es el conductor y mis mejillas se tiñen de rojo al tener que enfrentarme a un rostro tan atractivo y, para mi asombro, disgustado. Asiento y recojo la mochila, sin hablar; él me deja pasar y lo noto a mi espalda, como una sombra protectora. Su chica lo aguarda abajo y también me mira con abierto pesar, así que le sonrío levemente y escapo por piernas del andén, incapaz de entender por qué dos extraños se preocuparían por mí.

Effy es lo mejor del ya de por sí encantador *bed and breakfast* donde encontré alojamiento. Tendrá unos pocos años más que yo, pero nos compenetramos enseguida. Creo que me ha convertido en su reto del verano, porque se horrorizó al percibir mi delgadez y se empeña en que todas las horas son buenas para comer. Tuvimos una conversación a la mañana siguiente de llegar, cuando insistí en ayudarla a limpiar la mesa de los desayunos de los tres únicos huéspedes que ocupaban su casa esos días, junto conmigo. Ellos eran temporales; yo no. Seré su inquilina al menos durante un año. Tenía la opción de alquilar un apartamento, pero la rehusé. Sé lo que implica volver del trabajo a una casa con estancias vacías y no puedo permitirme el lujo de la soledad, porque recaería en la depresión.

Effy me animó en lo referente al futuro trabajo que me aguarda, a solo unos metros de distancia, en la orilla este del río Ness. Mi experiencia es nula en ese oficio, pero tampoco habrá que ser muy espabilada para hacer camas, limpiar habitaciones y recoger mesas en el comedor. Esas serán mis tareas, según el contrato y lo que me explicó una agradable chica en correcto inglés por teléfono. No me he pasado por la residencia de ancianos porque aún me quedan cinco días para incorporarme y antes he preferido familiarizarme con el entorno y hacer un conato de turismo. Effy conoce a todos los trabajadores y a muchos de los residentes; es muy sociable y le agradan los ancianos que pasean frente a su casa, solos o con cuidadores.

Intentó sonsacarme información personal, pero preferí callarme los datos más enojosos. No quiero inspirar lástima. Sí le hablé de mi ilusión por conocer Escocia y mi intención de mejorar el idioma. Ella, a su vez, me confesó que soñaba con conocer mundo, pero que, a falta de medios, usa su pequeño hotel para contactar con viajeros de todas partes y así paliar su carencia. Me resultó enternecedor. Es agradable, regordeta, con las mejillas llenas de pecas y la piel muy blanca. Hace honor a lo que se espera de un escocés, con su melena pelirroja, recogida siempre en una trenza. Está divorciada, pero no tiene hijos, y su ex, según confesó, se largó a Alemania buscando nuevos retos. Viste de forma poco convencional, al estilo *hippie* de los sesenta, y resulta divertido que te dé los buenos días con una corona de flores en la cabeza o una flor en el pelo. No es difícil conseguirlas porque si algo caracteriza Escocia es la portentosa vegetación que brota de su suelo. Effy tiene tiestos colgados y parterres rebosantes de colores en la entrada del hostal. Es un lujo sentarse al sol y oler el aroma de las flores y la hierba.

Mi habitación es luminosa, con vistas al río (la primera mañana estuve confusa al percibir que el río Ness tiene mareas, hasta que supe que confluye con el mar en el fiordo de Moray). Está amueblada con una cama amplia, vestida con edredón, ¡y lo uso, pese a estar en julio!, un armario empotrado, un butacón y una silla de mimbre frente al escritorio que se alza bajo la ventana. Un detalle que me encanta es que Effy rellena todas las mañanas una bandeja con surtido de tés, cafés, chocolates en polvo y cápsulas de leche para que los huéspedes nos sirvamos en la intimidad lo que queramos consumir. No falta el omnipresente hervidor eléctrico, claro. Es muy agradable curiosear por la ventana con una bebida caliente en las manos.

Será por las fechas, pero se ven grupos de turistas hablando en todos los idiomas, cargados con sus cámaras y mochilas. Effy me ha contado que los meses de verano son importantes para la economía local, porque luego todo se reduce a días tranquilos con esporádicos visitantes; de ahí que aceptara mi oferta de alquilarme la habitación el año completo a buen precio. Tengo el baño dentro del cuarto, lo cual no parece ser muy habitual en las pensiones de la isla, y ese dato tan tonto me alegra infinito. No estoy acostumbrada a compartir aseo con desconocidos y me hubiera incomodado bastante.

A Effy le entusiasma que le hable de España, así que aprovecho para desviar su interés por mí y le cuento recuerdos de los sitios que he visitado. He sido muy viajera y me sobran anécdotas para tenerla entretenida; ella, a cambio, me cotillea de las costumbres del pueblo, de sus vecinos (asegura que tiene uno famoso, pero que es muy celoso de su intimidad. Es dueño de una casa preciosa, dos manzanas más allá de la nuestra, y de un Porsche negro que me ha llamado la atención durante mis paseos), de las fiestas de verano, de lo sexis que son los hombres de las Tierras Altas... La dejo hablar y sonrío, en absoluto interesada. Estoy nerviosa por empezar cuanto antes y ver qué tal me desenvuelvo. Y por caer bien a mis compañeras, y a los residentes... Pero aún me quedan cinco días para que eso ocurra.

Siguiendo el consejo de Effy cojo un bus para Elgin. Me ha hablado de las ruinas góticas de su catedral, a la que llaman «la linterna del Norte», y me ha puesto los dientes largos. Por fortuna, no me defrauda. Es un conjunto arquitectónico impresionante. Una de sus fachadas se mantiene con dos torres semirredondas culminadas en conatos de picachos, con el hueco de un inmenso rosetón y arcos de medio punto. La otra, por el contrario, sustenta dos torres cuadradas con el ventanal vacío de lo que debió de ser una colosal vidriera.

Paseo entre sus piedras sintiéndome insignificante, mientras imagino a cuánta gente cobijó entre sus columnas. Hay lápidas con nombres de obispos y benefactores y una preciosa sala capitular octogonal, según cuenta el guía de un grupo que me precede.

El cielo está encapotado, pero voy bien abrigada y aprovecho para comerme el sándwich de pavo que Effy metió en mi mochila mientras curioseo las tumbas del cementerio anexo. Durante toda mi vida me he creído morbosa por la atracción que ejercían en mí las necrópolis, pero en esta tierra no tengo esa sensación porque son visitadas con el mismo afán que el resto de monumentos. Resultan seductoras con las cruces celtas, las lápidas coronadas por triángulos o curvas, las inscripciones... Tomo asiento en el suelo, porque hacerlo sobre una de las losas me parece irreverente, y hago fotografías del lugar. Quedan preciosas con las nubes oscuras de fondo.

Un día más que sumar a mi aventura escocesa.

Hoy, Manu también ha venido conmigo; sin embargo, no me ha acongojado. Quizá porque este paraje nunca estuvo en nuestra lista. Me pongo los cascos y escucho música clásica durante el viaje de retorno. Las vistas son hermosas y salvajes, como todo en el norte.

Vagabundeo por la ciudad con ánimo tranquilo. En la zona este se encuentra el castillo y las calles más comerciales. También la Old High Church, la iglesia más antigua de Inverness, y su correspondiente cementerio. Una placa explica que allí se ejecutó a varios jacobitas tras la batalla de Culloden, y dos piedras indican el punto exacto donde se posicionaban el verdugo y el prisionero. Pelín tétrico, la verdad, y eso que el enclave es magnífico, a orillas del río. A solo unos pasos está la Leakey's Bookshop, una librería que vende ejemplares de segunda mano donde antes había una iglesia. Tengo la impresión de que los escoceses han sabido cuidar su patrimonio convirtiéndolo en organismos públicos o privados, porque si no, no se entiende que anuncien tiendas, hoteles o bares en edificios impresionantes.

Se me va la mañana en el paseo y regreso a la pensión para comer en compañía de un par de huéspedes que no han salido de excursión. El viento azota muy frío y me apetece una siesta al abrigo del edredón, pero lo cierto es que no consigo dormirme. La imagen de Manu permanece en mi mente con insistencia. Creí que al estar en un lugar donde jamás vivimos juntos la nostalgia sería más llevadera, pero me equivoqué. El tacto de su pelo moreno me vibra en las manos; su voz en los oídos; su risa, en el alma. Me tapono las orejas, pero da igual. El recuerdo me acomete con violencia y las lágrimas me liberan de la tortura de su ausencia. No bajo a cenar, pese a la llamada de Effy. No quiero ver a nadie, solo mirar la oscuridad que, muy lentamente, se va filtrando por la ventana.

En el desayuno me llevo una sorpresa agradable: ha entrado de huésped una chica española. La acompaña su novio, un joven francés. En cuanto Effy los informa de mi nacionalidad, ella me abraza y me besa como si fuéramos viejas conocidas. Es el tipo de cosas que jamás haríamos de estar en nuestro país. Me comenta, entre muerdo y muerdo a su tostada, que está enamorada de Escocia desde que leyó la primera novela de Diana Gabaldón, lo cual me

hace reír porque estoy en el mismo tren. Tengo toda
la saga en mi estantería de Toledo. Intercambiamos
impresiones y me invita a unirme a ellos en la visita
a Culloden, así que acepto, feliz de poder expresar-
me durante un rato en mi idioma. Disponen de un
auto alquilado y me maravilla que Adrien se maneje
tan bien con las marchas al lado contrario del que
usamos en el resto de Europa. Yo no me he atrevido,
aunque Effy me ofreció su destartalado utilitario
para mis excursiones.

Isabel es divertida y sincera. Me ha preguntado
qué hago en Inverness y le he contado la verdad, que
tengo un contrato de trabajo; después no ha insistido más. Ella acaba de terminar Ciencias Políticas y
su novio es periodista; los dos viven en Madrid.

Cuando llegamos a Culloden, los nubarrones vue-
lan sobre nuestras cabezas. El lugar es más inhóspito
de lo que esperaba, con inmensos terrenos de hierbas y brezo, que es lo que le da belleza con su tinte
violeta. Seguimos uno de los serpenteantes caminos
y descubrimos una cabaña de piedra que parece interesante; es más, Isabel me asegura que era el antiguo
hospital de guerra; sin embargo, solo quedan cuatro
paredes blancas con algún cartel informativo. De-
cepcionadas, arrancando risas burlonas de Adrien
por nuestra desmedida pasión, cogemos otra senda
y esta vez sí localizamos el monumento conmemo-
rativo de la batalla. Él considera que es feísimo, y
sí, bonito no es, pero imita la forma de un antiguo
broch,[9] o, al menos, eso deducimos nosotras. Nos hacemos las correspondientes fotografías y seguimos
andando hasta llegar a los Cairns, las piedras funera-
rias que representan a los clanes caídos en la batalla:

---

9 Torre construida en piedra durante la Edad del Hierro escocesa.

los Mackenzie, Macintosh, MacLean, los Fraser, por supuesto, y un largo etcétera. La mayoría tiene flores a modo de ofrenda y nos emociona ver que el recuerdo de esos clanes perdura. Sé que *Outlander*[10] ha contribuido al homenaje que los demás países hacemos a Escocia, pero sin duda los escoceses son un pueblo orgulloso, aferrado a sus raíces, y no hubieran dejado que un momento tan decisivo para ellos, aunque fuera una derrota, permaneciera en el olvido.

Emocionadas como dos bobas, Isabel y yo fotografiamos todas las piedras. Adrien, aburrido del páramo y su dramatismo, nos suplica regresar a la ciudad y tomarnos unas pintas. Accedemos, por supuesto. El pobre se lo ha ganado con creces.

Aprovechando que ellos tienen coche y que la oferta me suena sincera, acepto acompañarlos a la isla de Skye. Es divertido compartir impresiones con Isabel y creo que para Adrien supone un alivio no poner buena cara a su novia todo el tiempo. Este viaje lo están haciendo por ella; él hubiera preferido Canadá.

Paramos a comer en el camino y, más tarde, disfrutamos de la visión de Eilean Donan. La panorámica del castillo es preciosa porque está enclavado en un pequeño islote frente a Skye. Nos sorprende saber que fue destruido por el fuego de fragatas inglesas en el siglo XVIII, poco después de haber sido ocupado por un destacamento español que apoyaba a los defensores de Jacobo VII (¡lo que nos gusta a los *Spanish* meternos en todos los fregados!), y que lo reconstruyó un descendiente de escoceses en el siglo XX, ajustándose a los planos originales. Cuan-

10 Serie de los libros de Diana Gabaldón.

do estás entre sus muros no adviertes que no es, de verdad, una fortaleza medieval. Nos recreamos en el mobiliario, la capilla, las cocinas... Isabel y yo nos metemos tanto en el ambiente que ambas preferiríamos salir en las fotos con ropa de época. Con las nuestras, desentonamos.

Fascinadas, con la cabeza llena de estampas bonitas, nos adentramos en la isla por el conocido Skye Bridge hasta Portree. La tarde luce despejada y al viento ya estamos acostumbrados, así que nos dejamos seducir por el colorido de las casas del puerto, con esa arquitectura que nos encanta. El mar está en calma y los barcos de pesca contribuyen a dibujar una imagen de postal. Nos quedamos a cenar en el pueblo, con el verde de la montaña y el azul del mar por compañía. Incluso Adrien se muestra impresionado a lo largo del día de hoy, olvidados ya los celos por Jamie Fraser,[11] y acaba admitiendo que Escocia es un país precioso de punta a punta.

Regresamos a Inverness bastante tarde, pero ha sido un día memorable, y cuando mañana me despida de esta pareja, la echaré de menos. Ellos se dirigen al sur, una zona que aún no conozco; pero para el 1 de agosto quedan apenas veinticuatro horas y ese día marcará el inicio de mi vida laboral en Escocia.

---

11 Protagonista masculino de la saga *Outlander*.

2

Me presento en recepción cinco minutos antes de la hora prevista, pero me pasan de inmediato con la chica que me entrevistó. Es agradable y muy correcta. Me tiende la mano con un escueto:

–Elsie. Secretaria del director. Al ser domingo, ni él ni la gobernanta están en la residencia, así que voy a pasarte con una de tus compañeras para que te dé las pautas de trabajo y te proporcione el uniforme.

Asiento y la sigo por un pasillo alfombrado que nos lleva a las traseras del edificio. Tras una puerta hay una habitación con taquillas, un par de armarios y un improvisado comedor/cocina.

–Este es vuestro *office*. Ahí al lado –me indica–, están las duchas por si queréis usarlas al terminar el turno. Como empiezas de mañana, desayunas y almuerzas aquí; por las tardes se cena. –Se interrumpe al ver llegar a una chica muy delgada y pecosa que me sonríe abiertamente. Me la presenta–: Ella es Iona, te informará de cualquier duda. De todos modos, estaré en mi despacho. Bienvenida al equipo, Marta.

Se lo agradezco con un gesto y nos quedamos solas Iona y yo.

–¿Hablas inglés?

Mi desconcierto le arranca una sonrisa.

–Melisa y Jacky lo chapurrean solo, no te sorprendas. Son hondureñas.

–Yo soy española. –Le tiendo la mano–. Me llamo Marta. Marta Nogales.

–Encantada. –Me aprieta los dedos con fuerza–. Ven, lo primero es darte la ropa.

Abre un armario y veo enfundados distintos uniformes blancos, iguales al que ella luce, con la insignia de la Residencia Asmuir. Me mira y me entrega uno de talla mediana. También unos zuecos del mismo color. Me recuerdan a los de mi trabajo habitual.

–Estás muy delgada, pero pienso que este te servirá. De la S te quedaría corto el pantalón –parlotea mientras lo desenfundo–. Ahora te dejo sola para que te cambies.

–No soy pudorosa –le indico, empezando a desnudarme.

–El resto tampoco lo somos, pero, claro, llevamos unos meses juntas. ¿Tienes hambre? Solemos desayunar a… –Sonríe al verme negar–. Perfecto, entonces desayunaremos a las nueve. Mientras, vamos a subir a planta y te voy indicando. Hoy trabajas conmigo. Mañana, Marion te designará tus tareas; es la gobernanta –aclara–. Los sábados y domingos no tenemos a nadie sobre nosotras, son más relajados. De todas formas, el equipo en general es muy agradable. No suele haber malos rollos. ¿Has trabajado antes en una residencia de ancianos?

–No, es la primera vez.

–No te preocupes. Los residentes, excepto en momentos puntuales, son correctos. La mayoría tiene mucha pasta y lo único que les importa es que seamos respetuosos. Están acostumbrados a mandar. –Se alza de hombros en un gesto significativo–. Te iré explicando según se te presenten las dudas, ¿te parece bien?

–Me parece. Gracias, Iona.

Mientras subimos a la primera planta me comenta que hay cuarenta habitaciones, algunas ocupadas por matrimonios; que la compañera de este turno se llama Melisa y el resto son Laren y Jacky. Libramos dos días a la semana. Me darán otro uniforme, y de la ropa sucia, tanto del personal como de los residentes, se encarga una empresa externa. El desayuno nos lo hacemos nosotras, pero el almuerzo y la cena nos lo proporciona cocina.

Parece tan idílico que algún truco debe de haber. Pero no lo encuentro, no al menos a lo largo de la mañana, donde me río con Melisa y aprendo rápido del buen hacer de Iona.

Antes de irme a la cama veo un mensaje de Isabel en el móvil. Me dice que el castillo de Stirling es soberbio y lo acompaña con fotografías que lo atestiguan. ¡Qué maja es! Le envío varios emoticonos porque no tengo ganas de hablar. Effy me ha tenido toda la tarde de parloteo, empeñada en saber mil cosas sobre la residencia.

Lo cierto es que tanto ajetreo me ha venido bien para algo: apenas he dedicado un par de minutos a pensar en Manu.

Marion es tan atenta como el resto. Confirma con Iona que sé realizar mi trabajo y me asigna mi parte de las habitaciones, además de la limpieza del comedor tras el desayuno y el almuerzo. Durante la charla nos interrumpe un señor de cierta edad que se presenta como Craig McLean y me da la bienvenida oficial. Es el director. Se ofrece para lo que necesite y se marcha de nuevo. Me gusta mucho la ausencia de suficiencia en los cargos más altos. En España es raro encontrarla.

Trabajo, desayuno y conozco al personal de cocina: Sloan, Elliot I y II y Mai, la camarera y friegaplatos, con la que establezco de inmediato un lazo de simpatía, mientras limpio el comedor. Más tarde almorzamos todos juntos en el *office*, además de con Joao, el jardinero, que es un joven brasileño que le pone ojitos a Melisa.

Me cuentan que el director, la secretaria –su hija– y Marion, junto con Greta, la enfermera, y Sonja, la fisioterapeuta, hacen uso del comedor media hora antes que los residentes. El médico, al parecer, acude dos horas por las mañanas, aunque siempre está localizado. Pero no come aquí.

El resto del tiempo se nos va en bromas y alabanzas a la comida, que está realmente buena. De primero tenemos un potaje de patatas y carne y de segundo un pescado a la plancha. Paso del pudin porque estoy llena, pero sí agradezco un café. ¡Empezaré a correr por las tardes, porque entre estos y Effy me van a engordar demasiado!

Con el paso de los días voy conociendo a los residentes. Los hay de movilidad reducida y autónomos, pero todos agradecen que les ofrezcas ayuda. Hay un señor con bastón, Iver, que me cae fenomenal. Se dirige a mí como «bella española» y me cuenta recuerdos de cuando veraneaba en España. Le encantan nuestras playas y nuestro clima, e incluso se instaló en Málaga una temporada, pero añoraba demasiado Escocia y se volvió. Le gusta que le hable en mi idioma porque dice que es una lengua maravillosa, así que le doy el gusto cuando nos encontramos. También hay un matrimonio, Archie y Rona, que me han cogido cariño solo porque él se tropezó en un pasillo y corrí a auxiliarlo. Me dejan chocolatinas en el carro un día sí y otro también.

Llevo dos semanas en el trabajo y me he integrado como uno más. Los turnos de tarde son demasiado tranquilos y me apunto a ayudar en lo que haga falta; no por hacerme querer, sino para pasar mejor las horas. Hasta el momento, nadie se ha quejado. Esta noche toca el piano un tal Thane después de la cena. Me encargaré de acomodar a los más dependientes y de acompañarlos después a sus habitaciones porque Mai, que hace horas extras, está desbordada. Los residentes disfrutan mucho con la velada musical, según me han contado. A ver qué tal.

¡Si me dieran con un palo en la cabeza no estaría más pasmada! Estoy aposentando a la señora Brown cuando se escucha un alboroto en la puerta del salón y entra un hombre, gastando bromas. Nuestras miradas se cruzan y él enarca las cejas castañas con un exagerado gesto de sorpresa, pero seguro que mi cara no deja de ser un poema también. Es el hombre del autobús. El de los ojos verdes. Acude directo a mí y su sonrisa parece de dentífrico, tan blanca y evidente.

–¿Es usted escocesa? Pensé que...

–Española, Thane, Marta es española –le reconviene la señora Brown–. Y esas no son maneras de presentarse un caballero escocés.

Él se ríe, divertido, y esboza una mueca compungida.

–Tiene mucha razón, Margarithe. He sido descortés. –Me tiende la mano y se presenta–: Thane Gilmore. Encantado de conocerla.

Se la acepto con desgana, pero la suelto enseguida, abochornada.

–¡Así que es usted pianista! Lo estaban esperando.

–Mis «abuelos» –recalca– son demasiado impacientes; hasta las siete no empiezo. –Mira mi uniforme como si antes no lo hubiera notado–. ¡Trabaja usted aquí! Pero desde hace poco, ¿no es cierto? Nunca nos hemos cruzado.

–Es mi segunda semana –asiento.

–Creí que no volvería a verla –admite con complacencia–. ¿Se quedará a escucharme?

–Claro. Estoy ayudando a su público a sentarse.

Mantiene esa sonrisa de infarto que gasta y se despide con un beso a la señora Brown, a la que susurra: «La primera pieza es para usted, Margarithe», aunque sus ojos no se apartan de mí. Nerviosa, termino de acomodar a varios residentes, y cuando empieza la función, Mai y yo nos apoyamos en la pared del fondo y nos dejamos mecer por la música. Thane toca muy bien. Acepta seguir el repertorio que los ancianos le dictan y la hora se nos pasa volando.

Simulo no darme cuenta de que sus ojos me siguen y ayudo a desalojar el salón. Cuando regresamos para ordenarlo, se ha ido. Me deja un cierto sinsabor, pero me llamo idiota y continúo mi tarea. Mañana y el lunes descanso. La semana pasada no

hice nada especial, pero esta quisiera coger un autobús y largarme a cualquier parte. Lo malo es que no
coincido con Mai o Iona, que son con las que mejor
me entiendo; pero, bueno, iré sola.

Cavilando al respecto salgo a la calle y me detengo, sorprendida. Thane está delante de la baranda
del río, fumando de un *vaper*. Nada más verme sonríe y mis pasos me llevan a su lado.

–Hola, ¿qué haces por aquí? –El tuteo me sale espontáneo, ahora no estoy en el trabajo.

–Esperarte. Supongo que has cenado, pero igual
me aceptas una copa.

Lo dice tan tranquilo y yo me acuerdo de la rubia
guapa; no obstante, asiento con un gesto. Admito
que me llama la atención y parece que voy a verlo a
menudo. Mai me ha contado que toca todos los sábados.

Sin mediar palabra se encamina al centro y lo
sigo. El Lauders es un *pub* muy popular, bullicioso,
pero también acogedor. Me pone la mano en la espalda para guiarme y enseguida el camarero nos
indica una mesa que acaba de quedar libre en un
rincón. Luego se acerca con una sonrisa abierta, de
esas que tanto gastan por aquí.

–Hola, Thane, tú lo de siempre. ¿Y tu preciosa
acompañante?

Contengo la risa al escuchar el piropo, pero ellos
no se inmutan.

–Una cerveza, por favor. Una Black Isle, a ser posible.

El camarero asiente, satisfecho.

–¡Chica lista! Es la mejor.

Thane permanece en silencio aunque me pilla
mirando en rededor y, de paso, calibrándole a él. ¡Sí
que es calladito, el chico! Ataco, para romper el hielo.

–Eres un habitual, por lo que parece.

–Sí, Gavin es dueño del *pub* y somos muy amigos.

El susodicho nos interrumpe con dos Isle y una ración de patatas fritas recién hechas.

–¿Queréis cenar algo? Rosmary se marcha en breve.

–No, hemos cenado; gracias –responde él, y su amigo desaparece con un «OK».

–¿Tú también has cenado? –Me sorprende, porque apenas ha pasado una hora desde que salió de la residencia.

–Sí, me llegué a casa después del concierto. –Parece entender mi confusión y se explica–: Vivo a pocos metros de donde trabajas.

En un *flash* me llega la imagen de la preciosa casa y el Porsche, y las asocio con el tema «música» y el adjetivo «famoso» que Effy me cotilleó.

–¿Tu casa es la de los parterres tan cuidados y el cochazo de lujo? –Me sale sin pensar y lo hago reír.

–Sí, supongo que es esa. ¿Dónde vives tú?

–Dos casas más abajo. En el *bed and breakfast* de Effy Connors.

Ahora le toca a él el turno de sorprenderse.

–¿Dos casas? ¿Y en estas semanas no hemos coincidido nunca?

Alzo los hombros, igual de perpleja, y pruebo las patatas. Están deliciosas. Después levanto la botella y propongo un brindis.

–¡Por las coincidencias!

Thane brinda conmigo y le da un trago largo a su cerveza. Luego vuelve a mirarme. Como parece poco dado a hablar, lo hago yo. No me siento cómoda en los silencios si mi interlocutor es un desconocido.

–Cuando nos vimos la otra vez pensé que eras un turista. Y mira por dónde, somos vecinos.

–Yo también creí que tú lo eras. Una turista muy solitaria... Y algo triste.

Asiento, sin ganas de darle explicaciones. Bebo de nuevo y, mientras, él saca su móvil y enreda en sus fotos. Me tiende el aparato para enseñarme algo.

–Quizás te apetezca tenerlas. Sales muy bien.

Con desconfianza voy pasando imágenes, de las que soy protagonista, en el castillo de Urquhart. Son muy bonitas, con ruinas y paisajes de fondo, pero me asusto en serio.

–¿Eres un acosador o algo parecido?

Primero se asombra y luego suelta una carcajada sincera.

–No, discúlpame por el atrevimiento, pero te enfocaba y me gustabas tanto... Era una pena que no tuvieras esas instantáneas. Vi que le pediste algunas a un alemán, pero solo del interior. Si me das tu número, te las paso. Y, si te molesta que las tenga, las borro.

Parece tan sincero que me siento culpable de mi desconfianza. Pero es que, ¡narices, no es lógico que estuviera con la rubia y me fotografiara a mí! Decido quitarme la duda.

–Oye, tú ibas con una chica.

–Sí, mi prima Lisa. Es irlandesa y le estuve haciendo de anfitrión. ¿Pensaste que éramos pareja?

Asiento de nuevo, confusa por que trate su descaro con tanta tranquilidad.

–Pues no. Hubiera estado feo lo de las fotos, de ser así. Ella también se mantuvo pendiente de ti. Le pareciste afligida. A decir verdad, fue la que primero se dio cuenta.

No abro la boca. No sé qué decir. Y, desde luego, no pienso contarle mi vida a este hombre, por guapo que sea.

–¿Quieres las fotos? –insiste, y veo que es un modo de pedir mi número, pero se lo doy. Lo apunta después de escribir mi nombre sin habérmelo preguntado y enseguida escucho el pitido en mi aparato–. ¿Prefieres que las borre?

Con la cara como una amapola, me atrevo a interrogar.

–¿Para qué las quieres tú?

–Son estéticamente bonitas –admite, aunque sus ojos verdes están inusualmente serios.

Vuelvo a alzar los hombros en señal de indiferencia, aunque no sea verdad. Me pone nerviosa saber que me guarda entre sus fotos. Para escapar del tema, improviso otro.

–Bueno, y... ¿a qué te dedicas? ¿Eres músico profesional?

Él termina su cerveza y le hace un gesto a Gavin para que traiga otra ronda. Dejo el resto de la mía, que se ha recalentado, y doy un largo trago a la nueva. Casi no espero que me responda, cuando lo hace.

–No; lo fui, pero ya no. Tengo un estudio de grabación y con eso me conformo. Solo toco para los amigos.

Sonrío pensando en los abuelos.

–¿Los residentes son amigos?

Él me mira más serio de lo normal.

–Muchos sí. Toco porque mi hermano Duncan me lo sugirió hace unos años y la verdad es que disfruto con el recital tanto como ellos. Los dos somos voluntarios. Él es médico, no sé si lo has conocido. Pasa consulta casi todos los días, un par de horas. Empezamos cuando nuestra abuela se empeñó en ser residente porque ya estaba mayor para vivir sola. Lo vimos como un modo de estar pendientes de ella, y lo cierto es que la trataron tan bien que

los dos hemos seguido colaborando tras su falleci-
miento.

Parpadeo, fascinada por una historia tan conmo-
vedora.

—Eso..., eso es precioso —susurro.

Ahora sí se dispara la sonrisa de Thane. ¡Por Dios,
qué atractivo es!

—Gracias. Los escoceses solemos ser solidarios.
¿Los españoles no?

—Sí, bastante. Pero quizá no de un modo tan constante.

—Duncan tiene su plaza en el Raigmore —se explica al captar mi falta de comprensión—. Es un hospital
muy grande. Incluye un centro para la ciencia de la
salud y sirve de facultad para algunas universidades
cercanas. Él es médico y da clases, pero siempre reserva un par de horas para la residencia. Los abuelos
lo aprecian mucho.

—¡Como para no hacerlo! —replico yo—. Y a los dueños les vendrá de maravilla vuestra generosidad.

—Asmuir es una sociedad mixta. Se financia con
subvenciones del Estado y el dinero de los jubila-
dos. La crearon los McLean para cobijar a los suyos y
abrieron las puertas al resto de Inverness para man-
tenerla. Es un lugar muy acogedor. ¿Cómo la cono-
ciste tú? ¿Vienes de España, no?

—Sí, de Toledo, una capital de provincia. Necesitaba trabajar y en la oficina de empleo me lo ofrecie-
ron. Me gustaba la idea de conocer Escocia, así que
acepté —confieso, sin faltar a la verdad.

—Apenas sé nada de España —admite—. ¿Escocia
es popular allí?

Río, divertida, recordando a Isabel.

—Bastante. Hay libros y series de televisión sobre
vosotros. ¿No conoces *Outlander*?

Frunce el ceño y ríe, divertido también.

–Sí, esa serie en la que un tío con faldas ha revolucionado al género femenino.

–¡Esa misma! –afirmo, risueña.

–Te brillan los ojos. ¿También tú querrías un romance con Sam?

¡Mis ojos no brillan, relucen!

–¿Conoces a Sam Heughan?

–Es escocés –dice, como si tal cosa.

–¡Por Dios! Si fuera mi amiga Isabel me tendrías de rodillas, pidiéndote un encuentro...

Ríe y luego se queda serio.

–¿Y tú no lo pedirías?

–No –niego, convencida–. ¿Para qué lo querría? Es un actor. Hace muy bien su papel, pero seguro que le aburre tener detrás a millones de histéricas. Preferiría conocer a la escritora de la saga.

Thane termina su segunda cerveza y me mira con el casco en alto.

–¿Quieres otra?

–No, me voy a achispar. Prefiero dar un paseo de vuelta a casa.

Sin poner mala cara, se levanta y paga en la barra. Me pongo una cazadora vaquera sobre el vestido corto y respondo al ademán de despedida de Gavin.

En la calle hace bastante fresco, pero Thane no se inmuta pese a llevar una camiseta de manga corta. Ahora me fijo en que se ha quitado la camisa con la que tocó en la residencia. Antes iba de negro y ahora, de azul. Saca el *vaper* y me ofrece, pero niego. Andamos a la par, silenciosos, aunque ya me siento cómoda.

Llegamos frente a mi puerta y vuelve a hablar.

–¿Mañana también trabajas?

Titubeo, pero me parece tonto mentir.

–No. Ni mañana ni el lunes. Son mis días de descanso. Creo que saldré de excursión.

Ahora la mirada que se ilumina es la suya.

–¿Dónde quieres ir?

–No sé; no lo he pensado.

–¿Conoces Edimburgo?

Retrocedo un paso, insegura de dónde vamos a terminar. Thane se me adelanta.

–Unos chicos que patrocino cantan en el Fringe. Me han pedido que los ayude con la promoción. Sería pasar una noche allí y volver al día siguiente. Si no te apasiona la música puedes ir por libre, de turista, aunque en estas fechas anda todo abarrotado.

Mantengo el silencio, con ganas de apuntarme, pero también con desconfianza. ¡Acabamos de conocernos, por Dios! Thane insiste.

–Si te preocupa el alojamiento, tengo casa en la ciudad. Con muuuchos dormitorios –acentúa con gesto canalla–. También es probable que lo estén ocupando algunos amigos indeseables, pero, vamos, un par de camas nos dejarán. Yo me encargo.

Me termina de decidir lo del número: dos camas. En principio no parece peligroso. Acepto y él me premia con una sonrisa satisfecha.

–¿Cuándo saldríamos?

–¿Sobre las nueve? El viaje dura dos horas y pico, depende del tráfico.

De repente lo recuerdo y casi brinco de alegría.

–¿Vamos a ir en el Porsche?

–No tengo otro auto. –Repara en mi sonrisa–. ¿Te gustan los deportivos?

–¡Mucho! Pero nunca he subido a ninguno.

Él responde con una mueca complacida.

–Pues mañana es tu día de suerte. Te recojo a las nueve. Buenas noches.

Sin más, se da la vuelta y continúa calle adelante.

Yo, más feliz que unas pascuas, entro en la casa y subo a mi dormitorio. No quiero despertar a Effy, que es bastante madrugadora. Mañana le contaré mi encuentro con su famoso vecino y nos reiremos las dos. Me desnudo con prisas y me meto en la cama con el corazón saltando. ¡Hacía mucho tiempo que no me sentía ilusionada! La imagen de Manu me invade un instante, pero la aparto con premura. No quiero fastidiar una sensación tan grata.

3

¡Viajo de copiloto en un Porsche! ¡No me lo puedo creer! La tapicería es de cuero y, aunque es raro ir sentada tan cerca del suelo, resulta cómodo. He dejado mi mochila con lo indispensable en la parte de atrás, junto a su maleta.

No sabía qué ponerme y he optado por vaqueros, camiseta y zapatillas. Parece que he acertado porque él lleva lo mismo.

Durante el desayuno, Effy me ha puesto la cabeza loca con datos de Thane: está divorciado y tiene una hija, tocaba el bajo en un grupo que fue muy famoso veinte años antes, Warriors. Le sorprende que no los conozca, pero es que ni me suenan. Ya buscaré en YouTube. Me ha confesado que sabe todo eso por las revistas, porque de joven fue muy fan del grupo, pero que ahora todos se dedican a otras historias y ya no son portada.

Desde que he subido al coche él se ha limitado a sonreír tras un «Buenos días»; nada más. Decido hacer más ameno el viaje, pese a sonar buena música de fondo. Algo celta.

–Mi casera me ha puesto al tanto sobre ti.

Le veo enarcar una ceja, sin volverse a mirarme. La carretera es sinuosa y conduce con pulso firme, a una velocidad endiablada.

–¿Algo que te haya impresionado?

Río, asombrada de su indiferencia.

–Parece que estás acostumbrado...

Se encoge de hombros y durante un segundo me mira con esos ojos verdes que lo iluminan todo.

–Es un mal menor. Además, ya hemos pasado de moda.

–¿No te apena haber dejado de ser famoso?

Su risa es sarcástica y aminora la velocidad para centrarse en la conversación. Se lo agradezco; ahora puedo ver el paisaje, antes era una sucesión de imágenes desdibujadas.

–Lo peor de esa época fue la fama. Lo mejor, cantar en escenarios. Era nuestro sueño desde la infancia y lo conseguimos siendo bastante jóvenes. ¿También te ha hablado de mi vida privada?

Asiento y tuerce el gesto, resignado.

–Entonces ya sabes que tengo una ex y una hija de quince años.

–Lo de la edad lo ignoraba. ¿Vive con su madre?

–Sí, en Glasgow. Pasa las vacaciones y algunos fines de semana conmigo. Cuando le apetece.

Me parece agradable su manera de expresarlo.

–¿Te consideras un buen padre?

Ahora sí que me mira, perplejo.

–¿Cómo se sabe eso?

–Si tu hija quiere estar contigo a menudo, será que te aprecia. Si pasa de ti..., mal síntoma –presupongo.

–Pues me adora, entonces. Querría vivir en Inverness, pero su madre trabaja en moda y le va mejor

Glasgow. Edine es muy cariñosa con todo el mundo. Una buena estudiante, además. No da problemas.

–Y con tu ex, la relación... –Me doy cuenta de que me estoy dejando llevar por la curiosidad y me detengo, avergonzada–. Disculpa. No tengo derecho a hacer preguntas tan personales.

–La relación con Leana es aceptable. Era una *groupie* de Warriors y en aquella época todos actuábamos sin pizca de conocimiento. Se quedó embarazada con diecinueve años y me pidió consejo. Decidimos tener a la criatura y nos casamos cuando nació, por darle estabilidad a Edine. –Lo describe como si fueran sucesos ajenos a su persona; como si ya no fuera ese hombre.

–Gracias, Thane, pero no necesito saber más. Es tu vida.

–No me molesta contártela. –Hace una pausa significativa y me deja de piedra con lo siguiente–: No me dará derecho a preguntarte a ti, no te agobies.

–Te he contado cosas –me defiendo, sabiendo que es mentira.

–No pasa nada, Marta. Respeto tu privacidad. Lo único que me apetece es que seamos amigos.

Está tan serio que me tienta bromear.

–¿No me añadirás a la lista de los ligues, pues?

Aminora la velocidad muchísimo y me mira, cargado de intención.

–Hace mucho que paso de ligues. Estoy viejo para eso. Pero si te apetece en algún momento, solo tienes que insinuarlo.

Río, nerviosa; por varios motivos.

–¿Esperas que yo me insinúe? Está bien, no sucederá. ¿Y viejo para ligues? ¡Si no tendrás ni cuarenta!

–Por poco. Treinta y nueve. ¿Y tú?

–Siete menos.

–Sospecho que tampoco buscas ligues.

Reímos los dos, compenetrados.

–No. Para nada.

–¿Amigos, entonces?

–Amigos –asiento.

Cambia la emisora y pone música de *rock*. El camino hasta Edimburgo es largo, con mucho tráfico, pero me siento a gusto en el habitáculo con Thane. Como si nos conociéramos desde hace tiempo.

Había visto imágenes de Edimburgo, claro. De sus calles preciosas, de las vistas del castillo, de los jardines... Pero nunca imaginé pisarlo con tantísima gente. La afluencia en las calles es opresiva. Dejamos el auto en un garaje a pocos metros del edificio donde Thane tiene el piso y subimos el equipaje. Debe de haber llamado para avisar porque el salón es una leonera con restos de una fiesta, pero no se ve a nadie por el medio. Me indica un dormitorio con vistas a un jardín y él deja su maleta en el contiguo. El baño es compartido, aunque no lo veo porque hay alguien en la ducha. Me ofrece un café que no acepto y salimos a la calle; eso sí, con un chubasquero porque el cielo se muestra amenazador. Las terrazas están a tope y hay colas en algunas tiendas de Victoria Street, que queda a la vuelta. Lo miro todo, embobada, y Thane se muestra pendiente de que no me choque con los turistas. Doy gritos ridículos al ver la tienda de Harry Potter y una librería con la fachada amarilla y escaparate maravilloso, pero él tira de mi brazo y me obliga a seguir con la promesa de ver Edimburgo en otro momento; ahora es imposible. La gente abarrota las calles y los interiores. Andar se vuelve más complicado, si es posible, cuando nos adentramos en la Royal Mile. Ahora nos sentimos empujados. ¡Qué agobio! Thane me coge de la mano y me pega a su costado para que no nos separen. Yo voy atenta a las cercanías de San Giles y cuando descubro el corazón de Midlothian en la acera, me detengo, precavida. La sorpresa en sus ojos muda en una carcajada que queda acallada por el ruido que nos rodea.

–¿Conoces la tradición?

–¡Claro!

–Haces bien en tener cuidado, entonces. Acabas de garantizarte el amor verdadero. Pero si no escupes, no tienes seguridad de volver a Edimburgo ni de tener buena suerte.

Mi cara dibuja un gesto de asco que le provoca más risas.

–Vale, esa parte quizá debamos ir olvidándola. Suena medieval.

De repente, me dan un empujón y casi meto un pie en el corazón, pero Thane, más rápido, tira de mí y lo impide.

–Perdona la brusquedad; no quiero que renuncies al amor verdadero.

Una nube cubre mis ojos medio segundo y sé que él lo ha notado, pero mantiene el tono jocoso:

–Venga, dejemos que la ciudad nos sorprenda. Siento que tengas que verla así, pero después de la pandemia, la gente se ha vuelto loca por retomar los festivales.

Caminamos entre el gentío hasta un pequeño escenario donde unos chicos cantan, entregados. Tienen bastante público alrededor y Thane me ayuda a sortearlo para ponernos en primera fila. En cuanto ellos lo reconocen, hacen gestos de saludo y siguen tocando. Una vez que terminan la canción, se acercan a darle calurosos abrazos.

–¡Has venido, tío! ¡Eres el mejor! –Le palmea la espalda un chaval de aspecto punk.

–¿Cuánto os queda para acabar?

–En media hora estamos contigo –asegura, y cuando regresa a su puesto, veo que es el batería.

Thane se vuelve a mí y me habla al oído.

–¿Te importa si los escuchamos un rato? He de hablar con ellos después. Les han ofrecido un contrato.

Asiento y, para librarme de los empujones, me coloca delante. Es una sensación extraña. Me recuerda al afán protector de Manu y me gusta que sus gestos carezcan de segundas intenciones. No vuelve a tocarme para cogerme la mano hasta que el grupo recoge sus bártulos y vamos a la cafetería de un hotel exclusivo, el único lugar con espacio disponible. Los chavales desentonan de lo lindo, y puede que incluso yo, pero Thane se maneja con naturalidad. Nos sirven las cervezas y compruebo que allí también lo conocen. Cuando me presenta a la pandilla, no hacen preguntas incómodas; son respetuosos y simpáticos, nada que ver con lo que se espera por su *look*. Me gusta constatar que los prejuicios son una estupidez.

Me abstraigo mientras ellos hablan de negocios y reflexiono acerca de lo que he visto. Me da rabia que en mi primera vez en Edimburgo no vaya a visitar la ciudad, pero entiendo que el Fringe es para vivir la calle, no para los monumentos, así que me resigno a lo que el día nos depare.

Nos depara una juerga en la terraza de un edificio, en la zona antigua. Tras dejar a los chicos y realizar una llamada, Thane me guía por callejones y calles concurridas y terminamos subiendo las escaleras de un bloque de aspecto milenario. La terraza está a tope de una variopinta muchedumbre con vasos o botellines en las manos. Muchas cabezas se vuelven al divisarnos y las sonrisas florecen al reconocer a Thane. No cabe duda de que es un hombre popular. Gavin, el dueño de Lauders, se acerca para saludarnos con énfasis, como si no nos hubiéramos visto la noche anterior. Lo siguen dos tipos más que me presentan como Cameron y Ken. Ninguno parece sorprendido de mi presencia junto a su amigo. Él me pregunta qué quiero tomar y enseguida tengo una cerveza en la mano. Se asegura de traer también una bandeja de canapés y nos los zampamos en medio minuto. Creo entender que son músicos también y me queda claro cuando la multitud se abre y los cuatro terminan sobre un pequeño escenario. Thane me sonríe a modo de disculpa, pero estoy encantada de escuchar cómo toca su grupo, por fin.

Gavin se coloca en la batería, Ken afina una guitarra y Thane, un bajo. El vocalista es Cameron.

No conozco nada de lo que tocan, aunque a mi alrededor les corean a voces y ellos se ríen. Lo pasan bien actuando; se nota. O todos son amigos o conectan muy bien con el público. Intentan dejarlo varias veces, pero les solicitan canciones y les siguen el juego. Menos mal que las bandejas con comida no dejan de pasar porque, si no, hubiera estado famélica al final de la tarde. Encuentro un taburete alto para sentarme y las cervezas me llegan sin pedirlas. Es como estar en un concierto solidario. Todos están pendientes de todos. Resulta agradable.

Warriors abandona el escenario y una música parecida suena en los altavoces. La gente baila, desinhibida. Thane me acepta un botellín que le tiendo y lo bebe de un trago. Sus compañeros están recibiendo parabienes a nuestro alrededor.

–¿Te hemos gustado?

–Bastante –asiento–. No conocía las canciones, pero son muy buenas.

–Están bien, sí. Nos piden que volvamos a los escenarios, pero ya no es tiempo. Estamos mayores para giras y *groupies*.

–Ya sé que Gavin tiene el bar y tú el estudio de grabación y que vivís en Inverness, pero ¿y el resto?

–También tienen casa allí. ¡Somos amigos desde niños! Ken vive a salto de mata porque tiene una productora de cine y viaja mucho; Cameron, sin embargo, le puso una inmobiliaria a su hermana y la ayuda con el negocio. Nos retiramos con dinero de sobra para no agobiarnos por el futuro. Tuvimos mucha suerte.

Me apabulla que lo diga con tamaña tranquilidad. Si las cosas son como cuenta, debieron de ser muy famosos, pero lo asume sin darse importancia. Me agrada su actitud.

No tengo tiempo de pensar nada más. Sus compañeros comentan que tienen hambre y nos vamos a un restaurante cercano. Soy la única mujer del grupo y me integran con amabilidad, atentos a mis gustos. O soy la persona más afortunada de Escocia o es que en este país todos son adorables. Cenamos, reímos y acabamos repartidos por las camas del piso de Thane, con mucho más alcohol en las venas del que creí que pudiera aguantar. Caigo redonda, ajena al bullicio de fuera.

Por la mañana me despierta el aporreo de la puerta. Salgo a trompicones, asustada, y me encuentro con Cameron en el pasillo, cargando una bolsa grasienta y con pinta de no haberse duchado. Usa la misma ropa del día anterior.

–¡Venga, dormilona, hay que desayunar!

Thane aparece por la puerta de al lado, restregándose los ojos.

–¿Qué coño haces, Cam? ¿A qué vienen esos golpes?

–Me desperté hambriento y bajé a por cruasanes. ¡Joder, tío, encima que me preocupo de vuestros estómagos!

Hablando de estómagos, siento que el mío se quiere vaciar. Un regusto amargo me sube a la boca y Thane deja de ocuparse de Cameron para fijarse en mí.

–¿Te sientes mal?

–Fatal –admito–. Nunca bebo de ese modo.

Cameron me sujeta de la cintura y me arrastra a la cocina.

–Si no has vomitado, ya no lo harás. Necesitas asentar el estómago. –Da la orden a Thane, que nos ha seguido–: Búscale un zumo de tomate y prepara cafés, anda, que para eso es tu casa.

Me ayuda a acomodarme y me doy cuenta de que la estancia es acogedora, con una mesa grande y dos bancos que la rodean. Enseguida tengo delante el zumo y me lo trago de un tirón. No me gusta, pero sé que ayuda con la resaca. Ellos también lo toman.

Cuando la cocina huele a café, aparece el resto. O han dormido con la ropa puesta o se han vestido de mala gana; están desaliñados, igual que Cameron. Thane, sin embargo, solo lleva un pantalón de pijama. Sus pectorales son estupendos y disimulo haberlos mirado. Entonces caigo en que yo estoy con mi conjunto de pantaloncito y camiseta de tirantes. Descalza. Tampoco recuerdo cuándo me cambié. ¡Porque no quiero ni pensar que no lo hiciera yo! Ellos, no obstante, parecen inmunes al hecho de estar solos con una mujer. Deben de haber tenido muchas, pienso, o no soy su tipo, o... Dejo de cavilar y me como un dulce, acompañado de un café cargado.

Hacen planes para volver a salir, pero el anfitrión me mira antes de decidirse.

–Te dije que regresaríamos hoy. Lo haremos cuando prefieras. ¿Antes o después del almuerzo?

–Después –corean todos, haciéndome reír.

–Depende. Thane tiene que conducir porque yo no me atrevo con vuestro dichoso volante. Si la salida incluye alcohol, no vamos.

Ken me sujeta por los hombros y hace una burda imitación de estar pedo.

–¡Los Warriors no nos emborrachamos jamás!

Lo empujo con familiaridad, contenta de participar de sus bromas.

–Igual los Warriors no, pero esta mujer no tiene vuestro aguante. Y mañana tengo que trabajar.

–Tranquila, Marta. Yo abro el Lauders esta noche, tampoco me desmadraré –asegura Gavin.

Thane se pone en pie y no puedo evitar admirar su físico. ¡Joder, con el cuarentón, qué bien se mantiene! Me parece vislumbrar una chispa de burla en sus ojos, pero los aparta enseguida de mí.

–Mientras nos duchamos todos y cambiamos estas pintas, vamos a tener tiempo de poco. Vamos a Princes Street, escuchamos a algunos grupos y luego comemos en Rico's. Voy a llamar a Sandro. Marta, te gusta la cocina italiana, imagino.

Asiento, conforme, sin suponer que está hablando de un restaurante con estrella Michelín. Me entero después, cuando estamos sentados en cómodos sillones y nos entregan unas cartas con precios inalcanzables para mi bolsillo. Thane, pendiente de mí, me susurra, divertido: «Pide lo que te apetezca; paga Ken». Ellos eligen el vino y solicitan sus platos sin mirar apenas, lo que me da a entender que son asiduos. Yo escojo un *risotto* que saboreo con placer porque está exquisito, pero después me traen una carne que no he pedido y Thane asiente al camarero para que la deje, pese a mi protesta. Lo fulmino con la mirada, sin que se inmute. Compartimos postres los cinco. Y café. Y chupitos de *limoncello*.

Cuando consigo ponerme en pie, me siento redonda. Los platos no son copiosos, en absoluto, pero hemos vuelto a beber más de la cuenta. Los cuatro son esponjas vivientes. Yo, no. O eso pensaba.

Nos despedimos del grupo con besos y aspavientos, aunque sospecho que la única que va pasada de cuerda soy yo. Thane me ayuda a subir al Porsche y se coloca al volante como si tal cosa. Me quedo dormida al instante.

Cuando despierto, estamos en Inverness, frente a mi alojamiento, y la sonrisa del escocés es gamberra.

–¡Vaya viajecito me has dado! No has parado de roncar.

Me suben los colores con fuerza y abro los ojos con horror. No sé si es por eso o porque me había mentido, pero se apresura a negar.

–¡Es broma, joder! ¡Si hasta he estado tentado de zarandearte porque parecías muerta!

–Eres una mala influencia, Thane Gilmore. ¡He bebido estos dos días más que en toda mi vida! –aseguro con tono feroz para disimular que me da bochorno la situación.

Él sonríe, sin molestarse.

–Con que lo hayas pasado bien, me conformo.

Asiento, incapaz de negar lo evidente.

–Lo he pasado muy bien. Me ha encantado conocer a tus amigos.

–A ellos también les has gustado. –No se incorpora, tira de las asas de mi mochila y me la entrega–. Buenas noches. Que descanses y tengas una semana estupenda.

Miro sus ojos verdes, limpios y amables, y me despido antes de salir del auto.

–Gracias, Thane. Te deseo lo mismo.

Entro en la casa sin mirar atrás. Me siento rara, como si me estuviera despidiendo de una cita. El recuerdo de Manu me asalta la memoria y lo estropea todo, llenándome de culpabilidad. Menos mal que Effy me sale al encuentro y tengo que simular alegría porque no me apetece terminar estos dos días con mal sabor de boca cuando han sido estupendos, los mejores en muchos meses.

4

Durante el desayuno, la conversación se centra en la nueva vacuna para combatir la última versión de la covid-19, ómicron. Es de la compañía estadounidense Moderna y se ha aprobado en Reino Unido para la dosis de refuerzo de adultos. Parece que la pandemia pasó por la residencia con furor y causó numerosas bajas; por suerte, en estos momentos la salud de los ancianos está controlada. Iona y Melisa recuerdan los nombres de algunos que se fueron y sus ojos se vuelven vidriosos. Es lógico tomar cariño a las personas con las que trabajas porque, al menos yo lo veo así, se les percibe vulnerables. Iona explica a los que hemos llegado después, Joao, Kenzie y yo, que la plantilla estuvo interna en Asmuir varios meses y que la mayoría pasó por la experiencia del virus. Mis compañeros confirman que también lo pasaron y cuando me miran a mí, niego, con recuerdos aciagos de aquellos meses.

–Tengo tres vacunas porque no lo pasé –confieso, quedo.

Marion entra en el *office* y su presencia nos obliga a poner punto final a la tertulia.

–Marta, el consultorio médico necesita un repaso. ¿Puedes hacerlo ahora?

Asiento, por supuesto. Es la jefa quien lo ordena.

Acudo al ala destinada a sanidad con todos mis bártulos y, como la puerta está cerrada, llamo con los nudillos, por discreción. Me sorprende escuchar un escueto «Adelante» y avanzo, sabiendo con quién me voy a encontrar.

Duncan Gilmore es una versión más mayor de su hermano. Clava en mí sus curiosos ojos verdes y sonríe, afable.

–Hola, eres Marta, ¿verdad?

Afirmo, con cierta reserva por su interés, aunque mis ojos se van a las placas que hay expuestas en la pared.

–Hola, sí, soy yo. ¿A quién pertenecen esas radiografías?

Enarca las cejas con sorpresa, pero responde:

–A Iver Cullen. ¿Lo conoces?

–Claro. –Intento disimular que he interpretado la información. Se supone que solo soy una chica de la limpieza–. Le tengo mucho cariño. ¿Está mal?

–A su edad es difícil que esté bien, sobre todo por su osteoporosis.

–¿Necesita algún cuidado especial?

–No, ya se controla su plan de comidas. Poco más se puede hacer. –Se levanta y me tiende la mano–. Soy Duncan Gilmore, ya lo imaginarás. Creo que no nos habíamos visto antes. Perdona que haya utilizado a Marion para traerte aquí, pero sentía curiosidad por conocerte.

Se la aprieto con cortesía y ahora la interrogante soy yo.

–¿Quería conocer a la nueva chica de la limpieza? –Mi voz suena sarcástica sin remedio y él se sonroja.

–No, quería conocer a la chica española de la que mi hermano se ha hecho amigo. Anoche estuve en el Lauders con él, y Gavin preguntó por ti. Hasta ayer no sabía que existías, pero Gavin parece encandilado contigo. Ese grupo de solterones lleva una temporada sin amistades femeninas, por eso me llamaste la atención.

Me hace reír la expresión «grupo de solterones» porque, vamos, si no están pillados es porque ellos no quieren. Duncan me lee la mente.

–¡Son defensores de la soltería a ultranza! Menos mi hermano, que de no ser por Edine jamás habría caído en el matrimonio, y Cameron, que apenas duró tres meses casado, el resto tiene a gala que no pasará por la vicaría.

–Igual tuvieron demasiadas chicas, demasiado jóvenes –opino.

Duncan asiente, risueño.

–Sí, eso es cierto. Aquella época fue muy loca.

–¿Y tú? –me atrevo a contraatacar–. ¿Estás casado?

–Noooo –ríe–. ¡Para nada! Pero lo mío es distinto. Ninguna mujer me aguanta el ritmo.

No entiendo su comentario y vuelve a reír, divertido.

–¡Ha sonado raro! Me refiero a mi ritmo de vida. Trabajo demasiado. Entre el Raigmore, las clases y la residencia, apenas me queda tiempo para dormir. ¿Cómo voy a cortejar a una chica? ¡Me mandan al cuerno cuando llego tarde a la segunda cita!

Una nube fugaz atraviesa mis ojos, pero él la capta y me mira, curioso.

–¿He dicho algo inapropiado?

–No, no, doctor Gilmore; en absoluto. Lo que dice suena muy razonable.

Ahora su risa es por diferente motivo.

–¿Doctor Gilmore? ¡Nadie me llama así en esta casa! Soy doctor o Duncan, simplemente.

–De acuerdo, doctor –replico con retintín, deseando que no se empeñe en indagar en mi vida personal.

Él me amenaza con esos ojos verdes tan bonitos y empieza a recoger papeles.

–Me marcho y te dejo trabajar. Espero que sigamos coincidiendo.

Se quita la bata y veo que se mantiene en un perfecto estado físico. Usa tejanos y suéter de cuello de pico, bastante informal.

–Sabe dónde encontrarme –contesto en su mismo tono de chanza.

Me guiña un ojo y se va.

Yo vuelvo a mirar las placas. Iver está muy mal de los huesos; muy muy mal. Me entristece. Es un anciano encantador.

Esta semana trabajo de mañana y, por tanto, no tendría que escuchar a Thane al piano, pero como sé que Mai está haciendo horas extras para su ansiado viaje a Barcelona, me presento un rato antes del recital y la ayudo a trasladar a los residentes al salón. A cambio, ha prometido pagarme unas cervezas al terminar. No me importan las cervezas, es que tampoco tengo nada mejor que hacer en una tarde de sábado. Effy se ha apuntado a un curso de decoración floral y me vuelve loca con sus prácticas. Prefiero la residencia a quedarme en casa. Creo que Iona también se nos unirá en el bar. Hemos salido algunos ratos juntas y lo pasamos bien. Tiene novio, pero estudia en Saint Andrew y no puede viajar todos los fines de semana. Sus amigas habituales también estudian fuera de la ciudad. Mai no tiene cabeza nada más que para conseguir dinero y marcharse a España. Tiene idealizada la vida en Barcelona y espera encontrar trabajo de realizadora cinematográfica, que es lo que estudió; pero a sus veinticinco años está sin blanca y sabe que le aguarda un camino complicado. Por desgracia, no tengo contactos de ningún tipo en ese ámbito, así que no puedo ayudarla, pero me gusta su empeño en cumplir sus metas. Pese a ser joven, resulta bastante madura. Nos caemos muy bien. Iona, sin embargo, no aspira a otra cosa que trabajar y casarse algún día. Aunque seamos tan dispares, las tres formamos un buen tándem. La dulzura de Iona, la audacia de Mai y mi sensatez encajan bien.

Tenemos la sala llena de residentes cuando aparece Thane. Viene despeinado y viste un traje de chaqueta azul eléctrico. La corbata la trae en la mano, arrugada. Los abuelos lo aplauden, fervorosos, y él se limita a saludar doblando medio cuerpo y regalando sonrisas. Me mira, curioso, cuando se detiene ante mí, pero enseguida se sienta al piano y empieza a tocar una famosa melodía. El recital nos deleita hasta algo más de las ocho y cuando se despide de ellos, se acerca a mi rincón.

–No te esperaba por aquí –susurra, aunque parece que le agrada verme.

–Estoy ayudando a Mai. Tengo que irme.

–¡Espera! –Me sujeta del brazo para detenerme, aunque enseguida me suelta; los ancianos están pendientes de nosotros–. ¿Tomamos algo?

–He quedado con Mai e Iona.

–¿Dónde vais a ir?

–No sé. A cenar algo por ahí.

–Venid al Lauders.

–No sé si…

Se vuelve a Mai y le guiña un ojo.

–Mai, os invito a las pintas en el Lauders, ¿hace?

Ella ríe, divertida, y asiente. Thane se vuelve y me dice un silencioso «¿Ves que fácil?».

–Nos vemos allí –replica en voz alta.

Cuando nos reencontramos está relajado, de cháchara con Iona y Gavin en la barra. Tienen delante patatas fritas y un guiso de carne del que ya han dado buena cuenta. También se ha cambiado de ropa. Ahora lleva tejanos negros y camiseta. Al vernos llegar, acerca dos taburetes y nos los ofrece.

–Hubiera preferido una mesa –comenta mientras nos acomodamos–, pero este pesado no quiere perderse los cotilleos.

–¿Qué cotilleos?

–Debatimos, ya que las cosas esas que usáis las mujeres en vuestros días van a ser gratuitas, si no deberían serlo también los condones…

Espurreo el trago de cerveza sobre sus pantalones, pero, en vez de molestarse, suelta una carcajada.

–¿Tema «non grato» para ti?

Me limpio la boca con la manga de mi camiseta, sonrojada hasta las cejas, y niego.

–Me has cogido por sorpresa, solo. Estoy encantada con esa medida. Ya podían aprender en España.

–¿Y de los condones, qué opinas?

–Esos, gratis, también –asiente Iona y corrobora Mai.

–Supongo que sí. No sé. No compro. –Me aturullo como una idiota; me arden las orejas.

–¿En tu país es solo cosa de chicos? –curiosea Gavin.

–¡Nooo! Muchas madres se los meten a sus hijas

en los bolsos cuando se van de fiesta. –Para salir del berenjenal, asiento–: Sí, que lo sean también. Es importante para la salud, igual que lo otro.

–¡Ea! Pues haremos carteles y los pondremos en el bar, a ver quién nos secunda –bromea Thane.

–Oye, mi bar es muy serio. Aquí no ponemos carteles.

–Tienes el del referéndum ahí encima, ¿cómo que no pones carteles? –le provoca Mai.

Todos miramos el cartel azul que anuncia con un gran «YES» el anuncio de la primera ministra Nicola Sturgeon pidiendo referéndum por la independencia en 2023.

–Eso es distinto –se defiende Gavin–. Es una cuestión de principios.

–Me niego a hablar de política un sábado noche –ataja Thane la réplica de Mai–. Pon algo de cenar a estas chicas y atiende al resto de clientes, anda.

Pedimos unas minihamburguesas y más patatas (aquí todo se acompaña con patatas), y en cuanto el anfitrión se marcha a la cocina, Mai e Iona se ponen a hablar de asuntos del trabajo y yo me giro a Thane.

–Has estado a punto de llegar tarde al concierto –dejo caer.

–Estaba en Edimburgo, en una comida de trabajo, y nos hemos alargado de más. ¿Recuerdas a los chicos que tocaban en la calle?

–¡Claro!

–Pues han firmado un contrato cojonudo. Van a salir de gira por Europa ya mismo.

–¿Y tú los acompañarás?

Me mira con sorpresa.

–No, ¿por qué? No soy su mánager, solo los asesoro. Los conocí hace cuatro años, cuando vinieron a grabar una maqueta, y los apoyé porque me gustaron mucho. Jay –recordé al batería– se hará cargo. A pesar de su aspecto, es muy sensato y dirige al resto.

–¿Vosotros tuvisteis mánager?

–Sí, Sloan, un tío de Ken. Está retirado. Se fue a Mallorca y no ha vuelto.

Alzo los hombros con una sonrisa.

–Pasa mucho. Los alemanes y los británicos habéis invadido la isla.

Pilla una cerveza nueva y me la pasa. Él toma otra. Las chicas cotorrean, mirando alrededor. No parecen molestas por nuestro aparte. Gavin también las sirve a ellas.

–¿Conoces Mallorca? –me pregunta.

–Sí, estuve en una excursión de fin de curso.

Ríe con cara traviesa y me pasa la hamburguesa. Menos mal que es mini, porque es difícil de morder con tanto ingrediente. Thane, comprensivo, sostiene el plato hasta que tengo un pedazo en la boca.

–Yo la visité un par de veces, en plan turista: playas y discotecas.

Río y me atraganto. Me pasa la cerveza.

–¿A eso lo llamas «plan turista»? Nosotros os consideramos *hooligans*. Arrasáis por donde pasáis. ¡Peores que Atila!

–¿Atila, el de los hunos? Joder, pues sí que tenemos mala fama.

–Merecida. No tú –salto, viendo su cara de mosqueo–, pero sí los que beben hasta caerse muertos y destrozan las calles. Son muy bestias los ingleses cuando beben.

Su cara se distiende, divertida.

–¡Ah, vale! Te refieres a los ingleses. Nosotros somos escoceses. –Guiña un ojo para reafirmarlo.

Miro al cartel y luego a él; me provoca ser gamberra.

–Creí que no querías hablar de política.

Me tiende el plato para que muerda otra vez. Obedezco.

–Y no quiero. Que somos distintos es un axioma.[12]

Mastico y luego repito el guiño, lo cual le complace mucho.

–No voy a discutirlo. Yo también pienso que es distinto.

Sin más, me vuelvo a las chicas y me integro en su conversación. Ahora están dedicadas al cine, y como es un tema que me gusta, me sumo a las opiniones. Thane, para mi agrado, se pone a nuestro nivel.

Siento algo extraño cuando entro en la casa y subo hasta mi habitación. Thane se ha despedido con la misma corrección de otras veces y, sin embargo, algo en mi interior me dice que pare esa amistad. Tengo pánico solo de pensar en que dé un paso adelante. Pero lo peor no es que lo tema por él, sino por mí misma. No estoy segura de que la atracción que siento no me lleve a aceptar sus atenciones, y no quiero hacerlo. ¡No puedo hacerlo! El recuerdo de Manu aún está vivo en mi piel y sería como traicionarlo. Sé que algún día deberé rehacer mi vida, pero no tan pronto. Además, con Thane no tendría un futuro, solo sería una aventura; y yo jamás he sido ese tipo de chica. Pasado el año, regresaré a España. Allí me esperan mi casa, mi familia y mis amigos de siempre. No, definitivamente, Thane Gilmore no le interesa a mi corazón.

Pero antes de dormir me acuerdo de su sonrisa.

***

12 Proposición evidente que no necesita demostración.

He salido a correr, aunque lloviznaba a primera hora. Tras una mala noche necesitaba liberar mis pulmones y he recorrido unos cuantos kilómetros. Pasé por encima del puente colgante y descubrí un paisaje precioso que, luego he sabido por Effy, son las Ness Islands. Me paré a respirar, inmersa en la naturaleza, y a contemplar a los pescadores desperdigados por el río, sumergidos hasta la cintura, imagino que a la búsqueda del salmón. Ha merecido la pena el esfuerzo. No llevaba la cámara, pero lo he grabado en mis retinas.

Como estoy de descanso hoy y mañana, me permito desayunar con Effy en el porche. Ha hecho tostadas y las untamos con mantequilla y mermelada casera. Me he duchado y cambiado de ropa, pero sigo con la cabeza en las nubes, embargada por la paz del río.

Al terminar, Effy me pasa el *Inverness Courier* y ella abre el *Independent on Sunday* y ambas nos centramos en la lectura de la prensa. Comentamos cuánto nos enfada la movida con la primera ministra de Finlandia, Sanna Marin, como si no tuviera derecho a salir de juerga con sus amigos solo por ser política. Pero está claro que a las mujeres se les mide con distinto rasero. Por otro lado, la guerra de Ucrania es desesperante. Y los incendios en medio mundo y los terremotos y la subida del gas... Se quitan las ganas de leer los periódicos.

Pasan, por delante de la casa, el señor y la señora Dulls dando un paseo y entablamos conversación con ellos. Tanto Archie como Rona son encantadores, así que no nos cuesta nada dejar la lectura para charlar. Effy les ofrece unas sillas y estamos juntos hasta la hora del almuerzo. Antes de despedirse, Archie me guiña un ojo y me ofrece la chocolatina que siempre lleva dispuesta en un bolsillo. Río, porque hoy no es día laboral, pero él me asegura que «siempre es momento para endulzarse la vida». Le beso, agradecida, y le pego un muerdo al chocolate, para que vea que se lo tengo en cuenta.

Effy y yo recogemos los restos del desayuno y pasamos al interior. Las dos tenemos una sonrisa tonta en la cara. Me alegro mucho de haber dado con esta casera tan especial, habiendo tantos *bed and breakfast* en Inverness.

He pasado la tarde holgazaneando. Llamé a mis hermanos, y los niños quisieron hacer una videollamada para ver mi alojamiento, así que nos reímos por tonterías y nos lanzamos besos. Carmen y Raúl son gemelos, un par de años más pequeños que yo. Raúl tiene un niño de tres años, mi sobrino Adrián, y una niña de cinco, Sara. Carmen quiso ser madre soltera y tiene a Carlota, de nueve meses. Mis padres ya no viven, pero ellos se llevan muy bien y se cuidan mutuamente. También estuvieron pendientes de Manu y de mí en su momento, pero al final me sentía angustiada con tanta protección, por eso preferí huir a Escocia. Reconozco que el cambio de aires me ha sentado muy bien. Ellos también lo notan porque ya no me atosigan queriendo saber cómo me encuentro. Hemos charlado con normalidad y cuando he colgado no he sentido el vacío de estar lejos. Me agrada estar aquí. He pasado demasiados años sin vida propia y saboreo la independencia de cuidar de mi persona.

Me suena el móvil y es un mensaje de Thane.

«¿Una cerveza?».

Ignoraba que él conociera mi agenda laboral, pero parece que este hombre tiene muchos recursos.

Me doy el ¿gusto? de negarme.

«No. Cómoda en casa».

«¿Mañana, entonces? Te invito a comer».

Valoro que no presione. Pero me da rabia mi debilidad.

«Otro día. Tengo planes».

Es mentira, pero él no lo sabe. Lo acepta con un emoticono y me siento idiota. ¿Por qué no podemos ser amigos sin más? Él no parece buscar otra cosa. Soy yo la que se come el tarro con tonterías, la que se siente vulnerable.

Ahora tendré que buscar algo que hacer mañana o me hundiré en la miseria cuando me pregunte. ¡Cualquiera diría que tengo treinta y dos años! Me avergüenza mi falta de aplomo.

5

Salgo a correr por el mismo itinerario de ayer y cuando me detengo en el puente a mirar a los pescadores se me cruza una chiquilla pelirroja que se para en seco a saludarme. Tiene pecas y unos ojos verdes preciosos.

–¿Eres Marta, verdad?

–¿Nos conocemos? –Los ojos son tan parecidos..., pero no puedo estar segura.

Me tiende la mano con una sonrisa afable.

–Edine. Mi padre me enseñó tus fotos.

Le planto dos besos, no sé si espontáneos o para que no advierta mi confusión.

–¡Pensé que estabas en Glasgow! Perdona, pero yo no he visto ninguna foto tuya. Te hubiera reconocido de haberlo hecho.

Ella ríe con un sonido alegre.

–¡Pues ya es raro! Papá es muy pesado presumiendo de hija. He venido unos días. ¿Vas a seguir corriendo?

–Sí, claro. Acabo de empezar.

–¿Te importa si te acompaño?

–Para nada –afirmo. Tampoco puedo ser grosera sin motivo.

Empezamos a paso moderado y luego aceleramos. Me cuesta seguirla, pero mi orgullo me impide decírselo. Cuando se detiene, tiempo después, me sujeto los muslos y respiro hondo.

–¿Te he dado mucha caña? ¡Disculpa! –Parece sincera. Saca un botellín de agua de la mochila que lleva a la espalda y me la ofrece–. ¿Quieres? Juego a baloncesto y hago natación en el instituto; estoy en buena forma.

–Ya lo creo que lo estás –secundo, aceptando un trago largo–. Yo empecé ayer, después de muchos meses aletargada.

Los ojos verdes se abren con asombro y me sacan una sonrisa.

–¡Pues bastante bien lo haces, entonces! ¿Quieres que salgamos a diario? Voy a quedarme unos días.

–Sí, ¿por qué no? Esta semana trabajo de tarde.

–Mi padre me contó que estás en Asmuir. Los viejecitos son adorables, ¿verdad? Algunas veces me paso a colaborar y me caen genial.

¡Esta familia es supersolidaria!

–¿Cuándo has llegado?

–Ayer. Papá te invitó a una cerveza para darte una sorpresa conmigo, pero me dijo que andabas ocupada. ¿Tienes planes hoy también?

Decir que me siento idiota es poco. «¿Ves como no queda contigo por nada personal?», me censuro. Ayer pude pasar un buen rato y no me arriesgué. ¡Bochorno me da!

–Tenía, pero se han gafado –miento–. ¿Y tú, qué tienes?

–Comer en casa. –Se alza de hombros–. Papá es un cocinillas y nos encanta enredar. ¿Te apuntas?

Asiento mientras empiezo a correr en dirección a Inverness. No quiero enfriarme. Edine me sigue con soltura, adaptándose a mi paso.

La dejo en la puerta de su casa con la promesa de aparecer para el almuerzo.

Preparo tortillas de patatas, una con cebolla y otra sin ella porque ignoro cómo les gustará. Effy me anda detrás todo el rato, así que le dejo la tercera a ella; me consta que le entusiasma. Tengo la costumbre de llevar algo cuando me invitan y esta vez no va a ser distinto.

Llamo al timbre y me abre Thane, con un delantal corto sobre los vaqueros. Luce una sonrisa preciosa que se agranda al ver mi ofrenda.

–Hola. Me alegra verte. ¿Qué es eso? ¡No tenías que traer nada! –dice de un tirón, dejándome pasar–. ¡Pero en vista de cómo huele, gracias!

Lo sigo hasta la cocina que da a la parte del jardín trasero. Edine está en camiseta y su boca ríe, embadurnada de chocolate.

–¡Hola, Marta! ¡Estamos con el postre!

–¡Se ha empeñado en una tarta que no hemos hecho nunca! –se queja Thane con falsa alarma–. Pero no te preocupes, por si acaso, hay helado en la nevera.

Deja mis platos en la encimera escapando al trozo de galleta que su hija le arroja.

–Te recuerdo que lo que ensuciemos lo limpiaremos después. Natalie sigue de vacaciones.

Me resulta raro verme inmersa en su intimidad familiar y disimulo mirando en rededor. La cocina es agradable, con muebles claros. Está abierta la puerta del jardín y veo una mesa con sillas preparada en el porche. Hace muy buen día hoy, con sol y poco viento.

Thane abre una botella de tinto y me ofrece una copa.

–¿Quieres ver la casa? Al salmón le quedan unos minutos en el horno.

–Mejor luego –decido, quitando el papel de aluminio a las tortillas–. Comamos esto de aperitivo.

Edine se acerca a olfatear y asiente, entusiasmada.

–Es tortilla de patatas –la informo, cortando porciones–. Esta lleva cebolla y la otra, no. ¿Te gusta la cebolla?

–¡Me encanta! Y nunca he probado la tortilla. –Corta el gesto de coger un poco al ver la mirada de su padre, que está acarreando platos fuera, y deja los dedos en el aire; lo termino yo, pasándole un trozo. Se lo mete en la boca y asiente, feliz–. ¡Qué rica! ¡Papá, esto lo tenemos que aprender!

Thane me quita el plato para llevarlo fuera y nos acomodamos en las sillas, bajo una parra exuberante. Cuando él prueba su parte, la saborea y asiente, satisfecho también.

–La había probado ya, pero la tuya está exquisita. Gracias por la aportación.

Choco mi copa con la suya para brindar y Edine se suma con su refresco.

¡Se está genial aquí! Degustamos una ensalada, el salmón y la tarta, que está comestible aunque sin nota alta. Mi primera tortilla desaparece, la otra se la reservan para la cena.

Ayudo a recoger la mesa y la cocina y después los tres nos tumbamos en los enormes sofás del salón para ver una película. Para mi vergüenza, con el estómago lleno, me quedo dormida.

Cuando despierto, Thane anda enfrascado en unos papeles. Sonríe al ver que me incorporo.

–Hola, bella durmiente.

Me restriego la cara, abrumada.

–No puedo creer que me haya dormido –susurro.

–Estarías cansada –disculpa él, sin darle importancia–. ¿Quieres un café?

Asiento y Thane se levanta para ir a la cocina. Me escabullo al cuarto de baño, me lavo la cara, en la que perduran huellas del cojín, y salgo a buscarlo. Me señala el taburete y acepto la taza que me ofrece. Tiene una cafetera de cápsulas y se está preparando otro.

Después se sienta enfrente. Todo parece tan natural que me incomoda.

–¿Y Edine?

–La llamó Duncan y se han ido a nadar. –Titubea antes de seguir–. Espero que no te moleste que le hablara de ti.

–¿Por qué habría de molestarme? En cualquier caso, me sorprende.

–¿Que le dijera quién eres? Va a pasar esta semana en casa. Di por descontado que os conoceríais.

Lo comenta con absoluta tranquilidad y vuelvo a llamarme cretina. Me considera una amiga, simplemente. No tiene motivos para ocultarme.

–Sí, vale –asiento, dudosa.

–Le has caído muy bien. Refirió que saldríais juntas a correr.

–Trabajo de tarde esta semana. Será un acicate para no quedarme a remolonear en la cama.

–¿Descansas bien? –Alarga la mano y me acaricia una mejilla con gesto preocupado–. Tienes ojeras.

Me aparto, cuidando de no parecer esquiva, y evito sus ojos. ¿Por qué este hombre me provoca ansiedad? Lo único que hace es ser amable y yo malinterpreto su interés.

—Llevo unas cuantas noches con insomnio —reconozco.

—¿Puedo ayudarte con lo que te preocupa?

¡Dios! ¿Por qué parece tan sincero? Soy patética. Confundo sus miradas y sus gestos.

Me incorporo y dejo la taza en la encimera.

—No, no puedes —replico, molesta—. No puedes meterte en mi cabeza y espantar mis fantasmas.

Thane frunce el ceño, creo que molesto por mi tono. Me sujeta de una muñeca y no me permite escapar.

—Quizá si te desahogaras, te sentirías mejor.

Lo miro, desafiante. Retiro su mano de mi piel y respondo de malos modos.

—¡No necesito un desahogo! Necesito recuperar a la persona que amo y eso es imposible. Buenas tardes, Thane. Gracias por el almuerzo.

Se queda en la cocina, paralizado. Y yo me voy sin atreverme a dar una disculpa.

El martes salgo a correr con Edine. Ella me aguarda a la entrada de su jardín, calentando, y cuando me divisa, sale a mi encuentro. Estudio su semblante, buscando averiguar si su padre le dijo algo de mi precipitada huida, pero parece que no. Está alegre y parlotea de mil temas mientras practicamos un paso al que ir cómodas las dos. El tiempo se pasa volando en su compañía. Al terminar sé que hay un chico de su clase que le gusta, Peter; que su madre es una maniática del orden y de la ropa; que adora a su tío Duncan y que le apasiona la idea de ser repostera.

Me invita a desayunar, pero rehúso con la excusa

de que he de solucionar cosas antes del trabajo. No insiste y nos despedimos con un beso.

Paso el resto de la mañana con Thane en la cabeza. Fui maleducada con él y pensará que estoy chiflada. Por un lado, prefiero que desaparezca de mi vida, pero por otro, me recrimino por mentirosa. Es una persona agradable, que me arranca de mis estados de melancolía y me ayuda a relacionarme con la gente. No tiene nada de malo. Soy yo la incongruente. Termino por enviarle un mensaje al móvil justo antes de entrar en la residencia. Como dejo el aparato en la taquilla no estaré pendiente de su respuesta. Le digo un simple «Disculpa lo de ayer».

Lo ha visto, pero no ha respondido. No lo hará en toda la semana.

Salgo con Edine a diario, hablamos de muchas cosas, pero en ningún momento menciona a su padre. Viene con él al concierto sabatino y se sienta entre Mai y yo después de besuquear a un montón de ancianos mientras Thane conversa con Duncan, quien, por primera vez, asiste a la sesión. Al finalizar, se van juntos. Me ha saludado con un gesto a la entrada y a la salida, nada más. Incluso Mai se sorprende del desapego del músico, pero solo pregunta una vez si estamos enfadados. Cuando respondo que no, no insiste. Seguimos trabajando hasta las nueve y regreso a casa sola, baja de ánimo.

El domingo, último día de Edine, me cuenta que cenaron en familia, como despedida, y que esa tarde su padre la llevará a Glasgow. Nos abrazamos con cariño y me arranca la promesa de que seguiré entrenando para que, en su próxima visita, estemos las dos a la altura. La echaré de menos. Es una cría encantadora.

***

El miércoles amanecemos con la noticia de la muerte de Gorbachov[13] y casi todos los ancianos se muestran apenados. Creo que lo apreciamos más en el resto del mundo que en su país. No tengo ni idea de a qué dedicó sus últimos años, pero mientras estuvo al frente de la URSS y la disolvió, seguí sus pasos y lo admiré. A Putin, por el contrario, no lo soporto. Ni yo ni media humanidad.

Hago mi trabajo con la cabeza en otra parte. Iona se preocupa, pero no quiero confesarle que no sé nada de Thane Gilmore desde que su hija se fue. No he visto aparcado su coche, por lo que deduzco que ni siquiera está en Inverness, pero no pregunto ni acudo por el Lauders. Mañana y pasado descanso y no me apetece nada.

No doy crédito cuando lo encuentro en la calle, al terminar el turno. ¿Lo informan de mis horarios? Es imposible que adivine cuándo me tocan los días libres, pero no voy a ser tan paranoica de imaginar a Duncan cotilleando con Marion. Es un tipo serio para caer tan bajo.

Thane da una larga calada al *vaper* y empieza a caminar a mi lado, como si nos hubiéramos visto ayer. Me detengo, visiblemente enojada, sin hablar.

–Podemos tener una conversación, supongo.

–¿Has necesitado más de una semana para esto? –mascullo, enfadada.

Está serio. Se detiene frente a la barandilla del río y se pasa las manos por el pelo, nervioso.

13 Jefe de Estado de la Unión Soviética desde 1988 hasta 1991. Nobel de la Paz en el 90.

–¿*Esto* es venir a verte?

–*Esto* es dar señales de vida –replico, altanera, aunque enseguida me abato–. Te pedí perdón.

–No tenía nada que perdonar. Me sentí herido por tu indiferencia, pero sin ningún derecho. Soy yo quien me empeñé en que fuéramos amigos.

Trago saliva, no sé cómo seguir esta conversación. No hace falta, él reanuda su discurso.

–Me atrae tu compañía, Marta. Lo paso bien contigo porque eres una persona interesante, que muestra curiosidad por el mundo. No recuerdo si alguna vez fui amigo de una mujer, pero, en todo caso, parece que se me da fatal. No quise incomodarte con mi insistencia, aunque admito que, en mi concepto de la amistad, las personas se tienen confianza. No sabía que tu tristeza se debía a un desamor, pero es que jamás lo diste a entender.

Quiero interrumpirlo, sacarlo de su error. No me deja.

–Sabes casi todo de mí: que soy padre, músico... Te he presentado a mis amigos, he conocido a los tuyos en Inverness... Sin embargo, eres opaca sobre ti. No se me ocurriría presionarte, pero sí quisiera saber lo más básico.

Apoyo las manos en la barandilla. Está helada. Respiro hondo, perdida en las aguas del Ness.

–No estoy preparada para hablar de mí –admito.

Thane me vuelve de lado y me acaricia una mejilla.

–Puedo esperar. Mientras, ¿podemos seguir siendo... amigos o como se llame esto?

Asiento y un sollozo se escapa de mi pecho. ¡Sabía que lo echaba de menos, pero no tanto! Me estrecha contra sí sin el menor asomo de interés sexual y me besa la cabeza. Cuando logro controlarme, aparta mis lágrimas con los pulgares y me besa la frente.

–Vamos a por una cerveza. No puedes acostarte así.

Acepto, claro.

El Lauders está a tope y a ninguno de los dos nos apetece tanto jaleo, así que Thane me indica el local de la otra esquina, el Rendezvous, y como su letra pequeña indica en el cartel, evoca el mundo del cine con láminas de películas antiguas en las paredes y algunos objetos decorativos relacionados con el séptimo arte. Hay clientes, pero menos escandalosos que los de al lado.

Cuando tenemos las cervezas delante, saco el móvil y le enseño unas fotos de mi familia.

–Tengo dos hermanos gemelos que viven en Toledo, mi ciudad –le cuento, intentando no emocionarme–. Son un par de años más pequeños que yo, pero se empeñan en cuidar de mí desde que fallecieron nuestros padres. Mira –le enseño una foto preciosa de Carmen con Carlota, de las Navidades pasadas–, ella es mi hermana Carmen con su hija, Carlota. Tiene nueve meses ahora. –Paso a otra de él–. Y mi hermano, Raúl. La que está a su lado es mi cuñada, Sonia. Y sus hijos, Adrián y Sara. Soy madrina de los dos.

–Son todos muy guapos –comenta, amable.

Elevo los hombros con indiferencia.

–Llevan en mi vida desde siempre; no sé decirte si son guapos, pero desde luego son maravillosos.

–Dan un aire a ti –insiste, mirándome de frente–. Y tú eres muy guapa.

Se me escapa una risa tonta, de incredulidad.

–Manu siempre decía... –me detengo, incrédula de haberlo mencionado, pero me obligo a seguir–, decía que no entendía cómo una niña tan guapa se había fijado en él.

Thane me observa sin parpadear.

–¿Es..., es él?

–Sí, pero no quiero...

–Sin problema. Sigue con tus hermanos.

–Carmen es agente inmobiliario y Raúl, informático. Ninguno quiso salir fuera a estudiar.

–¿Tú sí?

Asiento sin palabras.

–Los dos se guardan las espaldas todo el tiempo; no sé cómo Sonia no siente celos. Es raro tener hermanos gemelos, ¿sabes? Viven las cosas de un modo distinto. Es cierto eso de que, si uno está mal, el otro lo sabe. Yo no me consideré nunca excluida, porque al ser mayor tenía mis propias amistades, pero mis padres sí lo comentaban.

Hemos terminado la cerveza y, a un gesto de Thane, la camarera trae dos más. De fondo suena la banda sonora de *Moulin Rouge*. Se está bien aquí.

–Es casi todo. Ya sabes lo básico de mí. ¿Te vale?

Thane desliza los dedos por mi mejilla y asiente, bastante serio.

–Me sirve lo que tú quieras contarme.

–Pues por el momento es todo –resuelvo–. Ahora pregunto yo: ¿dónde has estado?

–Llevé a Edine con Leana y me quedé un par de días. No me entusiasma Glasgow, pero es una ciudad comercial. Hice algunos contactos prometedores para mi empresa.

–Cuando vas a Glasgow, ¿te quedas en su casa?

–Sí. Aparte de que es bastante grande, la compré yo. –Sonríe, irónico.

–¿Las mantienes a las dos? –Me tapo la boca, consciente de mi impertinencia, pero Thane sigue sonriendo.

–A Leana solo con la casa. Tiene una tienda de

ropa y hace poco abrió una línea deportiva que le va bien. Ya no necesita mi dinero, pero Edine es mi responsabilidad. Mientras no sea independiente, costearé sus gastos.

Asiento. Me parece normal que lo haga. No sé si nada en la abundancia, pero la impresión que da es de tener una cuenta corriente saneada.

–¿Quieres otra? –Indica el botellín vacío.

–No, prefiero que nos vayamos a casa. Estoy cansada.

Pide la cuenta sin darme opción a pagar y salimos a la calle. Sorteamos a la gente y caminamos a orillas del Ness en silencio. Frente a mi jardín, Thane me da un beso en la mejilla y susurra: «Gracias por tu confianza. Me gusta que seamos amigos». Le respondo con otro beso, igual de blanco, aunque el suyo me ha provocado cosquillas en el estómago. «Buenas noches, Thane. Si te va bien, mañana desayuno en tu casa. Estoy de descanso».

Me alegra constatar su sorpresa por mi iniciativa. La sonrisa es tan amplia que se refleja en sus ojos.

–Encantado. Ven cuando quieras.

Y se marcha rápido, no sé si para evitar que me arrepienta.

Río, regocijada, y entro en casa. El recuerdo de Manu no me ataca. Voy ganando puntos.

Realizo el recorrido en menos tiempo cada día y me noto más ligera. Fue una estupenda idea reiniciar el ejercicio físico; antes de «todo», era habitual en mí. Tengo tendencia a engordar y me discipliné para estar en forma; ahora no lo hago por los kilos, que es evidente que me faltan, no me sobran, pero es agradable tonificar el cuerpo.

Pensaba ducharme antes de pasar por casa de Thane; sin embargo, coincidimos en la calle: él viene de comprar pan recién hecho, que huele de maravilla, y claudico ante su divertido ademán de tocarse la tripa con un «Me muero de hambre».

Preparo la mesa bajo la parra mientras él se encarga de los cafés y de tostar el pan. Hace fresco y me pongo la sudadera que siempre llevo atada a la cintura cuando corro. Con este clima, nunca se sabe. El sol brilla, pero los grados no alcanzan los veinte casi nunca. ¡No quiero imaginar cómo será en invierno! Aunque prefiero esto, mis hermanos dicen que en Toledo sobrepasan los cuarenta.

Thane observa mi ropa mientras da un bocado a su tostada, bien repleta de mantequilla y mermelada de arándanos. La mía lleva lo mismo, pero en menor cantidad.

–Le puedo decir a Leana que te regale camisetas y mallas de su colección. Son de tu estilo.

Me atraganto con la propuesta, ruborizándome.

–Si son de mi estilo, ya le compraré algo. ¿Te parece lógico que le pidas para mí?

Ni se inmuta. ¡Estos escoceses son muy raros!

–Te conoce. Edine no ha parado de alabarte y le enseñó unas fotos. Comentó que eras guapa.

–¡Qué amable! Pero no, gracias. No me parece correcto.

–Sabe que somos amigos. Me preguntó si estábamos liados y le aseguré que no.

Le miro con incredulidad y él se limita a quitarme una mancha de mermelada de la barbilla.

–¡Lo dejaré estar! –se conforma–. ¿Cuándo es tu cumpleaños?

–¡No pienso decírtelo!

Termina su café y me sonríe con sorna.

–Da igual. Ya me enteraré.

–¿Cómo te enteras de mis horarios y otras cosas? –aprovecho para sonsacarle.

Para mi completo asombro, se ríe.

–Sí, del mismo modo.

–¿Obligas a Duncan a...?

La sola idea le arranca una carcajada. ¡No me lo puedo creer!

–Duncan no se prestaría a algo así –asegura–. Te cuento mi contacto, si prometes no enfadarte con ella.

Me devano la cabeza pensando de quién puede tratarse y él espera, mientras contempla cómo cavilo, con una sonrisa de caradura total.

–Solo puede ser Marion.

Ahora el asombro es suyo.

–No. Con Marion no tengo confianza.

–¡Pues mis amigas no son! –replico, convencida–. Si hubieras mostrado interés por mí, estarían dándome la lata. Las quiero mucho, pero son bastante cotillas.

–Elsie –confiesa por fin.

–¿Elsie? ¡Si apenas tenemos contacto!

–Pero tiene acceso a todo lo que ocurre en la residencia –razona.

–¿Y...? ¿Y qué le dijiste para que te informara?

Se alza de hombros, inalterable. Está siendo consciente de mi rubor, lo sé, porque me arden las orejas y las mejillas y estamos lo bastante cerca, pero no le preocupa.

–No tuve que explicar nada. Lo pregunté y ya está. Le di clases de piano hace unos años y, desde entonces, somos amigos.

Me levanto y empiezo a recoger los restos del desayuno, pero me coge de la muñeca y me obliga a sentarme.

–Elsie no es chismosa, te lo garantizo. Te tiene aprecio y a mí me respeta, así que no va a irse de la lengua por mi interés. –Ahora es él quien se incorpora–. En mi casa, recojo yo. Ve a ducharte y piensa cómo quieres que pasemos el día. Yo también estoy disponible.

Una vez más, acepto. Un día de estos voy a demostrarle que puedo ser beligerante, pero, por el momento, le dejaré creer que puede disponer de mi tiempo.

6

Como no he sabido decidir, Thane lo hace por mí. Nos subimos al Porsche y en apenas quince minutos me planta ante un edificio maravilloso: el castillo de Cawdor. Los inmensos jardines están tan verdes, siendo finales de verano, que me recuerdan al norte de España. Mis ojos van de un sitio a otro, queriendo atrapar mil detalles, y él se ríe, contento de haber acertado.

Después de pagar la entrada, me empieza a transmitir información como si la hubiera memorizado: los edificios principales son anteriores al siglo XIV y permanecen intactos porque nunca fue atacado; las alas alrededor de la casa-torre se añadieron después, incluso alguna en el siglo XIX; perteneció originariamente a los Cawdor, aunque más tarde la familia se fusionó con los Campbell, cuyos descendientes aún la habitan en invierno, y el castillo se relaciona con la obra de Shakespeare *Macbeth*, porque en ella se menciona el título de «thane of Cawdor», pero lo cierto es que el personaje pertenece al siglo XI y la construcción del castillo fue posterior.

Me llama la atención que el título sea igual a su nombre y él se ríe, confesando que es el mismo; que en origen, era un título feudal escocés.

Pese a mi boca abierta, me coge de la mano y atravesamos la magnífica entrada, escoltada por dos torreones parecidos a los de los cuentos de príncipes y princesas, y pasamos al interior.

Se permite la visita a once habitaciones. Recorremos un salón recargado, una salita en tonos amarillos con una trampilla por donde se arrojaba a los visitantes «indeseados», un dormitorio con dosel y cortinajes rojos y blancos que me encanta, otro muy cursi, decorado en rosa y con un tartán azul en el suelo. Bajamos a un sótano abovedado y, para mi sorpresa, Thane me explica que lo que está rodeado por una verja circular es un acebo, el árbol alrededor del cual se construyó el primer edificio. Lo que vemos es un simple tronco delgado, que toca el techo, pero él me susurra, mirando cómicamente para todas partes, que es falso, que el verdadero se secó a finales del 1300.

Salimos a los jardines y vuelvo a maravillarme. Otra vez, mi guía particular me detalla que los jardines son tres, en realidad: el amurallado (un laberinto), el de flores y el salvaje, este ya del siglo XX. Además hay un bosque inmenso. Paseamos por ellos largo rato, complacidos por el día soleado y por la escasez de turistas que nos rodea, pese a que tenemos dos excelentes campos de golf en la zona, según el escocés.

Cuando admito que ya me he llenado la vista de tanta belleza, regresamos al coche y enfilamos a un destino que, asegura, me gustará también. ¡Y vaya si me gusta! La playa de Nairn es enorme y poco frecuentada, al menos hoy. Contengo el deseo de pisar su arena blanca porque mi anfitrión recuerda que es la hora de comer y se detiene frente a un restaurante que se llama Sun Dancer, donde ha reservado. Tenemos mesa delante de un ventanal que nos permite contemplar la playa. Hay gente deambulando por ella y Thane comenta, risueño, que el baño es para los muy valientes, que ni en días con poco viento como el de hoy se soporta la temperatura gélida del agua. Le dejo que pida y nos van poniendo platos con mejillones, almejas, gambas... Un sueño para una amante del marisco como yo. Él se pide, además, un plato de carne, pero yo me reservo para una tarta de chocolate que he visto pasar. Sé que tanto no podré comer. Mi plato está repleto de conchas y peladuras cuando lo retiran.

Al voleo me dice que quizá podamos ver algún delfín, aunque se ven mejor a primera hora de la mañana en el fiordo de Moray. Enarca una ceja, burlón, y responde a mi anhelo con un «Mañana. Pero tendremos que madrugar». Palmeo, encantada, y el camarero sonríe, divertido, ante mi entusiasmo. Le pido el postre y asiente, dando el visto bueno. Thane lo comparte conmigo. Está tan rico como esperaba.

Bajamos la comida dando un larguísimo paseo. Por suerte me traje mi cortavientos porque el aire comienza a ser tan frío como el mar cuando llevas un rato frente al vasto horizonte. Eso sí, me he quitado las deportivas, igual que Thane, y caminamos descalzos. La charla va de un tema a otro con naturalidad, como si nos conociéramos de toda la vida. Es placentero hablar con él; respeta mis silencios y ríe mis tonterías.

Thane me recoge a las siete y media, como habíamos quedado. Llevamos ropa de abrigo porque la mañana se presenta despejada pero fría. Me adelanta que el fiordo de Moray está a media hora, más o menos, y que el punto donde veremos a los delfines es una lengua de tierra que se adentra en el fiordo y que se llama Chanonry Point.

Dejamos el auto en un aparcamiento abarrotado y, provistos de mochilas, caminamos hasta el mar. Hay un faro poco espectacular delante del cual nos situamos, junto a unas treinta personas que han llegado primero; la mayoría con trípodes y cámaras, dispuestas a conseguir buenas fotos.

El frío es terrible y agradezco haberme traído guantes y bufanda. ¡Ayer terminé tiritando en la playa, pese al cortavientos!

Thane saca de su mochila un termo y me ofrece una taza de café que me reconforta el estómago. Mientras nos acomodamos, entabla conversación con las personas que nos rodean y termina compartiendo la bebida con las que la aceptan, con lo cual se establece una agradable camaradería en medio de la nada.

De repente, alguien grita, señalando el horizonte, y los vemos aparecer. Al principio son pocos, pero después distinguimos un buen grupo saltando sobre las aguas. Alguien comenta que hay unos ciento treinta delfines mulares en esa parte de la costa. No tengo ni idea de qué es eso de mulares, pero ya lo buscaré. Ahora me embeleso mirando cómo saltan, cazan peces y emiten sonidos que parecen risas. ¡Es fascinante! Thane toma fotografías, así que me desentiendo de hacerlas yo. Ya me las enviará después. Prefiero disfrutar el momento a tope.

Se nos pasa una hora sin darnos cuenta, pero la gente empieza a retirar sus trípodes porque el agua nos alcanza los pies. La marea sube rápido. Nos desplazamos al interior y ellos desaparecen en el horizonte por donde llegaron.

Hay un pueblo al otro lado de la orilla y mucho espacio verde, cortado en dos por una carretera. Thane me explica que es un campo de golf. ¡Los hay a mogollón por toda Escocia, por Dios! Se ríe al captar mi asombro y me sugiere que juguemos unos hoyos, pero no voy a demostrarle lo patosa que soy. Desayunamos y paseamos por las calles de Fortrose. Me detengo, interesada, ante los restos de una catedral, con uno de esos cementerios que me enamoran. Está todo muy bien cuidado. Después cogemos el auto y vamos a la punta contraria del fiordo, a Fort George. Thane me pone en antecedentes de que es la fortaleza militar más poderosa de Reino Unido y que la mandó construir Jorge II después de Culloden para disuadir a los jacobitas de cualquier intento de rebelión. Quizá por eso no me entusiasma la visita. El espacio es inmenso, muy verde, con muchos cañones y otras armas. El enclave es privilegiado, rodeado de océano por todas partes menos en la entrada. Pero no me gusta. Thane se ríe y murmura, complacido: «Esto se lo tengo que contar a Gavin. Te va a dar cerveza gratis de por vida». Me alzo de hombros. Es verdad que no tengo motivos para simpatizar con los jacobitas, que tuvieron unos líderes penosos, pero comprendo el afán del pueblo escocés por liberarse de la tiranía inglesa.

Regresamos a Inverness y almorzamos en el Lauders con Gavin y Cam, que se ha dejado caer por allí. Se nota el ajetreo de un viernes.

Ellos quedan para verse de nuevo esta noche, pero yo me retiro, mañana me toca currar y quiero ir despejada, que con ellos ya se sabe...

***

Paso los siguientes días sin pena ni gloria, atareada con mis obligaciones, escuchando las quejas de Effy, que está que trina con el gobierno y los precios de la energía. Y eso que hemos perdido de vista a Boris Johnson y han colocado a una mujer en su lugar, pero, vamos, del mismo color político, así que poco cambiará la cosa. Sin embargo, el jueves se tambalea todo el Reino Unido: fallece Isabel II, en Escocia, en el castillo de Balmoral. ¡Solo hace dos días que estaba recibiendo a Liz Truss como si nada! Para mi asombro, los residentes y toda la plantilla dan muestras de pesar y no se apartan de la televisión para seguir paso a paso las noticias. Yo pensaba que eran antingleses la mayoría, pero Iona me aclara que una cosa es el gobierno y otra la Casa Real. A la reina la quiere todo el mundo. ¡Hasta Effy está conmocionada! Alucino, yo soy republicana y no siento ese fervor que se respira por todas partes. El trabajo no se paraliza de milagro, pero todo va lento. Siguen los avatares del féretro y los del nuevo rey, Carlos III, y yo me lo trago en mi día de descanso porque mi casera dice que es la primera vez que se televisa la coronación y no nos la podemos perder. No sé qué estará pensando Thane porque me avisó con un wasap de que se quedaría unos días en Glasgow para estar con Edine. Tocó apechugar familia real, ceremonias, traslados de restos, etc. Regreso al trabajo el lunes y más de lo mismo. ¡No se cansan de cotorrear sobre esa gente! Que si Meghan esto, que si Harry lo otro, que mira la cara tan indiscreta del rey, sonriendo, tan feliz de gobernar por fin... ¡No te digo, si es ya un vejestorio! ¡No se lo creerá! Menos mal que esta vez libro jueves y viernes, y Thane, aleluya, da señales de vida. Le suplico que me saque de esta locura, que me lleve a algún lugar donde no haya televisiones ni radios, y me guiña un ojo antes de irse con un «No olvides coger lo más abrigado que tengas. Te recojo a las ocho».

Alucino cuando nos acercamos a Dalcross, a ocho millas de Inverness, y nos adentramos en una pista privada donde Ken y Cameron nos están esperando con una avioneta. Los dos me saludan llenos de regocijo por la inesperada aventura y se niegan a contarme cuál es el destino. Lo averiguo a la llegada: la isla de Lewis. Sopla un viento salvaje y el cielo está gris plomo, pero con estos tres es imposible atemorizarse, ¡están locos! Nos recoge un guía, gigantesco como un menhir, y nos conduce a un pequeño enclave con casas de piedra. Han elegido el sitio porque Ken quiere ubicarlo en una película y va a sacar fotos y estudiar las posibilidades. Nos dan alojamiento en una casa para cinco personas aunque el sitio está absolutamente desierto. Va a ser todo para nosotros, nos informa la gerente. Son nueve casas bajas, de piedra y con techos de paja. No sé por qué las llaman *blackhouses*, porque yo negras negras a las piedras no las veo. También hay un albergue para trece personas, que es donde comeremos, según los chicos.

No perdemos el tiempo; pillamos habitación al azar y nos abrigamos para recorrer la zona en bicicleta. Ken está entusiasmado con el paisaje y las casas. Nos cuenta que estuvieron habitadas hasta los años setenta del pasado siglo (se me hace raro oírle decir eso, porque se me olvida a menudo que estamos en el XXI) y que son tan peculiares que están declaradas área de conservación. ¡Si cuando yo digo que esta gente sabe cuidar su patrimonio...! El terreno es bastante llano, pero hay que pelear contra el viento. No obstante, gamberreamos y nos hacemos fotos sin que apenas nos crucemos con lugareños. La tranquilidad es absoluta y se lo agradezco a Thane mientras zampamos unos postres deliciosos en el cálido comedor.

–También a nosotros nos gustan las escapadas del mundanal ruido –asegura Cameron, risueño–. Nos acostumbramos a hacerlas cuando la fama empezó a volvernos idiotas.

–¿Teníais que escapar de las *fans*? –bromeo.

–De nosotros mismos, más bien –ironiza Ken–. Se pierde la perspectiva de la realidad cuando el público te dice lo bueno que eres y se calla lo chungo. Pero, bueno, salimos indemnes de la fama y debemos estar satisfechos. Los porros no pasaron a nada más serio, ni tampoco las chicas, excepto este idiota que dejó preñada a Leana. Pudimos sortearlas y aquí estamos, felices en nuestros pellejos.

–La verdad es que lo habéis hecho bien, sí –admito, pensando en cuánto músico con la vida destrozada anda por ahí–. Tuvisteis la cabeza bien puesta y le habéis sacado provecho.

–Que conste que lo de Leana no fue ningún error. Adoro a mi hija –puntualiza Thane–. ¡Y ahora vamos a movernos o me quedaré muermo con todo lo que he comido! Dijimos de hacer la ruta de Dalmore, igual encontramos surfistas. ¡No van a ser ni cuatro millas! En marcha.

A regañadientes nos ponemos en pie y abandonamos la templada estancia para enfrentarnos a una tarde oscura y ventosa. Mi mente se cierra a cualquier pensamiento que no sea «¡Qué bien voy a dormir esta noche!».

El Atlántico Norte resulta una pasada para los que estamos acostumbrados al Mediterráneo. La fuerza de su oleaje abre cuevas y acantilados de belleza indescriptible. Hago fotografías para enviar a mi familia porque sé que les va a encantar. ¡Nunca me he alegrado más de haber dado el paso de venir a Escocia!

Nos levantamos con los cuerpos pesados de haber dormido en el salón. ¡Seremos idiotas! ¡Cinco camas y dormimos en los sofás! La única explicación es que bebimos demasiado. Al saber que estábamos solos en el complejo, estos locos decidieron continuar la cena con un concierto interminable. Entre *whisky* y *whisky* me cantaron todos sus álbumes. Sin instrumentos, claro. A capela. ¡Me encantó! Lo disfruté tanto que pensé en cuánta gente hubiera dado dinero por verlos en un momento así. Muchísima, seguro.

Fuimos cayendo en un sopor tonto hasta que se rindió el último, creo que fue Cam, y hemos amanecido retorcidos entre los cojines, con la ropa puesta y las gargantas resacosas. Es Thane quien nos despierta al caerse del sofá y derribar lo que había sobre la mesa baja. Al mirarnos, soltamos una carcajada y nos quejamos lastimeramente. ¡El dolor de cabeza es insufrible!

–¡Sois la peor influencia que he tenido en mi vida! –Río, pese a todo–. ¡Si yo no bebo! Y mirad en lo que me habéis convertido...

Cameron se tira encima de mí y me hace cosquillas, pero lo aparto rápida. ¡Su aliento apesta a alcohol!

–¡Me pido la ducha! Ya podéis ir recogiendo esto para cuando vuelva, parece una pocilga –ordeno, lo más digna posible, mientras cojo mis botas y camino hacia el baño.

Bajo el agua caliente pienso en lo asombroso que

es el modo en que me he acostumbrado a estar rodeada de tíos que no son nada mío y lo bien que me siento con ellos. Que me traten como a un camarada más, sin alusiones a mi género, ayuda, por supuesto, pero es algo más. Es la sensación de formar parte de una familia. Me siento aceptada y, como una tonta, me emociono.

Pasamos la mañana pescando en un río. Hay un club que proporciona autorizaciones, y Ken, muy ufano, las ha comprado. Yo no había cogido una caña en mi vida, pero a esta gente no hay actividad que se le resista y Cameron se hace con un salmón que nos cocinan en el albergue. La sobremesa la pasamos tranquilos, despejados de la resaca (el frío es el mejor remedio, tomo nota), hasta que volvemos a encontrarnos con el menhir humano que nos acerca al aeródromo de Stornoway. De regreso, en la avioneta, Thane me coge una mano y me mira a los ojos. «¿Contenta?». Por toda respuesta, le doy un beso en la mejilla y le regalo mi mejor sonrisa. Cam y Ken hacen como que no lo ven, pero sus rostros son un poema gamberro.

Volver a la civilización es encontrarte de bruces con la actualidad. No se habla de otra cosa: el entierro, la falta de protocolo de Meghan (si no eres un palo hierático ya lo haces todo mal), el uniforme de Harry, la presencia de Andrés..., y el domingo, Londres petado de personalidades. Effy me acusa de no ser monárquica con una reina tan elegante como Letizia y otra tan «señora» como Sofía. ¡Qué le vamos a hacer! A mí lo único que se me ocurre es que maldita la gracia que le hará a Felipe verse en público con su padre después de los últimos rifirrafes mediáticos.

Por fortuna, cambian las noticias a lo largo de la semana y los residentes se acostumbran a ver en las pantallas la imagen de Carlos III como nuevo rey. El trabajo se me hace largo esta vez. Marion me ha dado unos turnos raros y he descansado el lunes y el martes, pero no los he disfrutado mucho. Thane estaba en Edimburgo y las chicas andaban de cabeza con asuntos personales. Me he limitado a salir a correr y ver muchas series con Effy. Hoy es sábado, imagino que Thane retomará el piano, que ha estado abandonado por el asunto del duelo.

Lo ha retomado, sí. Me ha esperado a la salida y hemos ido al Lauders con Iona y Mai. Llevaba un tiempo sin ver a Gavin, quien enseguida me ha echado en cara que nos fuéramos sin él a las Hébridas, pero, por lo que dejaron caer los chicos, no vino porque tenía el negocio a tope. Hoy también lo tiene; la ventaja de ser amigos del dueño es que nos reserva sitio. Se sienta con nosotros porque ha contratado a una jovencita irlandesa que se maneja muy bien en la barra. Cotorreamos de las novedades periodísticas, aunque a mí me va a salir un sarpullido con tanta realeza. Estamos al final de la cena cuando aparece un chico, muy feo pero con una cara supersimpática, al que Iona se lanza con alegría. Nos lo presenta, es Tay, su novio. Tomamos juntos una pinta, pero enseguida se van. Mai y Gavin están enfrascados en una conversación sobre cine europeo, así que Thane se dirige a mí en exclusiva.

–¿Qué tal estos días?

–Tirando a muermos. ¿Y los tuyos?

–Muy buenos. He tenido el estudio de grabación con gente interesante. Ya sabes cuánto disfruto con la música.

Asiento, comprensiva. Es su mundo, es normal.

–¿Cuándo vuelves a estar libre? Edimburgo ya se puede visitar.

–Miércoles y jueves –informo, algo insegura.

–¿Hacemos una escapada?

–¿Solos? –se me escapa y me sonrojo de un tirón. ¡Seré idiota!

Thane me mira con un atisbo de duda.

–No sé si encontraremos a alguien conocido, pero ¿qué es lo que te preocupa? Has visto mi piso y sabes que es bastante grande si lo que necesitas es intimidad. O te puedo dar las llaves, si prefieres ir sola.

Me sonrojo más todavía, insultándome por haber provocado una situación tan absurda. Thane no ha dado muestras de que yo le interese de otro modo que como amiga. Soy yo la que piensa demasiado en él. Me pongo en pie, nerviosa.

–Disculpa, soy imbécil. Me voy a ir a casa.

Gavin y Mai se vuelven, sorprendidos, pero Thane lima asperezas, rápido en su reacción.

–Acompaño a Marta. Está cansada. Vuelvo después.

No sé si lo dice para que Mai se quede, pero surte efecto. Los dos me despiden con un gesto y salimos a la calle. Hace un frío de mil demonios. Thane va a mi compás hasta que llegamos a la orilla del río y me obliga a parar sujetándome del brazo.

–No nos vamos a separar sin que me digas qué has querido decir –exige–. Y no me sueltes una excusa, Marta. No creo merecerla.

Se me saltan las lágrimas al mirarlo. No, es cierto que no lo merece. Lo he tenido a mi lado siempre que le he pedido ayuda. Pero me da una vergüenza horrible reconocer que me atrae.

Parece que me lee el pensamiento, porque contraataca.

–¿Te has pensado lo de ser solo amigos? ¿Quieres que demos un paso o es precisamente eso lo que te da miedo? Sabes que yo no voy a darlo, me importas demasiado para joder esta relación.

Me ha sujetado de la cintura y me mira sin disimulos, dejando clara su opinión.

–¿En qué sentido te importo demasiado? –musito, desarbolada.

–En todos. Me muero por besarte desde hace tiempo y, sin embargo, ya ves que no lo hago. Me pillas en una edad en la que puedo controlar mis impulsos, si tú quieres que lo haga –termina, a dos palmos de mi boca–. ¿Quieres? –insiste.

Niego despacio, insegura de lo que estoy haciendo, perdida en ese olor tan peculiar que desprende su cuerpo. Thane me envuelve en sus brazos y me quita el frío y los miedos con una retahíla de besos breves que terminan con otro más largo y profundo. Respondo poniendo el alma hasta que una campana suena en mi cabeza y me aparto con brusquedad.

–¿Un mal pensamiento? –susurra sin soltar el abrazo.

Asiento, incómoda. Él me deja espacio y me suelta, iniciando la caminata. La recorremos en silencio, pero en la puerta de Effy me vuelve a sujetar y me roza los labios.

–Lo de esta noche no implica que pueda seguir besándote. Piensa en ello y sé sincera, conmigo y contigo. Medita también lo de Edimburgo, conmigo o sin mí. Nada ha cambiado entre nosotros, ¿de acuerdo?

Asiento, aunque es mentira. ¡Claro que ha cambiado! Me ha besado y lo he disfrutado. Un dique se ha roto en mi interior, pero ignoro si me voy a ahogar o saldré a flote.

Por su mirada sé que no lo he engañado, pero poco más puede decir. Saca el *vaper* y regresa por donde hemos venido, sin más despedida. Agradezco que Effy se acueste temprano y no vaya a cruzarme con ella. Soy incapaz de disimular cómo me siento.

Llevaba tiempo sin pasar una noche tan horrible: he llorado, me he enfadado conmigo misma, me he hecho reproches... Que me duela la cabeza al despuntar el día es lógico. Salgo a despejarme corriendo y me encierro después en mi habitación hasta la hora de ir a trabajar. No he almorzado con la excusa de tener mal el estómago, «algún virus, tienes mala cara», ha decidido Effy. Paso la tarde en trance, débil por el cansancio, y Melisa, que me acompaña en el turno, se apiada de mí y se encarga de los imprevistos. Menos mal que son pocos. Al regresar a casa, Effy me tiene preparado un caldo caliente y, aunque le aseguro que he cenado, me obliga a tomármelo. Mientras, me cuenta indignada que la extrema derecha va a ganar por goleada en Italia. En otro momento hubiéramos hecho piña para despellejarlos, pero ahora solo quiero meterme en la cama y dormir una eternidad.

Consigo dormir echando mano de un somnífero. Los tenía en el fondo de mi maleta, pero he recurrido a ellos. Estoy muy cansada.

Sueño cosas desagradables: hospitales, mascarillas, goteros…, la mano de Manu, atravesada por una aguja, apretando la mía, lágrimas…

Me despierto con el corazón galopante y tengo que hacer un esfuerzo supremo para respirar hondo, para relajar la tensión que me tiene rígida y dolorida. Tragar saliva me duele. Respirar me duele. La imagen de sus ojos sobre mí me duele. Rompo a llorar con desconsuelo, agradecida de que Effy esté por las mañanas en un curso de los suyos; ¡le encanta estar siempre ocupada! He enviado un mensaje a Iona por si podía cambiarme el turno y ha accedido sin pedir explicaciones. Soy incapaz de tirar de mí.

El desahogo me deja desmadejada, vacía, pero al menos puedo renacer de mis cenizas y ponerme en pie. Para cuando regresa mi casera me he duchado y he cocinado unas tortillas de patatas que ella acoge con entusiasmo. Mira con reticencia mi rostro congestionado, que no puedo evitar, pero la incito a contarme los resultados de Italia y enseguida se desata. La extrema derecha se ha hecho con el gobierno y Giorgia Meloni es la posible primera ministra. ¡Ya nos jode que, para una vez que gobierna una mujer, sea fascista! Despotricamos de lo lindo.

Inicio la semana con ánimo decaído, por mí, por el mundo y por la incertidumbre de cómo actuar con Thane.

El martes le envío un breve wasap: «Iré contigo a Edimburgo». Responde con un emoticono de «OK» y un «Te recojo a las ocho». Para mi sorpresa, duermo de un tirón, sin pastillas.

7

Llueve en Edimburgo. Si con sol me pareció una ciudad preciosa, cubierta por una pátina gris y los adoquines mojados me fascina. Hay tráfico y gente por las calles, pero ni comparación con agosto. Las personas con las que nos cruzamos llevan maletines o carros de la compra o bolsas que no pertenecen a tiendas de regalos. Supongo que habrá turistas en otoño también, pero en menor número. Dejamos el Porsche en el garaje y subimos el escaso equipaje al piso de Thane. Casi no hemos hablado en el trayecto. Él se limitó a mirarme a los ojos y no preguntó. Yo puse el equipo de música y he hecho el recorrido con los ojos cerrados, sumida en una extraña calma.

El apartamento parece enorme. Las puertas de las habitaciones están abiertas y escojo la que usé la otra vez. Todas tienen camas grandes; supongo que porque ellos las usan de picadero.

Thane aguarda en el salón; palmea sobre el sofá, a su lado, para que me siente en cuanto aparezco.

–Vamos a solucionar lo que sea que te agobie, Marta.

Me quedo de pie, insegura.

–Estoy deseando enseñarte la ciudad, pero con ese talante no la vas a disfrutar. Si accedí a que viniéramos fue porque pensé que aquí tendríamos más intimidad para hablar de lo que te bloquea, así que ven a mi lado y háblame sin tapujos.

En un instante paso por diferentes estado de ánimo: enfado, angustia y calma. Sí, desde el momento que decido abrir mi corazón a Thane, me calmo. Suspiro y me siento a su lado.

–Está bien, pero te juro que si veo un mínimo de compasión en tu cara, te tacharé de mi lista de amigos para siempre.

Él asiente, serio ahora, y yo carraspeo antes de empezar.

–Conocí a Manu en Madrid, mientras estudiaba en la universidad, una noche de copas. Ha sido mi único novio. Nos casamos en 2016, cuando él consiguió plaza en un instituto de Toledo. –Capto que Thane esboza un gesto de sorpresa, pero no me interrumpe–. Era profesor de educación física y le apasionaba su trabajo. –Mi voz se rompe un poco, me recompongo–. En 2019 le diagnosticaron cáncer de esófago.

Thane se levanta, se pasa las manos por el pelo y me mira con dolor.

–Necesito una copa, ¿tú no?

Niego con un gesto y él se aferra a la botella de *whisky* sin agua ni hielo. Prosigo, incapaz de parar:

–Si fueras tu hermano te contaría los síntomas, las sesiones de quimio, la medicación que lo dejaba exhausto..., pero no merece la pena. Es un cáncer para el que no existe cura. Logramos llegar a 2020 con mucho esfuerzo. Tuve que abandonar mi trabajo para dedicarme en exclusiva a cuidar de Manu.

Cuando se inició la pandemia estábamos en el hospital y allí seguí hasta abril... Sin poder ayudar a mis compañeros porque me quedé en los huesos y sin energía. Fue un milagro que no pillara el virus.

–¿Eres enfermera? –se sorprende él.

–Sí. Lo era.

–Lo seguirás siendo –titubea.

–No puedo pisar un hospital –confieso–. ¡No puedo! Mi psicólogo me lo prohibió. Me vengo abajo solo con su olor.

Thane termina de un trago el *whisky* y me coge las manos con un triste «Sigue».

–Apenas queda nada. Al crematorio pudieron venir mis hermanos y mi cuñada, nadie más. Y yo me fui a mi casa, con una urna, hasta que terminó el primer confinamiento, en junio.

El llanto me desborda y mis mejillas se empapan, pero ni hago nada por detenerlo ni Thane por secarlas.

–¿Por qué no te quedaste con alguno de tus hermanos?

–¿Después de pasar tanto tiempo en el hospital? Me insistieron, pero no quise. Me daba pavor pegarles algo. En aquellos momentos, la información era muy confusa.

–¿Entonces...?

–Entonces, me metí en la cama y me alimenté de lo que ellos me dejaban en la puerta. Cuando podía tragar. En cuanto pudieron venir a casa, Raúl me acompañó a un psicólogo y Carmen me obligó a hacer ejercicio al aire libre. En el segundo confinamiento sí nos fuimos a su casa. Pero lo pasé fatal por no ser capaz de acudir al trabajo. La sanidad estaba desbordada y yo...

Thane me estrecha entre sus brazos y me acaricia el pelo mientras le mojo la camisa con mis lágrimas.

–Estabas enferma, Marta. No podías hacer nada.

–¡Ya lo sé! Pero no imaginas lo malo que fue... ¡Murieron tantos médicos y sanitarios...! A la pérdida de Manu se unió mi impotencia... Y encima, mi hermana fue testigo de mi abatimiento. ¡Sufrió lo indecible por mi culpa! Aún lo hacen los dos, no creas, aunque disimulan. Me animaron a coger este trabajo para cambiar de aires y yo lo acepté para darles un poco de cancha a ellos. Me resulta duro no ayudar a Carmen ahora que tiene un bebé y desperdiciar tantos momentos con Adrián y Sara. Se van a hacer mayores sin apenas tratar a su tía –lamento.

–No digas tonterías –me consuela sin mucho convencimiento–. Con Skype o Zoom ya no hay barreras.

Esbozo una sonrisa amarga que no impide que el llanto me venza de nuevo. Pero Thane esta vez sí rellena un vaso de licor y me lo pone en la boca.

–¡Bebe! Aunque te arda el estómago, te serenará el dolor, ya verás.

Para variar, acierta. El alcohol me calienta la sangre y calma mi angustia. Thane respeta mi silencio durante un rato; después, suspira y vuelve a enfrentarse a mis neuras.

–¿Quieres volver a Inverness? Jamás imaginé que escondieras una historia tan... terrible. Pensé que habías sufrido un desengaño amoroso, pero esto...

Niego y le acaricio la mejilla; su seriedad me da alas para ser sincera.

–Llevo viviendo en un infierno desde que diagnosticaron a Manu. He simulado ser fuerte para estar a su lado y no fallarle; después tuve que hacerme a la idea de que me había quedado viuda a los treinta años. –Se me rompe la voz otra vez, pero consigo recuperarme–. No soporto la idea de olvidarlo a ratos, me siento culpable. No sé si puedes entenderlo, pero cada vez que me divierto siento como si estuviera dejándolo ir. ¡Y es demasiado pronto!

Thane frunce el ceño.

–¿Crees que a él le gustaría que tirases tu vida por la borda para vivir en el pasado?

–¡No! Me lo dijo, me hizo prometerle que..., que seguiría adelante, que intentaría ser feliz por los dos –gimo.

–Entonces, no estás haciendo nada malo. –Me ase de los hombros y me busca los ojos–. Marta, no digo que inicies una relación si es muy pronto para..., para estar con otra persona, pero concédete un respiro.

–Me gustas, Thane –confieso, al tiempo que me horrorizo de haberlo dicho en voz alta.

Él sonríe, con una calidez que me conmueve.

–Ya lo sé, Marta. Y tú a mí, muchísimo. El otro día te di una tregua porque no sabía lo que ocultabas; ahora no me queda más remedio que esperar a que tú estés lista para dar el paso.

–¿Por qué ibas a esperar? ¡Habrá cientos de mujeres haciendo cola para que les dediques tu atención! No voy a ...

Thane me pone un dedo en los labios y me obliga a callar.

–¡No vas a nada! Llevo siglos con el corazón al sequillo; solo me han interesado las mujeres para echar un polvo, pero tú me has calado hondo, no sé por qué. Ocurrió en aquel autobús y temí haber perdido una oportunidad, pero ya ves que el destino quiso unirnos de nuevo. Por algo sería.

Me levanto del sofá, confusa.

–Pero es que..., es que tengo sueños contigo, es que quiero...

Thane suelta una risa sarcástica y se levanta a cogerme de la cintura y obligarme a mirarlo, porque estoy roja hasta la raíz del pelo.

–¿Tan difícil me lo vas a poner? Puedo ser un caballero, como dirían en Asmuir, si ambos aceptamos tus reglas, pero si rompes la menor de ellas, te tendré en mi cama con los ojos cerrados –advierte, sin rastro de humor.

–No sé jugar a estas cosas, Thane. Manu fue mi primera y única pareja. Hace mil años que no coqueteo, que no seduzco a nadie; no sé cómo...

Me cierra la boca, esta vez con un beso. Un beso de labios que se extiende a mis pómulos, a mis ojos cerrados, a mi nariz y, de nuevo, a mi boca.

–Estoy seducido, no te molestes.

Nos reímos juntos, cara contra cara. Sus ojos son dos lagos verdes que me inspiran una ternura inmensa. Siento que quiero a este hombre; aún no sé de qué modo, si con anhelo sexual o cariño, pero lo quiero. Lo necesito en mi vida.

–Gracias, Thane –susurro.

–¿Por qué? ¿Porque me voy a matar a pajas en vez de disfrutar contigo? –bromea–. Vale, las acepto.

Golpeo su hombro, ruborizada, y él me besa la mejilla.

–¿Te parece si nos vamos a la calle y aprovechamos el tiempo? Edimburgo tiene mucho que ver –propone antes de volver a burlarse–. No era mi plan inicial, pero soy fácil de contentar. ¡Qué remedio!

Regreso a casa agotada y pletórica. Hasta que cerraron los monumentos nos ha dado tiempo a pasear por Holyrood y los alrededores de la Royal Mile. En el palacio había autoguías, pero hemos pasado de ellas porque Thane ha actuado tantas veces de cicerone que se lo sabe al dedillo. La arquitectura me ha encantado, la decoración ya es otra cosa; pero me ocurre en todas partes, lo suntuoso no me atrae. Sin embargo, la capilla en ruinas me ha arrancado exclamaciones de placer. ¡Qué bonita, por Dios! ¡Si no he hecho diez o doce fotos, no tengo ninguna! De regreso hemos paseado por la inmensa arteria que une ese punto con el castillo y nos hemos detenido a comer en una taberna. Thane quería que probara el *haggis*, pero no he sido capaz. Me he conformado con un pedazo de *pizza* y un refresco. Los edificios son maravillosos. Donde no encuentras una iglesia reconvertida en mercado o bar, encuentras un pequeño museo, o un cementerio con cruces celtas, o maravillosos panteones en forma de templetes o coronados de estatuas. Lo único «chungo» son las cuestas; ¡me arden los muslos! Pero vengo fascinada con esos cementerios en medio de la ciudad, con el suelo de hierba o piedrecitas y sus vistas extraordinarias. ¡Cuánta belleza! Amo Edimburgo, decididamente. Se nos ha echado la noche encima entrando y saliendo de sitios. Para mañana iremos a visitar la catedral y el castillo. Hoy no puedo más.

Thane me concede darme una ducha mientras él sale a comprar comida y se lo agradezco. La idea de cambiarme de ropa para ir a un restaurante no me apetece nada. El cielo está plomizo y el viento helado. El clima es lo que menos me agrada de Escocia; este frío es frío de verdad, del que corta la cara. En España seguro que no llevan abrigo todavía. De todos modos, no lo cambiaría por nada en estos momentos. Soy feliz en Escocia. «Perdóname, Manu».

***

A mitad de cena, Edine ha llamado a su padre y ambos han mantenido una conversación distendida que me ha arrancado sonrisas. Thane no le cuenta que está conmigo. Sus bromas son fluidas y se nota que la relación es estupenda. Es tierno ver a Thane desempeñarse en ese papel, entre preocupado y liberal. Sale a relucir el chico que le gusta a Edine, Peter, que es tan tímido que se sonroja cuando hablan. A ella le resulta enojoso, pero su padre le hace ver que peor será para él y le recrimina que las mujeres «seamos» tan exigentes.

Cuando termina la llamada, su rostro refleja una cómica pesadumbre.

–¿Crees que se acabará alguna vez esto de dar una de cal y otra de arena?

Me hace reír.

–No lo sé, no soy madre. ¡Pero ahora entiendo las quejas de mis padres! Tener que lidiar con la adolescencia de tres no debió de ser nada fácil. Con todo, Edine es una niña muy buena; no puedes quejarte.

–¡Si no me quejo! ¡Pero no sé si hago bien defendiendo a ese muchacho que casi le tiene miedo! Imagínate, con lo decidida que es mi hija... Lo tendrá acobardado –bromea–. Las mujeres imponéis mucho cuando tenemos cierta edad.

–¿Vas a decirme que tú eras un adolescente tímido? –me burlo–. No te lo crees ni loco.

–¡Pues igual te sorprendería! Era muy valiente cuando me subía a un escenario, pero en el cara a cara con tanta loca alrededor no pienses que fue fácil.

Suelto una carcajada, divertida.

–¡Qué pena me das! ¡Pobre chico famoso!

Thane entrecierra los ojos y frunce la boca, en un gesto tan claro de «Te la has ganado» que retrocedo en la silla e intento correr, pero me pilla junto al sofá y me tira sobre él para matarme a cosquillas. Luchamos unos minutos, a carcajada limpia, hasta que me falta la respiración y se detiene, apartándome el pelo de la cara. Por un segundo se instala el silencio entre los dos y sé que va a besarme. No me opongo. Me sujeta con ambas manos y paladea mi boca hasta que le salgo al encuentro y hacemos la caricia más intensa. Se detiene él.

–Lo dejamos aquí –me tantea.

Asiento, de repente confusa. No me deja pensar, me levanta la barbilla y me mira a los ojos.

–No me preocupa parar, Marta. Sé que, en algún momento, no lo haremos. Puedo esperar.

Lo abrazo, confortada con su cariño. Siento que aún no estoy preparada. Para un calentón sí, pero no para estar con él sin que Manu nos acompañe. Y eso sería injusto.

Tira de mi mano y me levanta del sofá.

–Echa un vistazo a las películas de esa vitrina mientras yo despejo la mesa.

Así acabamos la noche, visionando *Love Actually*, que no ha perdido el encanto a pesar de los años. Después, de mutuo acuerdo, nos cepillamos los dientes y nos metemos en la cama, juntos, en pijama, con un sencillo beso de buenas noches.

Visitamos Saint Giles, la catedral, aunque los escoceses no la llaman de ese modo, dedicada al patrón de la ciudad. Es gótica y por tanto con vidrieras y cresterías, que a mí me encantan, pero las he visto mejores en España. Recorremos la Royal Mile para subir al castillo y tampoco me entusiasma. En sus dependencias sí que hay turistas, así que vamos a salto de mata, viendo lo menos transitado y pasando de hacer colas. Las vistas son espectaculares, eso sí, con una bruma gris que sube del océano y amenaza lluvia y un viento que corta el aliento.

Bajamos para comer en Grassmarket, muy cerca del apartamento. Es una zona llena de *pubs* y restaurantes. Thane me cuenta que son la continuación de las tabernas y tiendas que había en el siglo XVI, pero que lo concurrido del lugar no es novedad, que en el XIII era un mercado de ganado y que, además, era la plaza donde se instalaban los patíbulos.

Me asombra que todo sea tan antiguo y él se ríe, admitiendo que los edificios actuales, en general, se remontan al XVIII. Tampoco es moco de pavo, de todas formas.

Tomamos unas sopas sabrosas y una carne en su punto mientras comentamos el recorrido de hoy. Confieso que me ha encantado Edimburgo, pero más por la magia de sus fachadas y el ambiente que por los interiores de los monumentos. Es de esas ciudades que se te meten en el corazón.

Recogemos nuestras cosas y regresamos a Inverness. Thane conduce con pereza, como si no quisiera llegar, y, de vez en cuando, me acaricia las manos, que descansan sobre mi regazo. Nos regalamos sonrisas y cantamos bajito las melodías que nos acompañan. Han sido dos días estupendos y bien aprovechados, pese al inicio triste. Nos han venido bien; al menos a mí. Haberme abierto en canal a Thane me ha liberado de un gran peso. Odio mentir, si omito dar información sobre mí es por no despertar lástima en la gente, pero que él lo haya aceptado con esa naturalidad me ayuda a ir mostrándome como soy.

***

Empezamos octubre con nueva polémica en los medios. ¡No recordaba que en España nos bombardearan de ese modo! O quizá es que yo pasaba mucho de lo que ocurría fuera del hospital. El caso es que las noticias son atroces: han asesinado a una chica iraní de veintidós años por llevar mal su hiyab. El mundo está conmocionado, con razón, desde luego, y se suceden las manifestaciones por toda Europa. Muchas mujeres se cortan un mechón de pelo en señal de protesta. En Irán la represión es brutal. ¡Qué mundo más salvaje, por Dios! ¿No hemos tenido suficiente con la maldita pandemia para que sucedan muertes sin sentido?

Durante estos días las conversaciones giran sobre lo mismo, en el trabajo, en casa, en los *pubs*...

Por si no fuera bastante negativo el ambiente, comienzan manifestaciones en Italia y Francia contra la OTAN. La guerra de Ucrania pasa factura, con la subida de las eléctricas, del petróleo y de los alimentos, en general. Parece que el mundo se derrumba a nuestro alrededor, con algarabías y quemas de facturas de energía.

Dimite la primera ministra del Reino Unido y aparece una cara ya conocida que tampoco entusiasma a los progresistas. Se llama Rishi Sunak, desciende de indios y es más rico que Carlos III. ¡Menuda carta de presentación!

Llegamos a noviembre con la polémica de la Copa del Mundo en Qatar. El historial de este estado en materia de derechos humanos ha provocado infinidad de protestas. Me sumo. Es indignante que sea protagonista de todos los medios un país donde no se respeta a las mujeres, se considera un delito la homosexualidad y trata a los trabajadores extranjeros como esclavos. Pero la actitud de la FIFA ha sido de absoluta indiferencia. Lo único que importa es el dinero.

En el Lauders hablamos de ello con manifiesta indignación. No sé si porque realmente a todos les enfada o porque al no estar Escocia entre los seleccionados, les cuesta menos ser críticos.

En la residencia también se habla mucho de fútbol, el personal de cocina es aficionado. Manu lo era y me tragué todos los partidos importantes de España mientras estuvimos juntos, pero jamás había oído mencionar a la Tartan Army, la afición escocesa. Calem, uno de los cocineros, me da la explicación: Escocia no se clasifica desde Francia 98, y en la Eurocopa tampoco pasan de la primera ronda. Son grandes admiradores de España, por cierto. Se conocen los nombres de todos los jugadores y la cantidad de veces que hemos ganado. Algunos hasta confiesan ser seguidores del Barcelona o del Madrid.

A mí el fútbol no me llama la atención. Ningún deporte en especial, aunque estoy orgullosa de nuestras chicas de *hockey* que se proclamaron hace poco campeonas del mundo, o de Rafa Nadal, que me resulta admirable dentro y fuera de las canchas.

La final, ya en diciembre, ha sido tensa, entre Inglaterra y Francia, con victoria de 1-2 para los últimos. No me ha dado ni frío ni calor. A mis amigos del Lauders tampoco.

En cuanto a mi vida personal, aquí estoy, mecida en una plácida existencia de trabajo, alguna salida con Thane, sin nada reseñable y sin avances en nuestra relación. Tenemos a la gente despistada porque siempre que podemos estamos juntos, pero no actuamos como pareja y eso los descoloca. No se imaginan cuánto me perturba a mí. Cada día siento más cerca el anhelo de dar un paso adelante, pero luego, en el silencio de mi habitación, mi mente sigue insistiendo en que es pronto. Effy me deja caer que la vida es muy corta, que ya nos lo enseñó la pandemia, y si reflexiono sé que es verdad, pero la cabeza es un elemento disuasorio de lo más capullo.

Libro la próxima semana tres días, de lunes a miércoles, por lo que el domingo por la noche, tomando unas cervezas en «nuestro» *pub*, Thane me propone visitar a Edine en Glasgow. Ha estado muy ocupada con sus estudios, pero con la cantidad de huelgas que remueven todo el Reino Unido, la mayor parte del tiempo no tiene clases. Me da vértigo conocer a Leana y solo acepto cuando me promete alojarnos en un hotel en vez de en su casa.

Tardamos algo más de tres horas en el trayecto porque el tráfico es incesante. Hay huelgas de autobuses y de trenes y quienes necesitan viajar hacen uso de sus vehículos. También hay paros en Royal Mail, en los hospitales, en los aeropuertos... Sunak no creo que esté muy feliz en su puesto estos días. Thane habla de él con evidente desprecio. Se están haciendo políticas muy desfavorables para la clase trabajadora y aunque él sea rico, entiende que los ciudadanos no pueden permitirse un ritmo de vida con los salarios bajos y los precios en alza. Yo, de mentalidad de izquierdas, le doy la razón. En España teníamos idealizado el sistema británico, pero desde el Brexit ha demostrado ser muy incompetente.

Para cambiar de rumbo la conversación le comento que trabajaré todos los festivos, sustituyendo a Iona en Navidad y a Mai en Año Nuevo. La primera tiene a Tay en casa y la segunda lo pasará con sus sobrinos en la estación de esquí de Glencoe. Sin mirarme, frunce el ceño.

–¿Qué? –le reprocho–. Ellas tienen familia, es normal que yo las supla.

–¿Tú no tienes derecho a descansar también? –replica, irritado.

–Lo haré. Estaré libre el 22 y el 23 y el 26, 27 y 28, por el doble turno del 25 y el 1. ¿Dónde sueles pasar tú las Navidades?

–En casa. Edine disfruta mucho el día de Navidad. Participamos en la celebración de Asmuir.

–¡Ah, qué bonito! Había oído lo de la fiesta, pero creí que sería solo para los residentes.

–Almorzamos en casa, pero vamos después. Lo hacíamos con mi abuela y a Edine le encantaba. En Nochevieja me ha pedido permiso para volver a Glasgow porque quiere ir a una fiesta con Peter. Lo tengo que tratar con Leana, pero no creo que se oponga.

Me muerdo los labios, comprendiendo su irritación.

–Haz los planes que te apetezcan, no quiero…

Sus ojos me taladran, obligándome a callar.

–Lo que quiero es estar contigo, Marta. Si ha de ser en la residencia, pues allí.

–¿También hay fiesta el 31?

–Es posible, yo esos días solía pasarlos en Edimburgo, con los chicos.

–¡Pues vete!

Él me recrimina de nuevo:

–Iba con los chicos y mi hija, ¿qué tipos de planes crees que hacíamos? Incluso Duncan nos ha acompañado a veces. La capital se pone preciosa por Navidad. –Se lo piensa un instante y me hace la propuesta–:

¡Ya sé! Si libras tres días la última semana, podemos hacerlo entonces. Nos llevamos a Edine y tendrá la vuelta a casa más cerca.

Asiento, ilusionada. La verdad es que patear Edimburgo engalanado de Navidad debe de ser precioso. Thane me coge una mano y se la lleva a los labios para besarme los nudillos. Le regalo mi alma en una sonrisa y él me dice mil palabras con los ojos.

Nos alojamos en el Maldron Hotel, un edificio en pleno centro de la ciudad, según Thane.

El servicio es muy correcto y nos deja en una habitación con cama inmensa, moqueta y televisión gigante. El ambiente es confortable.

–He pedido una cama extragrande, por si te daba reparo –confiesa, burlón.

Frunzo el ceño, siguiéndole la broma.

–¿Y no hubiera sido mejor camas dobles?

Se ríe, descarado.

–No, sé que te hubiera buscado, y las sencillas son pequeñas.

Le doy la espalda para que no vea mi sonrisa y empiezo a deshacer mi maleta. No he traído mucho, pero la ropa de abrigo ocupa.

–¿Qué planes tenemos?

–Esperar a mi hija y salir a comer. Después podemos hacer algo de turismo.

–Hay algunos sitios que quiero ver: la universidad y el Museo Hunterian, la catedral y después lo que tú consideres conveniente.

–Ahora pasearemos por las calles del centro. Tendremos tiempo para lo demás.

Nos pertrechamos de guantes, bufanda y gorros y salimos al encuentro de Glasgow. Apenas hemos pateado algunas amplias avenidas decoradas con miles de adornos navideños cuando llama Edine y nos reunimos con ella en un restaurante italiano muy acogedor. Está sola (temí que me jugaran una encerrona), pero se me baja la euforia cuando comunica que su madre nos espera para cenar esta noche. ¡Lo sabía! ¡No puedo fiarme de los Gilmore!

8

Thane estaciona frente a una casa de doble planta, con jardines y verja que la separa de la calle. Es una avenida amplia y cuidada, con viviendas del mismo tipo. Mientras yo admiro la decoración navideña, me confiesa que eligieron esa zona por el colegio donde luego ha estudiado Edine, a un par de manzanas de allí. Fueron previsores.

Ya sé, me lo contó hace tiempo, que nunca vivieron juntos de verdad; se casaron, él compró la casa para que ella estuviera cerca de sus padres, y después compartieron el cuidado de la niña con estancias continuadas de Thane. De ahí que viva en la casa cuando aparece por la ciudad. Pero Edine supo, desde pequeña, que sus padres no eran pareja. A mí me resulta un acuerdo extraño, pero lo cierto es que funcionan muy bien y la niña no presenta el menor trauma. Es el modo en que se ha criado.

Antes de que pueda decir nada, se abre la puerta de acceso y Edine sale en estampida, como si no hubiéramos pasado la tarde juntas. Tira de mi mano y me lleva hasta la mujer que aguarda en la entrada. Cómo no, hay una corona de muérdago sobre la puerta y luces parpadeantes en las ventanas. La mujer que aguarda es solo un poco mayor que yo, pero mi polo opuesto: muy bajita, delgadísima, pelo rubio ondulado y ojos claros. Luce un elegante vestido de lana en color negro y zapatos de tacón. Me observa con tanta curiosidad como yo a ella, con la ventaja de que ella me había visto en fotos y yo no. Me abraza con afecto y un par de besos en las mejillas, nada artificial, y luego saluda del mismo modo a su ex. Edine no para de dar saltos a nuestro alrededor, nerviosa por mostrármelo todo. Su madre la reprende y nos encamina al salón, presidido por un inmenso árbol navideño.

–Marta, disculpa a mi hija. Estaba deseando que nos conociéramos. –Sonríe con una sonrisa de anuncio–. ¡Empiezo a estar celosa, no creas!

Edine se lanza sobre ella y se la come a besos, entre risas y bromas.

–Pues ya ves que no tienes motivo –me apresuro a replicar.

–Tengo la ventaja de no padecer esa maldición, no te preocupes. De otro modo, me hubiera vuelto loca con Thane y sus admiradoras. –Le guiña un ojo–. Llevo muchos años sin morirme por sus huesos, pero al principio me tenía pillada.

Thane suelta una carcajada y juraría que se ha sonrojado.

–¡Ni sé cómo te acuerdas! Hace un millón de años de eso.

–Bueno, yo solo tengo quince –le reprocha su hija–. Pero dejemos el tema; ¡no os queréis y en paz! Por cierto, Marta, qué bien te queda el vestido... –Y se apresura a contarle a su madre que me lo he comprado en Buchanan Street.

Es cierto, en cuanto supe que tendríamos cena familiar necesité presentarme con algo que no fueran vaqueros, y Edine me ayudó a escoger un par de prendas y unos zapatos de salón. Hace tanto que no me arreglaba así que incluso lo he disfrutado. Ahora me alegro, porque Leana cuida mucho su aspecto. Y no es que quiera compararme... Bueno, lo dejo. Estoy idiota perdida.

Como si supiera mi debate interior, Thane sonríe con cariño y me aprieta una mano.

–Me voy a servir una copa. ¿Quieres tomar algo o prefieres que Edine te enseñe la casa y te deje tranquila el resto de la noche?

–La casa, sin duda –respondo con el mismo tono burlón.

Edine aplaude y me arrastra con ella hacia el interior sin que su madre nos siga. La planta baja es muy amplia, con el inmenso salón dividido en espacios, una cocina donde saludamos a Nora, una mujer que se encarga de la cena y que tiene su dormitorio un par de puertas más allá, y un baño para invitados. En la segunda, Edine me enseña primero su alcoba, decorada con más sencillez de la esperada. Eso sí, tiene el espejo de su tocador lleno de fotos y en una de ellas estoy yo. De las que su padre me «robó» en Urquhart. La habitación de Leana está al lado y me deja sin respiración el vestidor, que ocupa más que mi espacio en casa de Effy. La de Thane se halla al otro extremo de la casa, es sobria y, excepto por las fotos de Edine, parece la estancia de un hotel. «Hay una habitación de invitados, por si quieres para la próxima vez», apostilla la dichosa niña, y una sala muy cálida en la que, me cuenta, Leana trabaja sus diseños de ropa deportiva.

Todas las habitaciones tienen acceso a una amplia terraza que sirve de techo al porche de verano por el que se accede al jardín. Desde luego, me digo, Thane maneja una pasta.

Volvemos al salón donde la mesa está dispuesta, decorada con flores y velas, y tanto él como ella beben una copa, sentados en el sofá más cercano a la chimenea.

Thane se levanta al verme y me besa una mejilla, indagando mi estado de ánimo.

–¿Te ha gustado? ¿Podemos cenar ya, hija, o seguirás avasallando a la pobre Marta?

–¡Pero si no lo hago! –responde inmediata, mientras yo la disculpo al mismo tiempo: «No digas eso, me encanta su entusiasmo».

Ignorando a su hija por una vez, me toma de la cintura y me acompaña a la mesa. Enfrente se acomodan Leana y Edine.

De entrada comemos jamón y queso español. Leana comenta: «Pensé que te gustaría saborear algo de tu país», al ver mi cara de sorpresa. Los ha comprado en una tienda de *delicatessen* porque no son productos que se consuman en Reino Unido. Pero los tres me hacen la competencia comiendo a dos carrillos. El queso está muy curado y nos entra con bastante pan y varias copas de vino tinto. ¡Exquisito todo! De segundo, salmón, y de tercero, ternera, pero me excuso porque no puedo más. El único que acepta un plato es Thane; las chicas nos disculpamos con Nora. ¡Sin embargo, no nos negamos al postre aunque rebose de calorías!: una copa de *cranachan*.[14]

La conversación ha sido fluida. Admito que Leana es una magnífica anfitriona. Les he contado cómo suelen celebrarse las Navidades en España –ellos no

---

14 Postre típico escocés que combina *whisky*, copos de avena, frutos rojos, miel y queso Crowdie o nata.

tienen Reyes Magos y Edine regresa al colegio un par de días después de Año Nuevo–. Capto que ni ella ni su madre saben nada de mi vida pasada, lo cual me confirma que Thane es una persona de fiar. Sí les hablo de mis hermanos y mis sobrinos, y Edine enseguida me pide fotos que yo no tengo reparos en mostrarles. Leana es hija única y sus padres viven en un barrio cercano; se llevan bien. Pasará las próximas fiestas con ellos. Thane, de paso, informa a su hija de que podrá acudir a la fiesta con Peter, y ella se lanza al cuello de su madre con euforia. Se nota que se adoran mutuamente. En matrimonios más «formales» he sido testigo de mucho menos cariño. Creo que estos dos lo han hecho muy bien.

Cuando recogemos los abrigos para marcharnos, Leana se acerca al árbol y me entrega un paquete voluminoso envuelto en papel brillante.

–Si no te gusta, puedes cambiarlo –replica al besarme.

–Pero… –Estoy perpleja y avergonzada; yo no he traído nada para ella.

–Es de parte de Edine y mía. Espero que te guste. –Me mira el vestido, de líneas rectas y sencillo, pero de un verde que me favorece–. Sí, creo que sí. Mi hija tiene buen ojo. Buenas noches, Marta. Gracias por venir.

–Gracias por invitarme –titubeo, indecisa sobre si debo abrirlo o no, pero como ella va hacia la puerta, no lo hago.

La noche es extremadamente fría, así que nos despedimos rápido, no sin antes quedar con Edine, mañana, para visitar la Universidad.

Thane conduce con una sonrisa satisfecha en los labios. Solo pregunta: «¿Feliz de haber venido?», y yo asiento.

***

Me he traído un pijama calentito y nada sexi, pero después de llevar un rato con el torso desnudo de Thane pegado a mi espalda me entra un sofoco insoportable y me lo quito. Él está en bóxer y yo en tanga (soy incapaz de dormir con sujetador). Se remueve al notarme desnuda y se despeja de golpe. Me muerde una oreja con burlona lascivia.

—No necesito mucho para ponerme a cien —advierte con la voz ronca.

—¡Haber pedido dos camas! —río, intentando no tener cosquillas con su boca en mi cuello—. ¡Me estoy asando contigo adosado!

Noto su risa contra mi piel y sus manos me atraen de nuevo, cercando mi cintura con un brazo.

—Vamos a dormir, anda. Si se despierta sir T lo voy a pasar fatal.

Me revuelvo para verle la cara. Con la manía de este país de no tener persianas, estamos iluminados por la luz de la calle.

—¿Sir T? —pregunto, aunque imagino de lo que habla.

Sin preámbulos me coge una mano y la pone sobre su miembro, ligeramente «entonado».

—Sir T —presenta, descarado.

—¡Creí que eso de ponerle nombre solo pasaba en las novelas! —me burlo.

—Desde que leí *El amante de lady Chatterley* me gustó la idea —replica, juguetón.

—John Thomas y Lady Jane —recuerdo, divertida.

—¡Tú también la has leído! ¿Te gustó?

Asiento, colmada de placer, dándole la espalda. No quiero que lea satisfacción en mi cara. Thane es un descubrimiento cada día.

–¿Quieres que te ponga nombre a ti también?

Sus labios en mi nuca, sin besarme, solo sintiendo su aliento, me sonrojan.

–No. Vamos a dormir.

–Te confieso que ya me habías animado antes, cuando te has probado el equipo de Leana. Te queda como un guante.

Es verdad; son mi talla al cien por cien: unas mayas preciosas con cenefas en distintos tonos de verde, una camiseta más clara y una sudadera varios grados más oscuros. Le he pedido que me hiciera una foto y se la hemos enviado a Edine.

–Eso me recuerda que mañana tengo que comprarle un regalo a tu ex. Ha sido un detallazo.

–Los regalos no tienen por qué corresponderse, Marta –me dice, más serio–. Es de su colección y mi hija tenía ganas de que tuvieras algo de su madre, por eso lo han hecho.

–¿No has tenido nada que ver? –Aún recuerdo la conversación en su porche.

–Te aseguro que no; pero tampoco pasaría nada si lo hubiera sido.

–De todas formas, a Edine quería comprarle un regalo antes de todo esto. A tu ex no, porque no pensaba conocerla; pero ahora me sentiré más tranquila si le correspondo. Te pediré que me asesores.

La mano de la cintura sube hasta mi pecho y se acomoda allí, sin moverse. Me corta la respiración.

–¿Has sacado esta conversación para enfriarme? Porque no está dando resultado.

Su voz ronca en mi oído rebela a cada fibra de mi ser. ¡No soy de hielo, joder! Me enfrento a su boca y lo beso con la lujuria que llevo refrenando desde que nos conocimos. Thane coge el guante y entre nosotros no queda un resquicio de piel sin pegar. Su lengua me saquea y ronroneo de placer, incitándolo a seguir. Nuestras manos se independizan y buscan nuestros sexos. Thane se empalma, más duro aún al notar que estoy húmeda, y sus dedos se adentran en mi interior con una maestría insuperable. Mi mano también abarca su miembro y noto que se tensa. Apenas tenemos espacio, pero somos incapaces de separarnos, unidos por las bocas y las manos. Nos deshacemos a la par, yo mordiendo su hombro y él arqueando la espalda hasta que los jadeos se fusionan de nuevo, esta vez de cansancio. Antes de separarnos me regala un beso breve.

–Perdona que haya durado tan poco, te tenía muchas ganas.

–¿Ha durado poco? –bromeo, al borde del sueño. Llevo más de dos años sin tener un orgasmo y este me ha parecido apoteósico.

Thane apoya la rodilla en la cama y me sorprende con un beso tierno; luego se pierde en el baño con una inmensa sonrisa. Me duermo al instante.

El latigazo de placer que me recorre la columna me obliga a despertar. Thane está entre mis piernas, ya es de día y me espabilo de golpe.

–Buenos días, preciosa –escucho viendo emerger su cabeza de entre mis muslos–. Dime que puedo seguir.

Me sonrojo hasta las orejas, pero asiento. Si llevaba dos años sin un orgasmo, sin que me hicieran un *cunnilingus* ni sé.

Thane tiene magia en la lengua; supongo que Manu también la tenía, pero me niego a pensar en ello cuando mis pies se están pegando al colchón con fuerza y mi espalda se arquea buscando esa boca. Una mano sube y atrapa uno de mis pechos, así que me apresuro a resarcir al otro con mis propios dedos. Thane levanta un segundo la cabeza, dice «Joder» y se lleva la mano libre a su miembro para desquitarse. Jadeamos los dos, sin pudor alguno, calentándonos mutuamente con nuestros sonidos. Cuando siento que una espiral de placer se aferra a mis riñones y explota en mi vagina, grito su nombre. Él aguanta un poco más antes de hacerlo en las sábanas, pero es un rugido que me hace reír. ¡Madre mía! ¿Por qué nos negamos el sexo si es lo mejor del mundo para oxigenarnos?

Thane repta sobre la cama, se limpia la boca en la almohada y me da un beso cariñoso que sabe a mí.

–Gracias –susurra, sonriente.

–¿Gracias? ¡Lo has hecho tú todo!

Me besa un hombro y la clavícula antes de buscarme los ojos.

–Pero no sabía si querrías...

Me subo a su cuerpo para que estemos pegados y le acaricio el pecho con los labios. Apenas tiene vello.

–Ya ves que sí.

Me iza la barbilla, dispuesto a tener esta charla con el extra de los gestos.

–¿Es solo para Glasgow o hemos abierto la veda?

–¡Me siento un jabalí! –Río antes de ponerme seria y asentir–. La abrimos.

–¿Pero?

¡Este hombre es increíble, capta todos mis matices!

–Pero –explico, sin querer perder la alegría– habrá veces que estaré más segura que otras.

–No habrá sexo cuando no estés segura –insiste él–. Tú tienes la última palabra. Siempre.

–Eso no es justo –replico.

Thane me aparta el pelo de la cara y deja la palma en mi mejilla. Expresa tanta ternura que me desbarata entera.

–El sexo no trata de justicia, solo de disfrute.

Lo beso en un arranque de cariño y, de no ser porque su móvil amenaza con dejarnos sordos, habría seguido demostrándole cuánto me apetece. Pero es Edine. Y está en el vestíbulo.

Visitamos el campus universitario y el Hunterian; más deprisa de lo que yo hubiera preferido, pero Edine está loca por patearse los mercadillos. El museo me ha encantado, por la arquitectura que lo envuelve y por los especímenes alucinantes que expone. A Thane también le gustan los fósiles, así que su hija aguanta nuestra sesión de fotos y comentarios. Con la promesa de que volveremos, abandonamos el recinto y nos internamos en el parque de atracciones en que han convertido George Square. Lo miro todo con rostro alucinado: la noria, el molino de viento, un árbol gigantesco, ¡una pista de patinaje!, aparte de casetas de todos los estilos y puestos de comida sin fin. Se nos van las horas sin sentir, probando sabores diversos y participando en cada juego con que nos topamos. Únicamente me excuso con los patines; jamás los he usado y no quiero romperme una pierna, ¡necesito las dos en el trabajo! Ellos me dan una lección de compenetración sobre el hielo, se nota que lo han hecho más veces.

Thane me compra unos pendientes largos de los que me enamoro y yo le regalo a Edine un bolso del que ella se encapricha. A su madre le escogemos una pulsera de plata que nos encandila a las dos. «Así podré ponérmela también», me guiña un ojo, la muy astuta.

Mañana tiene clase, así que nos despedimos al dejarla frente a su casa. Leana no está, nos dice, tenía cena de trabajo. Nosotros ya hemos comido a lo largo del día lo que podría llamarse almuerzo, cena y requetecena, por lo que Thane enfila hacia el hotel sin preguntarme siquiera.

Sienta bien disfrutar del sexo cuando se ha estado sin catarlo tantos meses. No esperaba que resultara tan fácil sentirme cómoda con Thane. El único hombre que he tenido antes fue Manu y disfruté mucho con él. Aprendimos juntos a saber lo que nos gustaba, lo que nos encendía y llevaba al delirio; hablábamos y veíamos películas de las que nunca se terminan. Me inició y me mostró cómo ser felices con nuestras pieles. Al perderlo, creí que todo eso se había ido también; pero no. Thane me ha demostrado que puedo seguir siendo apasionada y descarada en la intimidad con otro hombre. Con él, en realidad. En estos momentos no me veo aceptando otras manos y otra lengua sobre mi cuerpo. Pero las suyas son como una droga. Perderme en sus ojos verdes mientras me cabalga es sublime. Tener un orgasmo en su boca, con sus manos o su pene, una locura. Le gusta explayarse en los preliminares, y mi cuerpo, ansioso de caricias, se deshace con una facilidad que, a ratos, me avergüenza. Me besa las mejillas rojas, de pasión y rubor, y sus ojos destilan un cariño sin límites. No quiero hablar de amor, no hemos empleado esa palabra que asusta, ni espero que lo hagamos. Es el único ser que me apetece tener en mis brazos y yo soy la que él ha esperado con paciencia. No debemos exigirnos más.

Nos recreamos el uno en el otro tantas veces que,

al abandonar la cama, siento agujetas. Él, sin embargo, se levanta con agilidad, envuelto en un halo de felicidad que me contagia. Desayunamos en la habitación, en albornoz, en plan decadente, decidiendo los próximos pasos.

Quiero ver San Mungo antes de irnos y me complace.

La primera impresión me desilusiona, está... ¿abandonado? No, pero al rosetón de la fachada le faltan dos listones del soporte y la cubierta de cobre verde no parece muy segura. Thane me explica que, aparte de ser la catedral más antigua de Escocia, ha pasado por todo tipo de vicisitudes: desde asaltos en tiempos de conflictos hasta incendios. Se ha restaurado muchas veces, la última en el siglo XX, pero a los encargados de su mantenimiento no les sobran los fondos. El interior, sin embargo, es muy bonito; con vidrieras modernas, de posguerra. La decoración es espartana, como parece corresponder a la iglesia de Escocia. ¡Ah! También acogió en su sala capitular a la primera universidad de Glasgow, allá por el siglo XV.

En la colina, tras la catedral, se emplaza el cementerio. Cuesta trepar por su sendero serpenteante, pero, además, me detengo cada pocos pasos porque me fascinan sus estatuas, mausoleos y sepulcros. Thane me cuenta que financió su creación la Casa de Comerciantes en algún momento de 1800, porque uno de ellos regresó embelesado con el Père Lachaise de París y convenció al resto de la importancia de ofrecer un «lugar especial» a los adinerados de la época. ¡Y tanto que los convenció! ¡Hay más de tres mil quinientos monumentos!

Agotada de andar y soltar exclamaciones de júbilo, entramos en el primer restaurante que encontramos y reponemos fuerzas. Después, se impone el retorno a Inverness.

Cuando Thane me deja ante la casa de Effy, me besa en los labios y susurra: «Descansa».

Le agradezco que no sugiera pasar la noche juntos. Ha sido maravilloso estar con él, pero necesito reposar las emociones.

9

El trabajo es más intenso en estas fechas, a pesar de que algunos residentes se han marchado con sus familias. Los que quedan notan las ausencias, y la tristeza es complicada de paliar por mucho que decoremos el centro y derrochemos cariño con ellos. Los Dulls siguen bien porque se tienen el uno al otro, pero Iver Cullen anda cabizbajo y me preocupa. No he insistido en saber de su salud para no dar explicaciones a Duncan, sin embargo, no se me quita de la cabeza el recuerdo de las radiografías.

El sábado tuvimos en el Lauders una pequeña celebración al salir del trabajo; se apuntaron los chicos de cocina también y resultó divertido. Joao y Melisa se comieron a besos en un rincón y Thane me dio codazos más de una vez aunque simulé no darme cuenta. Seguimos «oficialmente» siendo solo amigos. Eso sí, tras unas cuantas cervezas y un *whisky*, terminé en la cama de Thane. No conocía su dormitorio y sigo sin saber mucho de él porque entramos a oscuras, muertos de ganas, subí las escaleras cogida de su mano y lo siguiente que sentí fue un colchón extragrande bajo mi cuerpo. De madrugada, me levanté y regresé a casa. No quiero tener a Effy rondándome a preguntas. Aún no. Thane gruñó cuando me levanté, pero lo acallé con un beso y me acompañó hasta mi puerta, como un caballero andante.

Esta mañana termino mi turno y dispondré de dos días de descanso, pero no voy a moverme de Inverness. Effy tiene un par de huéspedes y quiero ayudarla con las compras de estos días. El 25 ha organizado una pequeña fiesta con sus amigos y, como yo cenaré en Asmuir, apareceré tarde. El 31 ya no tendrá a nadie en casa y se ha apuntado a un cotillón. Yo no tengo planes. Thane no sé qué hará, no hemos vuelto a hablarlo. Lo que sí me resulta raro es que no celebren la Nochebuena, no me acostumbro a que no son católicos.

La nostalgia de mi familia me embarga, pero tener que dedicarme a tantas cosas me obliga a espabilar. He enviado regalos para todos, aunque, con las huelgas de Royal Mail, no sé si llegarán a tiempo. Seguimos manteniendo las videollamadas los domingos y sé que ellos también me echan de menos. Se conforman al ver que estoy contenta en el trabajo y en la casa. A Effy la conocen, la he incluido algunas veces; de Thane no saben nada.

A los padres de Manu les he escrito en un par de ocasiones, no me siento capaz de escuchar sus voces. Ellos me han respondido con mucho cariño y deseándome lo mejor. Estas fechas no son muy felices en mi memoria; pese a que estuvimos juntos muchas Navidades, las últimas permanecen en mi recuerdo grabadas a fuego y es una imagen que me niego a rememorar para no recaer en la depresión.

Iona se despide con un beso al terminar la jornada, agradecida por librar estos días también y que yo haga su turno del domingo. No me importa en absoluto. Tay pasará pocos días en la ciudad y encima tiene mucho que estudiar, así que cualquier momento que aprovechen juntos me parece fantástico. Nos emplazamos a unas cañas en mis ratos libres y la veo marcharse eufórica, cogida de la mano de su chico, que ha venido a buscarla. ¡Qué asombrosa es la capacidad de amar! Solo llevo unos meses en esta tierra y creo que los amigos que he hecho serán para siempre. Con Iona y Mai siento una afinidad especial, pero haría cualquier favor al resto si lo necesitara sin la menor duda. Creo que ellos también lo harían por mí. El ambiente en Asmuir es estupendo. Aunque las trate menos, incluso Greta, la auxiliar de geriatría, y Sonja, la fisioterapeuta, son cariñosas. Marion suele estar en su papel, cortés, de gobernanta; a Elsie y su padre los veo poquísimo y, en los últimos tiempos, Duncan permanece poco en las instalaciones. Thane me ha confesado que ha habido un rebrote de covid y los sanitarios están preocupados, preparándose para lo que pueda ocurrir. ¡Dios no lo quiera!

Mientras en España las familias se preparan para una de las cenas más importantes del año, Thane toca el piano, conmigo y Edine de espectadoras. Llegó ayer y apenas se ha separado de mí. Mañana trabajaré los dos turnos, el de Iona y el mío, así que no quiero acostarme muy tarde, pero me han invitado a su casa. Ayudamos a Mai y Jacky con los abuelos más impedidos y nos vamos los tres juntos. Duncan nos abre la puerta; a pesar de su aspecto cansado me besa con cariño y me cede el paso para que vea una mesa navideña espléndidamente preparada en el salón. Ayer pusimos el árbol, pero no me habían contado nada de esta sorpresa. Los ojos se me anegan de lágrimas, por la emoción, y Edine me abraza, alborozada.

–¡No podíamos permitir que no festejaras esta noche! Nos hemos guiado por un tutorial de YouTube –admite, riendo.

Los abrazo a los tres y Thane, el último, me retiene contra su pecho y me besa el pelo, indiferente a las risitas del resto.

–¿Quieres llamar a tu familia antes de cenar?

Asiento, emocionada, y esta vez le explico a mi gente que estoy con «unos amigos» que me han montado una cena sorpresa. Ellos los saludan encantados de saber que cuento con personas que se interesan por mí. Ya les expliqué el domingo pasado que en Escocia esta noche no es festiva. Edine hace un barrido por la mesa, en la que no falta de nada, y mi cuñada hace lo mismo con la suya. Los niños han recibido mis regalos, así que enseñan con toda la ilusión del mundo los Santa Claus de su tía «preferida». No puedo evitar las lágrimas, son muchas emociones, y cuando Thane me abraza los hombros, creo que todos se dan cuenta de cuál de los dos macizos que me acompañan es «el interesante».

Nos despedimos con pesar y mi hermana, en un impulso, pide el deseo de que el año próximo lo celebremos todos juntos en España. Edine grita un alborozado «Sí» mientras ellos sonríen, traviesos.

Terminada la conversación, Duncan me ofrece una copa de vino con un «Venga, que esto anima a cualquiera. ¡Un brindis!». Y brindamos, por la familia, la amistad y el amor.

***

El día 25 se pasa con una facilidad pasmosa. Es Navidad y esta gente sigue haciendo cosas raras: en vez de celebrar en la comida, lo hace en la cena; pero en Asmuir han decidido que se lleve a cabo más temprano de lo habitual para que los residentes no se fatiguen demasiado antes de irse a la cama. Yves me cuenta, cuando le comento lo distinto que es todo en mi país, que en el suyo se empezaron a organizar festejos en 1958, ¡hace dos días, como quien dice! Por lo visto, la iglesia presbiteriana, que en el siglo XVI se impuso a la católica de la mano de un tal John Knox, prohibió los rituales navideños: villancicos, pan de Navidad y reuniones para celebrarlos. Los incumplimientos se condenaban con castigos físicos o la excomunión, por eso se desquitaban con el *Hogmanay* en el fin de año. Ese es el motivo de que hagan las cosas de otro modo y no sigan las tradiciones europeas. Los regalos tampoco se reparten ese día, sino al siguiente, el 26, en la festividad de San Esteban.

¡De Reyes Magos ni hablar, claro! Lo llaman el *boxing day*, que a mí me suena fatal, pero tiene que ver con las cajas llenas de ropa o comida que los ricos regalaban a sus sirvientes en la antigüedad. Sigue pareciéndome fea la idea después de saberla. Parece un acto de caridad y no de alegría. Pero como soy el último mono en llegar, me adapto a las circunstancias.

Los cocineros han pasado la mañana organizando el menú tradicional: de primero, *cock-a-leekie*, una sopa elaborada con pollo, puerros, patatas, arroz, cebada y mantequilla; de segundo, pavo asado relleno con patatas asadas, coles de Bruselas, zanahorias y nabos; y de postre, el *Christmas pudding*, con frutas, frutos secos, canela y *brandy*.

Effy tiene exactamente lo mismo en casa; Edine y yo la ayudamos a prepararlo ayer.

Cenamos todos juntos, los residentes y el personal, en unas mesas que hemos dispuestos en el salón donde después se celebrará el baile. Usamos este espacio porque es el más adornado y donde destellan las luces del árbol, repleto en su base de paquetes con regalos. Nos hemos pasado unos cuantos días envolviendo pequeños detalles para cada uno, acompañados de tarjetas. Para pagarlos pusimos un fondo. La idea fue de Elsie y la apoyamos por mayoría. Nosotros hemos jugado al amigo invisible, los que estamos y los que libran; nuestros regalos también están en el árbol, así que semeja una montaña mágica.

Nos mudamos los uniformes por ropa de calle y nos sentamos entre los residentes para auxiliar a los que tienen dificultad con los cubiertos. Colabora desde el director hasta el pinche de cocina, no hay distinciones esta noche en Asmuir. Siento que se me expande el pecho. ¡Ahora entiendo el cariño que guardan los Gilmore por este lugar!

El trío llega cuando empezamos a retirar los tableros para despejar el salón y se presta a ayudar. También lo hacen los familiares que se han acercado a la celebración. Más tarde se nos unen Cameron y Kenneth, con sendas gaitas.

La fiesta me parece espectacular. Ver las caras de esas personas, que están al final de sus vidas, radiantes con los regalos que les han tocado (bufandas, guantes, pañuelos, bisutería...), siguiendo la música con los pies o atreviéndose a lanzarse a la pista los más ágiles, es emocionante. Yver es el primero en invitarme a bailar, pese a su bastón, y como a este hombre no puedo negarle nada, nos movemos despacio, pero con muchas risas. Al acabar me hace un gesto de que calle y me entrega una cajita para que la guarde. Dudo si aceptarla, pero su rostro de pillo me obliga a hacerlo. Me susurra al oído: «Quiero que lo tengas tú», y se me empañan los ojos aunque no sepa qué es. Thane nos mira desde el piano y me guiña un ojo al verme emocionada; sabe que Yver es muy especial para mí.

Después del primero han venido muchos bailes más. Hasta me he atrevido con el *ceilidh* cuando se ha formado el corro y Duncan ha venido a sacarme. Edine ha bailado con todos los abuelos disponibles, y el resto del personal, excepto cuando había que atender los imprevistos, igual.

Terminamos a las once de la noche de recoger y limpiar. De nuevo todos los presentes han colaborado en acompañar a sus habitaciones a los mayores y en dejar el salón como si allí no hubiera pasado nada.

Me despido de los chicos y de Edine hasta el día siguiente. Al parecer emigramos todos a Edimburgo menos Duncan, que tiene trabajo.

Thane se queda atrás a propósito y me besa bajo el muérdago de la entrada de Effy. La casa está silenciosa –gracias a Dios, porque no sé si podría integrarme en otra fiesta– y, pese al frío intenso de la noche, su boca consigue que me arda la piel.

–Dime que en Edimburgo dormiremos juntos – suplica después de ponerme a cien.

–¿Y tu hija? ¿Y los otros? –me resisto, sabiendo que estaremos juntos.

Thane ríe, pícaro.

–Lo tienen en los talones, Marta. Y te juro que yo no lo he confesado.

Es verdad. Comprendo que es cierto. Sus miradas

de complicidad les delatan e imagino que las nuestras, también. Asiento y él me obnubila con otro largo beso antes de desearme buenas noches. Al cerrar la puerta escucho los silbidos de ellos y las risas de Edine y me rindo, feliz.

Me recoge a las nueve. Hasta este momento no había pensado en que un deportivo es muy chulo, pero poco práctico. Busco a Edine con la mirada y recibo una sonrisa burlona.

–Va de camino con Cam. Mi hija te ha cedido el asiento. –Luego, mientras nos abrochamos el cinturón, comenta, como de pasada–: Tendré que comprar otro coche. No estaba previsto que fuéramos a ser tres.

Me sonrojo, cual pava, y frunzo el ceño. Él se me adelanta.

–Que no sabemos si esto irá adelante, ya lo sé; no te agobies. Pero, oye, le estoy cogiendo el gustillo a lo de tener pareja... Si me das calabazas buscaré otra princesa.

Le golpeo el hombro, sabiendo que está tomándome el pelo, y nos ponemos en marcha. Entonces se da cuenta de mi nuevo anillo y demuestra lo perspicaz que es.

–¿El regalo de Iver?

Asiento emocionada mientras beso la flor de plata del centro. Simula una margarita, con once diamantes en forma de pétalos alrededor.

–Fue el anillo de compromiso de su esposa. Me lo enseñó una vez que lo acompañé a su habitación. Anoche me dijo que quería que lo tuviera yo... –Se me rompe la voz; es una liberación hablar con Thane sin tapujos–. Está muy mal, Thane. Tiene una osteoporosis galopante. Vi sus radiografías el día que conocí a Duncan.

Él me aprieta una mano sin dejar de conducir.

–Son ancianos, Marta. Sabes que si no es un trastorno, será otro.

–Ya lo sé, pero Yver... es mi favorito –admito, sin limpiarme las lágrimas.

–Y tú eres la suya, evidentemente.

La dulzura de su voz me lanza a besarlo en la mejilla y él me retiene contra su hombro.

–Piensa solo en la alegría que le estás proporcionando; no puedes hacer más.

Lo sé; cuando trabajaba en el hospital, me llevaba los problemas a casa y Manu me reprochaba que fuera tan empática; no es saludable para la mente, cuando ves sufrir o fallecer a tantas personas. Pero jamás conseguí verlas como un número. Son seres humanos que ríen y lloran, que te cuentan sus miedos como si fueras una amiga, porque saben que su salud depende, en parte, de ti. Te relacionas con los familiares, a veces con la pareja, en una edad en la que se ven solos para sortear esas circunstancias, o con hijos demasiado jóvenes..., y también con otros que demuestran una desafección hacia los suyos que te rompe el alma. He vivido cientos de situaciones y de ninguna salí indemne.

Thane busca música en el ordenador del coche y la voz de Frank Sinatra llena el habitáculo.

–Anoche no pude bailar contigo. Me debes un millón de bailes.

Entiendo que quiere quitarme los nubarrones de la cabeza y acepto el reto.

–¡Me encantó el *ceilidh*! Creí que sería más difícil.

–Tuviste un buen acompañante –bromea–. ¡Es una pena que no tengamos libre la noche del 31! En el Assembly Room se celebra una fiesta muy divertida con bailes autóctonos.

Me cala el corazón ese «tengamos», pero me resisto.

–Yo no la tengo, tú sí.

–No pienso debatir al respecto –replica, serio–. Pasaremos estos tres días en Edimburgo y después volveremos a Inverness. Fin del tema.

–Edine me contó que los chicos y tú soléis empezar el año con esa locura del *Loony Dook*, ¿te lo vas a perder?

–¿Pasar de meterme en las frías aguas del Forth te parece un sacrificio? –ríe–. ¡Te doy las gracias por servirme de excusa!

–Si no te gusta, ¿por qué lo hacías? –me sorprendo.

El rostro de Thane se vuelve a mirarme mostrando una mueca de escepticismo y burla.

–Locuras de juventud... y deseos de creer que seguimos siendo los chicos de Warriors. La fama no se echa de menos, pero la edad sí.

–¡Ni que fueras un viejo! –Ahora quien ríe soy yo–. Por cierto, ¿cuándo es tu cumpleaños?

–El 8 de mayo. ¿Y el tuyo?

–¿Eres tauro? –Pensándolo bien, le pega.

–¿Crees en esas cosas?

–Quizás –admito riendo, ¡aunque la verdad es que sí!

–¿Por qué te resistes a decirme cuándo es el tuyo?

–¡No me resisto! –me defiendo–. La última vez no te lo dije porque pretendías hacerme un regalo de Leana y no podía consentirlo..., aunque ya ves para qué me ha servido. Soy piscis. Nací el 17 de marzo.

Frunce el ceño y sonríe, divertido.

–¡Dime que somos compatibles!

–No lo sé, nunca he estado con un tauro. Espera.
–Lo busco en internet y me sonrojo, cual mema–. En
el trabajo, regular. Eres muy mandón. En la cama,
bastante.

–¿Bastante mandón en la cama? –¡Sabe que no es
eso, pero le encanta mi bochorno!

–¿Quieres que te dore la píldora? Según esto eres
el mejor amante del zodiaco. Te van los preliminares, mimas a tu pareja y..., ¡ah, mira, un fallo! Sois
muy fieles, pero con el tiempo os volvéis rutinarios
en el sexo.

Thane suelta una carcajada honda que me ruboriza otra vez. ¡Maldita boba!

–Espero demostrarte cuánto se equivocan esas
predicciones.

Me viene de perlas que una llamada entrante de
Edine nos interrumpa. Está llegando a Edimburgo e
incita a su padre a que le dé caña al deportivo. ¡Será
loca! Lo malo es que Thane le hace caso y volamos
sobre el asfalto.

Me parece mentira estar en mi cama, de vuelta
tras unos días apabullantes en Edimburgo.

La ciudad es lo más hermoso que uno pueda imaginar con la decoración navideña, la jovialidad de la
gente y esas escasas horas de luz que logran que todo
brille con poderosa intensidad. Nunca me gustó el
invierno en España por la poca luz diurna, pero aquí
es que vivimos en una noche permanente. Teniendo
en cuenta que el momento de irnos a la cama costa-
ba encontrarlo y que levantarnos antes de las doce
no ha sido posible, nos incorporábamos al mundanal ruido con el ocaso empezado. La luz natural se
suple con millones de bombillas que, sumadas a la

niebla que proviene de la costa, convertían a la multitud en seres fantasmales. ¡Fascinante!

El piso tuvo un ajetreo constante. Cam, Kenneth y Gavin, que se unió a la fiesta el martes, no se han cortado un pelo en traer chicas a casa. Edine ni se ha inmutado, lo que me da idea de que viene siendo habitual en ellos. Dormí en la habitación de Thane los dos días y Edine ocupó «la mía», que resultó ser la suya. Hemos recorrido los mercadillos, tomado mucho vino caliente para espantar el frío, comido churros con chocolate e incluso he probado una hamburguesa *highlander*, cubierta con una loncha de *haggis*; para mi sorpresa, deliciosa.

Menos mal que a Edine no le gustan las rebajas, porque empezaron el lunes y era imposible entrar en las tiendas. ¡Creí que eso solo ocurría en mi país con El Corte Inglés! Sí compramos en los tenderetes, claro. Le traje a Effy una gargantilla *hippie* que le ha encantado y yo he aumentado mi guardarropa y mi bisutería con los regalos que he recibido. También los he hecho, a toda la pandilla, asesorada por mi Gilmore favorita.

Edine cogió un tren para Glasgow el miércoles, un rato antes de que Thane y yo regresáramos a Inverness. El resto se ha quedado allí.

Por cierto, al llegar me he encontrado una agradable sorpresa: una tarjeta navideña de Isabel y Adrien desde París, donde han ido a pasar las fiestas con la familia de él. Nos enviamos mensajes de vez en cuando por WhatsApp, pero ese detalle me ha sacado una sonrisa feliz. Es bonito pensar que dejamos huella en la gente que se cruza en nuestro camino.

Voy a dormir. Ha sido grato hacerlo envuelta en los brazos de Thane y despertar con suaves arruma-

cos; de ahí no hemos pasado. Imponía la presencia
de Edine en la habitación de al lado, por más que los
demás no hayan sido discretos. Me gusta su calma.
Thane tiene la paciencia de un león al acecho, ¡y eso
que es un toro!

10

¡Hice bien en pensar que era un toro! Madre mía, qué forma de empezar el año. Menos mal que mañana entro de tarde.

No estaba especialmente cansada, aunque he trabajado los dos turnos y nos hemos quedado con los que quisieron esperar a que dieran las doce campanadas. Aquí no se comen uvas tampoco; hay fiesta y fuegos, pero no uvas. Sin embargo, ha sido emocionante oír *Auld Lang Syne* saliendo de espléndidas gargantas, como la de Thane y Duncan, y de otras cascadas, como la de Yver. Yo no me la sé y los he escuchado, expectante, cuando se han puesto en corro y la han entonado. Sé que es un poema de Robert Burns, el preferido de los escoceses para asuntos sentimentales, y que se canta en todos los países de lengua inglesa.

Terminado el curro, Thane me ha llevado a su casa, me ha invitado a entrar delante (luego me ha contado que da buena suerte que el primer invitado que llegue esa noche sea moreno) y, sin mediar palabra, me ha clavado a la puerta y me ha llevado al delirio con besos húmedos. Hemos ido dejando la ropa por el camino, como en las pelis, y nos hemos revolcado por su inmenso colchón. Cuando ha llegado el momento, me ha retirado el pelo de la cara, me ha mirado a los ojos y ha susurrado, socarrón: «Creo que ya está bien de preliminares. ¿Podemos seguir?». ¡Como para negarme! Mi piel ardía y sudaba, mi mente flotaba en no sé qué paraíso perdido y yo solo quería sentirlo dentro. Se puso un condón en un visto y no visto y me empotró de una estocada. No pude evitar un gemido, de sorpresa pero también de molestia, que lo dejó paralizado.

–¡Joder, soy un bruto!

Verlo tan asustado me arrancó una carcajada que ayudó a relajarlo.

–¡Llevaba más de dos años sin sexo, Thane! ¡Pero olvídalo! Me gusta duro, no te cortes.

¡No, no se cortó! Me mareó con cambios de postura, usando las manos como si fuera la diosa Durga[15] y la lengua cual felino hambriento. Admito que no correspondí en igual grado. Me dejó desmadejada, saciada, y todas las -adas necesarias para decir SATISFECHA. ¿Qué malos hábitos me está creando este hombre? Acostumbrarte a los orgasmos crea adicción.

Me dormí sin darme cuenta, con su resuello en mi clavícula, pero me despertó en varios momentos de la noche y embistió «con todo su carisma». Ufff, floto en una nube. Además, me hizo reír al despertarme la primera vez y poner mi mano en su sexo: «¿Te parece que sir T estaría así de contento en las aguas del Forth?».

Va a ser verdad que Thane Gilmore es un tauro de catálogo.

15 Diosa hindú de ocho o diez manos.

***

Ha comenzado el nuevo año y lo hace con buenas noticias, a mi entender, como la toma de posesión de Lula da Silva en Brasil o que el gobierno británico decida negociar con Sanidad, después de que el país esté envuelto en huelgas en todos los frentes, pero también nefastas, como las inundaciones en California (¡seguirán negando el cambio climático!) y que haya una lista de espera de más de siete millones de enfermos entre todos los hospitales de Reino Unido. Duncan se tira de los pelos, porque además, nos advierte, la covid ha vuelto.

Extremamos las precauciones en Asmuir y seguimos las pautas del médico. Para empezar, usamos las mascarillas siempre que estamos en contacto con los residentes. Ellos lo llevan mal porque les fastidia no vernos las caras, pero mientras consigamos que no haya ningún positivo en la residencia, vale la pena.

A mediados de mes acompañé a Yver a dar un paseo y me negué a quitármela por más que insistió. Se enfadó, replicando que se estaba muriendo de todos modos, y me rompió el corazón esa certeza. Como si fuera una profecía, hace una semana ha recaído. Varias infecciones lo han postrado en cama y Duncan duda si debería derivarlo al hospital, aunque cree que allí estaría peor atendido, por la escasez de personal.

Me quedo a su vera siempre que no estoy trabajando. Marion me «sugirió» que lo atendiera, dada su preferencia por mí, y muchas veces suplo a Greta. Lo hubiera hecho sin que me lo pidiera. ¡Quiero a este escocés como si fuera mi abuelo! Terminé confesando a Duncan que soy enfermera y me miró como si me hubieran crecido cuernos. ¡Realmente Thane es bueno guardando secretos! Nadie en el equipo de gerencia me ha preguntado los motivos de mi silencio, lo han asumido con naturalidad. Duncan me ha rogado que le proporcione mis papeles para modificarme el contrato, pero me he negado. No quiero ser enfermera, prefiero seguir con mis compañeras en limpieza. Lo de Yver es una excepción.

Todos los residentes pasan por la habitación del enfermo para despedirse; le dan ánimos, pero es muy evidente que Yver se va. Thane trae la guitarra de vez en cuando y le canta temas en gaélico que emocionan al viejo escocés. Tampoco me quito el anillo cuando estoy con él; le gusta tocarlo con delicadeza e incluso besarme la mano. En algunos momento me ha llamado Cloe y las lágrimas se me han atascado en la garganta. Thane está preocupado. Teme que esta situación me recuerde a la de Manu, y no puedo negar que, a ratos, me pasa; pero no puedo dejar a Yver en la estacada. Si tengo que ir de cabeza al psicólogo otra vez, que así sea.

Yver fallece de madrugada, once días después de la recaída. Expira cogido de mi mano. Por suerte, Elsie, Duncan y Thane están conmigo. Me derrumbo en cuanto siento su frío tacto y Thane corre a abrazarme y me saca de la habitación. Elsie le dice algo que no entiendo, perdida en la bruma de dolor, y él me lleva a su casa, me desnuda y me arropa con el edredón antes de hacer lo mismo y abrazarme muy fuerte, permitiéndome el desahogo.

Para mi sorpresa, cuando despierto es de día, y aunque tengo la cara acartonada del llanto, he descansado en profundidad. Thane me besa y me achucha, exento de pasión, buscando en mis ojos la realidad en la que estoy; tiene pánico de que me haya perdido a causa de tantas emociones. Le acaricio el rostro, con barba de varios días, y le sonrío.

–Estoy aquí, Thane –aseguro–. Estoy contigo.

Entonces sí me come la boca, ¡la devora! Vuelve a ser el hombre confiado, el protector en la sombra. No pasamos a más, pero no hace falta. Me reconforta contar con él. Me cuenta que Yver descansa en el tanatorio que hay al otro lado del río, un precioso edificio que nadie reconocería como tal de no ser por el cartel de «D. Chilsholm and sons. Funeral Home». Está circundado por una verja y se accede por unas escaleras de piedra ornamentadas con plantas.

Regreso a mi casa para cambiarme después de recibir una llamada de Marion; me ha dicho que dispongo de tres días libres y me ha suplicado que me ponga al frente del funeral de Yver Cullen y prepare un discurso porque no hay familiares a los que avisar. Accedo, con una pena inmensa al saber que estaba tan solo. Jamás lo escuché quejarse ni hablar de nadie cercano, excepto de Cloe, su esposa, que falleció hace muchos años; siempre derrochó alegría de vivir y cordialidad. Será muy fácil hablar de él.

Ha sido una despedida muy bonita, pese a las mascarillas que Duncan nos obligó a usar. Todos los residentes han cruzado el Greig Street Bridge y han acompañado a Yver. Incluso Edine apareció con su madre, que debía de conocer cuánto quería al difunto, porque me ha besado con sentimiento. Hemos pronunciado un discurso Craig McLean, como director de Asmuir, y yo. He visto lágrimas en mis compañeros y mucha gente afectada. Para finalizar el acto han sonado las gaitas y se me ha puesto el vello de punta. Ese instrumento crea magia, lo mismo sirve para dar saltos de alegría que para llorar a moco tendido.

Effy me abrazó al bajar del estrado y la he tenido pendiente de cada gesto, así que he logrado sobreponerme y no llorar demasiado.

A Yver lo incinerarán. No hay nada que hacer hasta que mañana nos den sus cenizas.

Craig McLean se despide, junto con otro señor que me presenta como el abogado de Asmuir, y me conmina a acudir al día siguiente a su despacho. Guardan las últimas voluntades de Yver Cullen y soy parte interesada. La noticia me deja perpleja. Una cosa es aceptar el anillo de Cloe, ¿pero heredar?

Se hacen cábalas de todo tipo en la cena que Effy nos prepara en su casa. Acuden los Gilmore, Iona y Mai, que por suerte no están de turno, y Joao. Todos se muestran de acuerdo en que sea lo que sea, debo aceptarlo. Mi cabeza está a mil, asumiendo las sorpresas y la pena por la ausencia del primer hombre que me trató con cariño en mi trabajo.

Thane me acompaña a recoger las cenizas y a esparcirlas en los páramos de Culloden. No pedimos permiso, convencidos de que es ilegal, pero hace una mañana tan fría que los campos están helados y no hay un alma en muchos kilómetros. Se dispersan con el viento, y los restos de Yver se mezclan con los fantasmas de tantos y tantos escoceses que dieron su vida por un ideal. Así lo quiso él y así lo hemos hecho.

Mi alma se siente en paz. Y mi cuerpo, caldeado por los brazos de Thane, que me abraza entre las piedras de los clanes.

—Tenía sentido que llegaras a Escocia. Fíjate a cuántos nos has cambiado la vida —murmura contra mi pelo.

Agradezco sus palabras y reservo un fugaz recuerdo a Manu. No quiero aceptar que él tuviera que morir para que yo ahora esté aquí, en uno de nuestros destinos soñados, en los brazos de otro hombre que asegura que me estaba esperando. ¡Qué absurdos los vaivenes del tiempo! Pero es cierto que con Manu yo solo habría sido una turista en Escocia y hoy me siento parte de esta tierra.

Beso a Thane para despejar mi mente y me parece escuchar la risa de Yver resonando en el viento. No sería de extrañar. Si la magia existe, nació en este país.

¡Quince mil libras! Yver Cullen deja a Marta Nogales la cantidad de quince mil libras. La información se extiende como la pólvora por toda la residencia. No soy yo quien lo propaga, sino Elsie, que está presente como secretaria y tesorera y que se hará cargo de los efectos físicos del finado para que sean utilizados, a su criterio, en Asmuir. Con anterioridad ya ha regalado sus objetos más preciados entre sus amistades, y lo que queda son ropas y libros.

Recibo felicitaciones y un nuevo intento de parte del director de cambiar mi estatus de trabajadora. Insiste en que una enfermera es más difícil de contratar que una limpiadora y Greta está desbordada en estas fechas con las gripes y los achaques de invierno. Prometo pensarlo, pero mi mente se resiste al cambio.

Las circunstancias precipitan mi decisión: aparecen los primeros casos de covid en Asmuir. En España me vacuné las tres veces que me correspondieron, así que espero estar inmunizada. Greta no puede con todo y me siento obligada a echar una mano. Duncan no da para más. En el hospital hay bastantes casos y siguen las huelgas, así que cedo y empiezo a turnarme con la enfermera jefe (así la hemos nombrado, ahora que somos dos). Ella asiste preferentemente a los afectados y yo atiendo la consulta con Duncan y resuelvo las incidencias.

Las cosas tampoco son cómodas para el resto de trabajadores: seguimos con las mascarillas y, en las comidas y cenas, se guardan las distancias de seguridad. Ha entrado una chica nueva por mí, Margot, pero mis amigas me buscan en cuanto tienen ocasión.

Me da pavor la posibilidad de ser asintomática. En ningún momento tuve el virus en mi país, o al menos eso dijeron los test que me hice. Pasé por catarros de poca importancia, nada diferente a lo de otros inviernos. Pero trabajar con personas sensibles a pillar cualquier infección, o vivir con Effy, que es antivacunas, o besar a Thane, me provoca terror. La culpabilidad me mataría si ellos enfermaran.

Los casos de covid que asistimos son cinco, tres sin excesivas complicaciones; están aislados y además de cuidarlos hay que mimarlos porque tienen miedo. Si la enfermedad es triste, en general, en las personas mayores resulta devastadora. Contemplar su desamparo, su falta de esperanza al ser conscientes de que un simple fallo les puede arrebatar la vida, nos obliga a doblar la carga de energía para suavizar sus temores. He descubierto que me gusta mucho trabajar con ancianos. En España atendí en oncología y en pediatría, dos campos muy diferentes; el primero resultó tan duro que solicité el cambio a instancias de Manu y después... acabé allí como acompañante, que es mucho peor porque sabes cuáles son las decisiones a tomar, pero las sientes de otra manera. Lo pasaron muy mal mis compañeras mientras trataban a Manu. Sus miradas parecían pedirme disculpas cada vez que agujereaban su cuerpo o le proporcionaban medicación que apenas mitigaba su dolor. El día que paliativos le puso la sedación final estábamos los dos tan agotados de luchar que sonreí a la médica cuando nos dejó solos, me tumbé en la cama con Manu y le susurré nuestra canción, sujeta de su mano, mientras se iba. Es difícil olvidar su último «Te quiero», aunque intento no evocar aquel rostro demacrado. Lloré tanto, por él, por mí, por nuestro futuro truncado, que no entiendo como aún me quedan lágrimas.

Ha habido un terrible terremoto en Turquía y en Siria, con miles de muertos, pero como el género humano es así, cada uno sufrimos en profundidad por quienes nos afectan.

Thane me envía un wasap, muy asustado. Edine ha dado positivo y tiene problemas respiratorios. La han ingresado en un hospital y Leana está con ella, pero se ha marchado volando para estar a su lado. Al día siguiente me cuenta que ha intentado que la trasladen al Raigmore, donde Duncan trabaja, y que los médicos se han negado. Tiene un enfado monumental. Intento tranquilizarlo, pero es complicado apaciguar los temores de un padre.

Parece que las aguas se están calmando en el sector sanitario, pero sigue habiendo paros y protestas. Mi imagen de la sanidad está modificada por completo: antes del Brexit este país se convirtió en refugio para el personal de enfermería que estaba precario en España y creo que para otros países, pero después todo ha ido a peor. Se cancelaron contratos y faltan trabajadores.

Siento angustia al imaginar a Edine ingresada, ¡pobrecita mía, es tan joven! Duncan me da noticias cada día y Thane me llama por la noche, al salir del hospital. Se turna con Leana porque no dejan estar a dos personas con el mismo paciente. ¡Al menos les permiten entrar y salir! Cuando el primer confinamiento, yo estaba con Manu en el hospital y, a partir del 15 de marzo, nadie pudo sustituirme. Mis hermanos se morían de impotencia, pero no había nada que pudiéramos hacer. ¡Qué recuerdos tan horribles! Mis huesos parecen rememorar aquel cansancio, aquellas horas eternas en las que intentaba distraerme leyendo y no podía porque la vista se me iba de continuo a la cama donde mi amor se marchitaba entre tubos y venas saqueadas. Mi mente desvariaba en las largas noches y le reprochaba a Manu que no luchara con más fuerza, aunque yo sabía que era inútil, y después me encerraba en el baño a llorar cubriéndome la boca con una toalla para no preocuparlo. Él me llamaba, con una mueca que pretendía ser sonrisa, y me apretaba los dedos sin que yo sintiera la menor presión. Su cuerpo, antaño atlético y dorado, desapareció y solo le faltó un pijama a rayas para evocar a un prisionero de Auschwitz. He luchado contra esa imagen a base de psicólogos y de mirar nuestras fotos en los álbumes, pero en estos tiempos me asaltan más a menudo de lo que me gustaría.

Parecía que las cosas no podían ir a peor y, sin embargo, han ido. Effy empezó a tener fiebre y vómitos y la ingresaron. Por suerte fue en el Raigmore y Duncan me ha informado de su estado a diario. Me he quedado a dormir en Asmuir para no encontrarme la casa vacía. ¡Paso mucho miedo por ella!

Tras una de mis peores jornadas tengo la maravillosa sorpresa de una visita relámpago de Thane. Nos refugiamos en su casa y disfrutamos de un sexo salvaje con el que desfogamos nuestros terrores. Thane me abraza mientras descansamos después y me confiesa que está asustado por Edine, pero también por mí. Sabe que lo estoy pasando mal y no está a mi lado para apoyarme. Me pide perdón y me hace llorar con su dulzura.

–¡Eres increíble, Marta! Debes de ser fuerte como una roca para haber perdido a tu marido y seguir en pie. Yo me imagino sin Edine y me vengo abajo. ¡No puedo concebir la vida sin mi hija! Es lo mejor que he traído a este mundo –susurra, destrozado también.

Lo acallo con un beso. ¿Cómo explicar que ese dolor me acompañará siempre? Puedo llegar a amarlo a él, casi creo que lo hago, pero el recuerdo de Manu se quedará agazapado en mi interior, siendo parte esencial de mi ser. Compartimos once años maravillosos y mi piel lleva impresa su huella.

–¿Cómo evoluciona Edine? –pregunto, aunque conozco la respuesta.

–La han subido a planta, bastante recuperada. Cuando la ingresaron en cuidados intensivos quise morirme. ¡Hubiera dado algo por ocupar su lugar en la camilla! Contemplarla tan desvalida, llena de tubos... –Se le quiebra la voz–. Me obsesioné contigo, viéndote en una situación semejante. Leana ha perdido un par de kilos y he tenido que cuidar de las dos. ¡Han sido los peores días de toda mi vida!

Palpo sus costillas y su estómago, ha adelgazado. Luce barba y su rostro no tiene la vitalidad de siempre.

–Tú también estás mal, Thane. Prométeme que te alimentarás y dormirás lo necesario.

Me besa y seca mis lágrimas con sus labios. Me brinda una tenue sonrisa.

–¿Te preocupas por mí?

No puedo seguirle la broma, pero lo beso y me corresponde. Solo tenemos una noche hasta vete a saber cuándo, así que la aprovechamos a tope.

Antes de marcharse me pregunta si puede hacer algo por mí y, aunque dudo, termino asintiendo.

–Me gustaría ver a Effy, pero me da pavor entrar en el hospital.

–¿Quieres que vaya por ti? –se ofrece de inmediato.

–No, prefiero que me acompañes. Se lo habría pedido a Duncan, pero está desbordado.

–Vamos –acepta con una sonrisa antes de besarme los labios–. Y gracias.

–¿Por qué?

–Por pedírmelo a mí.

Me emociona su ternura. Si tuviera que destacar un rasgo de Thane sería ese. Me envuelve con su mirada como si pudiera protegerme del mundo.

La visita es muy corta ya que no están permitidas a los no familiares, aunque ir acompañada de un Gilmore en el Raigmore abre puertas.

Effy no puede ni imaginar lo que supone para mi estabilidad emocional llegar hasta su cama y apretar sus manos. Tiene una vía en el brazo y una mascarilla de oxígeno, y tengo que suplicarle que se calme cuando nos ve llegar porque la emoción la embarga. Lleva cuatro días hospitalizada y nadie ha venido a verla, excepto los sanitarios. Le susurro que todo va a salir bien, que Duncan está pendiente de su evolución y me mantiene informada; me intereso por si quiere que me comunique con alguien, pero niega, triste. ¡Qué diferente esta Effy de la vitalista con la que convivo! La enfermedad nos hace vulnerables a todos. Sus pecas resaltan en el pálido rostro y su cabello pelirrojo destella como fuego sobre la almohada. Ha perdido kilos y no la favorece.

Thane tira de mi mano para hacerme ver que hemos rebasado con creces los cinco minutos concedidos y asiento, resignada. Beso a mi amiga en un impulso; sé que no debería, pero confío en la eficacia de la mascarilla.

Dejamos a Effy con los ojos nublados de cariño, y Thane, como hizo al entrar en el inmenso edificio, aprieta mi mano y caminamos juntos, perdiéndonos el uno en la mirada del otro. Solo al llegar a la calle me abraza y me besa.

–Has sido muy valiente –me alienta, pese a que me siente temblar.

Yo no lo creo, pero es la primera vez que entro en un lugar con ese olor después de perder a Manu y no me he derrumbado, por tanto he avanzado un paso más en mi recuperación de una vida normal. Con eso me basta.

11

La dimisión de la primera ministra de Escocia, Nicola Sturgeon, nos pilló en un momento de celebración porque el virus desapareció de Asmuir y Effy regresó a casa, así que apenas nos paramos a comentarla, pero una vez recuperada la vida normal, el Lauders es un hervidero de noticias. Se barajan posibles nombres para sucederla mientras unos afean su conducta de dejarse derrotar por las circunstancias adversas después de haber gestionado tan bien la pandemia y otros comprenden que esté cansada. Es la primera mujer mandataria en Escocia y la que más tiempo ha gobernado. En general, mis conocidos están orgullosos de ella. No sé si será por Gavin, que se declara miembro del SNP[16] y quizá la clientela es de su círculo, pero estoy rodeada de independentistas. Thane habla menos de política, aunque no creo que ande lejos del ideario de sus amigos.

Él aún está en Glasgow. Edine se ha recuperado bastante y le han dado el alta, pero su padre quiere traerla la semana próxima, aprovechando que hay

16 Partido Nacionalista Escocés.

vacaciones en el instituto, así Leana podrá dedicarse de lleno a su trabajo, que ha tenido abandonado. Hemos realizado videollamadas y la relación entre los cuatro es excelente. Thane les informa a ellas sobre mí y a mí sobre ellas, por lo que la comunicación es muy fácil. Ahora no me sorprende la decisión que tomaron de casarse para dar estabilidad a su hija. Leana, por muy loca que haya sido en su juventud, es una persona de ideas claras y firmes, y la complicidad de la pareja es envidiable. Han educado a la niña con unos valores que la convertirán en una gran mujer, y eso, habiendo sido padres tan jóvenes, demuestra la calidad humana de ambos.

Edine llega a Inverness tan jovial como siempre. Parece no haberle afectado pasar la experiencia de un hospital y un virus. Como tengo turno de mañana vamos a correr por la tarde –a partir de las cuatro estamos a oscuras– y me cuenta, ilusionada, que la Nochevieja con Peter resultó decisiva para empezar a salir juntos. Después de hacerme prometer que no se lo contaré a sus padres, la informo del uso de métodos anticonceptivos, dejando clara mi opinión de que es demasiado joven para tener relaciones. Me confiesa que no lo ha decidido aún, pero que sus amigas ya las tienen. ¡Dios Santo, las nuevas generaciones no se andan con chiquitas! Me interroga sobre mil asuntos que yo creía superados en este siglo, pero descubro que los jóvenes tienen tanta información a través del colegio y de las redes que apenas las toman en consideración. Quiere saber si se puede quedar embarazada con «una sola vez» o es un mito, si duele perder la virginidad, si se puede «hacer con la regla»... ¡Dios!

–¿Por qué no tratas estos temas con tu madre? – sugiero.

–Porque me da vergüenza –admite–. Además, si los saco, seguramente me vigile día y noche cuando salga con Peter.

Río, reconociendo que tiene razón.

–¿Y conmigo no te da corte? –pregunto, porque me sorprende.

–No, tú eres la novia de mi padre y mi amiga, no es igual.

La abrazo, conmovida por su inocencia.

–Entonces, ¿a mí sí me lo contarás todo?

Asiente, convencida. Ahora tengo la disyuntiva de si debo ser leal a una cría de quince años o a sus padres.

Tendré que reflexionar al respecto.

Esta mañana no tenía que ir a trabajar y Thane nos ha llevado a estrenar su nuevo Audi A7. El coche tiene todas las prestaciones del mundo y resulta comodísimo, así que hemos recorrido bastantes kilómetros al norte, pero con tan escasas horas de luz, regresamos después de comer en una pequeña aldea. Edine no ha parado de refunfuñar a la vuelta por lo temprano de la hora, pero en cuanto ha recibido una llamada de Effy para que la ayudara con una tarta, se le ha quitado el mosqueo.

Nos ha dejado solos, pues.

–Le voy a erigir un monumento a tu casera –me dice Thane, socarrón, mientras tira de mi mano para subir a su dormitorio.

–Es posible que lo haya hecho a propósito. Ayer me comentó que con Edine aquí, apenas teníamos tiempo para nosotros –admito, riendo.

Thane me empuja contra la cama, me quita los vaqueros y la camiseta en un pispás, ronroneando de gusto, y me come a besos. Yo intento hacer lo mismo con él, pero parece un pulpo de cien manos. Me besa la piel desde la clavícula hasta el ombligo mientras sus dedos masajean mis pechos. Consigo abrir sus pantalones, mordiéndome los labios para no jadear, harta de ser tan facilona; me lo pone imposible. Su lengua me explora con esa destreza que me vuelve loca, adentrándose en mi interior, y tengo que tirarle del pelo para que vaya más despacio. No coordino a esas alturas. Insisto en su ropa, y él, con una carcajada, se incorpora y la hace desaparecer. ¡En ocasiones, lo odio! No le llego a los zapatos en cuestiones amatorias, ¡pero yo no he sido una estrella del *rock*, narices! Regresa con lo que estaba y ya todo me da igual. Me dejo ir en su boca. Sube con ligereza y se pone un preservativo mientras susurra: «Vamos a tener que hablar sobre esto. No estamos con nadie más y te juro que estoy limpio». Me viene a la cabeza la conversación con Edine y me entra la risa, que lo deja atónito un instante, aunque enseguida se recupera con un «Eso, que lo hablamos» y me empotra en el colchón.

Una hora más tarde, cuando regresa su hija, hago un conato de incorporarme, pero me retiene en sus brazos.

–Edine es mayorcita; puede enterarse de lo que hacemos. ¿O tengo que recordarte las orgías del piso de Edimburgo esta Navidad? ¡Mi hija no es tonta!

Río de nuevo, negando. ¡Si tú supieras!

De pronto se oye su voz en el pasillo, divertida.

–¿Estáis visibles o me marcho a mi habitación?

–Mejor ve pidiendo unas *pizzas* –grita su padre en el mismo tono–. El ejercicio da mucha hambre.

Golpeo su hombro, ruborizada pese a todo, y la risa de Edine se pierde escaleras abajo.

¡No sé si puedo acostumbrarme a estas situaciones! En mi vida anterior no tuve que preocuparme de interrupciones de ningún género, solo éramos Manu y yo. Mi existencia está patas arriba, lo mire por donde lo mire.

Edine regresa mañana a Glasgow y salimos juntas a tomar un batido y unos dulces. Está muy misteriosa, pero hasta que no nos sentamos y tenemos el pedido delante no comprendo su intención.

—Marta, tú quieres mucho a mi padre, ¿verdad?

Me atraganto con el café y ella se mofa sacándome la lengua.

—Yo te he hablado de Peter, viene a ser lo mismo.

Río, buscando en mi mente una buena réplica.

—¿Te sentirías cómoda tratando esos temas con la madre de Peter?

Suelta una carcajada, cogida por sorpresa.

—¡Eso sí que no es lo mismo!

—Si tú lo dices... —reacciono, si bien estoy predispuesta a responder—. Pero sí, ya sabes que tu padre me importa mucho.

—Importar no es lo mismo que amar.

¡Puñetera chiquilla! ¡Qué incisiva es!

—¿Te ha hablado tu padre de..., de mi pasado?

—Le pregunté en Navidad, cuando hablamos con tu familia; pero dijo que sabría cosas de ti cuando tú quisieras contármelas. Entenderás que la curiosidad me mata.

Por supuesto que lo entiendo. Aparto la tarta, que ya no me apetece tanto, y expongo un breve resumen de mi vida con Manu.

Me emocionan sus lágrimas y que se mude a mi banco para darme un abrazo.

—Madre mía, Marta, ¡cuánto lo siento! ¡Y yo contándote mis tonterías como si fueran importantes!

Le acaricio esa cara pecosa y preciosa que tiene y le aparto el pelo. Edine me provoca calor en el corazón porque es tan buena persona como su padre.

—Es que lo son, Edine. Tus historias son las que deben ocurrir a tu edad. Por desgracia, también yo soy joven para haber vivido las mías, pero sin ellas no estaría aquí.

De repente su cara se pone seria y casi percibo las preguntas que asaltan su cabeza.

—¿Por cuánto tiempo has venido a Escocia? ¿Tu intención es volver a España? ¿Vas a dejarnos?

La abrazo otra vez, desconcertada por su dolor. ¡No quiero más sufrimiento en mi vida!

—Debo admitir que no he pensado en ello, cariño. Tengo contrato hasta julio en Asmuir. Mi intención era pasar un año en Inverness y después... Sí, volver a Toledo. Mi familia está allí.

—¡Pero nosotros también somos tu familia ahora! ¡No puedes abandonar a mi padre, Marta! Eres la primera mujer en la que lo he visto interesado en toda mi vida. ¿Lo pillas? ¡Toda mi vida! Mamá me ha confesado que nunca, en mis quince años, mi padre le había presentado a una chica. ¡Nunca! ¡Y mira que debe de haber tenido líos! Ya sabes cómo se las gastan los Warriors. Haber sido famosos les da pasaporte para ligar sin límites.

—¿No te molesta que tu padre haya tenido aventuras? —Me sorprende su mente liberal, siendo tan joven.

—No. Desde pequeña, mamá y él me explicaron que no eran pareja. Se quieren mucho, pero no están enamorados. ¿Para qué fingir, entonces? Cuando cumplí doce años les pedí de regalo que se divorciaran; era una tontería que no rehicieran su vida por mí. Mamá lo intentó un par de veces y no salió bien; pero a papá es la primera vez que lo veo ilusionado, de verdad.

Enfatiza el «de verdad» y me aprieta las manos.

–Marta, ese virus me ha obligado a reflexionar sobre muchas cosas. Mientras estaba en cuidados intensivos pensé que podría morirme y lloré mucho por mamá; porque ella se quedaría sola. Pero pensar en mi padre contigo me consolaba. Bueno –admite, con los ojos brillantes y una media sonrisa –, también pensé que no sería justo para mí, que no he probado miles de sensaciones... Por eso me planteé lo del sexo. ¡Podía haberme muerto virgen!

Su sincero horror logra arrancarme una carcajada que la indigna.

–¡No te rías! Hablo en serio. Quiero estar con Peter y experimentar lo que leo en las novelas románticas. Además, son ciertas, tú has cambiado desde que te conocí. La tristeza que asomaba a tus ojos en cuanto nos descuidábamos apenas sale. ¡Con mi padre, nunca; admítelo! La otra noche os miraba, compartiendo la *pizza*, y decidí que así quiero sentirme con Peter.

Me desarma la madurez de esta chiquilla. Se deberá a que pasa más tiempo con adultos que con gente de su edad, porque no es normal. ¡A sus años yo era tonta del bote!

–Lo sentirás, Edine. Es probable, si seguís adelante. Pero sabes que el amor a tu edad no es definitivo, ¿verdad? Lo lógico es enamorarse de los actores y los cantantes, y de la mitad de los chicos sexis del instituto..., pero todo eso se pasa.

–O no –insiste, tozuda.

–O no. Pero entonces te perderás muchas emociones que acompañan a la adolescencia: inseguridades, corazones rotos, ilusiones... Creo que cada periodo debe seguir su ritmo.

–¡Antes me has dicho que Manu ha sido el único amor en tu vida!

Río, segura del terreno que piso. ¡Estaría bueno que no! Por muy madura que sea, ella es una cría.

–AMOR. Con mayúsculas; pero enamorada estuve muchas veces. Y me dieron calabazas en el colegio; y también yo las di. –Me encojo de hombros, divertida–. La vida es así.

–Vale, pensaré sobre ello –acepta–. Ahora volvamos al inicio. ¿Estas enamorada de mi padre?

¿Qué responder? ¿Lo estoy? ¿Siento lo mismo con Thane que con Manu? ¿Hay más pasión que entonces o menos? ¿Puedo imaginarme una vida en Escocia sin mi familia? ¿Puedo confiar en los sentimientos de Thane Gilmore? ¿Y en los míos? ¿Estoy viviendo en una nube porque es cómoda o será un sentimiento que se desintegre cuando regrese a España?

A Edine se le nublan los ojos, esos preciosos ojos que tanto se asemejan a los de su padre.

–No lo sabes –susurra, derrotada.

–Quiero a tu padre –admito, sin querer ver su dolor–, pero no sé si tanto como para dar un giro a mi vida.

Edine se pone en pie y sale del local ahogando un sollozo. ¡Dios, qué mal me siento! Pago nuestras consumiciones y la busco en la calle. Me espera sentada en un banco, húmedo y frío. Tiro de ella y le doy un abrazo.

–Te quiero muchísimo, Edine; muchísimo –murmuro.

–Pero no es suficiente para que te quedes –se queja, apagada.

Le beso la cara, mojada del llanto, con el alma atrapada entre mentir o prometer.

–Quedan meses para tomar esa decisión, cariño.

–¡No tantos!

Nos quedamos abrazadas un rato, entre la bruma que va envolviendo la ciudad. Se encienden las farolas y la gente nos mira con descaro o curiosidad, indecisos sobre si deberían intervenir. Agradezco las bufandas y gorros que nos cubren, porque sería incómodo que nos reconocieran. Con decisión, le limpio el rostro, helado y con churretes, y nos ponemos en marcha. Vamos agarradas de la mano, muy juntas, hasta que llegamos a orillas del Ness. Edine se aparta y me ruega, muy seria:

–Mantengamos esta conversación en privado, ¿te parece? No quiero apenar a papá.

Asiento, conforme. Yo tampoco deseo una conversación tan decisiva con Thane. Aún no.

Marzo avanza inexorablemente y no sé qué hacer con mi cumpleaños. Solo Thane conoce la fecha (¡no creo que mis compañeros hayan entrado a curiosear mi currículum!). Por un lado, deseo celebrarlo con mi gente escocesa; por otro..., implica crear lazos aún más fuertes con esta tierra. Por fin me decido y hablo con Gavin: cerramos el Lauders esa noche. Aunque es viernes, día de clientela abundante, él no pone reparos; al contrario, me facilita las bebidas y la comida. La decoración será su regalo personal. ¡Qué gran persona es! Me pregunta si quiero música Warriors y asiento, por supuesto.

Escribo invitaciones personalizadas para todo el

equipo del Asmuir, desde el director hasta Margot, la última contratada. También para Effy y para Edine y Leana.

Para los residentes organizo una comida especial, con Sloan y Calem, los cocineros, encantados de seguir mis sugerencias. Habrá una paella con marisco –aquí es muy fácil conseguirlo– y torrijas de postre. Duncan supervisa el menú, da su visto bueno ¡y avisa de que ese día se queda a comer! Antes de recibir la herencia de Yver no hubiera tenido medios para este despliegue, pero me aparece un modo bonito de compartirla con todos. Para beber tendremos sangría. Nunca la he hecho para tantos invitados, espero que me salga bien. ¡Brindaremos por Yver Cullen de todo corazón!

Mientras me duermo, arropada por los brazos de Thane, siento una inmensa paz en mi interior. El día no ha sido perfecto porque faltaban mis hermanos y los niños, pero el resto ha salido inmensamente mejor de lo esperado. La comida, superdivertida, con un emocionante brindis que ha concluido con todos cantándome el *Cumpleaños feliz* en gaélico. La sangría me salió de lo más rica; hubo que hacer desaparecer las jarras a mitad de paella o los residentes hubieran superado su grado permitido de alcoholemia, ¡qué borrachines son los escoceses! La paella tampoco estuvo mal, al menos para los parámetros de la isla. La opinión de un español no sería la misma. El arroz lo importamos, pero la mano experta no la tuvimos. Eso sí, desapareció toda la comida. ¡Toda! Más de uno se fue a dormir la siesta.

Por la noche, aunque no era sorpresa, Thane me llevó al *pub* donde nos esperaban los invitados con pintas de Nochevieja: bolsa de cotillón, gafas, sombreros y *photocall* con mis 33 bien visibles.

¡Menos mal que me había puesto guapa! Edine me entregó por la mañana un vestido de seda en color azul eléctrico, de tirantes, con media espalda al aire, muy favorecedor. Lo aderecé con los pendientes que Thane me regaló en Glasgow y con una pulsera que hallé bajo mi servilleta esta mañana, de Effy.

Cuando hemos llegado a casa de Thane, entrada la madrugada, mis pies eran dos ascuas, pero he recibido un regalo maravilloso en forma de masaje que los ha dejado en calma. Una calma que no ha seguido después, porque Thane, pese a la presencia de su ex y su hija unas paredes más allá, me ha ofrecido dos orgasmos cinco estrellas. Por eso estoy derrotada ahora. Derrotada y feliz. Thane me ha compuesto una canción y los Warriors la han cantado. Momento lágrimas seguido de un aplaudido beso. Supongo que no ha sido el mejor cumpleaños de mi vida –no le quiero hacer ese feo a Manu–, aunque se le ha aproximado bastante. ¡Mucho bastante!

La añoranza de mi familia ha sido tan grande que he solicitado una semana de vacaciones, coincidiendo con la Semana Santa. Regresaré justo para la comida de Pascua, que se celebra el Domingo de Resurrección. Nosotros nos vamos al campo (más lógico, por aquello de la primavera) y ellos comen o cenan reuniendo a su clan.

Mis hermanos, al saberlo, me consultan y alquilan una casa rural con piscina. Lo único que deseamos es estar todos juntos y, de algún modo, sospecho que ellos prefieren que no pase por mi casa y los recuerdos enturbien el reencuentro. Me parece bien.

Aún no necesito nada de mi piso de Toledo. Entre Carmen y yo nos deshicimos de la ropa de Manu y guardé en cajas sus objetos personales, pero respirar aquel aire es como sentirlo a él. Por eso hui.

Thane no se lo toma mal; me acompaña al aeropuerto y, antes de verme partir, solo dice una cosa: «Vuelve».

12

Aterrizo en Madrid porque en Toledo no hay vuelos internacionales y allí me está esperando Raúl. Llevamos sin vernos desde que él me dejó en esa misma terminal, hace unos meses, pero nos abrazamos como si hubieran transcurrido años. Está guapísimo. Recoge mi equipaje y subimos al coche mientras me pone al corriente de toda la familia. Nos aguardan deshaciendo las maletas y dándose un chapuzón. ¡Hace calor! Lo esperaba, porque había consultado la predicción meteorológica, pero sentir este sol, tan distinto del escocés, sobre mi cuerpo es una bendición.

Mi hermano afirma que me encuentra cambiada, que las videollamadas no me hacían justicia. Le encanta descubrir el brillo de mis ojos y la risa pronta que me sale al compás de sus halagos.

Soy feliz. En este momento soy inmensamente feliz.

Abrazar a mi hermana y a Sonia, a mis sobrinos, es el mejor regalo que puedo hacerme a mí misma. Escuchar a los niños gritar por los obsequios y contemplar la cara de pasmo de los adultos también merece la pena. Termino explicándoles que me tocó una asombrosa lotería y les hablo de Yver. Por teléfono no les quise informar, sonaba raro. Se emocionan los tres y brindamos con un tinto de verano por mi querido escocés. Traje juguetes, pero también cheques. No era plan cargar la maleta cuando el dinero es una solución. Quince mil libras no son tanto si se quiere despilfarrar; sin embargo, ofrecer esos cheques para que mis hermanos lo empleen como mejor les parezca me satisface más que gastarlos en mí.

La casa es estupenda, con cuatro habitaciones y dos baños, aunque transcurre la semana sin que apenas la pisemos. Deberíamos haber alquilado solo el porche con la barbacoa y la piscina con las hamacas. Son nuestro refugio. Por las noches, tras acostar a los «diablos», mantenemos larguísimas charlas al compás de unas copas, con la luna llena en lo alto.

Estreno el bañador que Leana me regaló en mi cumpleaños y el pareo a juego. Les hablo de ella y su trabajo y les enseño su página web en internet. También cotorreo sin parar sobre Edine, Effy y mis compañeros, aunque me guardo el nombre de Thane. ¡Y no será porque no lo pienso! Me está acompañando estos días con una fuerza abrumadora. No hay cosa que descubra que no desee enseñársela a él. Sin embargo, pese a que su presencia planea entre nosotros, no lo nombro. Creo que no se atreven a abordarme, por si aún es pronto, pero han visto que, en mis fotos de los últimos meses, él siempre aparece.

El domingo por la mañana, después de una emotiva despedida, Raúl me da el último abrazo en el aeropuerto seguido de un consejo: «Manu estaría muy contento si pudiera verte ahora. Sigue volando alto y atrévete a ser feliz. Es lo que todos deseamos».

Lloro en el avión. Por suerte no viajo con acompañante y al gesto preocupado de la azafata le quito importancia con una sonrisa triste que ella comprende. Supongo que no seré la única pasajera que haya visto llorar. En cuanto a mí, no atino a conocer el verdadero motivo: ¿creer en las palabras de mi hermano? ¿Haber tomado una decisión sobre mi futuro? ¿Desterrar a Manu de mi mente aunque siga en mi corazón? Quizá un cúmulo de todo.

Lo descubro nada más bajar del avión. Lleva el pelo alborotado por el viento (¡lo que darían estos escoceses por tener nuestro clima!) y viste de negro de la cabeza a los pies. Está arrebatadoramente guapo. Camino a su encuentro sin apresurarme, con una sonrisa que se torna burlona cuando leo en sus labios «Gracias por volver»; entonces corro y lo abrazo. Thane me estrecha contra su cuerpo unos instantes y luego me busca los ojos.

–¿Me has echado de menos?

–Mucho –admito–. ¿Y tú a mí?

–Llevo tres horas en la sala de espera, comido por la impaciencia –replica, suavizando su mandíbula, que estaba tensa–. Tenía miedo de que ese trasto aterrizara y tú no vinieras en él.

Le acaricio la cara y le doy un beso breve, adoptando una pose superficial que a nadie engaña.

–Tengo un contrato de trabajo, ¿no te acuerdas?

Su risa ronca me enamora. Cuando me busca la boca se la regalo sin reparos, deseando sentirme engullida por su ataque. Conseguimos despegarnos por el carraspeo divertido de una azafata, justo la que me vio llorar, que ahora se muestra asombrada de mi cambio.

Le sonrío y escucho a Thane un murmullo de fastidio.

—Lo peor es que tenemos que ir a casa. Han montado la cena de Pascua por todo lo alto, joder. ¡No nos vamos a librar de ellos hasta mañana!

—¿Se ha quedado Edine? —Sabía que vendría en vacaciones.

—¡Y su madre! —protesta—. Parecemos un clan de las Highlands, no falta nadie.

—¿Mejorará tu humor si me quedo a dormir en tu casa? —propongo, halagada por su sincero deseo de tenerme a solas.

—Lo mejorará muchísimo —admite, apretándome a su costado.

Y allá que vamos, a seguir con la vida.

Les pedí a mis hermanos que recogieran mi carpeta laboral, así que cuando Craig McLean me llama a su despacho, puedo entregarle la documentación que requiere. He decidido aceptar su oferta y trabajaré de forma permanente con Greta. Le agrada constatar que también tengo un título de nutricionista y es una labor que añade a la de enfermería. Mi sueldo ha crecido y mi tiempo libre se ha modificado; los sábados me turnaré con Greta y los domingos y los festivos descansamos. Durante la semana, alternaremos también las mañanas y las tardes. Creo que a Thane le va a gustar mucho. Firmo el contrato y el señor McLean me aprieta la mano con solemnidad.

—Es un placer seguir contando con usted, Marta. Es muy querida por los residentes y por sus compañeros, así que la consideramos un estupendo fichaje.

Me muerdo los labios para contener la emoción. Es cierto que me siento querida en este lugar, que formo parte de él como jamás me sentí en mis anteriores secciones. Puede que haya encontrado en la geriatría mi vocación.

–Gracias, Craig; es un honor formar parte de Asmuir.

Para mi sorpresa, rodea su mesa y me da un abrazo cálido, más de abuelo que de director.

–Cullen se hubiera sentido muy orgulloso de usted. No sé por qué nos prefiere a un hospital como el Raigmore, donde Duncan la contrataría con los ojos cerrados, pero sean cuales sean sus motivos, gracias por escogernos.

–No es ningún secreto, en realidad, Craig; y quizá le debo una disculpa por omitir esa información en el currículum que envié. Mi marido murió de cáncer hace dos años y no he sido capaz de pisar un hospital desde entonces. Por eso acepté venir a Asmuir. Podía ayudar, sin relacionarme con la medicina.

Él asiente, pesaroso.

–Mi más sentido pésame por su pérdida. Aquí ha realizado un gran trabajo y sé que seguirá haciéndolo.

Nos despedimos con un abrazo, algo fuera de lugar en otro país del mundo, y me marcho con una sonrisa. No sé si será definitivo, pero, por el momento, es el lugar donde quiero estar.

–¿Te quedas? ¿Por un año? ¿Más?

El rostro de Thane resplandece: sus ojos, su boca, todo él.

–El contrato es indefinido –asiento, satisfecha de haber dado el paso.

Me sujeta la cintura y me alza en volandas, gritando tonterías como un loco. Por suerte estamos en su porche y nadie nos ve. Me baja para besarme hondo, con deseo, y le correspondo sin titubeos. Me acomoda en la mesa de madera tras barrer los restos de su desayuno de un manotazo y me levanta la falda para meterse entre mis piernas. Los haces de luz del sol penetran por la parra y dibujan franjas en nuestros cuerpos. Es bonito, pero no me paro a pensarlo mucho, prefiero recrearme en las sensaciones de la lengua y las manos de Thane. Me mordisquea la garganta, los pechos y el vientre, pero me niego a dejarle bajar con tanta ropa encima. Tiro de su camiseta y abro sus vaqueros; está más que dispuesto. Con una teatral mirada libidinosa aparto mi tanga y le ofrezco la entrada. Veo la pregunta en sus ojos: «¿Sin?», y lo atraigo hasta que lo siento dentro. Thane suspira o gime, no sé. Estamos tan pegados que apenas puedo respirar, me arqueo y a él le suena a invitación para zamparse mis pechos con lujuria mientras nuestras caderas golpean a un ritmo frenético. Desliza las manos por mi espalda y se apodera de mis glúteos para tenerme más cerca. No me besa cuando percibe la llegada de mi orgasmo, me mira fijamente y sonríe, feliz de escuchar su nombre. Da un par de embestidas más y se corre en mi interior, a borbotones. Consigue levantar la cabeza de mi hombro poco después y vuelve a mirarme, intenso.

–Quédate a vivir conmigo –ruega.

No lo pienso siquiera. Asiento y él, con un aullido, casi me rompe las costillas.

Me cuesta dejar mi habitación en el *bed and breakfast*, le había cogido cariño; y ni que decir, abandonar los cuidados de Effy. Se ha convertido en una persona muy importante en mi vida y siempre es divertido comentar las noticias con ella o dejar que se descargue de cotilleos. Curiosamente, es ella la que me anima a mí con un «Vamos a estar a dos pasos, ¡y ahora podré visitar la casa de un famoso sin que me llamen acosadora!». ¡Qué boba!

Thane recoge mi equipaje y lo traslada a su casa. Está tan ilusionado que me hace reír. Ha dejado libre parte de su inmenso armario y dos cajones del sifonier. Es la primera vez que curioseo a fondo la habitación: es muy amplia, con una cama extragrande y un cabecero de cuero blanco. Todos los muebles son blancos, y las paredes lucen un bonito color azul claro.

–Puedes modificar lo que quieras. Me gusta mi casa, pero no le tengo apego a nada en especial. Excepto el dormitorio de Edine, que lo decoró personalmente, puedes reformar lo que desees.

Sonrío, cohibida. Pese a sus palabras, no me siento autorizada a cambiar nada; no la siento «mi casa»; hasta ahora ha sido siempre la suya, y yo, una mera invitada. Con todo, creo que está organizada con un gusto excelente. Los baños son amplios, el salón acogedor y la cocina ya la conocía, pero me da igual, nunca ha sido mi estancia preferida. Por suerte, a Thane sí le atrae cocinar y, además, durante la semana tengo mesa puesta en Asmuir. Hay dos dormitorios más, en la parte delantera. Los ocupados dan al jardín, para mayor intimidad, aunque a mí la vista del río me parece preciosa.

–¿Te ayudo a deshacer las maletas?

Las ha dejado sobre un banco tapizado que hay a los pies de la cama; las miro un segundo y luego a él.

–¿Eso es todo lo que se te ocurre para celebrar mi llegada?

Con una carcajada feliz me arrastra hasta la cama y empieza a desnudarme. Me hago la interesante.

–Yo me refería a una copa de vino...

Juguetón, me muerde los labios.

–Después, el vino después. Vete acostumbrándote. Vas a vivir con un depravado.

Ahora la carcajada es mía. Lo aprisiono con las piernas y le busco la boca. El resto es muy privado.

Estoy tomando unas copas en el Lauders con las chicas cuando Gavin me hace señas para que lo siga al interior del bar. Nunca había estado en su almacén. Lo tiene limpio y ordenado, tan pulcro como las estancias del Asmuir. Este hombre me impresiona. Manías aparte, su secretismo llama mi atención, claro. Thane está en Edimburgo, así que no sé de qué quiere hablarme.

–¿Sabes cuándo es el cumpleaños de tu novio?

Me entra la risa al escuchar ese término, pero desde que lo hicimos oficial nos denominan así a los dos. ¡Qué formales son cuando quieren!

–Faltan dos semanas –advierto.

–¿Has pensado en algo?

Niego, perpleja. Es un poco pronto.

–¡Entra en una nueva década, Marta! Hay que hacer algo sonado.

Me cruzo de brazos, divertida.

–Ya me contarás, parece que tú –recalco– sí lo has pensado.

–Me falta coordinarlo con Ken, pero antes queríamos saber si tú tenías planes.

–Pues no, no los tengo. Me sumo a los vuestros.

–¡El castillo de Urquhart! Thane siempre dice que se enamoró de ti en ese lugar.

¡Me deja sin palabras!

–¿Se pueden celebrar fiestas allí?

–Generalmente se alquila para bodas, pero tengo conocidos en el patronato que gestiona las ruinas... No habrá problema. Tienen un tope de setenta y cinco invitados. Fletaremos un barco para la ida y la vuelta. ¡Incluso podríamos darle un toque original y vestirnos de época!

¡No lo puedo creer! ¡En semejante decorado y con disfraz! Me parece un sueño. Dejo escapar una risa nerviosa, feliz, y asiento vivamente.

–Será perfecto.

Gavin me besa una mejilla, satisfecho.

–Pues ya está, déjalo en nuestras manos.

–¿No hay nada en lo que os pueda ayudar?

–Intentaremos alquilar Urquhart el día 1, que es fiesta y podrán venir todos. El 8 ya, que lo celebre contigo.

Me parece estupendo. Doy palmas con entusiasmo y salgo a contárselo al resto. ¡Hay que empezar a organizar las ropas!

Parecemos salidos de *Outlander*, qué gozada. Thane viste un *kilt* y una casaca verde que le favorecen a rabiar. Yo, un vestido rojo, con corpiño y mucho vuelo. Nos ayudamos a vestirnos, muertos de risa, más cuando ambos prometemos no usar ropa interior. «Al menor descuido, echamos un polvo en el castillo», me guiña un ojo.

Hemos tenido que contarle lo de la fiesta porque se ha vuelto a apuntar hasta el gato, como en la mía. Leana y Edine están en casa, pero también Peter, que nos ha dado la sorpresa de sumarse al festejo. Cuando nos reunimos todos en el salón nos admiramos de lo guapos que estamos. Estas ropas favorecen un montón. Enseguida llega Effy, con su estilo campestre, cargada de coronas para el pelo y con aires de tabernera.

Nos recoge un autobús y nos acerca al embarcadero que ya conozco. El espectáculo es increíble: ropas de diferentes estratos sociales las mujeres; ellos, todos con *kilt*. Saco fotografías a mogollón para enviárselas a Isabel; tenía que haber pensado en invitarla. Hubiera sido inmensamente feliz con este *show*.

El resto es una locura, con *catering* en el césped, estrado para los músicos, mucho *whisky* y montañas de regalos para Thane. Las gaitas no paran y los brindis tampoco; por fortuna, el barco nos lleva de regreso al ponerse el sol. Hemos tenido la inmensa suerte de que el día ha estado ventoso pero alternando nubes y sol y no ha caído una gota de lluvia.

Thane me besa el pelo, cercando mi espalda junto a la borda. «Gracias por este día... y por dejarte seducir en la torre», musita, satisfecho. Cruzamos las miradas y no hacen falta más palabras. El amor flota en el viento.

Acuerdo con Greta trabajar el sábado completo y, a cambio, no trabajo el lunes 8, cumpleaños de Thane. Tengo para él un regalo especial: tres billetes de avión en la última semana de mayo, cuando Edine vuelve a estar de vacaciones. Sé que ninguno de los dos disfrutaría si no la incluyera. Iremos a Toledo, a conocer a mi familia. Necesito que mi vida en Escocia deje de ser un secreto (si es que lo es, que tampoco apostaría nada) para mis hermanos y los niños.

Thane me sorprende regresando a Urquhart. El tiempo está horrible y puede llover en cualquier momento, pero insiste y me encojo de hombros. Es su día, tiene derecho a elegir. Me visto con la misma ropa que el día que nos conocimos y veo en su mirada cuánto le complace. Él va mejor abrigado, con botas y un plumas parecido al mío.

Viajamos al embarcadero en el Porsche y cogemos el barco como el resto de turistas. Me empuja hacia la proa, al mismo banco donde estuvo con su prima, y me abraza sin reparos, protegiéndome del aire. Apenas hablamos, respirando el frío del ambiente y admirando la belleza del paisaje. Nos entendemos con miradas, ajenos al pasaje que grita excitado por las vistas y que no descansa de hacer fotos. Nos sentimos en un universo particular, solo nuestro.

Frente al castillo, me atrapa la mano y subimos la empinada cuesta que lleva a la entrada. Este sitio es tan mágico que quita el aliento. Merodeamos por las ruinas que nos son tan familiares ya, y cuando la gente empieza a desaparecer, terminado su *tour*, me señala el interior de la torre y subimos hasta la plataforma desde la que se divisan los bosques y el lago. ¡Uno se siente insignificante en medio de tanta historia!

–Este lugar ha pasado a significar un giro inesperado de mi existencia, Marta. Desde aquel día en que te encontré deambulando sola, con la mirada triste y, sin embargo, desprendiendo un aura de fortaleza que me atrajo como un imán, no has dejado de estar en mi cabeza, más tarde en mi corazón y ahora, por fortuna, también en mi cama. Por eso quiero pedirte –pone una rodilla en tierra (es un decir, son tablas) y me coge una mano, mostrándome un anillo–, rogarte, suplicarte, lo que sea que haga falta..., que me concedas el beneplácito de ser mi esposa. No hay otro regalo que quiera recibir en este día. Solo la emoción de escuchar tu sí.

El viento escarcha mis lágrimas y casi se lleva el trémulo «Sí» que emito riendo, llorando y temblando de nervios.

Thane me coloca el diamante en el dedo y me abraza. En sus ojos verdes también brillan las lágrimas, pero las aparta de un manotazo y me busca la boca. El beso es tan largo que nos calienta por dentro mejor que el más exquisito *whisky*.

–*Tha gaol agam ort*, Marta.

El gaélico de Thane suena fuerte en mis oídos, pero sé que acaba de declararme su amor como antaño lo hacían sus antepasados. Y estoy segura de que esas palabras son tan verdaderas como el valor de sus ancestros.

Mercedes Gallego

Dos 2 en 1 uno

En tus manos

Me llamo Jana y soy fisioterapeuta. Trabajo en mi propia clínica, en pleno centro de Madrid.
Mi nuevo paciente, Jacobo Montalván, es el hombre más macizo
que mis ojos han contemplado.
La atracción física es instantánea.
¡Pura química! Pero me asusta la
posibilidad de pasar de la atracción al amor.

Mi nombre es Jacobo y soy militar. Mi última misión, en Kabul,
me dejó maltrecho, por lo que
acudo a la clínica de una fisio.
¡Quién iba a decirme que tras
esa puerta estaría la mujer más
increíble con la que me he cruzado jamás!

A orillas del Ness

Marta Nogales llega a Inverness huyendo de un pasado que
la atormenta. No cuenta con que el carácter amable y hospi-
talario de los escoceses caldeará su corazón. Y lo más insos-
pechado: Thane Gilmore, un músico retirado, padre de una
adolescente y soltero recalcitrante, zarandea sus sentimientos
hasta convertir la paz que busca en un torbellino de pasión.
Thane vivió el éxito a edad temprana y no busca emociones
que sobrepasen cuidar a su hija, tomar whisky con sus amigos
y dirigir un pequeño negocio. Creía que su corazón estaba a
salvo, pero la llegada de Marta alterará su pacífica existencia.

JULIET LANDON
Una noche en el paraíso

Aunque la corte de la reina Isabel I en Richmond era famosa por ser el escenario de numerosas relaciones ilícitas y corazones rotos, la bella Adorna Pickering conservaba su inocencia. Solo un hombre tenía el poder de derribar la barrera de su timidez... sir Nicholas Rayne. Con su oscura reputación, Nicholas representaba todo lo que Adorna sabía que debía evitar. Pero ¿cómo podría quedarse indiferente si con solo rozarla la volvía loca de deseo?

ANNE HERRIES
Una institutriz muy especial

La heredera Sarah Hardcastle había ideado un plan para escapar de las indeseadas atenciones de cierto cazafortunas. Oculta en la

campiña inglesa, y provista de una nueva identidad como la recatada institutriz señorita Goodrum, esperaba llevar una vida tranquila.

Pero su bien planeada farsa peligró cuando conoció al tutor de su alumno, lord Rupert Myers. Seductor incorregible, Rupert poseía el atractivo y encanto necesarios para hacerla sonrojarse hasta el nacimiento de su severo escote... ¡y la determinación de descubrir lo que ocultaba debajo! Sarah iba a necesitar de todo su ingenio para resistir sus pícaras mañas y guardar intacto su secreto...

No. 86

¡YA EN TU PUNTO DE VENTA!